中篇小说集

没有人死于碎心

李清源 著

河南文艺出版社
·郑州·

没有人死于心碎

一

　　我近来梦中好杀人。秦淮说：尖刀刺入人体，就像刺入坚硬的虚无，那种感觉难以言喻。血液顺着刀缝涌出来。血是黑色的，略有些黏稠，像石油，顺着衣服往下流淌。衣服各式各样，有时候是衬衫，有时候是卫衣，还有过很厚的皮袄和羽绒服。有一件印象最深刻，是 T 恤，上头印着女人的头像。现在回想，梦里那件 T 恤是灰白色的，仿佛沙丁鱼的肚皮，或者草木的灰烬。它本来是天蓝色，很明亮那种，看上去赏心悦目，让人感觉世界纯净而美好。还有女人的嘴唇，是红色，像五月刚熟的桑葚。但在 T 恤上，它是黑的，仿佛桑葚熟透了。桑葚要到六月才熟透，这一个月是怎么消失的？这是个问题，但在梦里我没有思考它。在梦里一切都是正常的，所有荒诞都合逻辑。我看不到天蓝和鲜红，是因为我的梦里只有黑和白，以及黑白之间无尽的灰。你的梦有颜色吗？

　　楼兰摇摇头。她抚摸着白藏毛茸茸的背，脸上洋溢着微笑。我的梦里只有声音、气味和触觉。她说。

真神奇！秦淮说：我的梦里虽有万物，但从来都是黑白的，就像老电影，好像我一入梦，世界就陈旧了。我想想怎么跟你解释那种情形。嗯，你听说过色盲症吧。不是常见的红绿色盲，红绿色盲只是分不清红与绿，在信号灯前茫然，进入番茄地，不知道哪只熟哪只生。是全色盲，七彩都被过滤掉，只剩下黑白，梦里头百花过眼，所见只有一色。有些艺术家喜欢拍黑白照片，认为黑白里的世界很文艺。这其实是讨巧，把复杂世界简单化，用胶片强行抹掉因为过于丰富而相互干扰的色相。但在梦里，世界并不因为黑白而简单，它依旧复杂，冷暖变幻，是非莫测，让我想杀人。

秦淮端起茶杯。杯水微凉，莲子心的苦味愈加清晰，呷入口中，使他联想到胆汁。联想有一整幅画面：刀尖洞穿腹肌，深入胆囊，胆汁从刀缝迸溅而出，沁入破裂的血管，在心脏鼓动下迅速遍及全身，整个人遂坠入苦海。他呷了几口莲心茶，发现一个细节错误。刺杀所用，是藤寅作的牛刀，刀背平直，刀刃锋锐，侧面看犹如一尾鲦鱼，线条简洁而优美。刀面光滑可鉴，秦淮有时切着东西，就横起来当镜子，照照胡须是否该刮。刀身上没有纹路，更无血槽，刺进人体，不可能有血液顺刀迸流。况且这把刀并没有尖，在春节初二那天，他跟单琪吵过一架，把刀尖磨掉了。它不可能刺得透厚实的皮袄和羽绒服。所以梦中所见的情景都是有问题的，就像某些大师的小说，在常识处经不起推敲。这个发现让秦淮心生悲凉，仿佛自己做什么都不对，哪怕是梦，也漏洞百出。他望向楼兰。楼兰坐在对面，神态安详。

我简直是错误的化身。秦淮说：我妈说得对，我生下来就是个错误。

二

这句话秦淮他妈说过许多次。一开始，秦淮认为他妈只是怄气，后来才知道她是真心这么想。自从他爸获刑入狱，他妈对他爸所有的恨都转移到了他身上。也许是因为长得太像爸爸吧。每当刮完胡须，站在镜子前凝视自己，秦淮都会这么想。镜子里的人眼大眉浓，鼻梁挺直，颧骨因为偏高，而将脸塑造出立体的面，乍看上去，很接近老电影里的英雄形象。在"无畏"这一项，他爸也的确像个英雄，硬气，果决，敢于顶撞上司，欺压下属，除了收受贿赂比较隐蔽，其他任何事都干得明目张胆，包括搞女人。在他妈之外，他爸还有好几个女人。其中一个女人尤其亲密，两人已经同居很久，他爸执意要跟他妈离婚，也是因为她。他妈不愿便宜这对狗男女，跟他爸斗智斗勇，多年下来身心疲惫，对他爸恨到要挖心剖肺去喂狗。看到长相极似爸爸的秦淮，难免会激发她心头的恨意和怒火。秦淮理解他妈。

秦淮虽与他爸长得像，性格却悬殊。他爸行事主动，用他述职报告里的词来讲，叫积极进取，立场坚定。譬如当年，他爸一看上他妈，就立即下手，一晚上便把她搞成自己的女人。后来要离婚，也态度鲜明，不管他妈怎么闹，都不曾回心转意过。反观秦淮，就差了许多。也拿情事来对比：他和单琪好了一年多，开始的时候他不主动，结束的时候他不干脆，拖泥带水，不能善终。知子莫若父，他爸对他的性格非常失望,认为不类己。假如老头子是封建主,肯定会将他废掉,另立女儿做继承人。——那女人给他爸生了个女儿。

秦淮知道自己还有这么个妹妹,已是四年之后,小丫头都上幼儿园小班了。那天同学结婚,他去致贺,喝酒狂欢到午夜,回到家时已经深夜两点多。他打开厚得像城砖的防盗门,发现客厅亮着灯。他妈站在一幅画前,正出神凝视画中的人物。她抱臂而立,右手食指和中指间夹着一支烟,一寸多长的烟灰摇摇欲坠。那幅画是他妈的大作,画中只有一个男人和一个女人。他妈年少时学过绘画,虽然只是皮毛,亦足以让人分辨出那个男的是她丈夫秦恳。分辨不出也没关系,她还在人物身上标注了姓名。她将这幅画命名为《狗男女》,每日早晚都拿烟头在两人心脏部位烙一下。她年轻时正值气功流行,对大师的神迹非常崇信,天天跟随外祖父学习各种奇奇怪怪的功法,也曾干过头顶铝锅接受宇宙能量的事。后来神功消退,她也不复狂热,但对超自然力量的崇拜和信任依旧根植内心。她坚信,每天用烟头烙那对狗男女的心,必会让他们在现实里承受灼心之疼。考虑到中国之大,重名重姓的人很多,为避免伤及无辜,使狗男女漏网逃脱,她特别在他们名字下加注了生辰八字。听到门响,她扭头瞅了一眼,复将眼光打回画作上。

恭喜你,你还有个妹妹。他妈说。

秦淮说不清当时是何感受。从道义上,他应该表示愤怒和谴责,爸爸太过分,搞女人好了,还搞出人命;同时向妈妈表达支持和安慰,帮她骂无情的爸爸和不要脸的狐狸精。事实上这两种情绪他都有,但更强烈的,却是不可明讲的欣喜。他已经二十八岁,老来得妹,在这世界上又有一个血缘相关的人,抛开上代人的恩怨,终归是件令人开心的事。而上代人的恩怨，虽然对他影响深刻，却并不足以让他心生仇恨，他只是觉得荒唐，并感到厌烦。即使有恨意，也是平均分摊在爸妈两人身上，不会因为他爸抛弃他们母子，就自动与他妈站到一起，同仇敌忾对付他爸和野女人。他从他妈那儿得到的伤害并不比他爸少，他爸仅仅是缺席，他妈则是践踏，因为生活在一起，而在他的世界自由出入，强取强予。他酒喝得有点多，眼光发虚，看他妈怀恨抱臂立中宵，恰如一个标准的怨妇。他走到他妈身旁，也往画上看，发现狗男女之间多了一个小人。他妈的绘画没长进，依旧很粗糙，但是撑起的裙摆和竖起的小辫已足够证明是个小女孩。她身上没写姓名和生辰八字，大概是他妈还没搞到相关的信息。

这么大了？他说。

已经四岁了。他妈咬牙切齿，仿佛每个字出口之前都被咀嚼过。他们掩藏得可真好！

秦淮知道接下去将会听到些什么，不等他妈开骂，掉头回自己房间去。他和衣而卧，做了个荒唐的梦，醒来后去厕所，发现客厅的灯依然亮着。他妈仍旧盯着那幅画，手里捏着袅袅燃烧的烟，只是不再抱臂而立，而是抱膝坐在长沙发里。秦淮的酒已醒来，脑子清透而空旷，看他妈孤独而憔悴的样子，为她感到难过。他坐到他妈旁边，仰起头看画，发现他爸和野女人胸前又有新烙痕。

你就离了吧。秦淮对他妈说：这样耗着有什么意义？

休想！我不快活，他们也别想快活！他妈说：她能生，我就不能生吗？我也找个野男人，也生个小东西给他看。一个不行，就找两个，找三个，找年轻的，直到生出来为止……

秦淮打量他妈。他妈已经五十一岁,但因皮肤白腻,相貌看上去比实际年龄小一些。身材也还好,比年轻时略胖,却并未走形。这归功于广场舞。他妈是狂热的广场舞爱好者,总是跳节奏偏快的那种,每天都要带队在人民公园跳上三个小时,是他们那支广场舞队伍八十多个中老年人的精神领袖。倘若她真要找男人,相信那群老家伙会争求临幸。但是秦淮知道他妈看不上他们。他妈不是饥不择食的人,况且她也不缺男人。隔个一年半载,他妈就会有意无意地跟他提起一位叔叔,很显然是在为接下来的共同相处做铺垫,让他有个心理准备。然而当他准备好后,他妈却又不再提,想必是黄了。一次如此,次次如此,秦淮也就麻木了。他把眼光升到他妈脸上。他妈的话明显是赌气,神色却很沉着,仿佛那些话是经过一夜不眠的思考得出的审慎决定。在理论上,女人只要没绝经,就可以生育,他妈如此立志,想必是月信尚在,仍有机会。只是这种报复方式,令做儿子的秦淮深感羞耻。何必这样作践自己?他对他妈说。

放屁!他妈骂他:天底下还有比秦恳那老狗更混账的人吗?我跟他生出来你这个狗东西,就不是作践?我跟别的男人生就是作践?

秦淮在她的骂声中起身而去。他妈的声音穷追不舍,直到他在厕所排完膀胱里的积水,依旧在耳边轰轰回响。他提起裤子,系皮带的时候,脑海里浮出一幅年代久远的画面:他爸抢起一条绿色的宽皮带,狠狠抽在他妈脊背,他妈尖叫一声,扑倒在铺着大红防滑坐垫的木沙发上。他站在洗手台前看镜子。一夜而已,胡子已然密集生长,仿佛一片茂盛的黑森林。他打开镜子柜。柜子有三格,两格半都是他妈的瓶瓶罐罐,只有半格放他的牙具和剃须刀。他取出剃须刀,打上香皂沫,在他妈天雷滚滚的咒骂中刮尽胡须,然后也不换衣服,直接走出家门。他很后悔回来,昨晚喝罢酒,应该去店里睡。

　　秦淮以前在一个省直事业单位上班,毕业后通过考试招录的。他在单位待了几年,很不快乐,就辞职出走,在东区开了家户外店。他打开店门,躺在行军床上发了会儿呆,给他爸打电话。他很少跟他爸打电话,见面更少,经常大半年大半年地没有联系。尤其是他自作主张辞职后,他们父子关系更加冷淡。秦淮当年招考时,规则尚不那么严明,他能以第一名成绩获聘,他爸的积极运作功不可没。此时他不告而辞,不仅目无尊父,还否定了他爸之前的努力。他爸对他极失望,懒得再管他。电话响了很久,终于接通。他爸问他干吗。每次接通电话,他爸千篇一律都是以这两个字打头,语气生硬,仿佛不耐烦。秦淮说:听说我还有个妹妹?他爸说:妈那个×,我还以为你是要祝我父亲节快乐! 我在忙,没事我挂了。他爸讲完,不由分说就挂断,并不等他说是否还有别的事。秦淮的手机依旧贴着耳朵,满世界都是嘟嘟的忙线音。

　　我是要祝你节日快乐的。他对手机里的忙音说。

三

　　秦淮决定去寻找妹妹。

　　这个决定并非心血来潮。他认为以上一代这样的关系,早晚会

闹出乱子,届时家破人散,分之又分,小妹妹跟着她妈妈,肯定不会
太好过。所以他想找到她,倘若以后果真离乱,他将照顾她周全。
上一代的恩怨归上一代,与他们兄妹无关。

　　他把这个决定告诉单琪。单琪表示支持。凡是秦淮决意要做
的事,单琪基本上都是支持的,在她看来,这是爱他的表现和证明。
秦淮开店后,单琪曾来当过一年店员,后来店里生意不大好,收入有
限,她就又找家公司去上班了。她叫秦淮好好看店,等她下班后陪
他一起去寻找。这个建议既现实又温馨,秦淮没理由不听从。他看
着小说守店子,一天只卖出去两只登山背包和一顶露营帐篷。单琪
下班后赶过来,与他共进晚餐,然后带上白藏,搭车奔向北郊的龙子
湖。他爸的行宫在那里的一个小区。

　　这个地方是秦淮他妈调查出来的。他妈跟踪他爸一个多月,找
到了这个"藏污纳垢"的小区。但也仅此而已。小区门禁森严,外人
莫入,安防也做得好,一丈多高的铁栅墙环绕社区,上头还装有并排
四根线的电子围栏。他妈在小区周边盘桓多日,不能入内,最终黯
然而罢。秦淮听他妈讲起追踪经过,对他妈的理由深表怀疑。生活
小区又不是军事禁地,绝非无隙可乘,以他妈的聪明才智,假如真想
潜进去直捣狐狸窝,是难不住她的。即使不进社区,在大门外守着,
等那对狗男女一起出来,照样可以捉奸捉双。他认为他妈是退缩
了。她不敢惹他爸。别看她平时在秦淮面前咒他爸咒得凶,他爸一
回来,她还是低眉顺眼地服侍。他爸偶尔会回来。这是他爸和他妈
的交易:他爸可以在外头乱搞,也可以跟别的女人同居,但每周必须
回来一次。每次他爸回来之前,他妈都会把那幅《狗男女》翻过来,
呈现出正面神秘微笑的蒙娜丽莎。恨是情绪和态度,在糟糕的情形

里保取一些想要的东西,则是成熟和智慧。他妈是个有智慧的成熟女人。

秦淮对这次寻访不抱什么期待,主要是来熟悉一下环境。这几日雨水多,时不时哗啦一阵,令人猝不及防。秦淮和单琪走到半路,雨又骤然下起来,一直下到目的地。社区外柏油路上已无行人,只有厚厚的积水在流淌。骤雨虽歇,仍有水珠在飘零,仿佛天公方便后抖落的余沥。秦淮和单琪站在大门外往里观望,只见绿植片片,楼宇森森,果非寻常小区可比。楼房那么多,秦淮不知道他爸的行宫在哪栋,只知道一定在七层。他爸买房只买七层,而忌讳八层,因为七上八下,身为仕途中人,不可不慎。他怀抱白藏,望着灯光密布的楼群发呆,听到单琪在旁边感慨。

咱们什么时候能在这里买套房子啊!

秦淮沉默以对。以他们两人的收入,来这儿买房也可以,不过必须在梦里。他的心情被单琪这句感慨搅得一团糟。又一阵雨从茫茫夜空泼下来。他们赶紧乘上一辆过路的出租车。时间还早,两人在车里商量去哪里、去干吗,商量的结果是回去睡觉。单琪跟同事合租了一套二居室,她不想回那里,秦淮就带她去自己家。两人确立关系后,单琪在秦淮家过过几次夜。她本来可以搬到他家住,但她觉得秦淮妈态度冷淡,似乎不大欢迎她,就知趣地打消念想。她跟秦淮谈起这个疑虑,秦淮的回答是,他妈属于老派人,思想保守,不大支持婚前性行为,所以对两人同居略有意见。单琪接受了他的解释。他们赶到秦淮家,秦淮他妈正在看电视,隆隆炮声里夹杂着同志的呐喊,想是人民群众喜闻乐见的抗战剧。单琪跟她打招呼,叫她阿姨,她仅是冲单琪点点头,问一声吃饭没有,继续看她的电视。单琪讪然,与秦淮去他房间。客厅的电视响了一夜。他们家的电视是网络电视,可以一集集无限看下去,房间隔音也一般,秦淮和单琪躺在床上,能从透门而入的声音里判断故事内容和情节走向。秦淮去了三次厕所,让他妈去睡,或者把声音调小点。他妈不睡,理由是睡不着,也不调小,理由是倘若他们搞出大动静,她可不愿听到。混混沌沌过了一夜,次日一早,秦淮和单琪就走了。其实也不算早,已经七点钟,只是阴雨蒙蒙,天光晦暗,看上去就像夜色未退。电视依旧响着,秦淮他妈则歪在沙发上昏睡,单琪怕吵到她,关防盗门时很小声。

秦淮和单琪在附近早餐店吃过饭,走到最近的一个十字路口,在那里作别,各自去上班。秦淮自己是老板,不用赶时间打卡,他披上塑料雨衣,骑单车去户外店。他脚蹬单车,专拣有梧桐树的街道走。他喜欢梧荫路,尤其是当天气晴朗,阳光从茂密枝叶的缝隙里钻进来,仿佛海水里潋滟的波光。他骑车穿行在波光里,犹如海底一条自在的鱼。下雨天也好,庞大树冠将阴晦天空隔开,让他有种奇怪的感受,就像被庇护。他顺着黄河路往前骑,在一个丁字路口停下来等绿灯。他抬头张望,对面高楼上某某地产的名字仍在。两年前,单琪在那家公司上过班,做电话销售。那段时间很奇怪,秦淮天天接到推销房产的电话,有时候一天能接好几个,搞得他很烦。那天上午,他的女店员忽然提出辞职,说是要跟男朋友去西藏。按照合同规定,店员辞职需提前十天告知老板。然而那名店员丝毫不觉得有错,一副理直气壮的模样,还嫌老板庸俗不爽快。秦淮很恼火,本想照章办事,忽然看到店面玻璃墙上贴的两行动漫体文字,也就作罢了,按她实际上班天数支付工资,打发她走。那是一句在网上泛滥成灾的鸡汤文：

> 　一场奋不顾身的爱情，一次说走就走的旅行

　　秦淮站在店前紫荆树的荫凉下，望着这行字发闷，犹豫要不要把它刮掉。单琪的电话打过来，询问秦先生要不要买房子，户型好，地段佳，临近地铁、繁华商圈、医院和学校，升值空间巨大。秦淮正有一肚子火气无处发，对着电话破口大骂。骂了一通，电话里没有回应，他以为对方挂断了，看看手机屏幕，显示依旧在通话中。这时他听到抽泣的声音。

　　您干吗要这样骂我！单琪说：就算我打扰了您，您骂我一句也够了，我会说对不起，向您道歉，然后挂掉电话。我跟您无冤无仇，您何必要这样侮辱我？要不是为了生活，为了赚点钱，谁愿意做这样的工作，天天被人骂，像骂狗一样骂……

　　说到这里，她的情绪就崩溃了，在电话那端号啕大哭。秦淮手足无措，连忙说对不起、很抱歉，对方已经挂掉。他望着墙上的鸡汤呆了一会儿，心里终究不安，就回拨电话，想向那位女士郑重道个歉。电话反复打不通，最后终于接通，却换了一个人。秦淮要找刚才那位哭泣的女士，对方说她已经走了。问走了什么意思，对方说走了就是不干了，他们这些电话销售都是工资日结，不想干或干不了就走人。秦淮愧意更加强烈。那家公司离他的店不甚远，他骑车赶过去，找到负责人事的女人，以两百元的代价拿到单琪的联系方式。他给单琪发短信，表明身份，向她致以真诚的歉意。他担心单琪不会回复，不料几分钟后收到单琪的回信，告诉他事情已经过去

了,就算了。秦淮心下稍安。他拨通单琪的号码,单琪也接了。

可以见一面吗? 他对单琪说:我想请你吃个饭,好好道个歉。另外还有个事想跟你说。

秦淮想请单琪去他店里当店员,每月三千底薪加提成,中午管个盒饭。单琪答应了。很久之后,秦淮回想到当时的情景,心里总有一点点不适。他觉得单琪有点太随意,随便一个陌生人一邀就赴约,即使不谈个人品质,在安全上就有大隐忧,万一对方是个坏人呢? 他隐晦地跟单琪提到这个问题。

别人邀我才不去呢。单琪说:我去见你,是相信你是好人。

你怎么知道我是好人? 我都骂你了。

你道歉了呀,你道歉那么诚恳,肯定不是坏蛋。坏蛋是不会反省自己的。单琪说:不过我记着呢,你骂我不要脸,还骂我脸皮厚。我这辈子都忘不了。

每当说到这句话,单琪就表现得很哀怨,需要秦淮马上再道歉,花言巧语逗她开心。他自认无负单琪,唯有此事成了她的话柄,仿佛他的阿喀琉斯之踵。以后他就不再提这件往事,也不再质疑她是否随便——或者"草率"。在胸怀足够开阔的时候,他会体谅她当时的难处。她大专学历,原本在农村老家一所中学当合同教师,收入赶不上家里用度,遂辞职来省城打工,辗转做了几份工,都不理想,后来经熟人介绍,去了那家房产公司当电话销售。

结果就遇上你这个冤家! 单琪笑嘻嘻地说,指头在秦淮脑门重重点了一下。这是个很老套的调情动作,充满乡村电影怀旧式的温馨。对于单琪的农民身份,秦淮并不介意。他爸就是从山窝里奋斗出来的凤凰男,倘若歧视农民,首先要否定自己。当他与单琪明确关系,带她见他妈时,他相信他妈也不会因为这一点而持反对意见。前年十月的一个周末,秦淮去要账,要回来一条狗。债务人是他以前的老同事、同时考入单位的王二。两人年龄、学历和专业都雷同,又同时入职,因此关系要好。事业单位升迁之路狭窄,混两年后,王二心生去意,多次向秦淮表达对这个鸡肋工作的厌倦,日久天长,影响得秦淮也日益看不上这份工作,三不五时口出怨言,跟王二一起发一些领导的牢骚。不久之后,领导们的态度发生变化,对他越来越冷淡,有时候当众训斥,不假辞色。秦淮觉得领导不公,事事针对自己,一怒之下请辞而去。他走的时候,王二执手相送,声称早晚也会追随他的步伐,离开这个王八蛋单位。单位大门一别,各奔东西,两人联系得越来越少,前些时他在微信上跟当年一个同事闲聊,得知王二已经升了副科。几天之后,他爸忽然打来电话。他爸很少给他打电话,除非有事要骂他。他爸跟他们单位领导以前认识,有一点不绝如缕的关系,刚才他们在一个场合相逢,提到秦淮,领导说秦淮志向大,他们小池子容不了。他爸是人精,明白话里有话,碰了两杯酒,就问出实情:原来有同事不断向领导打报告,讲秦淮在背后如何咒骂领导,还反复强调瞧不上单位,想另谋高就。

长嘴巴是让你吃饭的,不是让你厕屎放屁的!他爸在电话里咆哮,再让我听到你在背后讲别人坏话,打碎你两排牙!

这是秦淮第一次被他爸暴骂而未生怨恨。挂断电话,他去找王二要账。在单位时,后勤上来了一位女孩,挺漂亮,秦淮和王二都喜欢,但王二先说出来,秦淮就息心了。几天后,王二找秦淮借钱。他看到女孩牵只狗在院里走,想到一个好主意:买一条好看的狗,然后借口父母不让在家养,请求暂时寄养到女孩那里,然后天天去看望,耳鬓厮磨，就有机会上手。事关好朋友的爱情幸福，秦淮不能不帮，于是借了三千块钱给王二。王二依计而行，果然泡到女孩，后来两人喜结连理，秦淮还送了红包。只是三千元的借款，王二一直不曾提起，仿佛没有这回事，秦淮面子相关，也不好意思开口。然而此时，想象中的友情灰飞烟灭，秦淮捅死王二的心都有，干吗还要便宜那孙子？单琪看秦淮情绪恶劣，担心出事，一定要陪他同去。他们找到王二家。王二他老婆刚生产，喜得千金，满门喜庆。王二见秦淮来意不善，调侃他是不是送红包。秦淮满腔怒火不好发作，一时也不知怎么说。单琪替老板发声，请王二借一步说话，叫赶紧把钱还了。王二色变，指责秦淮太过分，在他女儿降生的大喜之日来讨账！单琪说：亏你还知道你有女儿了，你对秦淮做的那些事，敢讲给你女儿听吗？赶紧把钱还了，以后井水不犯河水。王二愕然，闷了会儿，从阳台上拽出来一只狗。那狗不知多久没洗澡，仿佛一团肮脏的抹布。秦淮认出这就是帮王二泡到他老婆的那只金毛。

喏，这只狗给你吧。王二说：现在不止三千，增值很多，便宜你了。

秦淮气得要跟他打架。单琪连忙拖住老板。她说这只狗她很喜欢，她要了。她坚持要，秦淮只好作罢，跟她牵着金毛离开。回到店子，单琪打水给金毛洗澡，连洗了四盆水才洗净，擦水吹干，仿佛换了模样，毛蓬蓬的，看得秦淮也心动。单琪跟老板商量，想用工资顶狗钱，但是希望能分期扣，因为她每月必须寄钱回家。秦淮当然不会这么干。他把狗送给单琪，她马上要生日了，就当是生日礼物。单琪怀抱金毛，两只眼望着秦淮，眼神里光彩涌动，有开心，有感谢，还有一点超越雇佣关系和寻常男女的情感和情绪。单琪相貌中等，身材尚可,来店里后,每日穿店中各种服装,既算工装,也当模特,那些衣服都挺贵,为她增色不少。两人天天守在店里,气氛渐渐腻起来,暧昧已成日常,只待一个机会将那层纸捅破。秦淮摸着毛烘烘的狗头,心里也毛烘烘的。这狗虽好,毕竟是二手,并且曾经帮王二追到过女人,此时再拿来送给自己喜欢的女人,他感觉有点不合适。

挺好的呀。单琪说:自己喜欢最重要,别管它什么来历。英雄不问出处,对不对?

秦淮被她逗笑。单琪也跟着他笑。这是个高大上的借口,足以让他们忘掉不快。单琪让秦淮给金毛起个名字,秦淮说:现在是秋天,秋曰白藏,就叫它白藏吧。

白藏,这名字真好听。单琪说。她托着金毛两条前腿,嘴巴几乎要贴到嘴巴。白藏白藏,你就叫白藏了。

后来秦淮才知道,单琪诚然爱狗,但当时执意要拿狗抵账,是怕秦淮跟王二打起来。那是在王二家里,对方人多势众,她怕真打起来秦淮吃亏。秦淮听她说完,动情地望着她,当她主动吻过来时,他也温柔地做了回应。他觉得单琪是值得依赖的,决定带她去见他妈。

很意外,秦淮他妈不喜欢单琪。一顿饭吃得很尴尬,单琪的客气和热情常常得不到回应,几度令人难堪地冷场。送走单琪后,秦淮向他妈发脾气,指控他妈不留情面,要害他失去单琪。他妈盘起半条腿坐在长沙发上,手指间的香烟袅袅如云雾。

放心吧,她跑不了。他妈冷笑说:一个乡下女子,嫁给省城人,直接少奋斗二十年。她不傻,不会放手的。

他妈似乎忘记了她自己也有一半农村血统。外婆当年下乡当知青,嫁给了当地男青年,在农村的荆席床上生下她。后来"文革"结束,她外公一直想把女儿弄回城里,费尽心思不能成功。她七岁那年冬天,她妈带她回省城省亲,把她放到外公那儿,独自一人返回农村,当晚就悬梁自尽了。外公痛哭一场,要把她留下来抚养,男方本就不喜欢女娃,正好丢给老头儿。所以,秦淮听他妈说出这样的话,感觉不可理喻。

你嫁给我爸,又少奋斗了多少年? 他对他妈说。

他妈突然蹿过来。秦淮这辈子都没见过他妈动作如此敏捷,仿佛闪电惊雷,眼一花就到了面前,随即一记耳光重重劈到他脸上。你个狗东西! 他妈恨得咬碎白牙。我嫁给你爸,是你们秦家祖宗十八代修来的福气……

秦淮被这一记突如其来的耳光打蒙了,随即要起身走开。他妈一把揪住他的毛衣,往后一拽,将他拽倒在沙发上,又一耳光抽到他脸上。秦淮眼前一片白光。他在白光中看到他妈纤长的巴掌又飞过来,急忙挥手格挡,紧紧捉住她的手腕。另一只巴掌也飞过来,被他另一只手捉住。然后他用力翻身,将他妈摁到沙发上。他妈突然变得很惊恐。

你想干吗? 你想干吗? 她紧张得有点语无伦次。你敢打你妈?

秦淮瞪着他妈,呼哧呼哧喘几口气,甩开她手腕,扭头冲出家门。他找到单琪,跟她在宾馆开个房间。他抱着她说了一夜情话,发誓会用一生去爱她。单琪听得哭起来。我也是。她说:我这辈子都会跟着你,不管发生任何事。我爱你。

秦淮鼻尖蹭着单琪的耳郭,嗅她头发的味道。头发刚洗过,用的宾馆洗浴间廉价洗发水,还好不算太难闻。他拥抱着她,想要再说一些天长地久的情话,可他突然想到了他爸,以及他妈,想到他们荒唐的婚姻与爱情,悲伤如星河垂落,充满了他的胸膛。

我希望爱得纯粹。秦淮说:我不会背叛你,你也不要背叛我。

嗯,我会的。单琪说。

四

这天晚上没有下雨。单琪也没有陪秦淮去龙子湖找妹妹。他们公司要去外地做拓展培训,共七天,明天一早走,她得回去收拾行李。秦淮自己骑单车赶到龙子湖,在那个社区外广场上待了一个多小时。广场上人声鼎沸,四岁左右的小女孩很多,秦淮盯着她们看,觉得都可爱,哪一个是自己妹妹都不错。他一直没看到他爸爸。他不知道妹妹长什么样子,也没见到过爸爸的情人,要确认妹妹,必须由爸爸带着她出场。他犹豫很久,还是拨通了他爸的电话。他爸第一句依旧是"干吗",粗声大气,似极不耐烦。秦淮说他在龙子湖,很久没见爸爸,想去见他一面。他爸说:你去那儿干吗? 不等秦淮找借口,马上又说:我早不在那儿住了。

你在哪儿?

外地。他爸说:没事我挂了。

"了"字余音未尽,电话已然被挂断。秦淮收起手机,骑单车往回走。龙子湖离他家十五公里,到家时已是午夜。他妈还在看连续剧,见他一人回来,瞥一眼,继续看电视。秦淮很累了,洗漱完毕,要去睡。他妈叫住他,把电视关掉,让他过去说话。她问单琪今晚为什么没来。秦淮没好气。

不正合你意吗?他说。

他妈没计较他的无礼,示意他坐到对面沙发上,然后给自己点上一支烟。秦淮不喜欢他妈抽烟,这么大年纪了,又不是文艺人士,一天到晚烟不离手,给人感觉很风尘。他劝他妈戒掉,劝了很多次,他妈不理,他也没有办法。他妈把烟点燃,娴熟地抽。

你们昨晚上怎么没动静?他妈问。

秦淮大窘。你偷听了?

他妈撇嘴。谁稀罕偷听?

那你怎么知道没动静?你还把电视声音开得那么大。

他妈盯着他,不回答,神色却很诡异。秦淮想起他听到过的声音,"啪啪"和"噼啪"简直惊天动地,瞬间明白了他妈的疑问。气氛变得僵硬而古怪。

以前单琪来家里住,你们好像都很安静。他妈说:你是不是不行呀?

胡说什么!秦淮嘟哝一声,起身便走。他妈要抓他,没有抓住,也就任他逃回房间去。真不行赶紧治。她冲秦淮后背说:女人就像狗,你不把她喂饱,她就出去找食儿……

秦淮重重扣上房门,嗵一声巨响,将他妈的话挡在门外。他妈的怀疑是对的,他和单琪昨天晚上的确没有做。不是他不想,是他不行。他从一开始就不行。大学时他谈过恋爱,一对小年轻你侬我侬情深意长,后来去宾馆开房,才发现他们的感情只能局限在精神上。女友用尽了办法,连西地那非都用上了,依旧没用,这段感情因此而终。毕业后又谈过一个，双方都挺满意，等发展到裸裎相见，才发现难以为继。与单琪好起来后，秦淮担心会重蹈覆辙，努力避免与她过于亲密。有时候情之所至，单琪建议一起过夜，他便找理由，说要对她负责，把第一次放在新婚之夜，在此之前，他不会动她。这个理由冠冕堂皇，把单琪感动得想哭，认为遇到了传说中的情圣。他这个动人的谎言没有撑多久。一次他带单琪参加聚会，大家都喝多了酒，他送单琪回住处。单琪醉得厉害，虽没有吐，身子却如一团烂泥，怎么呼唤都无反应。秦淮便生出一些想法，试图在单琪没有知觉的情况下尝试一下。假如成功，说明自己没问题，以前的失败只是心理原因；倘若依旧失败，单琪也不知道，不至丧失颜面。他在单琪身上努力了很久，汗出了一脑门又一脑门，始终未能如愿。他很沮丧，打算放弃，忽然听到单琪的声音：

你是不是不行呀？

这句与今晚他妈的质疑一字不差的话，彻底击溃了秦淮的信心。他想逃，却被单琪抱住。单琪安慰他，她不会介意这个，就算一辈子不做也没关系，只要相爱就好了。后来的事实证明单琪没有说谎，他们的关系并未因为秦淮这个羞于启齿的疾患而受影响，单琪仍然对他好，关心他，照顾他，为他做所能做的一切。只是有时候，她的形迹很诡秘，接打一些电话也要躲开他。面对质疑，单琪这样解释：那些电话都是家里打来的，除了要钱，就是唠叨家里面临的困难，她不想让他听到。秦淮表示理解，但总觉得事实不尽如此，可能还有一些东西，被单琪隐瞒了起来。去年五月，单琪跑到店外接了个电话，回来向秦淮请假，说她妈病了，得回去照顾一段时间。秦淮要陪她，她拒绝，叫他好好看店，等她到家，先跟父母提提他们的事，让父母心里有个准备。

直接带你回去，会吓到他们的。单琪笑嘻嘻说：他们可是没见过世面的老农民。

秦淮依从了她的安排。单琪回去第二天，他按照她身份证上的地址赶过去。在她入职之初，他循例留了她的身份证复印件。他在村民的指引下走进一家农户。院当中有棵泡桐树，单琪正在树下洗衣服，棕色大胶盆旁的脏衣服堆积如山。看到秦淮，单琪脸色骤然苍白，仿佛中了剧毒，瞬间便要休克。

单琪的确隐藏着一个秘密，一个很大的秘密——她是有丈夫的。

秦淮在她的带领下看到了她丈夫：一个因车祸卧床七年的准植物人。七年前她丈夫深夜外出，被车撞到，肇事车辆逃逸，她丈夫则被路人发现，通知家人送到了医院。乡间道路没有摄像头，无从追查肇事者，医疗费用只能自己出，以至于把家里弄得一贫如洗。房间已经被单琪收拾过，窗子也全部打开，臊臭味依旧浓烈刺鼻。单琪的丈夫仰卧床上，全身肌肉已在旷日持久的疾病中消耗殆尽，只剩下一张人皮，松弛地罩在骨骼上。秦淮半掩鼻子站在房间里，听他喉咙咕噜作响，自己喉头也堵得难受。

一开始还有幻想，希望他能醒过来，就像电视剧里演的那样。单琪望着她丈夫，对秦淮说：后来情况越来越差，根本不可能再好转，我就想，既然这样，还是死了吧，他解脱，我们也解脱。可他又不死，就这样耗着，一年一年。

秦淮走的时候，单琪只送到院门口。她不敢远送，怕村人看到会有许多闲话。一周后的中午，秦淮在店里昏昏欲睡，玻璃门被人推开,他扭头张望,看到单琪走进来。她丈夫死了,已经下葬。她想问问秦淮还要不要她,如果要,从此之后她就是他的人,彻彻底底,一心一意;如果不要,她这就走。秦淮不说话。单琪站他面前等,等了十几分钟,等不到一个字,眼泪簌簌流下来。

对不起!她说:我走了。

她刚转过身,秦淮已从后面抱住她的腰。这天晚上,他们住在附近一家酒店。单琪刻意逢迎,对秦淮百般示好,把自己完全敞开了给他。在两人共同努力下,他们最终完成了一场还算不错的性爱。单琪汗津津的脸庞绯红如海棠,抱着秦淮的脸不停亲吻。秦淮搂住她滑腻的身体,对她说:以后不要再骗我。

不会的。单琪说:我发誓,从今以后,永永远远,我不会对你说一句谎话。

这种誓言太老套,没有新意,听上去似乎就有点不太诚恳。那天晚上的雄风一现,并没有成为常态,之后与单琪欢好,照旧都不甚成功。秦淮气馁。他曾经担心单琪会出轨,毕竟她如此年轻,身体正在绽放的时刻,从心理到生理都有正常的需要。但他愿意相信单琪不会那样做。他相信单琪的善良,并愿意为她的善良而相信她的承诺。

这本是秦淮潜藏内心的秘密,宁死不可示人,今晚突然被他妈揭发,令他深感尴尬与羞耻。羞耻的秘密无人知晓,自己也可以假装不知道,一旦被人戳破,就无法再自欺欺人。秦淮挺到床上,开始回想与单琪的过往,试图寻找证实或证伪的证据。以前店铺经营不好,单琪去一家公司上班,这是可以理解的。后来运气好转,生意还不错,秦淮想让单琪回来,单琪没有听他的。她说店铺由他一个人看就够了,没必要两人都守着,而她在外上班,可以多赚一份钱。这个理由很充分,秦淮当时也接受了,此时再想,她是不是还有其他心思呢?比如可以接近更多男人,而不必天天只守着他一个。他摸出手机,拨通单琪的号码,系统提示已关机。这在意料之中,单琪跟他说过,他们一进培训基地,就得按要求关掉手机。就算不关机也没用,基地在大山里,很可能没有信号。秦淮将手机丢到一边,望着天花板发闷。他妈在外头叩门。他不理。他妈拧一下门把手,将门打开,端着一碗汤走进来。秦淮忘了把门反锁。他妈把汤放到桌子上,叫他起来喝。他不喝。他妈重新端碗,递到他嘴边。他扫了一眼,是枸杞炖乌鸡,还有一些肉苁蓉和锁阳,几根细长弯曲的东西,则是烧烤摊上常见的羊鞭。秦淮厌恶地皱起眉,将头扭到一边。他妈无奈,只好再次放到桌子上。

从名医那儿问的方子,也不知道管不管用,你只管试试,横竖不会坏事。他妈说。然后盯着他看,看了半天,叹出一口气。你太懦弱了。她说:你应该学学你爸。

秦淮他爸就是在这天晚上出事的。子夜一点多钟,王二突然发给秦淮一条微信。自从登门讨债后,两人近乎翻脸成仇,秦淮收到微信,还有点惊讶,印象里他已经把王二删除了,原来还在。王二发的是一个网文链接,文章题目太长,只显示出一部分:

实名举报××市××局局长秦……

秦淮脑子蒙了一下。名字虽未完全显露,但在这个市这个局,是局长,又姓秦,除了他爸,还会是谁?他急忙点开文章,先一目十行扫一遍,又一字一字仔细看一遍,然后跳下床,打开房门跑出去。他妈已经回她卧室,他急促叩门,听到他妈在里头慵懒的声音:没反锁,自己开。他拧开门闯进去。卧室没开大灯,只有床头柜上一盏台灯发出来温黄的光,他妈已经换上睡衣,躺到床上准备睡。

怎么了?她看秦淮惊慌失措的样子,也紧张起来。

我爸被人在网上实名举报了。

他妈的眼睛骤然睁圆。谁?她慌忙问:谁举报的?

他情妇。

五

举报信文笔很差,贵在材料翔实,举报因由、被举报人职务犯罪证据都讲得很清楚,举报人和被举报人的姓名、身份证照片、手机号码也都悉数附上,令人信服。从文辞看,举报者是在极度激愤的情绪下写的这封公开信。她指控秦恳欺骗感情,不但没给她承诺的婚姻,还在她为他生下一个女儿后移情别恋,跟别的女人好上并姘居。她要让他身败名裂,坐牢到死。

由于事实清楚,证据确凿,秦淮他爸很快被褫夺公权,投入牢狱。秦淮和他妈曾经试图营救。看到举报信后,他们立即按信上所附号码联系举报人王女士,请求她顾念多年恩情,撤回举报信,他们愿意做些补偿,给她十万元。王女士只回复了两个字:做梦!五分钟后,他们再打,愿意再加十万。王女士仍然只有两个字:休想!之

后再不接他们电话。秦淮他妈给她发短信,分析利害,劝她不要做损人不利己的事。王女士回复:

我就是要他死! 我不像你,一个窝囊废,谁伤害我,我叫他付出百倍的代价!

秦淮他妈看罢短信,眼泪涌出来。她用纤长的指头将泪花抹去,到厨房选了把最锋利的西式主厨刀,要去找那个贱人拼命。秦淮连忙将她抱住,要把刀夺下来。他妈死命挣扎,不能挣脱,秦淮也未能把刀夺掉。母子俩僵持很久,到最后都累了,他妈趴在他肩头号啕大哭。

她竟敢骂我是窝囊废! 这个贱人,我非杀了她不可……

在联系"贱人"的间隙,他们也联系了他爸,秦恳的电话一直处于关机状态。第二天秦淮没去店里,留在家陪他妈。他妈翻着电话簿,一个个往外打电话,向所有可能知情和可能帮上忙的人求助。将号码全部打完,已经接近中午,她握着手机坐沙发里发愣,然后跟秦淮商量,要不要给检察院一个叔叔打个电话。秦淮知道那个叔叔曾跟他妈关系亲密,此时求他,未免有损父亲的尊严。可是倘若他能帮上忙而不求助,对父亲岂非更不利? 秦淮犹豫不决。他妈疲惫地瞪着他。问你呢! 她说。

房门突然作响,有人来,秦淮过去打开,居然是他父亲。秦恳的脸本来就黑,此时更像是久未刷洗的锅底。秦淮他妈看到丈夫进屋来,神色居然很平静,问他吃饭没有。秦恳说没有,昨晚到现在都没吃。他妈就从沙发上站起来,进厨房去做饭。秦淮陪他爸在沙发上坐了一会儿,无话可说,借口出去办点事,两个小时后再回来,带上白藏逃出家门去了。这是几年来不成文的规矩,只要他爸回来,他就会躲出去。他爸每次回来,都会尽丈夫的义务,跟他妈做夫妻该做的事。而今天之所以两个小时后还回来,是他知道他爸要完蛋了,今日的中饭很可能是他爸坐牢前的最后一次午餐,哪怕仅仅是出于虚妄的仪式感,他也有必要回来作陪。他和白藏在大街上游荡了一个小时,接到他妈电话,叫他回去吃饭。他看看表,感到意外。他爸和他妈已经先吃上,他爸指指旁边的椅子,示意秦淮坐过来。父子俩边吃边聊,都装出若无其事的样子。所谓聊,其实是问答,他爸负责提问户外店和单琪的问题,秦淮负责回答。其间两人还碰了几杯酒。他妈则坐在他爸对面,一声不响地用筷子吃白米饭。饭还没吃完,他爸的手机响,他爸看一下号码,走到阳台去接。接完走回来,看了看妻子,又看看秦淮。

市里通知我去开会,这就得走。他说:我不吃了,你们继续吃。

他妈没有反应,依旧安静地用筷子挑米。秦淮将他爸送出门外。他不敢再往下送,怕在楼梯口或小区里看到来抓他爸的公安。等电梯的时候,他爸对他说:照顾好你妈!

傍晚时分,秦淮给他爸打电话,问他回不回来吃饭。这其实是试探,看他爸是否已经失去自由。他爸的手机再次关机。他点开免提,将关机提示音放大给他妈听。他妈面无表情,让他自己做饭吃,她要睡。秦淮望着他妈疲惫地走进卧室,心头苍凉得仿佛秋风过境。他想单琪,喘不过气地想,打她手机,依旧是关机。他站在客厅中央,惆怅地望向窗外。窗外阴云密布,暮色茫茫,天不知是要黑了,还是要下雨。他也不想吃饭,切几块香肠喂白藏,然后回自己房间,上网打游戏消磨时间。打到感觉饿,已是午夜后,他出来找吃的,发现他妈正在餐桌那边喝酒,还是白酒。那瓶酒之前一直放在酒柜里,今天中午他爸拿出来,跟他一共喝了不到三两,此时已快见底。他走过去,坐到他妈旁边。

别喝了。他说:事情已经发生,再难过也没用,你得保重自己身体。

谁说我难过? 你看我难过吗? 他妈说:我是失望!

他妈已经八分醉,脸色酡红如飞霞。他妈平素酒量还好,只是伤心易醉,一个人喝这么多,难免不胜酒力。她半俯在餐桌上,一只手撑着额头,向秦淮讲述他爸为什么让她失望:作为正宫,她最有资格闹事,找秦恳的麻烦,但她没有。她从不给他压力,让他可以专心去应付那些野女人,可是他居然应付不了,最终栽在野女人手里,实在丢人。这是一。她原以为,秦恳中午回来,完全是出于忏悔之心,知道自己错了,要向她道歉,求她原谅。不料他没有,他只是觉得他倒霉,遇到这样的疯女人,根本没意识到这些年来他的荒唐行为对她这个结发妻子伤害有多重。这是二。她还以为,在去坐牢之前,他会有一些钱财交给她和秦淮,算是对他们母子的一点补偿,她相信这么多年来,秦恳没少弄钱,于情于理,都应该给他们一些。然而并没有。这是三。还有一个不方便说,秦恳以前与她同房,总是充满激情,活像斗志昂扬的草原英雄,策马奔腾在水草丰美之地。然而今天中午,他抱她求欢,却温柔得像个奶油小生,好像她是瓷器,必须小心翼翼轻拿轻放,一不小心就会弄坏;时间还很短,才几分钟就草草完事。这还是以前那个老狗吗?

失望呀,真让我失望! 他妈捏着玻璃酒杯不住摇头。这就是我丈夫,我含辛茹苦爱护的丈夫! 我这心呀,都碎了……

他妈指指自己的心脏部位,眼睛红得像兔子。但她并未流泪,也没哭。秦淮把酒瓶和酒杯都收起来,搀扶他妈回卧室。他妈软得像一尊湿泥菩萨,压着他半边身子,沉甸甸往下坠。他将他妈弄到床上,调好空调的温度,然后要走。他妈说:别走,陪陪我,我害怕。秦淮遂搬来一只布艺小方墩,坐到他妈旁边。他妈发髻散开,长头发披散在俗气的大红枕头上,将赭红的脸也盖住小半边,露出来的半边脸上布满了迷茫和哀伤。

以后的日子可怎么过?她喃喃说。

秦淮握住她的手。她的手纤长而细腻,此时僵冷如冰。别担心,还有我呢。他对他妈说。

你?他妈嗤地一笑。你就是个奶油小生,有什么用……

秦淮无语。他妈眼睛闭合,渐渐睡着了,呼吸均匀而平静。秦淮困意袭来,也趴在床头昏昏睡去。他妈卧室的窗帘很厚,将光线阻挡得很彻底,当被电话惊醒时,房间里弥漫的依旧是灯光,秦淮一时竟不知是何时辰。电话是单琪打来的。她昨天晚上梦到他,醒来后想得不行,偷偷跑到山尖给他打电话。秦淮将窗帘拉开,明亮的日光犹如电焊的光芒,骤然刺入眼睛。秦淮立即回头,将双眼闭上,适应了一会儿,才敢缓缓睁开。天极蓝,阳光极好,一切都像是假的。单琪问他想她没有,他说:想啊,当然想,你看看你的通话记录,有多少我的未接来电。单琪在那边嘻嘻笑起来。秦淮想告诉她家里的变故,告诉她此时有多需要她,听到她明媚的笑,又忍住了。身后突然传来白藏的惨叫。秦淮忙回头看,原来白藏不知何时跑过来,跳到床上,睡在秦淮和他妈之间,刚才他妈被吵醒,看到这东西,一脚蹬到床下去。单琪听到白藏的哀鸣,顿时关切,一个劲儿询问白藏怎么了,为何叫得那么痛苦。秦淮挟起白藏,走出他妈的卧室。

没事,白藏很好。他对单琪说:你要注意身体,结束了早点回来。

<h1 style="text-align:center">六</h1>

单琪回来后直接到户外店。她丢下小行李箱,抱住秦淮亲了又亲,一副小别胜新婚的迫不及待与热烈,直到有客人来买东西,她才不情愿地放开。这个客人是新入道的山友,照单采购了一整套登山装备,加起来三万多。店里已经很久没遇到这样慷慨的客人,单琪替男朋友开心,等客人一走,又黏到秦淮身上。他们商定晚上的活动行程:先去吃火锅,再去看电影,然后到酒店开房间。

很遗憾,他们的计划没有实现。在关店门之前,秦淮给他妈打电话,告知今晚不回去了,晚饭也跟单琪在外头吃。他妈酸溜溜说:有了媳妇忘了妈,这老话一点儿也不错。秦淮默然。我已经做好饭了,你们都回来吃吧。他妈又说:我也想单琪了,带回来让我见见她。

单琪有点不开心。她不想去秦淮家,更不想见他妈。秦淮本来不想告诉她家里的变故,为替他妈辩解,就向她坦白了他爸倒台的事。他妈这几天情绪一直很差,闷在家不出门,做小辈的,理应回去陪陪她。单琪很吃惊。她再次缠到秦淮身上,怜惜地吻他,向他说对不起,好像他爸之所以出事,全都怪她出去了这一趟。秦淮笑。

又不是你举报的,你抱歉什么?

这几天你一定很难过,我应该陪着你,可我却不在你身边,所以对不起你呀。单琪说。

他们回到家时,秦淮他妈刚炒完最后一道菜。秦淮总觉他妈有点不一样,仔细看了看,原来是化了淡妆,大概是自感形容憔悴,不好见未来的儿媳妇,于是就装饰了一下。他妈对单琪的态度还好,虽不甚亲热,也未曾冷淡,边吃饭边询问拓展培训的情况,还主动给单琪夹了几次菜。单琪有点受宠若惊,加倍给阿姨夹回去。虽然加倍,比起她给秦淮夹的次数还是少太多。单琪对秦淮腻得不行,不光不停给他夹菜,还关心他的一举一动。秦淮吃饭呛了一下,马上端水给他喝;哼一声鼻子,立即抽纸巾给他擤;说一声腰有点僵,马上在他腰上揉几下,还说等吃完饭给他好好按一按。他妈一一看在眼里,笑吟吟望着单琪。

干吗对秦淮这么好? 他妈说。

单琪有点不好意思。我会一辈子对他这么好的。她说。

你这样会惯坏他。

没事,我就喜欢惯着他,只要他对我好就行啦。

秦淮他妈笑笑,起身去看火上煲的粥和汤,须臾端上来,每人分了一碗。她和单琪的是薏米莲子银耳冰糖粥,可以美容养颜,秦淮的则是乌鸡汤。秦淮用筷子拨拉了一下,只有鸡块,没看到枸杞、肉苁蓉、锁阳和羊鞭,想是他妈体贴,先拣出去了。饭后,单琪帮准婆婆洗碗,然后抱着白藏陪她看电视剧。大概是代沟太大,他妈津津有味的电视剧,秦淮和单琪索然无味,撑了不到一集,秦淮就发起困来,单琪更如鸡啄米般打起瞌睡。秦淮他妈瞟一眼他们无精打采的样子,叫他们去睡。秦淮和单琪如蒙大赦,立即回房间去了。

这一觉睡得很实在,秦淮听到手机闹铃的呼唤,与睡魔做了场艰苦卓绝的斗争,才挣扎着醒过来。手机闹铃是单琪的,她那只套了塑胶壳的国产机放在皮包里,皮包丢在床头,闹铃声从中传出来,整个房间都是公鸡打鸣的声音。单琪还在沉睡,秦淮费了很大劲儿才把她弄醒,醒后又哼哼唧唧不想起。秦淮给她看一下时间,她一骨碌爬起来,手忙脚乱去洗脸刷牙。冲出家门前,单琪要给准婆婆打个招呼。秦淮他妈也未起床,敲敲门没回应,大概还在睡。单琪也就作罢,跟秦淮匆匆下楼去。

这天店里生意好得出奇,刚开门就有客人光临,然后一直有人进进出出,络绎不绝。秦淮本来还有点困意未尽,被刺激得精神起来。十一点左右,他正接待几个山友,他妈打来电话,叫他中午回去吃饭。他说店里忙,不回了。他妈说:你必须回来,有要紧事对你说。秦淮愣了一下,问什么事。他妈说:回来再说吧。

他妈的话搞得秦淮忐忑不安,以为爸爸又有什么罪行被揭露,他们家也将面临更糟糕的境况。他匆忙赶到家,他妈正在客厅里抽烟,面前茶几上放着一台笔记本。他问他妈发生了什么事。他妈望着他,眼神冷峻而复杂。我想问问你和单琪的事。他妈说:你觉得单琪这人怎么样?

挺好啊。秦淮说,怎么突然问这个?

他妈盯着他不说话,只是眼神渐渐变得简单起来,到最后只剩下愤怒和悲悯。她打开笔记本,朝秦淮一推。你自己看吧。

秦淮心慌得厉害,坐到笔记本前,果然看到了不愿看到的东西。屏幕上显示的是一张照片,单琪跟一个男人亲昵地搂在一起,从他们穿的 T 恤 logo(商标)看,应该是前几天培训时拍的。秦淮极难堪,期期艾艾地说:同事之间,拍照时有点亲密动作,也没什么吧。他妈说:往后看,多着呢。秦淮遂一张张看下去,看到拥抱,看到亲吻,看到裸体,看到单琪在与一个男人做他不能做的事。还有视频。在那些视频里,单琪神情迷乱,如痴如狂,放浪的声音仿佛海啸灌满秦淮耳朵,他渐渐什么也听不到,身体像触了电,从双手麻起,很快麻遍全身,然后由麻而木,渐至于失去知觉。他用最后一点力气,将笔记本摔到坚硬的地板上。他妈把烟摁进烟灰缸,将他搂在怀里,怜惜地抚摸着他的脸庞。昨天晚上单琪的态度太过了,就算是对秦淮好,也不至于那个样子,秦淮他妈冷眼旁观,越看越不正常,觉得她像是刻意地补偿什么。至于为什么要补偿,她决定查一下,就在单琪和秦淮的碗里放了安眠药。她常失眠,家里备有舒乐安定片。拿到单琪的手机后,她凭借记忆,只试了一次,就解开屏幕锁。单琪的密码设置得很复杂,以前秦淮曾经有意偷看她手机,都被屏幕锁阻止,但对于有着过目不忘能力的秦淮妈,这不是问题。她知道手机上肯定不会保留太多隐秘,不能见人的东西必然已及时删除,要挖掘被掩藏的证据,需要一个精通此道的高手。而她一个闺蜜,恰好就是这方面的专家。

　　没事,孩子,有妈在。她紧紧搂抱着秦淮,就像搂抱着襁褓中的婴儿。我不会让那些贱女人伤害你!

　　秦淮给单琪打电话,约她今晚一见。他努力保持语气的平静。单琪果然没有听出异常,只是有点不理解他为什么要特意相约,因为她下午下班后肯定是要来见他的。另外,她想把昨晚没做的事补上,先去吃火锅,再看电影,她合租的女孩今天回老家了,看完电影,他们可以住到她那儿。秦淮听她在那边开心讲啊讲,眼泪汩汩往下流。他说:先去你们住处吧。

好呀。单琪说:听你的。

七

针对单琪可能会有的反应,秦淮他妈都预作判断,事先教给儿子该怎么对付。她对她儿子的智慧和决心不抱希望,但凡他有一点心眼,也不至于让单琪骗了那么久。在她的预判里,单琪定会痛哭流涕,请求原谅,让秦淮看在相爱这么久的情分上给她一次机会,发誓以后再不会做背叛他的事。

千万不要相信!他妈说:尝过膏粱厚味,难守清汤寡水,除非你能给她更好的,否则一定还会去偷吃。

他妈叮嘱再三,言之谆谆,秦淮纵使魂不守舍,也熟记在心了。所以,当单琪果如他妈预言的那样,痛哭流涕请求给她一次机会,不但没有打动秦淮,反而让他更加厌憎。他要走,被单琪死死抱住。他吼叫着"走开",用力推,竟推不开,背过手掰她紧扣的手,她十指仿佛焊在一起,他的手又出满冷汗,掰了多时,不但没撬开缝隙,反而让她扣得更紧。秦淮恨得要死,揪住她头发往后扯,露出她爬满眼泪的脸。

放开!他怒吼。

单琪的头被拽得后仰到极限,再往下拽,脖子都要断掉了。我不会放手的。她说:你打我吧,只要能消气……

秦淮一巴掌抽在她脸上。

单琪愣了一下,似乎很意外,同时又看到希望。你打吧,只要你原谅……才说几个字,第二个耳光已响起。然后是第三个,第四个。秦淮抽打着单琪,眼看她惊恐而倔强的脸,满脑子都是禁忌的画面。他停下手,揪住自己头发哭起来。你放开呀,我求你! 他对单琪说。单琪在他胸前坚定地摇头。秦淮突然将她抱起来,快步走到床边,将她压在铺着竹凉席的单人床上。单琪立即猜出他要做什么,配合地将自己剥光。秦淮仿佛草原上的野兽,或者苏醒的火山,在这具身体上施与他所能想到的所有暴力,压抑已久的怨与欲,在最后一刻以亘古未有的力量喷发出来。结束之后,他整个人都空了,瘫在床上很久不能动弹,没有力气,也没有勇气去思考那些暴力有多少来源于脑海深处那些禁忌的记忆。单琪吃力地翻过身子,爬到他身边,把自己小心翼翼放进他胸前。

消气了吗? 她说。

秦淮扭头看她一眼。她两只脸彤红如赭,左眼角有一片青,过些时很可能会变成瘀黑,身上也伤痕累累,处处残红。秦淮心生愧意,想要抚摸她的脸,手却沉甸甸地瘫在床上。

我错了。单琪说:原谅我!

秦淮望着她,想摇摇头,对她说她没有错,她的身体是她自己的,她有权追求她想要的快乐。此时此刻,他的确是这样想的,或许是方才虽粗暴但成功的性爱给了他勇气和信心,并因此而变得宽容。他妈的逻辑是对的,是自己喂不饱她,她才去外头找食儿。——何止是喂不饱,根本就没喂过。她是正常的人,也有正常的需要,难道让她做个封建烈女,跟着自己死耗下去吗? 虚弱的人才怕失去,强大的人无所畏惧,他不知道自己的表现算不算强大,但至少已证明并不虚弱,不再害怕她离去。他想告诉她,他们的恋爱关系是精神契约,如果契约妨害了她的自由,他愿尊重她的自由,放弃他们之间的契约。他甚至想为刚才的暴力向她道歉,他无权伤害她,尽管是她的行为先伤害了他。他是厌憎暴力的,记忆里的家暴是他心灵深处永不磨灭的阴影,不料今日,他也成了施暴者。他被内心的阴影吞噬了,成了阴影本身。他想起那句流传广远的话:我们最终都活成了我们讨厌的样子。他望着单琪涨红欲肿的脸庞,羞愧如荒草蔓发。他想跟单琪谈一谈,把这些话都讲给她,让她独立选择去留。可他只是望着她,嘴巴动了动,所有的话都卡在咽喉,讲不出来。

第二天上午,他妈来店里找他。他一夜未归,他妈打了很多电话,他也一直不接,后来索性关机,他妈即已知道他妥协了。她戴一副黑超,杀气凛凛跨进户外店,要求秦淮给她一个解释。秦淮闷头坐在椅子上,任他妈逼问,一个字不说。他妈实在逼得急了,才丢出一句:

她已经认错了。

他妈气得打战,右手食指指点着他,几乎要说不出话。我怎么跟你说的? 她压着嗓门怒骂。我怎么跟你说的秦淮,你还要不要脸?

秦淮依旧闷头不语,好像打定了主意破罐子破摔。他妈恨得在店里打转,赌气要走,到门口又转回来,做几个深呼吸使自己平静一些,然后拉把椅子坐到秦淮面前。别傻了,孩子。她说:我跟你说过,女人一出轨,就回不了头。你也看视频了,那种快感你是给不了她的……

别说了！秦淮粗鲁地打断。

接受现实吧。天下女人这么多……

我能给她。

秦淮他妈盯着他，一丝讥笑从嘴唇边缘漾出来，云雾一样弥漫到整个脸庞。你拿什么给？你的嘴和手？还是工具？

秦淮仿佛被人扒光衣服，赤条条捆在木杠上游街示众。他推椅而起，从他妈面前闪开，径直走出店子。他在街上疾行，遇到路口就拐，走过一棵又一棵梧桐树，来到一座十字高架桥。他在桥下站了很久，又沿着原路往回走。店门虚掩，他妈已经离去。他颓唐地坐到之前的椅子上，一脚将对面他妈坐的那张椅子踢开。手机响了一声，收到一条短信。是他妈发来的。秦淮想，她大概是要给自己出选择题，选她，还是选单琪。不料打开看，却是限他两天之内把他的东西搬出去。

既然你选了单琪，我也得面对现实。他妈在短信里说：从此以后，我与你们秦家再无任何关系。

到底是当妈的，已然知道秦淮要做的选择。秦淮很伤心，觉得自己成了孤儿，从此后茫然无亲，无依无靠。单琪上午去公司辞职，同时把自己的东西带回来。她发誓不会去见那个同事，并且已经当着秦淮的面把那人的电话号码和微信全部删除。她的东西很多，装满了一只旅行包。她一只手拖旅行包，另一只手提着一个西瓜，从四百米外的公交站台走到户外店。秦淮隔着玻璃墙看她一步步走近，然后用肩膀顶开玻璃门，并没有起身去接。在去公司前，单琪用冰块敷脸敷很久，红肿消退许多，眼角的瘀青却不可遏制地扩散开来,看上去异常醒目。她已经知道秦淮他妈的态度,老太太一上午打电话骂了她七八回。她自知理亏,不愿做拆散他们母子的罪人,所以她改变主意了,会尊重秦淮,不再强求什么。秦淮不耐烦地打断她的话。

先去吃饭吧。他说:下午去找房子。

他们在经开区残存的一个城中村租到一套二居室,正式住到一起。单琪没再去找工作,重新回店里当起店员。现在她穿得更多的,不再是店里的衣衫,而是她定制的情侣 T 恤。T 恤上分别印有对方的大头贴,下面写着 MY LOVE(我的爱),共有两套,一套白色一套天蓝,以供洗换。店里生意时好时坏,单琪建议秦淮考虑一下再做点其他事,见他没反应,马上又自我否定,说赚不赚钱无所谓,只要两人天天在一起,就是最好的。秦淮并非不愿再找点事做。他爸在位时听说捞了很多钱和房,犯事之后一切归公,与他无关。他和他妈住的那套房,写的是他妈的名字。他并没有如他妈要求,回去搬自己的东西,他妈也没再下最后通牒。但他知道以他妈的脾性,绝不可能把房子留给他和单琪住。身为老省城,他却只能和女朋友租住在城中村,不仅丢人,也非长久之计。所以他也迫切想赚钱,只是一时没有好门路。时光由来蹉跎易,转眼已入秋,天气渐凉。中秋那天,单琪跟秦淮商量,回家去看望一下阿姨,趁着佳节气氛,或许能缓和一下跟老人家的关系。秦淮也有此意,遂鼓起勇气给他妈打电话。他妈不接。改发短信。过了几个小时,他妈才回一句:在国外。接着又来一句:不要再打扰我。

两人无趣而罢。春节前,他们为去哪儿过节发生分歧,秦淮想留在省城自己过,单琪则希望回老家陪陪父母。他们没有争吵,但各自坚持。单琪明白秦淮的心思,他是不想陪她回去,就在农历二十八那天自己回去了。走之前,她劝秦淮去陪他妈,不管发生什么事,亲人终归是亲人,不能割断也割不断。秦淮不置可否。除夕那夜,他带着白藏,骑单车去给他妈拜年。市区禁放鞭炮,沿街店铺全都关门,外来人口也大多离去,整个城市萧条而空虚。门锁没有换,开门而入,只有一团昏黑的空气。他妈不在家,茶几上丢着一份春节北欧十日游的宣传册,想必又出国了。秦淮进自己房间看了看。还是老样子,网球拍挂在墙上,沙漏放在桌头,椅子在位,被子舒展,书柜和窗玻璃也擦得很干净,一切都井井有条而又自然随意,似乎他一直就在这儿住,从不曾离开。他躺到久违的床上睡了一夜,然后在这个久违的家里独自过了大年初一。

初二上午,单琪就回省城了。她担心秦淮会多想。她只要一离开他视线,他就会疑心她跟其他男人在一起。这种偏执的念头令两人精神疲惫,生活也很受影响,彼此都苦恼,却又无可奈何。单琪怀疑,秦淮欢好时越来越疯狂的暴力,除了最初的恨意还在,也与他这种日常的疑神疑鬼有关。自那晚后,与秦淮的每次做爱,都像是强奸与被强奸。秦淮仿佛复仇的勇士,试图用暴力征服来洗刷他遭受的耻辱和委屈。他的勇猛与雄壮的确之前未有,可是单琪宁愿要以前那个虽然性无能、但却温柔体贴的秦淮。但她不敢说,她怕说出来会让秦淮误会,认为她想重返过去。她回到出租屋,没看到秦淮,以为他在他妈那儿,心绪便有些寂寥,窝进沙发里跟人聊起微信。一个新加的老同事在微信里关心她的生活,建议她出去走走散散心,比如去西藏。他们聊了很久,也聊得很开心,直到秦淮回来才互道再见。

秦淮情绪不好。这半年来他情绪好像从来没好过，所以单琪也习惯了。她问他是不是跟他妈一起过的年，他不出声。单琪呆了一下，又问：阿姨还好吧？秦淮说：不好。

怎么了？

住院了。

秦淮他妈并没有出国，而是罹患急性胰腺炎，在医院里度过了一个难忘的春节。初二上午，她的老闺蜜赵阿姨闻讯去探望，出来后给秦淮打电话，痛骂他不孝。秦淮这才知道他妈得病了，几乎死掉。他匆忙赶过去。他妈已过危重期，好转许多，正半靠在病床上看美剧，一个半秃男人在旁边伺候，用水果刀把一只煮熟的苹果切成小块，扎上牙签给他妈吃。他妈看到他，脸色顿如冰霜，丢下水果和平板电脑，拉被子躺下去。他妈是在腊月二十八午夜突然发的病，疼得宇宙都坍塌了，以为活不过当夜，给秦淮打电话叫他来，他却关机。还好 120 及时赶到，将她送到医院急救，检察院那个老光棍得到消息，也跑过来悉心照料，才算活着挨进新年。此时都可以出院了，她亲生的儿子才露面，叫她如何不寒心！秦淮向他妈解释，说是他手机的问题，关机状态打来的电话，开机后并不能显示出来，所以他不知道他妈打过电话。他也这样给赵阿姨解释过。赵阿姨原谅了他，但又数落他不该关机，要知道他妈可是 24 小时乘以 365 天都待机的。他妈对赵阿姨说，秦淮他爸入狱了，秦淮只有她一个亲人，万一发生什么事，只能找她，她怕他联系不上，会着急。秦淮眼睛和鼻子酸得厉害，世界水汪汪的模糊一团。此时他站在病床旁，向他妈讲述未能及时赶来的缘由，想起赵阿姨的话，再次两目泫然。

别说了。他妈打断他。是你手机的原因也好，是你女人的原因也罢,你现在才来,都已经不需要了。你也不用解释了,你没有错,错的是我,我当年就不该把你生下来。他妈背对着他,说话声音不大,但每个字都清晰而冰冷,仿佛用冰砖雕出来。我不想见你,你赶紧走吧,医生说了,这个病得保持心情舒畅,不能动气。

秦淮僵立如枯木。秃男人示意他先走,等他妈消消气,再过来赔个不是。秦淮只好离去,一路痴呆回到出租屋。这种困境简直无解,单琪很难受,又不知道该怎么办。她问白藏在哪儿。秦淮想起还在他妈那儿。他不想再跑一趟,推到明天再去带回来。单琪说那我去吧。向他要钥匙。秦淮不给。单琪恼了,冷笑说:是我不配进你们那个家,对吧?秦淮说:不要无理取闹。单琪说:是我无理取闹,还是你们都看不起我?秦淮,如果你不愿接受我,你可以放手,我不会再缠着你。这次轮到秦淮冷笑。这句话应该我来说吧?他说:如果你想另结新欢,或者重温旧爱,都悉听尊便,你是自由的。单琪脸色煞白,眼泪翻涌如瀑布,却没有哽咽或哭泣。我知道了。她说:只有我死了,你才满意。她扭头冲出卧室。秦淮情知不对,急忙追出去,她已经跑进厨房,从刀架上抽出一把牛刀。那套刀具是他们搬到这里时,一起去商场买的,简洁,锋利,可以切割任何东西。单琪握住牛刀,便向手腕上抹。秦淮急忙捉住她的手。两人争来夺去,一不小心,锋利的刀尖刺入单琪胳膊,鲜血随即冒出来。单琪丢下刀子,捂住伤口放声大哭。

去医院包扎,然后绕道去接白藏,回到租屋时天已昏黑。两人的怒火和怨气暂时平息。秦淮叫了外卖,喂给单琪吃。单琪吃了几口,眼泪又簌簌流下来。秦淮以为烫,再喂前就反复吹。单琪泪流得更凶了。对不起,是我害了你。她对秦淮说:你回你妈身边去吧,我不会恨你的。秦淮苦笑。回去干吗？我是她的耻辱，她也不愿再看到我。单琪说：她那是气话，哪有当妈的不爱自己儿子的？秦淮不语，捏起一根薯条送进单琪嘴巴。他隐约知道，他妈当年是被他爸强奸，才怀上的他。因是未婚先孕，他妈深感丢人，几度想做掉，都因外祖父坚持，才留了下来。他知道他妈那句话是怄气，但在怄气之外，是不是也流露了某种心声呢？他看着单琪咀嚼薯条，伸手将她嘴唇上的一点番茄酱抹掉。

这一辈子，我只想与你相依为命。他说。

单琪嘴巴咧了咧，泪水又决睫而出。她投入秦淮怀中，两条胳膊犹如铁箍，紧紧勒在他腰上。

八

单琪很快发现，秦淮所谓的只想与她相依为命，很可能只是说说。

他重新开始寻找那个曾经寻而不得的妹妹。

在他爸被举报后，秦淮联系过王女士——他在电话里称那位比他大不过十岁的人为王阿姨——表达了认领妹妹的愿望。王阿姨很警惕，怀疑他是意图报复，要设圈套绑架她女儿，警告他离她女儿远一点，否则就报警抓他。秦淮反复解释，终于让王阿姨相信他没有恶意，不过王阿姨叫他死心，她不会让女儿跟秦家有任何联系，等风波过后，就把女儿的姓改成她的王。她要求秦淮从此各走各路,井水不犯河水。秦淮很难过,也只能表示尊重,不再执意去认妹妹。

　　然而现在,他忽然又启动了这个放弃已久的计划。他的理由是,妹妹是他在这世上仅存的亲人,他必须把她认回来。这理由很伟大,单琪无从反对,只是心生悲凉:原来在秦淮心里,她还不是他的亲人。她劝自己不要多心,秦淮可能是忘了定语,他妹妹是他仅存的"有血缘的"亲人,自己当然也是他亲人,只是没血缘而已。等他们有了孩子,血缘相结,世世代代传下去,两人就再也分不开了。她想要个孩子。她不介意先怀孕再结婚,甚至先生下来再结都无妨。然而每次谈到这个话题,秦淮都很犹豫。他有他的理由,房子、教育、医疗、才艺培优,等等,都需要钱,他们明显没准备好。一谈到现实,总令人气馁,美好理想就如阳光下的肥皂泡,飘在空中看着就好了,不要碰,一碰就会碎。

　　单琪急切想怀孕,还有一个目的。秦淮在欢好时的暴力成了常态。早先她以为他这么做是在惩罚她,一次完事后,他抱着她,问她感觉怎样,她笑笑说,只要他开心就好。后来每次完事,他都这样问,神情之间还充满期待,她才发现不对,他很可能是喜欢上了这种性爱,并且以为她也乐在其中。她如实相告,她不喜欢这种方式,觉得不被尊重。秦淮有些错愕,似乎感到很意外,沉默了片刻,向她道歉,保证不会再伤害她。此后他就不再碰她,每晚和衣而卧,不说话,也不睡觉,只是望着天花板沉默,也不知道在想些什么。沉默令人恐惧,譬如寂静的黑夜,不知道隐藏了什么不好的东西,也不知道它什么时候会出现。单琪日夜忐忑,被他以"尊重"之名施加的冷暴力弄得精疲力竭。假如怀孕了,他们就有理由不再同房,等到孩子生下来,天天抱着孩子睡,也可以理直气壮地分床而居。她认为这是个体面的台阶,可以让两人摆脱这种尴尬而危险的状态。直到有一天,两个人睡前闲聊,说到不知流落何方的妹妹。

妹妹才四五岁,还很小。她妈肯定要嫁人的,后爹如后妈,日子会很苦。秦淮闲闲说:要不,咱们也别生了,把她领过来,好好抚养大。

屋子里的灯已熄灭,黑暗掩藏起单琪满脸的绝望。你看着办好了。她说。

要找妹妹已很困难。王女士早不在龙子湖住,搬去哪里无从知晓。当年举报信里附的手机号也已废用,身份证也是在龙子湖买房入户时办的,此时已没有线索价值。他茫无目标地找了许多日,一无所获。他想起他妈的闺蜜赵阿姨。赵阿姨是公安系统的,也许可以帮忙。赵阿姨已办了内退,但很热心,托单位里的熟人查找王女士信息,发现她已于春节后只身去澳洲,至今未回,至于女儿,户籍显示落在了她老家父母的户口上。他们判断,小丫头很可能在老家,由外公外婆带着。

回到租屋,秦淮难掩兴奋。他决定翌日一早就出发,按地址赶赴一千公里外那个小镇。单琪肚子疼,歪在床上看他收拾东西,不表态支持,也未泼冷水。次晨秦淮出发,单琪肚子仍在疼,卧床未动。秦淮看她一眼,也未说话,背起双肩包走了。他带了许多儿童食品。满怀希望赶到那座位于两条山脉之间狭小平原上的镇子,却只找到一幢破旧的二层预制板楼房。从楼院生锈的老式铁锁,可知此宅空置已久,并无人住,询问邻居,都说老两口早被女儿接到大城市享福,至于何城何区,都不晓得。秦淮大失所望,将食品送与邻居家的小孩,灰溜溜返回省城。到出租屋时天色已晚,载渴载饥,身心俱疲。他打开房门,没看到单琪和白藏,以为她带白藏出去买菜了,亦不在意,先去厨房找吃的。冰箱里没有可以直接充饥的东西。他给单琪打电话,在通话中。反复打,一直在通话。他很纳闷,不知道她跟谁说得这样没完没了,决定出去买吃的,穿过客厅,留意到茶几上有一页纸,上面写有几行字。他忽然有种不好的预感,急忙拿起来看。是单琪留下的。

　　虽然万般不舍,依旧决定离开。

　　你说你爱我,可是我从你的行为里只看到恨。

　　爱怎能用恨来维持?

　　当一切失去本意,结束,是最好的选择。

　　白藏寄养在隔壁五金店。它是你的,我不会带走。

　　永别!

　　秦淮再拨单琪电话,依旧是通话中,想来是把他的号码加入了黑名单。他又看一遍留言,手指松开,那页纸犹如一片落叶,或者划过时光之河的一尾鱼,钻进茶几和沙发之间。他骑单车穿过一条条街、一个个路口,从梧桐树的隧道里抵达店子,敲开隔壁的门,领回寄养的白藏。他带白藏回到自己的户外店,将店门反锁,抱着白藏在地板上躺了一夜。到第二天,他胸腔里才感到疼。第三天变成空虚。空虚是有形的,仿佛墙壁上残破的洞。空虚持续了很久,大概过了两个月,才渐变成麻木,譬如伤口愈合,结起一个疮疤,很难看,碰上去也不再有感觉。

秦淮愈加迫切地想找妹妹。这似乎成了他活下去的唯一理由。他再次向赵阿姨求助，发誓天涯海角也要把妹妹找出来。赵阿姨感动得泪花沾满假睫毛，下功夫帮他找到了所有可掌握的信息：王女士在去澳洲前，跟一个长居澳洲的华侨有很频密的来往，并且两人是同机离境，判断已确立情人关系。另外，在武汉有一套以她爸之名购置的房产，她爸妈和女儿应该住在那里。讲完这些，赵阿姨对秦淮说：

有时间回去陪陪你妈吧，她一个人，挺孤独的。

秦淮笑了笑。单琪离去的第三天晚上，他实在难捱，拨了他妈的电话。他妈关机了。赵阿姨说过，他妈以前是不关机的，就为了他这个儿子。现在关机，是不是不再关心他这个儿子，甚至已经不再当他是儿子？他不知道，只知道第二天他妈也没有回电话。他妈的手机可没有他手机的毛病，关机时的来电也会显示。他托赵阿姨照管几天白藏，自己乘高铁赶赴武汉，按图索骥，很容易就找到地方。王老先生夫妇都在家。一开始老两口很警惕，听秦淮自报家门，说明来意，神色又变得很怪异。秦淮请他们把妹妹带出来，让他见一见。老两口支支吾吾，眼神躲闪。秦淮苦苦相求，保证只是认妹妹，绝不会带她走。老王才告诉他，孩子在春节时已经死掉了。

她在小区外头路上玩，被车撞了。老王说：司机喝醉了，一下子撞上去，孩子都轧得不成形了。

秦淮仿佛被人投入冰湖，瞬间被冻僵，不能动弹，不能呼吸，甚至不能心跳。回到省城，他病了一场，连发几天烧，烧后又卧床一周多，才渐渐调回元气。五一马上到，不少驴友要添置或更新装备，他得在店子里守着。一天下午，他接待完几个客人，拿起手机翻微信。

有个相识的老驴友发来一张照片。这位驴友正在西藏野游，每天在朋友圈发一堆美图，秦淮以为他要与自己分享美景，打开一张，眼睛顿如被炭火烧灼，几乎要瞎掉了：单琪跟一个男人在一条大河旁勾着肩膀摆pose（姿势），让同行的驴友拍照。单琪晒黑了，但精神饱满，笑容如蜜之甜美。他不想多看那个男人，他已经认出是那些照片和视频的男主角。

兄弟，这不是你女朋友吗？老驴友在微信上问。

秦淮说：店员而已，早就离职了。

已经没有疑问，单琪不会再回来。秦淮把房子退掉，跟白藏住到自己店铺里。他做好了再经历一番由疼而空再麻木的准备，不料却卡在疼与空之间，进不能，退不得，每日煎熬，无以自脱。有时候他想，做人怎能如此矫情呢？差不多得了！可是没用，他绝望地发现，自己就是这么矫情。最不能熬的是夜晚。既不敢睡，入睡就会梦到妹妹和各种车祸惨状，也不敢不睡，不睡就会不可控制地想象单琪和那个男人。再往后来，醒着时也会看到车祸，睡梦中也会遇到单琪。梦与醒渐渐混淆，他也越来越恍惚，耳朵边不时有人在叹息：

噫，生有何欢？死有何惧？

据说，横死的人为求转世，会寻找替身，蛊惑其死。秦淮不知道自己是不是被鬼盯上了，只是思来想去，的确生无可恋，于是提刀在手，在梦中颠沛而行，到处寻找要杀的人。他意识到自己得了抑郁症，试图与它抗衡，每天逼自己出去骑会儿单车，带白藏遛遛弯。七月五日傍晚，他与白藏路过一家蛋糕坊，橱窗里摆着各式糕点。他和白藏站在窗外看了很久，然后推门进去，订了一个八英寸的榴梿蛋糕。之后又路过一家花店,进去订了一束花,十四枝康乃馨和十三枝萱草花缠在一起。七月六日是他妈生日,他要去祝他妈生日快乐。次日上午,他取出榴梿蛋糕——他妈喜欢吃榴梿。——和花束,带白藏去他妈那里。敲门无人应答,他掏出钥匙,开门入内。他妈不在家,房间里干净得略显空旷。他把蛋糕放到餐桌上,花束放到他妈卧室的床头。卧室的窗帘拉得很严实,房间里昏蒙蒙的,使他恹恹思睡,遂趴在床上沉入梦境。梦里万物俱备,又什么都没有,他手执牛刀,寻找那个穿天蓝 T 恤、胸前印有红唇女人大头贴的人。后来终于找到。只是在梦里,天蓝是灰白,红唇则是一团墨黑。他提起刀,照准他心脏刺过去,自己的心脏却尖锐一疼。他在疼痛中惊醒,额头汗水涔涔,茫然很久,才记起是在他妈的床上。他摸索着爬起来,走进客厅。窗外夜色茫茫,不知何时天已经黑了。他妈仍没有回来。白藏跑过来蹭他腿,它饿了。秦淮从冰箱找一坨香肠喂它,然后拨他妈的号码。又是关机。他怔了一会儿,给赵阿姨打电话,问她知不知道他妈去哪儿了。

你妈去北海道旅游了,你不知道吗? 今天她生日,出去散心了。赵阿姨说。然后又责怪他:你呀,就不知道心疼一下你妈吗?

秦淮无语。既然是出国,一两天不可能回来,他去卧室取花,要放在水盆里涵养着。他打开卧室灯,取起花,眼光从窗子边的衣架上扫过,然后钉在了那里。衣架上搭着一根男式皮带,皮带扣上的 logo 很眼熟。他再次拨通赵阿姨,询问他妈是跟谁一起去的北海道,是不是一个秃男人。赵阿姨在电话里笑了笑,笑声有点干。是啊,是检察院的老夏,他们是多年的老朋友,人很好的……

冰箱的冷藏室里堆满东西,秦淮打开下层的冷冻柜,将花束塞进去,带上白藏离开。地面上湿淋淋的,沾着许多早凋的国槐叶子。在他睡眠中城市下了场大雨。他看过时间,已经接近午夜,街道里人车寥落,无声而来无声而去,仿佛一个个寂寞的幽灵。他缓缓骑着单车,在白藏陪伴下茫然而行,进入一条商业步行街。这条街平常总是熙攘拥挤,此时却因冷清而呈现出从未有过的空旷,令秦淮感觉仍在不真实的梦里。他听到有人在哭泣,骑车往前走,看到街中央一条黑铁长椅上坐着一个小丑。——准确说是一个穿着小丑装的男人。他坐在那儿哭,呜呜咽咽,悲伤的声音在冷清街道里无助回荡,令所有醒着的生灵心碎。秦淮将单车靠在灯柱下,坐到小丑旁边。长椅上仍有水渍,裤子被洇透,凉凉的湿意浸入皮肤。小丑依旧在哭泣,只是更加低回和压抑。秦淮问他为什么伤心。他扭头睃秦淮一眼。他的小丑服是最传统那一种,半边黑半边白,头上顶着两根尖长的角,正像扑克牌里的小王。秦淮说:这么晚了,哭哭啼啼多吓人,聊聊天吧。他不抽烟,但喜欢嚼口香糖。他掏出一盒口香糖,抽两根递给小丑。小丑犹疑地接过去。两人就这样聊起来。小丑说他姓楼,在省城一所大学读研,趁假期出来打工赚钱,在这条商业街的某个商场扮演招徕客人的小丑。他家是农村的,父亲已去世,母亲多病,还有个妹妹在省城师范大学读书。妹妹生活不便,母亲来学校陪读,他也可以同时照顾她们俩。今天傍晚,他接到妹妹电话,母亲再次病发住院,需要钱。他去找经理,想预支薪水救急,被经理拒绝了。他又打电话求借,电话簿打完都没借到,太绝望,才忍不住坐到这里哭。如果惊吓到秦先生,他很抱歉。秦淮悄然掏出自己的钱夹,塞到小丑衣袋里。小楼太瘦,小丑服装又偏大,有点撑不起来,显得松松垮垮的。秦淮拍拍小楼湿淋淋的肩。

回去睡吧,明天还得上班呢。他说:别太伤心,一切都会好起来。

小楼说:谢谢。

秦淮摆摆手,与白藏继续往回走。他刚到家,就接到一个陌生的来电。是小楼,他说他衣袋里有个钱包,问秦淮是不是他的。秦淮想起钱包里除了钱,还有几张自己的名片,有点懊恼。他说:钱不多,你留着用吧,反正我也不需要了。小楼连声道谢,说他一定会还。秦淮笑笑。不用还了。他说:你还有个妹妹,多幸福啊,你得好好活下去。小楼说:一定会的,我最爱我妹妹了。秦淮抚摸着白藏,对小楼说:你得照顾好她。小楼说:肯定的。秦淮看着白藏。白藏也看着他。秦淮说:小楼,你喜欢狗吗? 小楼说:我不喜欢,但我妹妹喜欢,怎么了秦哥? 秦淮说:我有个金毛,你今晚见到过,我要出远门,以后照管不了它,如果你妹妹喜欢,送给她吧。

小楼欣欣得声高增加八度。太好了秦哥,我去哪儿找你?

他们约在明晚八点,老地方见。商场晚八点下班,秦淮把白藏送过去,再由他送给他妹妹。次日早上,小楼突然改变主意,给秦淮打电话,说他妹妹一定要见见他,当面向他道声谢。至于时间,上午中午下午都行,趁秦哥的方便,他会在上班时把妹妹带过去,在那边等着。秦淮说:那就中午吧,我顺便请你们吃个饭,我记得那儿有家茶膳馆,茶不错,饭也不错,就在那儿吧。小楼说:怎能让你请呢秦哥。他说这句话颇显犹豫,仿佛被什么东西噎住喉咙。秦淮知道他是嫌那儿消费高。不要争了,我有卡。他说。小楼说:那好吧。

秦淮并没有卡,只不过不想让小楼为难。冒充款爷很好笑,不过横竖如此,留钱何用?才八点多钟,小楼即发来短信,告知订好的桌位,他妹妹已在那儿恭候。真有点迫不及待的样子。秦淮也无所谓,带上白藏就去了。时间太早,茶膳馆里还没客人,即使小楼不说桌位,秦淮也不愁找不到他妹妹。当他带着白藏走到那位女孩面前,他愣住了。

她是个盲人!

九

秦淮仅仅愣了一下,便镇静下来,从容与女孩打招呼,问她是不是楼兰。女孩说是的,问对面的人是不是秦大哥。秦淮说是。然后两人互相说你好。秦淮在桌子对面坐下。楼兰向他表示感谢,她喜欢狗,也曾养过一条金毛,可惜丢失了,秦大哥愿意把白藏送她,她很开心。秦淮有些讶异,不知她怎么知道白藏的名字,他好像并未向小楼讲过。不过也难说,他脑子越来越不管用,究竟有没有说过,他也不记得了。他叫楼兰不必客气,问她喝些什么。楼兰让他点,他便点两壶茶,一壶金骏眉,给她的,一壶莲心茶,自己喝。他近来喜欢莲心茶,莲心很苦,可是想想人心更比莲心苦,便也不觉得什么。

须臾茶水送上,两人边喝茶边闲聊。一开始话题很散,都是零零碎碎的日常,类似于今天天气。他让自己的语气听起来像是面对一个正常人,而未对楼兰的盲表现出惊讶和好奇,他认为这是对残障人士应有的尊重。他自己也很放松,对于一个日益自闭和社恐的人来讲,盲人无疑是最好、也最安全的社交对象。楼兰话不多,偶尔插一两句。她脸上笑意盈盈,充满真诚和关切,证明她并非无意交谈,而是更愿意倾听秦淮的诉说。秦淮不由自主就说多了,从变化无常的天气聊到他狼狈不堪的生活:他的爱情,他的家庭,他的妹妹,以及他仅有黑白二色的梦境。白藏安静地卧在他旁边,不时蹭蹭他的腿。每当这时,楼兰就会注意到,伸手过来摸摸它的头,或者抓抓它毛茸茸的脖颈。白藏对她的友好并无反应,只是仰头望着秦淮,眼神似乎充满了忧伤。楼兰并未因为它的冷漠而失望,她看不到白藏的态度。不见所欲,使心不乱,眼瞎有眼瞎的好啊! 秦淮这样想。

秦大哥。楼兰说:我有种感觉,不知对不对。

你说。

你是不是想自杀?

秦淮呆了一下。为什么这么说?

你在梦里追杀的人,其实就是你自己。楼兰说:你厌弃你自己。

秦淮默然,不知如何回答,只好盯着她看。她是盲人,他可以肆无忌惮地看她,而无须担心她的反应。她很白,想是长时间不见阳光;眉毛弯弯,脸庞清秀,头发用橡皮筋束在脑后,垂下一条粗长的马尾,看上去干净而朴实。秦淮微微发怔,觉得她哪儿有点像他妈。可是他妈怎会如此朴素? 也许妹妹长大了,会是这样子吧,但她的眼睛一定是正常的,大而亮,有世界上最好的神采;她的头发也会是洋气的小辫,而不是这种橡皮筋结束的马尾。橡皮筋束马尾是另外一个人的标配,他与她相识数年,开始那天是那样,最后那天也是那样。秦淮脑子有些疼,提起茶壶给楼兰续茶,却见她的杯里仍是满的。他提醒楼兰喝茶。楼兰摸索着端起茶杯。茶杯是汝瓷,豆青的釉色宁静而美好。

很多事情并不是我们看到的那个样子。楼兰说:你认为你妈妈不爱你了,不再要你这个儿子,可她为什么不把门锁换掉? 为什么还留着你的房间,打扫得干干净净? 还有你妹妹,他们说你妹妹死了,你就相信了,万一他们说谎呢?

秦淮不语。楼兰继续说:人生很漫长,我们这辈子会遇到无数人,不断有人从我们的世界离开,也不断有人进入我们的世界。就像以前,王二离开了你的世界,现在呢,我们又进入了你的世界。你的上一个女朋友离开,然后单琪进来了,现在单琪离开,也会有新的人进来。不是吗?

秦淮苦笑。这些道理他都懂,只是道理讲给自己听,往往是没用的,就如天冷时的自我拥抱,不但感受不到温暖,反而愈显凄凉。此时听楼兰讲出来,他觉得好受了许多。楼氏兄妹的突然出现,一定是某种宿命的安排吧,正像当年单琪的突然出现,莫名其妙却又命中注定。秦淮想。楼兰浅啜一口茶,说:这茶很好喝,一定很贵吧。

秦淮笑。一般吧,普通红茶。

楼兰也笑了,笑容在脸上绽放,令人想到月光下的昙花。我没喝过这么好的茶,茶汤一定很好看,真想看看它是什么色泽。她说:对了,秦大哥,你的记忆有颜色吗? 比如你刚才讲述往事的时候,那些过往的人和物,在你的脑海里有没有色彩?

秦淮想了想。没有,也是黑白的,跟梦境一样。他说:除非很重要的事物,才会保留色彩,比如大红的沙发垫和枕套,就像用朱墨在黑白画面上涂了红,很醒目,也很突兀。

是了。你的记忆和梦境只有黑白,是因为你的注意力只在事情上,而没去关注人和物的本相。它们是有色彩的,只是被你忽略了,当你关注它,它就呈现了出来。楼兰说:你需要把自己从困扰你的事情里转移出来,去看看青天白日,万紫千红。你知道我有多想看到世界的色彩吗? 可惜我看不到。你能看到,千万不要辜负了造物的厚爱。

她说话不紧不慢,声音娓娓,犹如风吹水流的白噪音。秦淮喝着茶听她说,眼睛依旧盯着她的脸。她一直面带微笑,仿佛眼睛看不见,就用微笑面对世界,打量人间。到了吃饭的时间,食客渐渐多起来,他们坐在大厅靠窗的一个卡座,觉得有点吵。秦淮有些不乐,捡起桌子上的菜单。

饿了吧? 他对楼兰说:想吃什么? 我把菜名报给你,你决定。

楼兰两手压着桌沿,身子向他倾过来。秦大哥,咱们换个地方吧。她说:这里肯定很贵,没必要多花钱,吃着也不自在。她声音微小,可能是不好意思,脸颊上泛起一点赧红。

秦淮将菜单合上。好。他说。

秦淮结过茶钱,托着楼兰一只手,在收银员古怪的眼光中走出茶膳馆。今年二龙治水,雨水充沛,入夏以来,常常云起即有雨落。刚才他们在茶馆聊,又下过一场,此时虽已云开日出,炽热阳光热烈泼洒,空气中仍有一点残存的清凉。步行街里行人又复密集起来。秦淮一手牵白藏,一手依旧托着楼兰的手,与她并肩而行。他们路过小楼扮小丑的商场。秦淮往那边张望,看到小楼正在商场入口处卖力表演,花哨的小丑服在阳光照耀下异常鲜艳。他附在楼兰耳边,把看到的景象讲给她听。楼兰听他描述她哥的滑稽,笑起来,朝那边摆摆手,仿佛看到她哥,并且她哥也看到了她,要向他打个招呼。她的方向是错的,她哥并没有看到她,依旧在那边东蹿西跳,像只穿花衣裳的猴子。秦淮看着她的笑脸,发现她如此动人,就像向阳而开的花朵,虽然闭着眼睛,却绽放出最美的花瓣。他攥住托着的那只手,一起垂下去,如同情侣牵手的模样。楼兰有点羞涩,却也没有反对,任由他牵着,脸上浮起一抹幸福的光晕。

　　街道里喧声如沸,人潮滔滔,他们继续往前走。阳光以接近直射的角度从天空倾洒下来,在秦淮身后印出两个短小的影子:那个瘦直的是他,那个偶尔摇动尾巴的,则是在无数抑郁的昼夜忠诚陪伴主人的白藏。

微君之故

一

假如人生是一部写在文档上的剧本,可以随时倒回去修改,潘浩会以最快的速度拖起鼠标,将时间拉回到四月二十三日,重新选择那天的出行工具。那么在那个阳光明媚的上午,他将开车去参加同学婚宴,或者搭乘城乡中巴,而不是骑他的小排量直梁摩托。返程途经那辆侧翻的六轮货车时,他也就不会停下来,贪小便宜去捡一只金钻凤梨。

假如可以把时间拉到四月二十三日,重新设置那天的情节,潘浩还将严控酒量,而不会放浪狂饮。那么他的脑子也就不会被酒精占领,以至于车主吆喝着阻止他捡凤梨时,一时性起,重手推搡了车主一把。

这些本来也不算大事,但因潘浩身材庞大,加上醉醺醺,态度又复恶劣,给车主的印象就极坏。潘浩一米九一,膀宽腰圆,站起来像只熊,是当年班里两个"巨人"之一。两人一姓潘一姓高,同学给他们起绰号,姓高的叫高康大,姓潘的叫潘大倌。高同学愉快地接受了绰号,潘浩却不干,谁喊就跟谁翻脸,搞得大家都嫌他无趣。后来谈恋爱,女朋友也因他身量之雄壮,叫他潘大。潘浩一开始不高兴,但女朋友是工作后谈的,与当年的同学并无交集,也不知道潘大倌的典故,自非故意寻他开心,而是取英文 panda 的音译,昵称他是大熊猫。潘浩听她这么解释,也就释怀了。大熊猫看上去憨厚温和,人畜无害,一旦发怒,也会暴戾得吓死人。潘浩的脾性恰亦如此。所以当车主虚张声势地冲他吆喝,他在酒精的支配下顿时发作,当胸一把,将车主推翻在地。车主是外地人,恫吓失败,立即怂了,潘浩本想再补他一脚,眼前一花,他已蹿到十米开外。潘浩吓了一跳,仿佛白日见鬼,定了定神,将凤梨丢进车篓里,骑上摩托腾云驾雾般回城去了。

潘浩酒量一般,胜在胆大,有酒必喝,因此每喝必醉。女朋友对此深恶痛绝,几度以分手相要挟,逼他戒酒。但要他彻底戒掉,也不现实,比如老板或客户提壶巡酒,身为职场中人,谁敢不喝?再如哥们儿遭遇大喜或大悲,必须以酒宣泄,身为好兄弟,又怎能不喝?他以此力争。女朋友姓魏名紫,是公务员,在县委宣传部上班,深知酒之于社会生活的重要性,恼火的时候态度决绝,冷静下来想想,也知道太武断。于是她妥协让步,不再强求一刀切,而是约法三章,只准在不可抗力下可以喝醉,其他场合只能小抿三杯。所谓不可抗力,是指老板和客户的意志;至于兄弟朋友,真有好交情,就不该让他因酒伤身,倘若明知其不能喝而逼之喝,就不是真兄弟真朋友,绝交也罢。潘浩唯唯听命,一上到酒场,该喝照喝,该醉照醉,侥幸不被魏紫发现,就蒙混过去,蒙混不过,便声称席间有领导或客户在,不得不尔。魏紫深感绝望,决定冷他十天半月,以示惩戒。不料才冷战几日,她去参加副部长的二婚典礼,遇到两名猥琐上官,将她灌得七荤八素,被单位司机送回家,整整呕吐了一夜,五脏六腑都吐空了,请假躺床上昏睡两天。潘浩不知女朋友被欺负,只道也是单纯的不可抗力所致,表面上疼惜异常,殷勤伺候,心里头却幸灾乐祸。魏紫倍感无趣,酒伤过后,也就原谅了潘大。再见他喝醉,亦不复呐喊分手,但仍会有怒火升腾,斥骂他几句,甚或冷战几天。所以潘浩虽然获得了有限自由,仍然害怕女友,每次喝醉,都尽量躲着不让她见。这天亦然,他骑摩托车回城后,不敢去见魏紫,直接潜回住处睡觉去了。

　　县里在创建文明城市,暗访组不久要来访查,正值关键时刻,各单位都被动员起来,螺丝钉拧得紧之又紧。魏紫也忙得不可开交,日复一日不遑暇食,没工夫来他这边查岗。潘浩一觉醒来,已是次日早晨,阳光从窗帘缝隙射进来,犹如一柄明晃晃的长剑,扎到贴着无纺布暗花壁纸的墙上。他酒已全醒,朝手心哈口气闻闻,亦不再有酒气,心头冒出一点小得意,仿佛做坏事逃过家长和老师。房子是租的公寓,一室一厅一厨一卫,他去洗手间打扫个人卫生,路过客厅,看到玻璃茶几上那只凤梨,仍然记得是昨天从路上捡来的,打算上班时给魏紫捎过去。魏紫喜欢吃凤梨,而他供职的公司在城东,正好路过她家所在的小区。

　　内地原无凤梨,逐利者贩运进来,往往被人当成菠萝,惊怪商家黑心,把价钱定得那么高。潘浩和魏紫原先也不知道两者的区别,偶尔在水果店看到,瞟一眼价格,即冷笑而去。上个月他们随团去台湾旅游,一日途经西南部某县政府,见有一大群人在那儿咆哮,将一颗颗硕大的凤梨往政府大楼丢,询问导游,原来是凤梨收购价崩盘,农民结伙来抗议。潘浩想讨个便宜,买一颗当零食,遂跑过去询价。那名阿伯从口音听出他是大陆客,不要钱送给他一个。潘浩欢喜而返,与魏紫剖而食之,这才发现跟以前吃的菠萝大是不同。魏紫一吃上瘾,沿途不断购买,反正台湾盛产,便宜得很,天天吃也不心疼。回颍川后,魏紫对台湾凤梨念念不忘,再去水果店,看到凤梨两个字倍感亲切,再看看与台湾相差近乎十倍的价钱,又不禁气短,挑了三个,过秤前又放回去一个。拿回家切了吃,发觉味道有差,以为花高价买到冒牌货,立即找回去跟店主理论。店主坚称他们这的确是凤梨,但承认没有台湾的金钻凤梨好吃,不过倘若是台湾凤梨,价钱会更高。魏紫心情大坏,剩下的也不想吃了,都丢给潘浩去消化。潘浩昨天赴宴归来,路遇那辆爆胎侧翻的货车,看到水果箱倾洒了一大片,有些箱子被摔破,水果散落出来,有香蕉有凤梨,品相都很好。车主正在手忙脚乱地往一堆归拢。潘浩离开婚宴时尚且八分醉,被风一吹,已然醉到十分,醺醺然间也怕出事,因此骑得很慢。看到那些凤梨,他顺势停下来,打量纸箱上的文字,见上头写着"台湾金钻凤梨",正是魏紫的最爱,便顺手捡起一只。他初心并不是要白拿,只是酒劲上头,反应迟钝,还没顾上跟车主说话,车主已经气急败坏地窜过来。潘浩被他激怒,索性就要占他便宜,非拿走一只不可,于是冲突就发生了。

　　洗漱完毕,潘浩找一个塑料袋,将凤梨兜起来。魏紫已如约在小区外的早餐店等候。她问这只凤梨哪儿来的。潘浩不好意思说是抢来的,犹豫了一下,说从结婚那个朋友家拿的。魏紫借用店家的刀,将皮削去,切一片品尝,果然是怀念已久的味道。潘浩看她开心的样子,心头欢喜,嘴上却笑她太容易满足,小小一点如意就如此快乐。魏紫说：小女子就是胸无大志，知足常乐。斜起眼来乜潘浩。某人好像一副很瞧不起的样子，真奇怪，难道他不是应该感到庆幸吗？就不怕惹恼我，向他要名车豪宅、宝石戒指？

　　潘浩连忙赔笑，感恩亲爱的，赞美亲爱的，邀请亲爱的方便时一起去看看他们的房子。潘浩年前预交首付，在城东某在建小区买了套三居室，准备拿来做婚房。潘浩每次从那儿路过，总会驻足长望，从楼层增长的速度，推算他的房子什么时候才能无中生有。按照设计规划，他们那栋楼共有二十八层，他那套房子则在第二十三层。前天他再次路过，发现终于轮到盖他们那一层了，他想带魏紫去看看，让魏紫一起见证他们婚房的诞生。魏紫欣然答应。两人约好下午下班后在马踏飞燕那儿会合，然后一起去工地。

　　潘浩下班之前，主管临时加了点活儿，时间只好拖延。赶到马踏飞燕时，魏紫已经在了。领导本来安排有工作，她请假跑过来，此时正站在巨大的塑像下看手机。潘浩叫她名字。魏紫抬起头，望着他跑到面前，脸色异常难看。潘浩心里起毛。

　　怎么了？他问。

　　魏紫两眼盯着他，仿佛盯着来历可疑的陌生人。你那只凤梨到底怎么来的？

　　潘浩突然有种很不好的预感。不是说了嘛，从同学家拿的……他期期艾艾。

　　魏紫把手机举到他眼前，让他看上头的画面。那是嵌在新闻页面里的一幅动态图，剪取一小段视频制作而成。潘浩脑袋里仿佛丢进一枚炸弹，轰一声烟尘翻滚，瓦砾横飞。那幅动态图所展示的，正是他昨天抢凤梨的全过程：醉醺醺地停车，大咧咧地捡拾，粗暴推翻车主,然后趾高气扬地驾车而去。从画面看,潘浩的那些动作滑稽可笑,仿佛蛮横而又猥琐的小丑,不知是摄像头的角度或光源问题,还是他醉态之下就那副德行。潘浩难堪得要死。

操他妈,不就拿他个凤梨,值什么? 竟然搞出个新闻! 他在难堪之中愤愤不平。

魏紫将手机朝他一递。你自己看,看完再说。

潘浩狐疑地接过手机,翻到页首,赫然看到黑体标题:货车爆胎侧翻,满车水果被哄抢一空。潘浩大吃一惊,急急阅读。原来在他离开之后,随即有一拨人跟上去捡便宜。那些人大概是附近村民,在他们地头上,且有潘浩在前做表率,那人拿得,我们就拿不得? 于是一个个拿得理直气壮。车主在旁哀求,全然无用。这帮人刚走,又有人跟上来,然后又一拨,接着又一拨。周边村民亦闻风而至,犹如群狼围猎,争相抢夺,等派出所接警赶到,现场已只剩下几个扯烂的纸箱。车主损失惨重,抱着车轮号啕大哭。警察也很无奈,只能劝车主。车主越哭越恨,用手机上网搜到几家著名省媒的电话,打过去哭诉不幸。媒体记者闪电而来,拍照采访之后,发现附近路口有个摄像头,请警察同志帮忙查看记录,然后连夜赶稿,一篇图文并茂的报道就面世了。作为带头哄抢的人,潘浩——文中称其为"戴眼镜醉汉"——在报道中着墨甚多,不仅根据车主的讲述详细描写了事发经过,所配那个动态图也是时间最长、前后最完整的,让人一览而知重点所在。

你成名人了。魏紫在旁边说。她依旧盯着潘浩,眼神夹枪带棒,水深火热,复杂得无以言表。

潘浩想笑一笑,咧了咧嘴,看上去更像哭,一句话如同雷鸣般在脑海里反复滚荡:丢人丢大了!

事情并不仅是丢人这么简单。类似的公路哄抢并不罕见,三不五时就会见诸报端,但因太具话题性,仍然惹人关注。省媒报道之后,各大网媒迅速转发,不少自媒体也跟风热议,本地微信朋友圈更加热闹,连续刷屏数日。县委宣传部收集舆情,上报书记和市长。事件发生在颍川,必然大损本县形象,对正在紧要关头的创建文明城市不啻当头一击。书记和市长大怒,召来公安局局长痛斥一顿,责其治下无方,记者要看摄像头记录,警察就给他们看,还给他们拷贝,根本是自曝家丑,目无大局。训罢又命他尽快抓到首事者,依律严惩,以正社会风气。公安局局长无辜挨熊,将怒火按捺到局里,立即召人开会,加倍发泄出来,先痛骂事发地派出所所长和指导员,复严令城乡各所以此事为戒,长点眼上点心,举一反三,再勿犯错。然后又传令,他要在天黑之前看到那个戴眼镜的家伙。

突然之间名满天下,令潘浩诚惶诚恐。单位同事的态度变得很奇怪,以前亲热的颇见疏远,以前疏远的却亲热起来,纷纷祝贺他爆红,要请他签名留念。有人匿名将他的联系方式发到本地贴吧,他的手机立即被灌爆,各路人士的谴责和咒骂蜂拥而至。贴吧和地方论坛亦是一片嘲骂之声,称其为颍川县的败类和人渣。潘浩请了长假,关掉手机,躲在住处不敢见人。他唯一想见的是魏紫。自从马踏飞燕下一别,她再没有找过他。这可以理解,她工作很忙,日日夜夜不遑暇食。并且她还将毫无悬念地因为他而蒙受羞辱,被人唾骂,承担不该由她承担的精神压力。以前他喝醉酒,她还要冷战几天,何况遭遇这么大的变故。所以潘浩并不怪她。就算她要跟他分手,他也会无条件接受,并给予祝福。他这样想着,眼前模糊一团。

二

　　惩罚比预想的重。警察登门相请时,潘浩以为无非行政拘留三五日,然而裁决下来,却是行拘十日。不过也无所谓了,在拘留所里闭门不出度日如年,在外头一样是闭门不出度日如年,而在拘留所熬过这些天,还能清偿法律债,从此冤报两结,与车主互不相欠,所以其实还是划算的。

　　进拘留所第三天,潘浩他姐来探视。这是潘浩拘留期间唯一的一次探访。姐姐哭得稀里哗啦,先骂他贪小便宜,又咒司法太无情,复痛斥处罚不公,凭什么那么多人抢凤梨,却只判她弟弟一个。潘浩也觉得自己很冤,转而思及社会心理学上的羊群效应,他也就认了。人众譬如羊群,领头那个做了什么,后面的就会跟着做什么。所以他带头抢凤梨,后面的也跟着抢。假如他带头做好事,后面的也可能会善心大发。因此自己独受惩罚,讲起来也是活该。他被姐姐没完没了的控诉搞得很烦,有心打断她,问一下魏紫的情况,又怕问出不能承受之痛,忍之又忍,终未开口。期满释放那天,天气很好,阳光亮得刺眼。姐姐和姐夫临时有要紧事,没去接他。他眯着眼走出拘留所,看到魏紫站在大门外一棵栾树下。栾树枝叶如盖,在水泥地上投下一个边缘清晰的阴影。魏紫站在阴影里,看着潘浩一步步走过来。两人默然而立,都无话讲。时间在沉默中疾如闪电,又慢如蜗牛,满世界只有蝉鸣的声音,浩大起伏如海潮。魏紫扭过头去。

走吧。她说。

魏紫陪潘浩吃了一顿饭——一碗牛肉面加一杯可乐——然后送他到住处，稍坐片刻，便回单位去上班。潘浩站在窗前，看她骑电车驶出小区，急如脱逃之兔，转眼就不见了。他取出手机，上网查看今日电影院都有什么电影，翻遍几个影院，俱无心仪的影片。不过这不重要，重要的是以看电影为由，约魏紫出来，跟她待在一起。他给魏紫发微信，说有一部电影正上映，想跟她一起去看。他攥着手机等了三个小时，一直没有回复。改打电话，嘟嘟响两声，便被挂断，然后微信发过来，说她正在开会，晚上还得加班写稿子，不去看电影了，让他自己去。潘浩望着那条微信发怔。夜幕在他的呆怔中倏然而降。他没有去看电影，而是取出一瓶酒，将自己弄成一堆烂泥，不规则地摊在床单久未更换的床上。在昏睡前，他用仅存的一点意识给魏紫发出一条微信：

咱们分手吧。祝你幸福！

这句老套而俗气的话，是他彼时所能想到的最好的说辞。酒醒时不知何时，唯见阳光如雪，透过落地窗铺洒床前。看看丢在枕头边的手机，并无任何消息。他觉得饿，住处没吃的，也不想出门，就点了外卖。半个多小时后外卖敲门，打开之后，发现门口还放着一个纸箱。他将外卖和纸箱带入房间，打开纸箱看，是自己的几件衣服和两本书，还有一双运动鞋，衣服和鞋子都洗得干干净净，整齐叠放在箱子内。这些都是丢在魏紫那儿的。衣物上有只白色信封，拆开来，里头装一张 A4 纸，只看到几个隽秀的钢笔字：

照顾好自己！

潘浩捏着那张纸,发现它在抖。然后人也开始抖,全身上下瑟瑟震颤,犹如帕金森病患者。他将背抵在墙上,依旧抖得厉害,脊背贴着墙壁滑下去,坐到凉丝丝的抛釉地板上,还是一直抖一直抖。大概是天太冷吧,这个晴空白日的初夏。

潘浩是生活男,会做饭也喜欢做饭,日常家务样样都干,要照顾好自己并非难事,唯一需要的,是从眼前糟糕的情景里抽离出去。进拘留所后,他已被公司辞退,现属无业人员。纵使没被辞退,他也断无脸面再去上班。他甚至无脸面再在颍川待下去。他决定远走他乡,去省城或任何其他可以混迹的地方,只要可以不再见到颍川人,也不再被颍川人见到。

主意既定,潘浩开始收拾东西。才收拾一半,忽然肠鸣如雷,一遍遍往卫生间跑,一晚上跑了七八次。熬到天亮,他已严重脱水,萎靡匍匐在床上,仿佛榨干汁的人干。想必是外卖吃坏了肚子。他不愿去医院或诊所,想起家里有氟哌酸,找出来吃了几粒。腹泻脱水之后,除了补充缺失的水分,还得调整电解质和酸碱平衡,潘浩再会照顾自己,也不懂这些,在家喝了几天稀粥,逐渐不再跑卫生间,却一直无力倦怠,精神不振。其间有几个朋友打电话,约他喝酒,显然是知他获释,要为他压惊。他一一婉拒,说在忙一些事,以后再约。他姐姐也来过两次,均吃闭门羹。第四天下午,他姐给在县城实验中学读书的儿子送东西,又顺道过来,一直拍门,不开就不走。潘浩只好放她进来。姐姐见他憔悴得不像个人,既吃惊又心疼,眼泪汪汪,骂他自残,强留下来照顾他,又从附近诊所请来医生,为他诊治。医生派护士上门打点滴,打了三天,潘浩才算康复。送走姐姐,他继续收拾东西,分类打包,准备送回老家,只留下几件衣物轻身远行。

房租月底到期,他已通知房东不再续租。客厅向阴,大多时间不见阳光,唯下午六点左右,太阳会移动到西边两栋高楼的夹缝里,短暂地照耀客厅这面窗子。这时门被叩响。潘浩从猫眼往外看,很严重地怔了一下,犹豫片刻,还是把门打开。那束阳光齐着他的肩膀射过去,正好落在魏紫的脸上。

魏紫扫一眼混乱的房间,并无惊讶之色,似乎已预知潘浩要离开,并且认为离开是对的。反而是潘浩的剧瘦,让她暗自心惊,以为是悲伤所致,只听说失恋可以减肥,没想到效果竟如此显著。气氛有点尴尬,不知讲什么好。待了一会儿,潘浩问她吃饭没有。魏紫说没有,一下班就直接过来了。此时离吃晚饭的时间尚早,但若自己烹饪,也差不多该动手了。潘浩便去厨房忙活。他姐怕他挨饿,走之前买足了食材,蔬菜鲜肉和速食品无不齐备,打开冰箱琳琅满目。潘浩炒了四个菜,蒸了一点米。四道菜都是日常小炒,没什么特别,但都是魏紫爱吃的。酒柜里还有小半瓶红酒,也正好拿来应景。魏紫夹了几口菜,端起高脚杯小呷一口酒,眼泪倏然而落,一颗颗坠到红酒里。

你干吗要拿那个凤梨?她说:我就在宣传部上班,那几天单位净成这个事,应付记者,引导舆论,想方设法去灭火。部长被书记训,回来就训我们,同事们挨训,都盯着我看。你知道我有多丢人……魏紫越讲越伤心,情绪也有点崩溃。你再看看你视频上那个样子,跟个小丑有什么两样?我宁可你是杀人放火,讲起来也没这么现眼……

潘浩羞愧难当,恨不得立即死掉,化成空气无风而散。魏紫哭了一场,怨气渐消,抽纸巾抹掉眼泪,继续埋头吃饭。潘浩吃不下去,勉强划着筷子作陪。魏紫吃了一会儿,对潘浩说,跟你说个事儿。

魏紫有个闺蜜,在市委工作,负责政府网上的书记市长信箱。今天上午下班前,信箱里收到一封外地信件。发信者是邻省一位女士,前些时她和丈夫跑运输经过颍川县,不幸出了车祸,丈夫身亡,她则因路人施救,得以保住性命。如今她伤已大好,在家调养,想找到那位救命恩人,表示一下感谢,但因没有联系方式,无从找起,所以给书记市长写信求助。闺蜜正琢磨这封来信应该分发给哪个部门办理,魏紫打来电话,叫她一起去吃饭。两人经常一起吃午饭,地点也大多是在政府大楼附近的一家面馆。闺蜜看魏紫情绪低落,声音也有点喑哑,明白是何缘故,也知道她这些天都快要得抑郁症,心生怜惜,约她周末一起去邻县一个风景区游玩。魏紫不去。闺蜜不高兴了,骂她没出息,为那么个二流子似的家伙痛苦成这样。魏紫说:别这么讲他,他也是为了讨我开心。闺蜜无语,忽然想起那个外地来信,脑洞里冒出来一个念头:让潘浩假冒见义勇为者,再叫那名女士给市委宣传部写封感谢信,由宣传部出面表彰潘浩,即可挽回他的名誉。反正女士在信中讲了,她当时一直昏迷,并不知道救她的人是谁。魏紫听她讲罢,嘴里说着"这不大好吧",眼睛却炯炯发亮。

有什么不好?闺蜜说:这事做成了,你就不用再为有那么砢碜个前男友而丢脸了。

穿帮了怎么办?

闺蜜把嘴巴凑到魏紫耳朵边。这不是在咱们手上嘛,只要兜得好,绝对没事。

魏紫犹豫不决,叫闺蜜先不要处理那个信件,容她再想想。她想来想去,仍怕穿帮,找闺蜜商量有无万全之策。闺蜜看她如此谨慎,笑她胆小如豆。不过小心点总归没错,她建议先查查救人的是谁,什么身份,倘若对方不是善茬,那就算了。刚好她在 110 和 120 中心都有得力熟人,调出此次车祸报警和打急救的电话号码,证实是同一个号。闺蜜看它不像本地号,上网查其号码段,居然属于海南。她们认为有必要再了解一下具体案情,最重要的是现场有无其他目击者。闺蜜的老公跟交警大队副队长是哥们儿,打电话向他询问,不久就反馈过来消息。据查阅案卷及办案警官回忆,出警赶到现场时,报案人已不在,当事车辆坠落在路边干枯的石渠里,石渠深达数米,长满荒草,货车又较小,难以引人注意,因此周边并无围观者,也没有第二个人打电话报警。勘查现场发现,事发处公路上有块脸盆大小的混凝土,疑是从运载车上坠落的建筑垃圾;从现场车迹判断,应是当事车辆车速过快,冲轧上混凝土块,导致车辆失控,坠入石渠。司机已经死亡,身上有明显酒气,必是醉驾无疑。副驾驶上的女士则重度昏迷。120 随后赶到,他们协助医护人员将伤者弄出驾驶舱,送往医院抢救。两天之后,死者弟弟持证件赶来,将当事车辆取走,就此结案。

如此说来,想必是持有那个手机号的海南人在事发时恰好路过,热心打了报警和急救电话,然后就赶路离开了。闺蜜和魏紫一阵欣喜。海南远在万里之外,就算在颍川锣鼓喧天开大会,也万万传不到他耳朵里。现场又无其他目击者,还有什么好担心?闺蜜笑嘻嘻瞄着魏紫。

干不干?

魏紫脸颊有点热,用手扇着风,笑而不语。她觉得还须先跟潘浩商量商量,征求一下他的意见,万一他不配合,也没有办法。闺蜜冷笑。为了他费尽心机,他敢不配合,大耳刮子扇他!闺蜜说。

魏紫不愿逼迫潘浩。她认为这是为他好,希望他能体恤自己的苦心。她吃着饭,将这个主意闲闲讲给潘浩听。我们计算了一下时间,她发生车祸那天,刚好跟你那个同学的婚礼是同一天,你的时间和路线都凑得上,讲起来也有说服力。魏紫说。

她说着这些话,抬头望向潘浩,只见他正盯着自己,两眼发直,神色也变得很古怪。你要是不愿意,那就算了。她说:不用勉强。

如果我告诉你,打110和120那个人就是我,你信不信?潘浩说。

魏紫笑了一下。这事都是我们设计的,你说我信不信?

假如没有这封求助信,你什么都不知道,我说打电话那个人是我,你信不信?

魏紫捏着筷子想了想,突然很沮丧。她摇摇头,声音也变得低落。不信。

为什么?

所有人都知道你那天干的事,现在又说你在同一天还救了人,这么大的反差,这么硬的巧合,谁会相信?魏紫叹了口气,将碗放到桌子上,又将筷子搁到碗口上。我也是昏了头,只想为你挽回点名誉,连最基本的人情事理都忽略了。她望着眼前那只碗发了会儿呆,神情越来越落寞。潘浩叫她继续吃饭,她回过神,却站起身来。

我吃饱了,谢谢你的饭——和红酒。我该走了。她说着,取过衣帽架上的遮阳帽和挎包,径自走向房门。在走出房门之前,她回过头,望了一眼跟过来的潘浩。

照顾好自己。她说。

这句话显然是永别之词,此时再讲,无非是一种强调,假如没有类似于今天所发生的意外,从此就不会再见,也不必再见了。他要送她下楼,她执意不允,他也就不再坚持。他觉得疲惫,大概是尚未完全康复,忙活了半天,有点撑不住,遂歪到沙发上,懒洋洋地点上一支烟。一支烟抽完,困意袭来,他懒得回床,便蜷在沙发上蒙眬睡去。梦境茫茫如雾,无人无物亦无事。好像就睡了一会儿,手机忽然响起,将他从雾境之梦里拽出来。是魏紫打来的。她改变主意,坚持要潘浩出面认了那件事。她回去后心灰意冷,给闺蜜打电话说要放弃,闺蜜听她讲罢原因,不以为然。

你管别人信不信,只要那女的信就行了,那女的信了,别人不信也得信。闺蜜说。顿了一下,又说:索性做个彻底,我叫熟人把电话记录修改一下,把那个海南号改成潘浩的,看他们还有什么屁放?

魏紫被她一鼓动,便又改变立场,再劝潘浩接受这个安排。潘浩很无奈。

咱们已经分手,我的形象再差,也不会再连累到你;至于我自己,已经无所谓了。潘浩说:算了吧。

不行! 魏紫的语气有种罕见的固执。你是我爱过的人,我不能容忍我爱的人在别人眼里那么不堪!

潘浩怔了一下,从眼睛到鼻子一直酸到了心里。魏紫等他说话,听不到回声,在那边问:人呢?

在的。潘浩说:有那个女士的电话吗?发给我,我先跟她联系一下。

号码立即从短信里发过来。魏紫怕他不会讲话,跟女士过话时露馅,交代了许多注意事项。潘浩有点不耐烦。相信我,那个人真的是我!他说。魏紫在电话里笑了一声。嗯,我相信。

潘浩看看时间,才九点多一点,不算晚,便按号码拨打过去。电话随即接通,一个陌生的女中音传过来。喂,谁呀?

潘浩不知道这个声音属不属于那位王女士,得到肯定答复后,他报上自家大名,告诉她自己就是那个帮助过她的人。王女士很惊喜,一连道了无数谢,反复保证等到可以下床走路,一定到颍川当面致谢。潘浩被她洪水般的感恩弄得招架不住,除了说是他应该做的,只剩下劝她不要客气。王女士并不是个善于言辞的人,感恩之后,话题立即难以为继。潘浩打这电话的目的,只是试探她是否承认自己,既然目的达到,也无多余的话好讲,便请她早点休息,养病要紧。王女士知他是要挂电话了,突然说:

问你个事,驾驶舱里有两万块钱,你那天看到没有?

潘浩瞬间蒙掉了,本能意识到这可能是个坑。没有啊。他说:我就在你们车旁边看了看情况,有个人想……呃,我想过把你们拖出来,但是你知道,那个情况不能乱动,万一弄不好,反而会让你们伤得更重,所以就打了个电话,然后我还有事,就急匆匆地走了。根本没动你们任何东西。

那就奇怪呀,车掉进深渠里,那地方又偏僻,我听说根本没人注意到,只有你看到报警了,所以问你……

真没有看到。很晚了,你早些休息,晚安。

"安"字一出口,潘浩立即挂断了电话。

三

这个结果令魏紫深感意外。闺蜜也觉好笑,原来这女人找恩人是假,找钱才是真,庆幸没有匆忙去尝试修改电话记录,遂复例行公事,将信件发送对口单位。至于哪个单位算对口,她请教领导,领导想了想,让发给县委文明办。潘浩亦如计划离开颍川,寂然来到省城。他住进一家青年旅馆,制作几份简历,到处奔走找工作。现在是用人淡季,工作不太好找,奔走多日,依旧没有找到理想的职位。但他并不着急。坦白讲,他仍沉溺在消极情绪里,在自怨自艾中自暴自弃,觉得所谓人生,不过如此,何必那么认真和努力。况且目前也没有生存压力,唯一需要面对的硬支出是每月的期房房贷,囊中尚有余钱,可以应付几个月,所以,找不到满意的工作,就且混着吧。

想到房子,潘浩有点伤感。买房不易,是这代人的共识。他们县经济尚可,但薪资普遍不高,他所在的公司在地方实力雄厚,他在公司算中层,收入依旧不足以支撑独立购房,为了那套刚在空中现形的三居室,他几乎借光了姐姐的积蓄。仅有房也不够,还得有辆出行代步的车,平时外出办事,经常借用哥们儿和同事的车,借多了自己也不好意思。因此他平时花钱很小心,能省则省,能蹭则蹭。他住处的水笔、稿纸等物,大多是从公司顺的,饮水机柜里的纸杯,也经常印着他们公司的大名。魏紫批评他贪小便宜,她男朋友是潘大,应该为人大气,大大方方,亮堂堂七尺男儿,而不是小手小脚,徒有那么大一堵肥肉。她不让潘浩这么干,自己却干得很顺手,来自潘浩公司的那些东西很快就被来自宣传部的替换掉,有时候还有散装的茶叶、办公室多余的马克杯、去办事的人丢下的整盒香烟,一件件从她那只硕大的白色皮包里掏出来。潘浩笑她双重标准。魏紫瞪他。

我是小女子,贪小便宜不丢人。她说:你是大男人,所以不能干。

潘浩将她搂到怀里。魏紫身材并不娇小,但在潘浩胸前却像依人之鸟。她很喜欢这种感觉。潘浩被女友鞭策,也想大手大脚做人,然而终究阮囊不丰,有时难免还会干些很小家子的事。所以那天看到散落地上的凤梨,才会趁醉下手去拿。他知道这样不好,讲出去会很难为情,但没想到竟会受到惩罚,并且惩罚如此惨烈。如今身败名裂,女朋友也离去,只剩下那套刚诞生的房子仍在,仿佛一个笑话,一种反讽。他想把房子卖掉,他父母矢志在乡间终老,不愿去住。

这天上午,他去一间公司面试,在休息室等候时,闲刷微信消磨时间。刷朋友圈已经是很多人的本能,未必是想看别人在干什么,实在是除此之外不知道还能干什么。潘浩亦如此。凤梨事件之后,他几乎不再发朋友圈,但有时候还会打开看一看。他的微友一多半是颍川人,所发朋友圈除了鸡汤、养生和晒图,也大多与颍川有关。他翻了一下,看到一则新闻评论,标题是:

事了拂衣去,深藏身与名:一桩车祸里的高尚人性眼光扫过"车祸"二字,潘浩心头微微一动,随手点开文章。才看几行,他眉头便揪起来,越看揪越紧,看完之后,抓起桌子上的透明文件袋,曳步如飞离开公司。他在电梯里把那则新闻转发给魏紫。他没有把魏紫删掉,也没有拉黑,分手互删和互黑是很幼稚的事,他不愿这样对待魏紫。还好魏紫也没有把他删掉和拉黑。下楼之后,他立即给魏紫打电话。铃声响过几下,魏紫就接通了。

你看到那个报道没有? 潘浩问。

看到了,我们正在学习呢。

怎么这样? 潘浩大声嚷嚷,仿佛在冬眠中被攻击而醒的熊,气呼呼地要发作。

你吼什么? 魏紫有点不高兴。这跟咱有什么关系?

魏紫嘴巴上说没关系,其实还是有一点的。报道里的车祸,正是王女士那桩;见义勇为的人,则是事发地所在乡镇的一名男教师。想起自己曾经意图冒名顶替,魏紫难免有些尴尬,也有点后怕。此次创建文明城市,县委文明办职责甚重,前些时的哄抢凤梨事件重创颍川文明形象,至今余波荡漾不息,令文明办刘主任极为头疼。收到王女士的求助信,刘主任如获至宝,立即进见宣传部周部长,建议找出见义勇为者,将之树为典型,大张旗鼓宣传一番,借以提振颍川文明风气。周部长深表赞同,叮嘱刘主任尽快去办。刘主任的调查路径与魏紫闺蜜不谋而合,很快得到见义勇为者的手机号码。那个来自海南的号码让刘主任无比沮丧,心头一度也闪过找个本地人冒充的念头。他被这个疯狂的念头吓了一跳,吩咐办公室小陈给王女士回文,颍川县委文明办接信后如何重视云云,再附上好心人的号码。小陈拟文期间,刘主任觉得海南佬虽是外人,终归在本地行善,应该打个电话,聊表敬意,于是就照号码拨了过去。意外的是,接电话的是个老头儿,开口交谈,竟然满嘴富含红薯味的纯正颍川话。老头儿听刘主任讲明情况,不胜欢喜,连声说是他老二干的。他跟老大在海南住,前些时回了颍川老家一趟,定是那天老二手机没电,拿他的手机出去,正好遇到那桩车祸,做了好人好事。据老先生讲,他老二姓黄名夏生,在乡中学教语文,为人正直,天性善良,打小就懂助人为乐。刘主任心花怒放,要到黄夏生的手机号,一时内急,先去卫生间大个便,出来即联系黄老师。黄老师正在通话。过些时再打,依旧在通话,前后打了四次,才算打通。黄老师坦承就是他,并向刘主任讲述了现场情况。刘主任仔细倾听,与交警队案卷记录完全一致,定是其人无疑。想那现场特殊,若非黄老师仗义相助,王女士必死无疑,黄老师做了莫大功德,却绝口不提,品德委实高尚。黄老师很谦虚,连称没什么大不了,谁遇到都会那么做,反而是未能一直守在伤者身边,让他感到歉疚,当时家里正在装修,事情太多,所以打过电话之后就匆忙离去了。刘主任愈发感动,约他来文明办一见,然后又亲自给王女士打电话,代表县委、县政府和全体颍川人民向她表示亲切慰问,同时告诉她一个好消息,见义勇为者已经找到了。王女士有些愕然,因为昨晚已经有人给她打电话,自称是救人者。她向刘主任要了黄老师号码,要跟黄老师验证一下。刘主任更愕然,将黄老师号码告诉她,又向她要来昨晚那个电话号,找移动公司查询机主,竟然是刚刚败坏过颍川名誉的潘浩!刘主任大怒,立即联系王女士,叮嘱她昨晚那人是骗子,切勿上当。王女士唯唯应诺。她已经打电话跟黄老师验证过,确定救自己的人就是他。刘主任舒一口气,兴冲冲找周部长汇报。几天后,宣传部主办的表彰与学习动员大会隆重召开,新闻办广邀各路媒体莅临采访,王女士也应邀前来,坐轮椅参加了盛会。在外界媒体报道之外,县内媒体也开足马力,连篇累牍推出评论文章。《颍川通讯》一位记者文笔尤其好,平平淡淡一件事,竟被他写得波澜起伏,感人至深,充满了政府的温暖和人性的光辉。文章上传公众号,在颍川人的微信朋友圈广泛传唱,没多久就传到了潘浩的眼里。

　　魏紫的反应令潘浩更加不快。那个人明明是我,怎么变成姓黄的? 他有点气急败坏,对着手机嚷叫。太荒唐了!

　　手机里一片寂静。潘浩喊:喂,你有没有在听?

　　在听。魏紫说:我这边忙,先挂了。你照顾好自己……

　　别挂,你听我讲。潘浩急忙说:我告诉你真正发生了什么。

　　潘浩以近乎失控的情绪和语气讲述了那天的另一段经历。他担心魏紫不耐烦听,会突然挂断,讲几句就问一声:你在听吗? 听到魏紫说在听,才继续情绪激动地往下讲。讲完之后,电话里哑然无声。潘浩焦躁地叫喊:喂?

　　在的。魏紫说:你为什么不早告诉我?

　　一开始是因为这事实在太小,不过是路上遇到,顺手打个电话而已,手机还不是自己的。那天又喝醉,回来昏睡一场,就忘记了。后来你要让我认,我觉得连你都不相信的事,别人怎么可能会相信? 最主要还是觉得事情太小,就算县里认了,也不会有什么奖赏,反而叫人更加想起我抢凤梨的丑事,何必呢? 所以就没多讲。早知道县里会这么卖力宣传,我肯定站出去了,我也很后悔。

　　你个蠢货,大蠢货,气死我了! 魏紫在那边怒骂。

　　潘浩听她骂,横眉瞪眼的模样如在眼前,既难过,又觉安心。现在你相信了吗？他说。

魏紫叹了口气。我相信有什么用？潘浩无语。魏紫问：你现在在哪儿？

省城。

你马上去找王大姐，跟她好好谈谈，想办法取得她信任，请她出来做个证。

挂断电话，潘浩立即返回青年旅馆。他刚办完退房，魏紫已经弄到王女士的家庭住址，短信给他发过来。潘浩一边往车站赶，一边在手机上订票。王女士家虽在邻省，但离省界不远，下高铁后转乘长途公交，刚好从她们村口路过。他这一路大顺风，几乎没有浪费一点时间，全部行程加起来，才用了三个多小时。这让他莫名而生信心，认为是好征兆，预示此行也将顺利圆满。王女士的伤仍未痊愈，潘浩见到她时，依旧在卧床休养。潘浩是脸盲，若非相貌太有个性，他往往记不住。王女士长着一张大众脸，当时满脸又被血污覆盖，再加上过去这么久，倘若是在街头相遇，他定然认不出来。但王女士左小臂和右腿打着石膏，脑门上也有一大片不规则的新白，明显是伤痂脱落留下的印记，潘浩据此断定她就是自己要找的人。王女士听他自报家门，有点意外，礼貌性地冲他笑一笑。笑容很僵硬，也有点尴尬。

你一张嘴我就听出来了。王女士说：你的声音比较特别，有点粗，但很结实。

潘浩第一次听到用结实这个词形容声音，不过似乎还挺形象，也笑了笑。笑来笑往，气氛便有点轻松起来。潘浩先关心王女士伤情，然后讲明来意，将他这些天所遭遇的种种不堪坦诚相诉，恳求王大姐仗义相助,还他一个公道。王女士听他讲完,两只手摆弄着挂在钥匙串上的紫檀小佛像,没看潘浩,也不说话,不知在想些什么。潘浩猜她定是不相信自己。回想那天与王女士通话,王女士问他有没有看到那笔钱,他的第一反应是她要讹人,毕竟这都什么年代了,乞丐讨钱都已使用电子支付,怎么可能还有人带那么多现金出远门? 此时反思,当时自己真是多心了。陌生人之难以取信,由此可见一斑。如今情景倒转,试图让人家仅凭一己之词而相信自己,将心比心,岂非强人所难? 况且自己是人格已经破产的人,再想求信于人,无疑更加困难。潘浩纠结不已,恨不能把心剖出来给王女士看。王女士忽然抬起头,笑眯眯地盯着他。

你们县文明办的刘主任对我说过,你要是再给我打电话,就让我报警。

潘浩大惊,脑海里瞬间回荡起羊驼的别名。你要报警吗?

王女士含笑摇头。你是找上门,又不是打电话。她说:但是我也没办法帮你做证,如果你真的在场,你就该知道我当时一直昏迷,根本不知道是谁打的电话。人家黄老师有证据,只能判定是人家。她望着潘浩,眼神充满抱歉。对不起啊!

潘浩绝望而去。王女士看他神情落寞,大不忍心,叫婆婆装了许多新煮的鸡蛋,一定塞给他路上吃。此处地属平原,田野开阔,天际线与地平线在视觉的尽头合二为一,太阳没有接应的山峦和建筑,尽管已近傍晚,仍然在天空悬浮着。潘浩站在公路边等车,望着陌生的原野心生惆怅。公交迟迟不至,他掏出手机给魏紫打电话,告诉她碰了钉子。魏紫原本没抱太大期待,不过是让潘浩去试试,失利虽在意料之中,却依旧感到失望。

看来只能去找拿手机的那个人了。魏紫说。

也不知道找不找得到。潘浩说：我有个不好的预感……

你是不是要打退堂鼓？

没有，就是有点悲观。潘浩说：我尽力而为。

手机里一团沉默。潘浩知她不高兴了，她如此迫切地要为自己争名誉，自己却时怀踌躇，的确有些说不过去。他想表个决绝的态，或者发个誓，以安魏紫之心，却听她叹了口气。

一定要争个结果！她说：该受的惩罚你已经受了，该有的荣誉你也得拿回来。

这句话仿佛一针肾上腺素，当胸刺入心脏，顿时激发起潘浩的斗志。他一时激情饱满，急急要找到那个最有效的证人，威胁也好，利诱也罢，逼急了清朝十大酷刑也不妨一一施行，务必使其向公众讲出真相。魏紫叫他先回颍川，再做具体打算。潘浩应诺。挂电话前，魏紫忍不住又责备了一句：

你说你，怎么偏偏那天没带手机呢？

四

假如可以把时间拉回到四月二十三日，在那个阳光明媚的上午，潘浩出门前一定不会忘记带手机。

他的手机在客厅沙发上充电。头天晚上他加班，喝了太多茶，忙完后仍无睡意，遂窝到沙发里看电视，顺手把手机插到旁边的电源插座上。电视是房东的财产,平常纯属摆设,只有跟随魏紫追剧时,潘浩才会用一下。彼时魏紫正追一个国产剧,潘浩要跟上她的步伐,有空时就打开电视做做功课。体内的咖啡因在冗长的剧情里逐渐消退,睡眠光复,潘浩歪到沙发上昏昏睡去。睡前他忘了定表,醒来时瞭一眼墙上的钟表,仿佛屁股上被刺一刀,哀号一声,猛然从沙发上弹起来。那是一只老式石英钟,嵌在一幅山寨风山水画框里,表针已经指向九点钟。他承诺过要陪同学一起登门接新娘,此时还未动身,断然要迟到了。他草草洗把脸,装起红包狂奔下楼。他本来要借同事的轿车,但若再耽搁,会迟到更晚,况且开车还得等红灯,躲测速仪,老实遵守交通规则,不如骑自己的摩托痛快。他选了条相对稍近的路,风驰电掣往前赶,速度太快,感觉摩托和人都要飘起来。这条路不是交通要道,车流稀少,潘浩一路狂飙,只遇上零零落落几辆三轮和皮卡,逆向者飕然而过,同向者一一超越,只有一辆四轮货车长时间固定在视野里。

　　潘浩此刻回想,记起那时候天光晴明,长满原野的麦子正在扬花,女贞树夹在路两侧的冬青绿化带里,在柏油路上印下一连串柔软的影子。潘浩将油门拧到底,碾着女贞树的影子呼啸向前,与货车的距离越来越近,挂在车尾的车牌号逐渐清晰可见。眼看超车在即,货车突然也加速,似乎司机发现了他在追赶,不容他越过。潘浩摩托的速度已接近极限,要比比不过,只好望着货车甩开自己,车牌号也在眼前逐渐模糊下去。他有点没好气,突然看到货车打个趔趄,向路边猛翻过去,撞断一棵女贞树,干脆利落地摔进路边的石渠里。几乎就在一瞬间,偌大个车已从公路上消失。潘浩心惊肉跳,赶过去查看,只见货车横陈于深渠荒草之中。他将摩托支好,滑到渠下观察。车内并无载物,想是返程,或是转场去取货。驾驶舱已严重变形,司机这一边尤其严重,大概是先撞上树,坠落时又先着地,整个向里瘪进去,把司机卡得死死的。潘浩仔细瞅了瞅,被卡得死死的司机好像已被卡死了,夹在方向盘后一动不动,身上血迹却不多。反而是副驾驶上那位女士满脸血污,脑门上血管破裂,汩汩如注,看上去也已昏迷,不知是死是活。

潘浩要报警,摸遍所有衣袋,才发现忘了带手机。他从渠下爬上来,想拦人求助,等了很久——也或者并不久,只是心急而觉时间过得慢——才拦住一个过路的电动三轮,借用手机拨打 110 和 120。开三轮的是个四十多岁汉子,头发蓬乱,胡子拉碴,衬衣和裤子脏而破,溅了许多建筑泥浆,电动车上亦脏兮兮的,到处是沙土和水泥的痕迹,想必是从工地上来。他站到渠边看看扭曲的货车,确定车祸无误,掏出一只黑色老年机递给潘浩,盯着他打电话,打完收回来,也滑下渠去看究竟。潘浩本来要走,此时多了个心,怕他摸人家车里的东西,也跟了下去。汉子手拨荒草绕车一遭,站到车头旁啧啧感叹。

这两人不知道死了没。他说:得赶紧弄出来,可能还有活头,搁久了肯定没命。

潘浩说:最好别动,咱们不是医生,万一移动得不对,反而加重伤害。

汉子觉得有理。两人又看了一会儿,对现状无能为力,又都有事情要办,遂爬出石渠,一南一北匆匆而去。潘浩急于离去,固然是赶时间,另外还有一点小小的隐忧,担心车中男女醒过来,认出自己是那个意图超车的人,可能会有不必要的麻烦。也正是因为这点隐忧,他才没有在事后对人讲起,而不仅仅是觉得事情太小,不足挂齿。凤梨事发后,他自认霉运当头,流年不利,更加不敢提那件事。如今要翻案,王女士已经靠不住,那么首先要找的,自然是那名中年汉子。潘浩赶回颍川,与魏紫商量如何下手。魏紫已与闺蜜盘算过:那汉子所带手机既然是黄家老头儿的,又一副做泥水活的模样,必是黄家在盖房子,他是工人,那天开三轮去拉建筑材料,因此拿了老头儿的手机。闺蜜托关系联系上他们村一名干部,询问之下,彼时黄家果然在翻老房。老房是老黄的,长年不住,已然破败,老黄年后从海南回来,就是为了翻修它。至于干活的工匠都是何许人,村干部就不清楚了。

我在托人打听。魏紫说:最好是外地人,还不知道这件事,假如是本地人,事情搞得这么大,他还不出头,就说明已经跟黄夏生串通过,得了黄夏生好处,再让他做证就难了。你回忆一下,他的口音是不是本地人?

潘浩摇头。他在回颍川的路上已经回想过,记忆里的声调早已模糊,譬如一幅壁画,经过漫长的风吹雨打,只剩下一些浅浅淡淡的线条,可知画的是什么,却已不能从色彩和笔锋推断作者归属。魏紫有点沮丧。我还有个担心。她说:假设他是外地人,还不知道这件事,现在知道了,也动起坏心思,一口咬定说是他干的,他才是见义勇为那个人,那就彻底没戏了。

潘浩无言可答,糟心不已。魏紫见他沉默,知道他也有这般担心。担心与担心相加,似乎便已坐实,使她更加沮丧起来。还有一种可能,王大姐说她车上的钱丢了,会不会是他偷的? 她说:说不定你们离开后,他又拐回去,看到车里有钱,就顺走了。

潘浩点头。有可能。

你说你,明明那天都已经疑心他会偷东西,王大姐问你见没见到钱,你不怀疑他,反而怀疑人家王大姐!这下好了,你讲什么也没人信了。魏紫埋怨。都不知道你怎么回事,难道是撞了糊涂鬼,尽做糊涂事?

潘浩赧然。我不是成了惊弓之鸟嘛。他说。

他与魏紫在城南一间小吃店见的面,边吃杂烩边商议。所有话语全与那名汉子有关,讲完之后,顿觉无话可说。潘浩倒是想聊聊别后,关心一下魏紫的生活和心灵,无奈魏紫神情端肃,正题之外的话一句不讲,俨然画出一条红线,不容潘浩逾越。还好吃食简单,一碗加足辣椒酱的杂烩加上一只蘸足芝麻的火烧,谈完也就吃完了,随即结账离去。作别之前,潘浩试图邀请魏紫去他住处。他租的房子还有半月没到期,余款不退,他就让它空着,没有提前交还房东,此时正好继续住进去。魏紫穿一条蓝色一字领露肩长裙,柔软轻薄的纱料上撒满细碎的花朵。潘浩喜欢这条裙子,它不仅跟魏紫的身材和气质很搭,还因领口宽大,情之所至时,从上从下入手都方便。魏紫对翻案的激情使他产生错觉,似乎两人并未真的分手,目前状况不过是又一场冷战。即使在热恋期,他们也因为一些鸡毛蒜皮的事情冷战过,回头就会和好如初。魏紫拒绝了他,以还有事为由骑车离去。潘浩目送她远走,蓝色背影隐没进乱糟糟的街道,失望之情弥漫胸膛。错觉毕竟是错觉,如梦亦如幻,现实这根针轻轻一刺,顷刻间就烟消云散。满天骄阳如火,街风鼓吹着炽热的浪潮汹涌滚荡。潘浩胸闷气短,呼吸也有点困难,仿佛要溺毙于这火海之中。他想起张爱玲那句传唱久远的话:我们都回不去了。

真的回不去了吗?

他站在火海里黯然自问,随即又想到倒回去修改剧本,不禁苦笑。他打车来到姐姐家,取出寄放的摩托,赶往黄夏生所在的镇子。姐姐对他突然归来感到讶异,听他讲明缘故,才知晓弟弟做了大功德却被人冒名顶替,暴脾气顿时发作,定要去找姓黄的那杂种,当众论一个是非黑白。潘浩怕打草惊蛇,把事情搞砸,咆哮了几句,才阻止住冲动的姐姐。他去那个镇子,是想寻找那名汉子的线索。但他在那里并无熟人,更不可能找上黄家询问,所以此行很可能是徒劳。来这一趟,不过是横竖无事,与其坐困愁城,不如走走散散心,顺便碰一下运气。他知道自己其实并没有那么好的运气碰上好运气,不抱希望,赶路就不踊跃,走了将近一个小时,才遥遥望见镇子的边缘。这时手机作响,他想必定是魏紫,掏出来看,却是他姐姐。

找到那个人了。姐姐说。

这是姐夫的功劳。潘浩一走,姐姐就召姐夫回家议事,要求他帮弟弟找出那个汉子。姐夫是社会人士,以前当过小包工头,现今则靠租赁建筑设备赚钱。所谓建筑设备,不过是脚手架、模板、搅拌机、振动泵之类,供乡间小建筑队施工之用。姐夫在这个行当混迹多年,积累的人脉派上用场,打了几通电话,辗转问到给黄家做翻修的包工队包工头,称兄道弟扯了一阵子,就搞到那汉子的名字和住址:姓彭名国柱,北山某乡彭垌村人。此时天色向晚,太阳已然西垂,姐姐叫潘浩且回家去,她已割了肉买了菜,要给他做好吃的,明天一早再让姐夫陪他去北山。潘浩一颗心早已飞到北山去,无心吃姐姐做的好吃的,况且他不喜欢姐夫,不愿见他,敷衍几句挂掉电话,立即拧油门向北狂奔。当夕阳最后一抹亮光隐入天际,他已越过一条河流和两座山岭,进入北山深处。

彭垌村在群山最高峰山腰处,一路上岔道复岔道,越往里走,山路越崎岖,也越不见人迹。若非手机导航,潘浩断然找不到这个隐藏在深山褶皱里的村庄。彭垌在地图上虽然还在,实质已经空壳,潘浩骑车进入狭窄而曲折的街道,只见大半院落形容破败,黑灯瞎火,早无住人的迹象。夜色愈来愈浓,明月如盘,挂在老树乱蓬蓬的树杈上,那些依山势而建的破宅院看上去阴森而诡秘。还好没有猫头鹰叫,但那墙根石缝连绵起伏的虫鸣,在此时听起来也觉瘆人。很显然,这是个被遗弃的山村,村民大多已搬离,并且不打算再回来,所以任由老房倾圮,而不再花钱修葺。潘浩想找户人家打听,难得遇到尚有灯光的房舍,还没到大门前,狗子的狂吠已气势汹汹地越墙而出。潘浩怕狗,犹豫了几番,摩托车已经驶到街尽头。那是对面的村口,路旁有棵巨植,月光下依稀看出是皂角树,其下一间平房,房门洞开,亮堂的灯光倾泻出来,仿佛一条发光的毯子,铺展到皂角树下。潘浩往里瞟一眼,是间小卖部。他进去买盒烟,向店老板——一个黑瘦的小老头儿——打听彭国柱家怎么走。老头儿接过他敬上的一支烟,问他找彭国柱干吗。潘浩说有点泥水活儿,想请他去做。老头儿戒心顿消,告诉他彭国柱早走了。

你看看这村子,人都快走光了,只剩几个老家伙在等死。老头儿说:一到夜黑,不是人咳嗽,就是鬼叫唤。

你知不知道他去哪儿了?

不知道,他又不给我打报告。

潘浩大失所望。他给老头儿点上烟,自己也点一支,从容询问彭国柱其人。老头儿天天闲得慌,也乐得跟人扯话。于是潘浩得知,彭国柱是独子,膝下有一女儿,大概六七岁;几年前他寡母病死,不久老婆也跟人跑了,他就带上女儿离开村子,不知所往。所有信息仅此而已,不几句就讲完了。老头儿谈兴方起,还想聊聊他们村的衰亡史,潘浩无意倾听他日暮途穷的感慨,再敬一支烟,即告辞而去。山路蜿蜒如带,将他送上一座山梁。这里是群山高处,潘浩停下车,放眼四望,只见月色空蒙,山峦伏波,宇宙宁静安详,犹如隐者的幽梦。夜并不深,山里已然如此阒寂。他点燃一根烟,望着茫茫山夜,一点忧伤无端放大,忍不住想要号几声。

　　手机突然在衣袋里震动着响起来,他想这次必定是魏紫。然而依旧是他姐。他姐问他找没找到姓彭的,现在到哪儿了,她和姐夫还在等他吃饭,叫他赶快回去。潘浩想起姐夫的尊容,一双肿泡眼,两撇小胡子,四六分的头发一年四季油光光,发梢腻歪地耷到两边眼角上,仿佛老电影里的汉奸,心头便觉不适。他说还有事情,要赶回县城,不愿多听姐姐啰唆,粗鲁地将电话挂断。一支烟抽完,他准备继续赶路,手机又响。他懒洋洋地摸出来,精神立即一振。这回是魏紫。

　　魏紫去他住处送东西。她想起潘浩已把所有物事都打包拖回老家,住处没有生活用品,遂在自己家给他拼了一套洗睡之物,诸如毛巾、香皂、牙刷、床单之类,盛到一只盆子里,免得他再花钱买。她听潘浩讲了方才的经历,也不禁怅然。她拜托打探的人仍无情报传来,此时之计,唯有再劳动潘浩姐夫,通过他的关系网寻找彭国柱行踪。潘浩也正这么想,但他不愿求姐夫,料想姐姐自会吩咐姐夫去做,只需坐等结果即可。魏紫嘱他赶紧回来,山上可能有狼,路上可能有坏人,总之务必小心。潘浩心头暖意荡漾,邀她去吃烧烤,夜还早,而他很快就会到县城。

不去了,我还有事。魏紫说。顿了一下,又说:你现在没工作,省着点吧。

唔……

我挂了。

魏紫说挂就挂。潘浩握着手机怔了一会儿,发动摩托悻悻回城。姐姐果如潘浩所料,一跟弟弟结束通话,立即命令姐夫找人。姐姐身高体壮,姐夫则瘦如皮猴,街坊经常听到他们家有家暴上演,好心慰问姐夫,姐夫总是矢口否认。姐姐一直想生个二孩,计生罚款都准备好了,却一直不能怀孕。姐夫试图以此为武器,树立他的家庭权威,不料去医院一检查,问题原来出在他身上,是他精子不能液化。姐姐本已示弱,忍了不少姐夫的抢白,此时结果一出,立即连本带利还给姐夫。姐夫才趾高气扬了不几天,就被镇压下去,而且永世再难翻身,很是气馁。后来政策改变,允许生二孩,姐姐的悲愤再次激发,仿佛因为姐夫的无能而使他们家吃了大亏,有事没事都要戗他几句。姐夫愈加气短,逐渐丧失为患乡里的野心和志趣,大好一个街闾流氓,从此心灰意懒,油腻度日。这晚他本已准备好酒,意图以招待内弟为名大喝一场,不料潘浩却说不来了,不免大失所望。姐姐叫他找姓彭的,他跟姐姐谈条件,先让他喝二两。姐姐一巴掌揍到他脑勺上,大喝一声:快找!姐夫嬉皮笑脸,拿起手机开始打电话。

潘浩这晚做了个梦,梦到王大姐要报答救命之恩,执意嫁给他当老婆,然后魏紫知道了,拿把刀穷追不舍,一定要捅死他俩。情节越往后越荒诞,潘浩也越来越搞不清状况,正当危难之际,手机铃声适时大响,将他从梦境中拯救出来。姐姐打来的,告诉他一个好消息:姐夫已经查实彭国柱所在。原来彭国柱就在县城某楼盘工地当小工,距离潘浩的期房很近。姐姐嘱他少安毋躁,她和姐夫正在赶来的路上,想必是怕弟弟一个人去搞不定。这件关乎余生荣辱的大事,居然要靠一贯瞧不上的姐夫摆平,潘浩既宽慰,又懊恼,觉得人生荒谬,无过于此。他洗脸刷牙,去小区外小吃店吃碗胡辣汤,刚吃完,姐夫已开着他那辆七成新的秋名山"神车"(网络用语,表揶揄,指某品牌汽车的漂移能力打败各种豪车)威风驾到,在路边捡起他,掉头驶向彭国柱干活的工地。姐夫有备而来,不光把头发焗得锃亮,还戴了副黑漆漆的墨镜。那副墨镜硕大而丑陋,将姐夫的脸衬托得格外瘦长和难看。每次跟人讲事情,姐夫都要戴上这么一副墨镜,意在增加震慑力。这是他当年混江湖的遗风,既是传统,也是象征,管不管用另说,先把气场塑造起来。彭国柱正在工地上推灰车,忽听工头呼叫,说有人找。潘浩站在姐姐旁边,看到一名中年汉子慢悠悠从工地里走出来,蓝白条纹衬衣只系下头三枚扣子,上面敞开,露出干巴巴的胸膛。潘浩熟视他脸孔,与印象里似乎一样,又似乎不同,究竟是不是此人,一时也拿不准。毕竟那天的彭国柱头发蓬蓬乱,今日则戴一顶黄色安全帽,胡须也剃了,嘴巴周围和下颌只有一片黑黢黢的胡茬,仿佛洗不净的灰渍。变化这么大,脸盲者自然无所适从。不过从身高判断,想必定然是他。当彭国柱走近时,潘浩刻意站过去对比了一下,正好到自己肩膀,与那天的汉子相吻合。姐夫已与彭国柱寒暄上,先验证姓名无误,然后递烟示好。潘浩等他在姐夫打火机上将烟点燃,赔笑说:

老兄,你还认识我吗?

彭国柱捏着烟将他上下打量。不认识。

潘浩骤然紧张。四月二十三日那天,咱俩在路上遇到车祸,我借你手机打了 110 和 120,你不记得了?

彭国柱摇头。没这事。他说:我没见过你,也没遇到过什么车祸。

五

彭国柱的反应固然可恶,却也在潘浩预想之中。从得知彭国柱是本地人起,他就知道事情已经难搞。诚如魏紫的判断,假如是本地人而不出声,只有两种可能,一是收了黄夏生的好处,二是偷了王大姐的钱。假如有第三种可能,就是既收了黄夏生的好处,又偷了王大姐的钱。所以昨晚在山梁之上,他才会抽烟望月,绝望得想哭。姐夫把彭国柱拽到路边树荫下,三个人围着他谈判,应诺会给他好处,并且不会给他惹麻烦。彭国柱只是捏烟摇头,坚称并无其事,也无法做证。姐姐好话讲尽,全无用处,气得要扇他耳刮子。潘浩也由怒生恨,一脑子打人的念头。反而是混社会出身的姐夫蛮讲道理,不再为难彭国柱,拖起老婆和小舅子上车离去。

你们没看他走路不稳,说话呼歇,一副痨病相?姐夫开车拐过一个路口,对姐姐和潘浩说:这种人怎么敢打?你沾他一下,就讹上你了。

姐姐和潘浩只看到彭国柱精神萎靡,一副有气无力的模样,本以为是天热活累所致,此时回想,果然面带病容,不禁都有些后怕。

姐姐闷闷不乐，两只眼瞪着姐夫。

那就没办法了？

姐夫专心致志地驾车，似乎没有听到她的话。姐姐料想他也无计可施，极是懊恼。给好处他不要，讲好话他不听，打又不能打，碰也不能碰。她说：那算去他娘的×！

最后那句话很不文明，但在本地语境并无秽亵之意，而是代表对结果的无奈接受，纵不信命而不能不认命，虽不服输而不得不输。潘浩听姐姐讲出这句话，一时心如死灰。姐姐要带他去家里住几天，他不去，叫姐夫停车，他要走回住处。姐姐看他意志坚决，不再勉强，但不许他在大太阳下走路，叫姐夫把他送到住的地方，又怕他想不开，讲了许多劝慰话。潘浩不耐烦地拉开车门，跳下车扬长而去。姐夫看老婆吃瘪，感到好笑，回头笑眯眯瞅着她。

回家？

姐姐怒目回视。去学校看儿子！

餐桌旁盘踞着一台老式二门冰箱，一天到晚嗡嗡响，提醒人它还在发挥余冷。潘浩从中取出两瓶啤酒，一口气喝下肚，依旧烦躁无比。他应该将结果告知魏紫，却又不敢告诉，怕她不开心。他将空瓶丢进垃圾桶，摸出手机给王大姐打电话。彭国柱不仁，他没义务待之以义，既然公道不彰，那就谁也别想好过。铃声响到自然断，没人接，潘浩继续打，一连打了五次，王大姐才算接通。潘浩先关心几句病情，然后告诉王大姐，他已经找到那天同在现场的人，怀疑钱是他偷的，建议王大姐报警。他原以为王大姐会闻讯大喜，不料她反应并不热烈，反而替彭国柱讲话，说是没有证据，不能随便怀疑好人，况且潘浩兄弟所言倘若属实，那天救人的也有彭国柱一份，她更该心存感激才对。潘浩愕然，不明白这世界是怎么了，为何所有人都清白无辜，唯独自己活该倒霉。他想起《窦娥冤》里两句话：

地也，你不分好歹何为地？天也，你错勘贤愚枉作天！

想自己这般境遇，若非老天无眼，必是命运不公。但不管是哪个缘故，显见的结果是要他打掉牙齿独自吞。去他娘那×吧！他想：只当自己天生坏蛋，从没做过好事。万念俱灰之下，便想立即远走高飞，以后再不回这个只会伤害自己的故乡。此念一起，他又想到魏紫。她心气那么足要翻案，如果自己先放弃，岂不让她失望？与她的未来也将彻底断送。他寻思良久，决定先把这结果告诉她，看她是何意见，然后再做打算。

潘浩正要拨号，魏紫却先打过来。她托的人没打听到彭国柱信息，只是反馈过来一堆黄夏生的情况：黄老师在家排行老二，上有一兄，下有一弟一妹。兄与弟都是成功的生意人，巨有钱，妹妹也嫁了好人家，荣华富贵地位尊崇。只有黄老师最是无用，吃粉笔末几十年，仍然是个普通教师，虽有上进之心，机会却总轮不到他。因此不光父兄弟妹轻视，就连老婆孩子也都瞧不起，他老婆时不时还要跟他闹离婚。这次黄老师见义勇为，成了大名人，县委书记都高看一眼，据说教育局领导已发话要把他调到局里去。魏紫既鄙视又愤怒，再次严令潘浩，必须要夺回属于自己的东西。潘浩气塞胸膈，却又束手无策，用牙齿嗑开一瓶啤酒，吨吨吨往下灌。魏紫听到声音，立即质问。

你在喝酒？

没有,是饮料。

拍个照片发过来。

唔,是啤酒……

你要死啊潘浩?魏紫厉声说:人家把你弄成这样,你不急着翻案,在那儿借酒浇愁?

潘浩听她责骂,既羞愧又委屈。你说怎么办?

魏紫沉默了一会儿,问潘浩:彭国柱是不是嫌钱少?

姐姐许诺给彭国柱一万元,潘浩觉得已经不少。他手里虽有几个钱,但无工作无收入,不知何时才能再就业,他必须仔细着花,生活用度可以凑合,一旦房贷告急,就是大麻烦。姐姐手头也不宽绰,况且买房已借她许多,害得她也很拮据,时常为用钱发愁。所以这一万元,是潘浩能出和愿出的最高价。魏紫不以为然。

你傻啊,钱重要,还是你一辈子的名声重要?

潘浩不怿。我想给也得有啊,总不能去抢银行。

我这儿还有几万。魏紫说:你再去找彭国柱,问他要多少钱他才愿意做证。

魏紫卡里有四万多。这是她省吃俭用攒的,原本打算与潘浩结婚后用来还房贷。她家境一般,父母是普通市民,并无其他来钱的路子,唯一收入只有工资,不小气就不能致积蓄,所以日常花销很谨慎。她与潘浩商议合适的数额,认为最好两万解决,最多不超过三万,否则不仅承担不了,还显得自己没底线,助长彭国柱贪婪之心。潘浩听着魏紫说话,眼泪一颗颗滚下来。她已经没有义务这样帮自己了呀,而她依旧帮,说明她还是要跟自己在一起的。他在心里默默立志,以后要好好赚钱,让她过幸福丰足的生活。这时他听魏紫说：

先讲好，这钱是借给你用，你要还的。

潘浩的眼泪顿时断流。我不会用的。他说：你的好意我心领了，也很感谢。

你总是这么讨厌。魏紫愠然。你就不能说句好听话吗？

潘浩的眼睛再次涨潮。他重返工地找彭国柱，打算邀他寻个小饭馆，搞几个小菜，喝一点小酒，推心置腹谈一谈。不料工头说彭国柱已经不在，就在十几分钟前，他突然眩晕倒地，应该是中暑，喝点水歇了会儿，自己去看病了。潘浩在附近几个诊所找了找，俱不见他，绕回去向工头要他手机号。工头说他没有手机，他老婆就是玩手机玩丢的，因此对手机极端痛恨，再加上抠门，不舍得花钱，所以一直不用手机。潘浩惆怅而去。下午再来找，彭国柱仍然没回。晚上再去，依旧不在。次日去亦无所见，一连几天都是白跑。除了去工地，潘浩还以工地为中心，跑遍了方圆两里内的医院和诊所，都说没有接诊过这个病人。偌大个活人，仿佛太阳底下一滴水，无声无息地蒸发不见了。潘浩懊恼不已，怀疑他中暑是假，做贼心虚才是真，害怕东窗事发，索性装病逃掉了。魏紫也无奈。她闺蜜家里出了事，无心管她，她有意求助，也不好意思开口，只能在电话里与潘浩互相打气。时间在他们越来越没信心的打气中徒劳而过，房租即将到期，彭国柱仍不见踪影。潘浩几已绝望，决定直接去找黄夏生，所谓擒贼擒王，跟他当面来个是非对决。魏紫认为没用，手无绝杀证据，他必不会示弱就范，但是反复思量，实无他策，只好同意他去谈谈看。

翌日上午，潘浩正准备出发，姐姐忽然打来电话，说彭国柱要见他，十一点钟在县儿童医院门口碰头。潘浩大喜。姐姐怕姓彭的居心不良，弟弟太嫩会中奸计，执意要带姐夫来压阵。三人先赶到儿童医院门口等候，到了约定时间，却见彭国柱从医院内走出来。潘浩深感意外，想他就算中暑是真的，也不该在这里住院。彭国柱带三人到医院后院说话，那里有一小片林子，隐藏在锅炉房后，人迹罕至，相对安静。潘浩仔细观察彭国柱，见其步履轻而缓，下盘好像真的不稳，气息和脸色也的确不大正常。他努力回忆那天彭国柱的模样，以今证昔，似乎确凿是不健康的样子，只是当时匆忙，未曾留意。三人在林子旁站定，彭国柱开门见山，直接要跟潘浩做交易。

你给我六万，我给你做证。

潘浩吓一跳。姐姐和姐夫也大吃一惊。姐夫递上一支烟，试图跟彭国柱砍砍价。彭国柱不接烟，也不跟他们啰唆，回身便走，完全没有讲价的意思。姐夫忙拽住他。

哎呀我的老兄，你出价我还价，天经地义嘛，天底下哪儿有一锤子的买卖？

没的还，这钱又不是都归我。彭国柱说：你愿意就赶紧拿钱来，不愿意就拉倒。

彭国柱讲完，费力挣脱姐夫的手。姐夫不敢强拉，只好任他去。三人怔立原地，大眼望小眼，一个比一个心酸。姐姐问姐夫：

咋办？

你问我我问谁？姐夫麻着脸，将墨镜架到高耸的鼻梁上。先回去吧。

潘浩自回住处，姐姐和姐夫驾车回家。姐姐一路上詈骂不休，彭国柱、黄夏生和县政府无一幸免。姐夫被她吵得头疼，拧开音响想听听歌，又被姐姐粗暴关掉。姐姐好不容易骂够了，却没闲下来，转而跟姐夫商量怎么筹钱，言下之意是要替弟弟认了这笔账。姐夫从烟盒里叼出一支烟。

你怎么知道姓彭的不是操坏心，想趁机敲上一笔？

姐姐盯着丈夫。怎么讲？

小浩说是他救的人，又没有别的证据，难说姓彭的不是瞄准机会，套个白狼。

你怀疑小浩撒谎？姐姐说。小浩从来不会撒谎！他撒这个谎干吗？

也许是凤梨的事打击太大，心理出了问题？姐夫哂笑。你说他不会撒谎，你可忘了他和魏紫是怎么介绍咱俩的。

姐夫说的是去年冬的一件事。当时魏紫表姐大婚，在桃园大酒店举办典礼，姐姐和姐夫得知消息，好心好意去致贺。男方家长是地方权贵，看到一对陌生男女过来道喜，问魏紫是何方亲戚。姐姐姐夫那天都精心收拾过，姐姐涂脂抹粉复挑眉，把肥硕的身体顽强塞进一件大红旗袍里；姐夫也很有派，头油格外亮，墨镜格外黑，花格衬衫和尖头皮鞋格外潮。这对俗气无比的夫妻令魏紫异常难堪，随口说是潘浩的远房亲戚。潘浩站在旁边，明明听到了，却也没有辩解。姐姐气得要死，拖起姐夫便走，一出酒店就自批耳光，骂自己太贱，亲巴巴地来送钱买羞辱。此时姐夫揭这伤疤，无异闯了大祸。他们的车子陡然打个横，狼狈停到路边，姐夫连滚带爬钻出来，撒腿往田野里跑。姐姐追之不及，大骂一阵，自己驾起车回家去。

彭国柱的漫天要价令魏紫出离愤怒，他那句"这钱又不是都归我"，更让她和潘浩纳闷。他们觉得必有隐情。魏紫建议潘浩再去找彭国柱,跟他好好谈谈。他不是有个女儿吗?给她带些零食,或者买个玩具当礼物。潘浩依计而行。然而要见彭国柱,却实在是麻烦事。一个人没有手机,便如身在化外,找都不知从何找起。彭国柱约定的交钱地点依旧是儿童医院。潘浩思量久之,决定去那儿守株待兔。他买一大袋零食,来到儿童医院,意外望见彭国柱正往院内走,手里拎着两只小塑料袋,隐约看出是包子和稀饭。潘浩骤然省悟:会不会是他女儿生病了,在这里住院?他悄然跟在彭国柱身后,来到住院部三楼,看他进入一间病房,从门上的玻璃窗向内张望,见他坐在一张病床旁,正张罗着让病号吃饭,而那个病号,正是一个六七岁的小女孩。

潘浩推门走进去。彭国柱闻声抬头,看到是他,颇有点受惊,旋即又恢复镇定,问他是不是送钱来。潘浩将零食放到病床旁小桌上,说是来看看小孩,然后有话对他讲。彭国柱不再说话,专心服侍女儿吃饭,潘浩问他女儿叫什么,几岁了,得的什么病,他都不答。女孩要答,被他厉声截住,叫她好好吃饭,不准讲话。潘浩熟视女孩,不过是常人容貌,还略带一点呆气,唯眼睛大而亮,黑白分明,令人一望而生爱意。彭国柱等女儿吃完饭,嘱她好好躺着,示意潘浩出去说话。两人循前路来到后院林子旁。潘浩欲以情感相博,再次关心女孩的病。彭国柱说是脑炎,一开始发烧感冒,没当回事,结果耽误了,害得住院急救好几天,差点儿小命不保。

我跟你要钱,也是想填填这个坑。彭国柱说。

可你要的也太多了。潘浩说:你们不是有新农合吗?看病报销一大半,能花几个钱?

我没新农合。

你怎能没有？潘浩讶异。不是农村所有人都入吗？一年才二百多块钱。

彭国柱笑了一下，像是冷笑，也像自嘲。一年二百多，你不在乎，我可在乎。

潘浩料想他必是太穷，连这点钱也不愿花。想来他也够倒霉，而他试图将他的倒霉转嫁给别人，也实在可恶。他殷勤敬上一支烟，跟彭哥软商量，他也是穷人，六万实在太多了，请他看在同是可怜人分上，好歹打个对折。

那不行。彭国柱摇头。我不瞒你，我以前收了黄夏生两万，替他保密。我现在叛变，给你当证人，你总得加倍给钱，不然我叛变有啥意义？另外，我给你当了证人，人家那两万一定得还给人家，这钱当然也得你来出，否则你给我四万，我再给他两万，就剩两万，跟不叛变有啥区别？

潘浩数学不好，听他讲得很有理，可又总觉有点不对，至于哪里不对，一时也想不明白。他继续软磨，彭国柱已经没有耐心，将尚余半支的烟丢到地上，扭头便走，态度一如上午。潘浩赶上去，把手机号写到烟盒上，连同大半盒烟递给他，坦白这个数目实在接受不了，请他再想想，想好了随时联系。

他将交涉情况报告魏紫。说到总觉得彭国柱讲的数字有问题，却不知道问题出在哪儿。笨死你了。魏紫说：他已经花了姓黄的两万，再加你的四万，他总共实得六万，你替他还的两万不在其数。这人可真是精得很。继而冷笑。他精由他精，姑奶奶出不起，机关算尽也是白搭。

潘浩苦笑。别无良策，只能坐等彭国柱回心转意。他邀魏紫一起吃晚饭,魏紫在手机里犹豫,似乎不大想来,最终还是应允了。潘浩激动得心跳加快,仿佛初恋约出了心上人。他火速赶到超市买菜蔬,又想买一瓶红酒,在烟酒柜台对比久之,要了一瓶稍微贵些的。他在想要不要再弄几支蜡烛,搞一个烛光晚餐,手机在衣袋里响起来。陌生号码,来自本地,接通之后,是男的,声音低哑而又尖烈,仿佛鸭子叫。

你是潘浩吗?

是。你哪位?

你别管我哪位。我有事跟你谈,今晚九点钟,桂树桥头见。

桂树桥在城东十里铺附近,地偏夜黑人陌生,约此相见,却是何意?潘浩一时略感紧张。我干吗要去?我都不知道你是谁。

那头沉默。潘浩有点不耐烦。喂?

我是黄夏生。那头回答。

六

　　两人的见面搞得像谍战。十里铺地处偏郊,桂树桥所属道路亦非要冲,夏天尽管黑得晚,一到九点也一片幽静,除了桥头的路灯,连只鬼都难看到。潘浩骑摩托赶到时,那里已经停泊一辆轿车。那车颇有年头,想是捡的二手或三手货。车大灯闪了闪。这是约定的接头方式,潘浩知道姓黄的在车内,遂骑摩托靠过去。车门打开,先露出一只半秃的脑袋,然后整个人像分娩一样,自上而下从车里钻出来。潘浩有点意外:眼前这家伙文绉绉,一看就是个安分守己的乡村教师,跟想象中獐头鼠目的坏分子形象相差甚远。黄夏生确定来者即是潘浩,先将所有衣袋都翻出来,以示身无一物,然后请潘浩也如是做。

咱们要开诚布公地谈,不能录音。黄夏生说。

潘浩大出意表,想这家伙看上去老实,原来是条老狐狸,果然人不可貌相。继而懊悔不已,跟彭国柱谈的时候居然没想到录音,真是失策。黄夏生偏瘦偏矮,面对潘浩需要仰视。悬殊的身高差令潘浩心安如磐,因无所惧,即无所不可,如言将衣袋掏空:除了手机和钱夹,还有一只带鞘的不锈钢刀,原本用以削水果,今晚带来防身。他将手机关掉,放进黄夏生准备好的袋子里,挂在摩托车车把上,然后与他走到二十几米外的桥头。黄夏生在路灯下站定,两只鱼泡眼穿过厚镜片盯着潘浩。

你为什么一定要害我?

潘浩不胜诧异,眼见黄夏生满脸悲愤之情,气得发笑。你搞错了吧? 他说:是你害我,不是我害你。

你少跟我扯淡! 黄夏生突然发怒。我告诉你,这件事关系我的名誉,我的家庭,还有我的前途,我决不退缩,也决不服输!你想买通彭国柱陷害我,对不对? 我告诉你,你能花钱,我也能花,咱们对着花,我兄弟都是开大公司的,咱看谁的钱更多……

黄老师声色俱厉,一副誓死抗争悲壮赴难的神情,似乎已准备好展开一场神圣的战争,而此番话,就是他的誓师宣言。潘浩被搞蒙了,脑子一时有点不够用。

你威胁我? 他说。

是你威胁我！黄老师近乎咆哮着反驳。

潘浩无语已极，没话好讲，只想动手打一架。黄老师两只手在衣袋上乱摸，大概是要抽烟，随即意识到衣袋都是空的，不禁有些沮丧，再张嘴说话，语气也平和了些。

我言尽于此。他说：你要跟我斗，我奉陪到底，你要罢手，我少不了你好处，你自己看着办。

黄老师讲完，丢下潘浩昂然而去，将车发动后，掉头掠到潘浩旁边，从半开的车窗里丢出一句话：好好想想吧年轻人！你有我手机号，有什么想法，随时可以跟我联系。

黄老师前脚走，后脚便有两辆面包车开过来。除了姐姐，两辆车里坐的都是街闾赖皮，姐夫驾车前驱，停到潘浩身边。姐姐和姐夫得知情况，担心是鸿门宴，遂纠集了一伙人，埋伏在附近黑暗处，随时准备干架。姐夫拿副望远镜密切观察，见对方只有一个半秃四眼男，朝小舅子嚷嚷几句即行离去，多少有点无趣，浪费了这么大阵仗。姐姐倒是悬心归位，极感宽慰，叫那些助拳的都先回去，他们夫妻陪小浩去儿童医院找彭国柱。

他们找彭国柱是要问罪。从黄夏生的话可知，彭国柱将他们的交易告知了他，这等于出卖，而潘浩的手机号，也必是彭国柱告诉他的。他们在去医院的路上分析，彭国柱定是意识到潘浩出不了那么多钱，转而以此要挟黄某，要从他身上捞回来。黄某被激怒，才会找潘浩摊牌，试图吓退潘浩。潘浩想起黄夏生的口气和神态，俨然是无辜受迫害，不禁心生懊恼。

我觉得他神经有问题。潘浩说：他好像真的认为见义勇为的人就是他。

　　姐夫扑哧笑出声,连忙装模作样抓鼻子。姐姐已经猜到他心思,朝他肩头猛捶一拳。潘浩不明所以,也未在意,只管发呆想心事。病房里另外两名小患者刚好都出院,暂无新病人入住,整个房间只剩下彭国柱父女。他看到三人来,并无惧意,反而有点不耐烦。姐夫叫他出去说话,他不出,说要照顾闺女。姐姐说她可以留下照顾,他不答应,怕她欺负他闺女。姐姐大怒,斥责他坏心眼看人,谁会舍得对这么可心一个妞妞起歹意?彭国柱坚持不允,让他们有话就在这里说。三人无奈,只好听之。姐夫问他是否把他们的交易告诉了黄某。彭国柱爽快承认。

　　我急需要钱,你们给不了,我不找他还能找谁?彭国柱说:我也不瞒你们,我当时答应他,也是为了钱。就像他当时对我讲的,像我这样的人,要个名声有什么用?弄点钱才是实在。

　　我又没说不给钱,只是请你少一点。潘浩说:我也是穷人呀,你总不能一口把我撕吃掉。

　　那我管不了。彭国柱从衬衫口袋里掏出半盒烟,正是下午潘浩给的。他抽出一支,看看女儿,又塞回去。我有硅肺,不知道还能活几天,不给我闺女弄点钱怎么成?我不瞒你们说,我老婆没了,我要干活赚钱,带不了闺女,把她放在表妹家过。我赚了钱,就给表妹拿过去,就这样人家也不是很待见。黄夏生给那两万,我都给了表妹,结果这回闺女得病,问她要钱,她说都拿去还债了,一分也没剩,真是急死人。这回我拿到这四万块钱,就自己带闺女过,过几天是几天,临死再找个好心人家送出去。彭国柱抬起头,望向坐在床对面的潘浩,眼神平淡得像白开水,看不到丝毫歉意和愧疚。兄弟,没办法,你给不了钱,我也帮不了你。

潘浩满腹怨气，憋得难受，又发作不出来，仿佛一只拧死阀门的煤气罐，一肚子可燃物，却不能冒火燃烧。姐姐和姐夫也黯然纠结。话已至此，多言无益，三人略坐片刻，即起身离去。姐姐走前，将女孩看了又看，到门口又拐回来，掏出一张百元纸币塞给她。先送潘浩回住处。一开始三人都不讲话，车厢里沉闷得让人心烦。快到马踏飞燕那儿，姐姐突然从后头拍拍姐夫肩膀。

那妞妞怪招人疼，要不，跟彭国柱说说，咱要了吧？

姐夫想了想。要说是不错，这妞别无亲人，彭国柱一死，就没去处，咱真心对她好，她也会真心跟着咱。姐夫说：就怕彭国柱不答应。

跟他好好谈谈嘛，他看到咱一片真心，肯定会答应。等咱们成了一家人，他能不帮小浩做证？快掉头快掉头，回医院去。

姐夫扭头乜她一眼。才看到饭好吃，你就动手挖茅坑，哪儿有这么急的？先等等，拖几天再说。

魏紫正在家看着电视剧等消息。她听潘浩讲了今晚的遭遇，倍感头疼。

彭国柱是为了他女儿，黄夏生是为了挽回老婆孩子，以爱之名干丧天良的事，反而让他们没有道德压力。魏紫叹息。为爱作恶，往往更没有底线。

潘浩深以为然。忽又想到他自己，之前借酒耍横抢人家一只凤梨，不也是为了讨魏紫欢心？为爱作恶，爱即是恶，且因将爱混同为恶，而使恶更加不可饶恕。一念至此，顿觉羞愧不能自容。魏紫感慨了一番，说：看来是僵到这儿了，唯一的指望，也许真是等你姐跟彭国柱变成一家人。

　　潘浩苦笑。次日上午,姐姐进城来,给潘浩送了几个西瓜。她已经去过儿童医院,跟彭国柱谈收养妞妞的事。她到底性子急,想做的事必须马上做,没耐心多等时日。彭国柱拒绝了她。他也不瞒她,他觉得她丈夫像二流子,怕女儿受虐待,或者被带坏。姐姐百般解释,终究无用,失意而去。潘浩劝姐姐莫要气馁,反正彭国柱是穷途末路的人,从他痛处入手,多游说几回,可能就成了。眼见事情已成僵局,三朝两夕断难有结果,而房租期限已至,潘浩打算先回省城继续找工作,等这边有进展,随时再赶回来。有两个老友听说他回来,约他中午小聚。此二友没有固定工作,因此时间自由,三人自午时喝起,一直喝到下午五点,才醺然各散。他正要给魏紫打电话,告诉她自己的打算,魏紫却先打过来。

　　你姐怎么回事? 魏紫说。

　　她的声音很严厉,也很愤怒,听上去有点气急败坏。潘浩心慌,忙问怎么了。魏紫说:你去问她! 随即挂断手机。潘浩急忙给姐姐打电话。姐姐正在煲鸡汤,过会儿就送到城里去,一半给弟弟,一半给妞妞。听到弟弟质问,她很纳闷,把今天做的事回忆一遍,并无对不住魏紫之处。她今天甚至都没有想到过魏紫,除了上午顺道去实验中学看了看儿子,其他所作所为,只与弟弟和妞妞有关。就在今日午后,她还为他们而大闹一场。从县城回家的路上,她反复思量,认为目前之计,唯有让彭国柱对黄夏生失去念想,无钱可得,才会把妞妞送给自己养,并因此而帮弟弟做证人。而要让黄夏生不再收买彭国柱,唯一的办法就是把他搞臭,让大家都知道他是假的,再花钱也无益。姐姐这么想,也就这么干,并不知会姐夫,自己开车直扑黄家。黄老师在家午睡罢,正要去学校,刚好在门口遇到姐姐。姐姐问他是不是黄夏生,黄老师说是。姐姐劈胸将他揪住,大骂他黑心不要脸,盗窃属于她弟弟的荣誉,如此厚颜无耻道德败坏,怎么当老师教小孩?姐姐口条便给,词汇丰富,骂起人条理清楚,语言生猛,更兼嗓门洪亮,富于穿透力,黄老师尽管有文化,在她海啸般的攻击下竟无反驳之力。他挣扎着要走,撕扯久之,始终挣不脱姐姐虎爪。后来还是他老婆闻讯赶回,挺身救夫,与姐姐厮打一场,掩护老公逃离现场。姐姐闹过之后,痛快了些,再看围观街坊塞满道路,想那王八蛋已难逃公评,遂驾车而返,杀一只鸡煲起了爱心汤。

我根本就没招魏紫,她指怪我什么?姐姐很茫然,也很冤屈。

潘浩没料想姐姐已去黄家闹过,隐约感觉魏紫的态度很可能与此有关,赶紧给魏紫回电话。果然是。魏紫怒气未消,不愿在电话里多讲,让他去滨河游园彩虹桥那儿等,她下班就过去。潘浩忐忑而往。等不多久,魏紫即骑电动车赶到。潘浩见她面如冰霜,愈加心慌,问她究竟怎么了?魏紫眉毛挑起,两只柳叶眼怒视潘浩。

你姐是不是嫌你不够惨,非把你弄死才罢休?

潘浩忙问其详,才知道姐姐闯祸了。黄老师昨晚见潘浩,言辞犀利先声夺人,潘浩除了瞪眼结舌,一筹莫展。黄老师心骄志满,认为姓潘的小子不过如此,未足为虑。不料今天中午,潘浩的姐姐竟然气势汹汹打上门来,以极泼之姿大闹特闹,把他的衬衣都撕成几片,绝不似乃弟的大而无用。她还声称要天天来骂,直到骂死他这不要脸的老东西。黄老师惊惶逃到学校,越想越害怕,遂给县委文明办刘主任打电话汇报情况,向刘主任求助。刘主任惊悉潘浩还在搞事情,勃然大怒,立即上报周部长。周部长震怒,大骂潘浩可恶,创建文明城市测评在即,看来他是王八吃秤砣铁了心,一定要抹黑本县,搞黄创文。刘主任在旁附和,谴责潘某恶意搅局,不容姑息,目下该如何应对,请周部长示下。周部长想了想,记起本部有个姑娘是潘某女友,要解决此事,须从她身上着手。费副部长受命召见魏紫,晓以大义,叫她劝男友悬崖勒马,倘若破坏了创文大局,必将严惩不贷,"勿谓言之不预"。魏紫眼见大帽子一顶顶横空而至,吓得小腿发软,报告费副部长她已跟潘浩分手。费副部长怫然。

你还在帮他搞事情,你以为我们不知道? 费副部长说:我不管你们分没分手,这事领导压给我,我也只能奉公办理,该怎么做,你自己看着办。

你姐是疯了? 干吗把我也抖出来? 魏紫说:她是怕你死得不开心,叫我给你陪葬吗?

潘浩羞怒难当,立即给姐姐打电话。姐姐大呼冤枉,以全家人性命发誓绝未提到魏紫一个字。潘浩说:你没说他们怎么会知道?

我都已经发毒誓了,你还不相信? 姐姐冤屈难诉,讲着讲着哭起来。我就算再蠢,会蠢到出卖她吗? 我知道我是乡下人,土气,没文化,魏紫看不起我,那也没关系,但她不能这样诬陷我呀……

潘浩心乱如麻,叫姐姐别哭了,将电话挂掉。他开的免提,所有对话魏紫全都清晰听到,知道错怪了姐姐,却指责潘浩莽撞,讲话不顾方式。潘浩无语。这么一弄,魏紫也有点气短,言辞柔软许多,而不再凌厉相逼。潘浩猜想费副部长很可能是虚言试探,并不知道魏紫真在帮他翻案,结果巧中而已。魏紫本已怀疑到了闺蜜,疑心是她大嘴巴讲出去,传到了领导耳朵里,听潘浩这么说,也觉有理,遂在心里将闺蜜暂且饶过。此事已上升到大局高度,再争下去,对抗的已不是彭国柱和黄夏生,魏紫亦将受牵连,潘浩彷徨无计,问魏紫怎么办。

我怎么知道怎么办? 魏紫说:你是大男人,怎么事事都让我拿主意?

魏紫声音有些低沉,也带点幽怨。潘浩羞愧不已。落日余晖洒在河面上,粼粼波光一片明红,潘浩临堤而立,脸色也漾起一层红意。他望着魏紫,觉得一切都该终结了。

我不要了。他说:我争这虚名,本来是为了你,不想让你因为当过我女朋友而蒙羞。现在却害到你,我还争它干吗?

魏紫嘴唇抖了抖,眼泪簌然而下。你是要让我背负这责任吗?

潘浩摇头。怎么会? 他说:我只希望你好。这时姐姐的电话又打过来,她不甘心,要找魏紫说清楚,同时把鸡汤带给他。潘浩并不多讲,将电话挂断,对魏紫说:我姐给我送东西,我回去了,你照顾好自己。

七

潘浩将房子还给房东,重返省城找工作。不知是否倒霉太多,否极泰来,这次到省城不几日,就在一间规模庞大的文旅集团谋到个策划职位。潘浩之前在县城那家公司担任策划经理,专业对口,经验资历也完全胜任,主管跟他聊过几次,颇为满意。集团老总虽是商业巨子,却怀有一颗文艺心,近来忽有构想,意欲选个山乡僻庄,做一个文艺部落,以供文艺人士入驻创作。这地方不能离城市太近,也不能过远;交通不能太便利,也不能太闭塞;山川不能太平庸,也不能太险要;风景不能太单调,也不能太入胜。总之既要保证僻静,又要兼顾安全,还不能使入驻的文艺家感到枯燥或玩景丧志。一次例会上,主管讲起老总的这一构想,潘浩陡然记起彭国柱的老家彭垌,遂向主管推荐。主管听他简要描述了山村情形,感觉离老总的要求似乎不远,兴致大起,立即安排时间去考察。他们赶到彭垌,只见山河盘纡,峰峦雄峻,进到村子,又见老树萧森,房舍疏落。旧窑洞和石瓦房虽多破败,却有原生之美,修葺之后,定合文艺家们的口味。主管赞叹不已,到处拍照,以供上呈老总审阅。他断定老总必会满意。且不说老总意向如何,能得主管如此激赏,也算功劳一件了。潘浩很欣慰,觉得不负当日来此一趟。他们在村里盘桓多时,考察充分,又细致勘察了周边情况,才驱车离去。山内信号微弱,一上山梁,大家的手机此起彼伏响起未接来电提示音。潘浩也有两通未接来电,是座机打的,看号码属于县城。他回拨过去,却是小卖部的公话,询问何人所打,老板说是一个小女孩。潘浩心头一荡,追问女孩多大,他们店又在何处。老板说小女孩六七岁样子,他们店在第二人民医院北门外。

　　挂断电话,潘浩向主管请假,临时有事,要回县城一趟。主管心情好,当即允准,将他送到县内,方绕路上高速回省城。潘浩赶到二院,在服务处查询一个叫彭国柱的病人,果然有,住五楼内三病房七房二床。他在院外超市买了几种水果,来到彭国柱病房,只见彭国柱萎靡地歪在病床上,两眼上翻,巴巴地瞅着头顶的输液瓶,他女儿站在病床边,茫然而麻木地望着他。潘浩一阵心酸,对他的怨恨倏然而尽。小女孩看到潘浩,拍拍彭国柱胳膊,彭国柱回头,苍黄的脸上现出惊喜之色。

来了? 他说。

电话果然是他让女儿打的。他那次中暑没有治疗,身体又差,一直病恹恹的,前几天又伤风感冒,旋即高烧肺炎,将老硅肺也引发了,只好住院为安。

嘿,日他娘的,真是要命。彭国柱说:闺女才好,又轮到我,越没钱越生病,这命烂得跟狗屎一样。

潘浩心说,你怎不想这是你的报应呢? 他已知小女孩叫彭小莹,掏出一只桃子递给她,叫她去洗手间洗了吃,然后问彭国柱找他干吗?彭国柱目视女儿走出病房,回头说:你也看见了,我现在急用钱。我不瞒你,黄夏生本来答应再给我四万,结果一直没信儿,到后来打他电话,他接都不接了。这样,我不要你六万,你给我四万,只要四万,我就给你当证人。

潘浩放声大笑。笑声陡然而猛烈,一口气出不及,岔进气道里,顿时剧烈地咳嗽起来。彭国柱莫名所以,看他先猛笑又猛咳嗽,仿佛看一个神经病。潘浩拍胸口平抑逆乱之气,对彭国柱说:你到现在还不明白情况!

彭国柱发怔。什么情况?

潘浩见他茫然之态,可怜又可恨,可恨复可怜,遂将事情原委一一讲给他听。彭国柱这才明白潘浩姐弟为何不再找他,黄夏生又何以对他不理不睬,愿望一时幻灭,苍黄的脸渐渐变得苍白。

那怎么办? 他说,像是问潘浩,又像是自语。我怎么办? 我女儿怎么办?

潘浩看他失魂落魄,亦为之伤感。彭小莹手捧桃子回病房,走到爸爸身旁,把洗干净的桃子送到他嘴边。彭国柱咬了一口,咀嚼几下,忽然放声大哭。潘浩眼见一个男人的绝望,感同身受,一时心酸不已。彭小莹不知如何安慰爸爸,嘴巴咧了咧,也哭起来。潘浩从钱夹抽出 张五十元纸币递给她,让她出去买吃的。彭小莹接过钱,却塞进爸爸手里。潘浩实在坐不下去,快步走出病房,在洗手间默立良久,才将情绪平复,洗把脸重回病房。彭国柱仍在哽咽,一边自己垂泪,一边用粗糙的手抚摸女儿脸庞,试图将她脸蛋上的泪水拭去。那张五十元纸币已然不见,想必是他收起来了。潘浩掏出一袋纸巾,抽一张给彭小莹擦泪,其余的丢给彭国柱。

我姐和姐夫都是好人,他们一直想再要个孩子,苦生不了。潘浩对彭国柱说:如果你愿意,就把闺女给他们吧,他们一定会当亲闺女养。

彭国柱摇头。不行,你姐夫那人,一看就不是好东西。

潘浩心头浩叹,也不好再勉强。不料却听彭国柱继续说:除非他们给我四万块钱。

潘浩愕然,对他的同情瞬间归零,盯着他黄糙的脸,感到一点厌憎。你是非要让真正想帮你的人伤心吗?他说。

彭国柱在他的逼视下勾下头。我也得活命。他说,我得治病,也要钱,没有四万,三万也行……

潘浩不愿再跟他多话,便要拂袖而去,回视彭小莹楚楚可怜,又百般不忍。他答应彭国柱帮他想办法,捏捏彭小莹脸蛋,冲她强颜嘻笑,告诉她叔叔回头还会来看她。他给姐姐打电话,讲了彭国柱的情况。潘浩放弃翻案之后,姐姐也心灰意冷,对彭国柱的闺女亦不复存想。此时听弟弟讲起,不禁再次心动,只是三万元她不能接受,不仅家里一时没这么多钱,还因付了这笔钱,就使收养变味,仿佛一场人口买卖,还有可能是违法的。潘浩已经有了主意:在网上发起众筹,为彭国柱筹来三万块钱,然后再让他把女儿送给姐姐。姐姐大喜,吩咐他马上弄,她这就带姐夫去医院看彭国柱,以后由她来照应彭国柱,妞妞还那么小,怎能让她伺候瘫子一样的病人? 真让人心疼死了。

潘浩得到鼓励,立即着手收集众筹所需凭证。他还没弄全,姐姐已经带着姐夫赶到。潘浩看到姐夫,几乎认不出来:这回他没戴墨镜,两撇小胡子刮得干干净净,一年四季油光光的四六分,也剃成了看得见头皮的小平头。潘浩哑然失笑。姐夫神色僵硬,似乎很尴尬也很难为情,却要强作淡定,结果就不知如何是好了。姐姐却很得意,说是刚在理发店收拾的,这样子比以前帅气多了。姐夫朝她翻白眼,不要去病房。姐姐将一大袋零食和水果塞给他提,拖着他进到病房去。

潘浩带上材料回省城,准备到公司后上网发布众筹。去车站途经市政大楼,魏紫他们单位在十一楼朝阳这一面。还没到下班时间,此时此刻,魏紫一定正在楼上忙碌吧。潘浩眼望大楼,心里难过得厉害。赶到车站,潘浩排队买票,有人发送微信添加申请,打开看,居然是王大姐。尽管她没有帮自己,潘浩对她仍无恶感,事已至此,添加也无所谓,遂通过她的申请,还客气地打了声招呼。王大姐发个笑脸,然后突然发过来一个两万元的微信转账。潘浩吃惊,以为她弄错了。不料接下去信息一条接一条,有文字有图片，仿佛一节节列车车厢，唧啦啦连轴而至。想必是她事先准备妥当，添加之后，一股脑传给他。他从第一条看起。其实所有文字，都是王大姐写给潘浩的信，不过是拆分成多条发送而已。

王大姐在信里先向潘浩表示歉意，继而讲述了她在这起事件中所有的经历。她坦承她当初寻找救命恩人，一是要感恩，二是想询问一下钱的下落。因是丈夫酒驾肇祸，保险公司不予赔偿，人财两空，全家顿时陷入绝境，车上那两万元现金，就显得异常重要。她知道其实问也问不到什么，就是抱着那么一点念想不放。另外，她是真的不知道救自己的人究竟是谁，昏迷之中似乎听到有个声音，但也异常模糊，并不足以让她做判定。接到潘浩电话时，她本已认为他就是恩人，不料不久颍川市文明办却通知她，救人者另有其人，之前的潘浩则变成了骗子。有报警电话和政府认证，她也不能说什么。而当她跟黄老师打电话，讲到丢失的钱时，黄老师立即表示关心，打了两万块钱给她。黄老师的原话是：撑船撑到岸，帮人帮到底！接着是一阵爽朗的大笑。王大姐感激不尽，认定了他就是自己的救命恩人。后来潘浩登门求助，他的执着让她意识到可能事情并不单纯，与脑海里的声音做比较，好像也更接近潘浩。但她贪图那两万元钱，就没多讲。几天之后，小叔子老婆闹离婚，追问之下，原来小叔子给别的女人买了金项链，发票被老婆发现，逼问钱从何来，小叔子躲闪不过，招认是从亡兄车里拿的。王大姐意识到闹了大乌龙，潘浩极可能被委屈，内心挣扎久之，最终还是没有出声。几天前，她收到一封来自颍川的信件，是魏紫妹妹写给他的。魏紫妹妹向她讲述了潘浩遭受的不公和压力。她不求王大姐站出来还他公道，只恳请王大姐看在良知的分上，向潘浩说声谢谢。读罢魏紫妹妹的信,她羞愧得哭了。她愿意把潘浩当作自己的恩人,永远感激,但她真的不能站出来,言之凿凿地对大众说那个人就是他。作为补偿,她把那两万块钱转赠给潘浩,希望他收下。她说过,等她好了,会亲来颍川,当面向恩人表示感谢,但是回想自己的所作所为,她犹豫很久,仍然没有勇气当面见潘浩。所以就用这样的方式,向他讲明一切,并对他致以万分的感谢和歉意。

接下去是图片,翻拍的魏紫信件内容,一共三张,用蓝色碳素墨水写在他们单位的稿纸上。潘浩将图片放大,只见页面隽洁,字迹俊秀,正是魏紫的手笔。魏紫的字极好,横折竖钩怎么写都漂亮。她一直取笑潘浩的字写得丑,仿佛蚂蚁打架,蚯蚓乱爬,逼他好好练字。潘浩不干,理由是:她的字写得太好,结果她虽然长得好看,也是字比人美;而他的字写得太丑,虽然长得难看,也是人比字美。等量代换,就是他比她长得美。他得靠这个来增加跟美女交往的勇气,所以不能练。这个所谓理由并不绝妙,魏紫却被逗得呱呱直笑。那时候他们在热恋,热恋中的男女,笑点总是很低,横七竖八都能产生幸福。潘浩左右拨动图片,阅读魏紫的信,行行字字都是她对潘浩的辩护和赞美,行行字字都包含着她的爱与哀悯。潘浩一句一句读,仿佛坐在时光之河上回溯过往的波涛,所有一切遭遇,都是为了此时,所有委屈与不义,也都是为了结成一股念力,让他在此时明白,所有经历,无不值得,一切偶然,皆是因缘。他迫不及待要见魏紫,除了看完这封信,再也没有什么能够延迟他立即奔向魏紫的脚步。——直到他看到这几句话:

　　我爱他,我希望他是我的英雄,就像《功夫熊猫》里的阿宝,平时窝囊无用，但在危急关头，却能挺身而出，大放光芒。

我只希望，我爱他时的他，没有辜负我的爱。

所以，王大姐，请给他应得的，哪怕仅仅是一声谢谢……

潘浩盯着这几段话，眼光渐渐发虚，不复再看到屏幕上的文字。服务员手提扩音喇叭，通知去省城的客车即将出发，请买过去省城车票的旅客尽快进站上车。潘浩回过神，说了声：哦……背起双肩包走进车站。落座之后，他收了王大姐的钱，随即转给姐姐。姐姐立即打过来电话，问他钱从何来，做什么用。他简单向姐姐讲了情况，让她把钱给彭国柱，另外还差一万，建议由他和姐姐各出五千，以帮彭国柱支付医药费之名交给他。至于众筹，就不再发起了，公众的爱心应该用在更需要的地方。姐姐对他的安排样样都同意，唯独不同意他再出五千块钱。姐姐唠唠叨叨，说得潘浩又要不耐烦，他本能要对姐姐嚷，开口却只是笑了笑。

这件事因我而起，就让我挽个结吧。他对姐姐说：我现在工作好，工资高，前途无量，你就不要替我担心钱的事了。

姐姐也笑了。好好好，我弟弟最牛了。她搂着彭小莹，一边给她擦拭溅到脸上的橙汁，一边跟弟弟说话。还有什么话没有？

有。

什么，你说。

潘浩望向窗外。天气不太好，不知是不是要下雨，青灰色的云层被风驱赶，一团一团从天空掠过。太阳将落未落，在飞驰的云层里时隐时现，隐时灰如蒙垢，现时光芒夺目。姐姐在手机里追问：说呀，什么话？

如果有一天,你见到魏紫,替我告诉她一声。潘浩望着灰如蒙垢的太阳,对姐姐说:不管别人怎么讲,我没有辜负她。

血缘关系

一

姚远驾车来到八土巷，正赶上例行的拥堵。

八土巷窄窄长长，在中间偏东的地方被向阳路截为两段。八土巷和向阳路都太小，虽然交叉出一个十字路口，却不足以让市政为它配备一盏红绿灯，每天早中晚出行高峰，这里十有八九要堵成一团。有时候并非高峰，两辆体积较大的车迎面相遇，也能将巷子堵得水泄不通。今天姚远不幸，不光赶上高峰，还遇到大车梗阻，没有一两个小时怕是疏散不开。他等了一会儿，发现前行无望，想要倒车退出去，也为时已晚，大大小小的车辆已经密密麻麻地顶在后面。每当此时，他就会联想到便秘的大肠，而他和他的车，则是其中一枚小小的粪团。这个联想令他不适。他摇下车窗透气，听到相邻的两辆车上有人打电话。

一个说：别等我了，你们开始吧，我堵到八土巷了……

另一个说：我得晚一会儿，八土巷这儿堵得可死……

讲话的人言之凿凿。姚远本来很焦急，听到"八土巷"三个字，居然还有闲心笑了笑。八士巷被讹称为八土巷，已经有许多年。确切日期已不可考，据老巷民回忆，最早把这名字叫白的，应该是二十世纪八十年代第一批进城打工的乡下人。他们来找房子租住，扫一眼巷口树上的铁牌子，哦，八土巷。然后这个名称就在他们之间口耳相传。你住到哪儿了？八土巷。八土巷房租贵不贵？还行，就是房东爱占小便宜，你们也过来吧，大家有个照应。好啊。一开始八士巷的老居民感到好笑。"八士"之名是有典故的，用以纪念本巷历史上金榜高中的八个进士。这是八士巷居民的荣光，世世代代引以为傲，并因此在精神上睥睨其他街区。他们好心纠正那些乡下人，甚至有好事者特别在路牌上用粗重的记号笔标了拼音，但那些乡下人只是讪然一笑，自嘲一句"农村人，没文化"，回头仍然顺口就叫出八土巷。他们不是没文化，是不经心，"士""土"两字如此简单，小学一年级的孩子也能区分，只是对于暂住的这条细伶伶的巷道，不过是个称呼而已，叫八士还是叫八土，又有什么关系？反正八士又不是他们的祖先，没有认真致敬的义务和必要。改革开放已不可回头，拥入八士巷的乡下人也越来越多。巷内老土著则纷纷外迁，远走地市或更大更远的城市，留下的也大多搬到老城外带双气的新楼盘，只剩下一些老骨头和穷骨头，老当益壮、穷且益坚，在这里固守不去。经过多年腾笼换鸟，八土巷的叫法渐渐变得正统起来，以至于一些老土著也不得不跟着叫。比如他们买了一车煤球，让送到八士巷某号院，推平板车的民工大哥会很茫然。

八士巷？八士巷在哪儿？

就是八土巷。

好嘞，知道啦，两个小时送到。

这一嬗变令老居民心情复杂。起初他们只觉得好笑,嘲骂一句不识字的乡下文盲就罢了。后来渐觉不安,担心这称呼会随着乡下人的涌入而泛滥成灾。当这一担心成为事实后,他们变得愤怒,认为糟蹋了他们引以为荣的不朽声誉。有位从文化局退休的老土著还投书报社和电视台,将性质上升到落后对进步的倒算,愚昧对文明的反攻,重申了一通社会主义初级阶段的当务之急是教育农民的高论。乡下人对自己不经心的错误本来还有一点不好意思,那些傲慢的土著以捍卫祖上荣光的姿态大肆反击,反而激起了他们的反感,不让叫偏要叫,以前是不经心叫错,现在故意叫错给你听。外街居民则袖手旁观,幸灾乐祸,也跟着八土巷八土巷地恶心他们,叫他们还自命不凡去。八士巷土著气恨不已,却又无可奈何。人家只是私下叫,又没有公然篡改官方的名称。就如新月街,两边发廊密布,附近民房里也聚集了许多失足妇女,人们说起新月街也不叫新月街,而叫野鸡街。讲起来都不过是给街道起了个绰号,虽属不敬,但不犯法。八士巷的土著们尽管恼火,却无权禁人之口,更不能以羞辱街道之名将人家驱逐出巷,到后来也只能听之任之了。

况且驱逐那些乡下人,也并非老居民的共识。老城区的房子大多是老平房,混乱拥挤,后来政府允许自行改建,财力充裕的老居民相继翻盖起两三层的小楼。但因巷道窄如羊肠,出入都不方便,买个车也没地方停,蜗居于此,实在谈不上生活品质。原先大家还寄希望于老城改造,等了很多年,也没轮到他们这一片,便相继买了新房搬出去等。老房子不能空着,最好的办法当然是对外出赁,坐收租金。于是,乡下人就慢慢充斥了进来,八士巷也最终沦陷为八土巷。困守巷内的老土著每言及此,无不哀叹,仿佛民国时代京城胡同里的遗民谈起大清朝,满满一副亡国感,令人不胜惆怅。

姚远家的两层小楼也租了出去。十几年间租客来来去去,不知换了多少。现在的二楼,住着两个招教进城的中学老师,一楼临街的两间铺面,则被乡下人租去开了店,一家做门窗,一家卖烧饼。卖烧饼的店主姓冯,老家在县北三十多里山脚下,与姚远的父亲有一点曲里拐弯的亲戚。新世纪以来,乡村中小学校大量合并,老冯的儿子要读初中,每天得奔走七八里路,很不方便,好几次还差点被车撞到。老冯见不少街坊把孩子送到城里读书,也想效仿,但思来想去,找不到可以帮忙的人。正在忧愁之际,忽有贵客临门。他有个远亲是教育局副局长,来他们乡视察工作,顺道登门探访。副局长听老冯讲罢困难,责怪老冯把他当外人,不去找他,须知他就是管教育的,帮孩子转个学又有何难?他回去就批条子,把孩子弄到县城最好的一所中学。老冯喜出望外。他不是没想到这位姓姚的局长,只是以前曾经向他求助过事情,被人家婉拒,也就知趣而退,不敢再去打扰人家了。姚局长好事做罢,又劝老冯携家搬到城里去,毕竟乡下也没什么事做,不如到城里做个小生意,也能就近照管孩子。他连做生意的地方都替老冯想好了:他们家有间旺铺,租客刚刚到期搬走,恰好便宜了老冯。他向老冯讲了房子的优势:三十多平方米的空间,既可以做买卖,又可以睡人,商住一体,经济实惠。离学校也不远,孩子可以回来吃住,不用再花钱住托教班,简直不要太美气。老冯心动不已,千恩万谢,只是一听租金,又尴尬地搓起手。姚局长看出了他的为难,愿意顾念亲戚情谊,给他一些优惠。他还帮老冯算了笔账:比如开个烧饼店,假定一天卖三百个烧饼——偌大一片住宅区,一天三百个烧饼是最保守的估计—— 一个烧饼一块钱,就是三百块,扣除各种成本,至少还有两百的落头,一月下来就是六千。再搭卖个茶叶蛋、炒凉粉什么的,收入更加可观。假如做大点,开个小饭店,月入一两万根本不是事。相比之下,每月三千块的租金算什么,倘若不是亲戚,他才不愿吃这个亏。老冯被他说服,隔天就收拾东西,夯不啷当装了一大三轮车,载上老婆孩子突突突地进城来。

这不是小事,老冯却能乾纲独断,自作主张,是因为他老婆人不精,无须与她商议。所谓不精,是指脑子不大管用,没有自主判断能力,但也不至于糟到不能自理,大概介于愚笨和痴呆之间。他老婆原本正常,因为受了刺激,才变得不精起来。她不精的状态并不恒定,有时候偏愚笨,有时候偏痴呆,偏愚笨时可以给老冯做个饭,洗个衣,偏痴呆时就需要老冯反过来给她做饭,为她洗衣。正因为这种不恒定,使老冯无法外出赚钱,只能在附近做个零工,幸赖在县城打工的女儿支援,才能够勉强维持开销。此时当官的亲戚不仅解决了孩子的上学问题,还一并赐予这条光明大道,使他们可以与女儿在县城会师,从此一家团圆,共赴美好新生活,实在是天大之喜。感谢姚局长!

来到县城后,老冯遵从局长的指教,先盘火卖起烧饼,茶叶蛋和炒凉粉也相继推出。干了一段时间,老冯发现效益并没有局长描绘的那么好,纯收入扣除房租和基本花销所剩无几。女儿建议老冯开小吃店,三十几平方米的门面,只卖烧饼实在有点浪费资源。女儿初来县城打工时,在一家餐馆干过半年,虽不过是端盘子的服务员,并没有经营管理的经验,但真要做,想来也不难。局长当初为老冯擘画的蓝图里,便有开小饭店这一项,女儿的建议与局长不谋而合,使老冯信心十足。父女俩计议已定，立即分头行动，女儿辞掉超市的工作，去学习美食手艺，老冯则去政府办理开小吃店的相关证件。

本地小吃店主打吃食，不外是胡辣汤、豆腐脑、水煎包、小笼包、炸油条之类，只要具备基本的烹饪技术，便可满足开店所需。倘若再大气一点，分量给足，舍得用油，就会广受好评。老冯会做大锅饭，乡邻们婚丧嫁娶大宴宾客，都会请他帮忙去做流水席。这些小吃以前虽未做过，但并不复杂，稍作练习，必可胜任。只是他女儿立意高远，希望做出特色，树立口碑，乃至于打造一个品牌，以后若有条件和机会，就在城里扩张开分店，做一个像模像样的事业。以此而论，仅靠凑合无疑是不行的。她从网上挑选一家省城的烹饪学校，去学习了半个月。这半个月收获颇丰，不光学到不少手艺，还从一个同学手里搞到一张做胡辣汤的祖传配方。老冯这边却进展缓慢，这么久了，只办出来个营业执照，食品经营许可证则因场所问题一直过不了关。姚局长家这栋楼房已有三十年历史，地面还是当年铺的水磨石，先天材质不佳，早已磨蚀得坑洼不平。墙面也很脏，蛛网沾满四壁，灰尘又落满了蛛网，在举手可及的地方，随处写着各种各样的备忘录，从笔迹的深浅与字体的差别，可以追溯到之前五任租客。按照市场监督管理局的要求，老冯需要重铺地板，刷新墙面，还得改造一间面积和卫生双达标的食品操作间——通俗讲就是厨房。这样算下来，老冯至少要投入几千块钱。老冯原以为支上一口锅，摆开几张桌，就可以开张大吉，毕竟就他亲眼所见，街头巷尾多少小吃店小吃摊都是这样子，哪里料到竟有如此苛刻森严的律条。他认为办证的人故意刁难，欺负自己是无权无势的乡下人，烤了三十个大烧饼，沉甸甸地装在一只硕大的塑料袋里，前往拜访姚局长。

姚局长不在家,他老婆陈香忙着打麻将,没工夫招呼老冯,老冯枯坐一会儿,讪讪而去。改天又提三十只大烧饼登门。这回姚局长在家,但却忙着跟老婆打架,叫他先走,有什么事改天再说。老冯见他脑壳边缘残存的头发凌乱不堪,光洁的地板上散落着好几缕干枯的毛发,想必战况激烈,不敢停留,赶紧唯唯而去。两次登门无果,使老冯感到无助和绝望,盯店的意志也渐渐消磨,望着似乎永难达标的店面,两只耳朵里都是乐器的声音:左边是击鼓退堂,右边是鸣锣收兵。

爸爸的怯弱和退缩令满载而归的女儿大为不满。女儿叫冯莉,刚过二十五岁生日,在老家已经是个老姑娘,却至今没有婚嫁的意思,令老冯甚是头疼。在冯莉看来,店面改造是一定要做的,即使市场监管局没要求,她自己还有这个要求呢。但她也担心会受刁难,毕竟就传闻所知,潜规则是无所不在的,万一该打点而没打点,还是要坏事。她要求爸爸再去找姚局长。老冯两度受挫,已经没有胆量再去打扰贵人,况且他已经知道姚局长收的租金并不比别人低,一墙之隔的门窗店面积略小一点,租金却足足少了五百块。这说明姚局长其实并没有把他当作亲戚来看待。因此不管女儿怎样催逼,老冯就是不去。冯莉发急,问他要出地址,到水果店买了几样水果,亲自去拜见姚伯伯。——按照曲里拐弯的辈分,她得管姚局长叫伯伯。

开门的是姚远。姚伯伯和姚伯母都不在家。冯莉曾向老冯询问姚伯伯的手机号,老冯没有。他以前向姚局长讨要过手机号,姚局长没给,只说有事直接去家里找他就好,老冯也便知趣而罢。姚远打了一夜游戏,上午在床上补觉,冯莉来敲门时,他刚好被尿憋

醒。他从猫眼往外瞄了瞄,将门打开,客气地把冯莉请进来。冯莉
很懊恼。见不到姚局长,这一趟就算白来,价值百元的水果也将白
送,下次再来,少不得还要破费。她接过姚远递来的饮料,略显拘谨
地坐在沙发上。姚远坐在对面打量她,从她粉扑扑的脸庞上看出了
难以掩饰的失望之情。这是冯莉生平第一次拜见大领导,来之前认
真化过妆。她觉得这样更正式,也更隆重。她发现姚远一直盯着她
看,不知是不是妆没化好,或者化得太土气,引起了人家的注意,一
时有点窘促。她自报家门,说是他家租客老冯的女儿。姚远说他知
道,他还见过她。冯莉很意外,问他在哪儿见的。姚远说,当然是
在你们店里呀,有几次从那儿路过,看见的。冯莉想到平时在店里
邋里邋遢,衣服脏脏,头发乱乱,一定被他看到了,不禁有点难为情。
她见姚远一直盯着自己的脸不放,多少有点没好气,觉得他即使看
不起自己的土妆容,瞧几眼也就算了,怎能如此没完没了地欺负人?

　　我脸上是不是有脏东西呀?她故意问姚远。

　　姚远这才意识到失态,尴尬地笑了笑,把眼光从她脸上挪开。
冯莉见他居然羞涩了,反而主动起来,所谓敌退我进,盯着他的脸报
复性地打量。姚远那些天状态很差,加上睡眠不足,精神萎靡,眼袋
格外明显,看上去要比实际年龄大得多,以至于冯莉在称呼他时几
度犹豫,拿不准是叫哥更亲切,还是叫叔更尊敬。姚远听她讲罢来
意,懒洋洋地仰到宽大的沙发里。——冯莉相信沙发一定是真皮
的,至于什么皮,谁知道呢,反正很贵就是了。

　　这事你不用找我爸了。姚远说。

　　冯莉顿感心慌。我也不想麻烦姚伯伯。她对姚远说,声音因为
紧张而有点期期艾艾。可是想来想去,也不认识能说得上话的人,

只好来找姚伯伯……

这事不用麻烦他。

冯莉疑惑地盯着他。那怎么办?

交给我吧。姚远说:我有哥们儿在市场监管局,打个招呼就行了。

冯莉激动不已,除了一迭声表示感谢,竟不知如何是好。姚远笑眯眯瞅着她,仿佛瞅着一只方寸尽失的羔羊。小事一桩,也不用你多谢。他说:等办好了,请我吃碗豆腐脑就行。

二

有人的确不一样,老冯的店面还没装修完毕,食品经营许可证已经批下来。冯莉办事成功,在她爸面前得意扬扬,觉得自己已成为家庭的栋梁。欣喜之余不忘感恩,她给姚远打电话,要请他吃饭。她有姚远的电话号码,是那天姚远主动要求交换的,理由是方便办证时联络。他们还加了微信,理由是方便办证时传材料。

姚远接受了冯莉的邀请,并应冯莉的请求选了一家饭店:豫颍园。姚远之前说只用请吃一碗豆腐脑,冯莉认为那不过是一句客气话,不能当真,但要认真请客,她又拿不准去什么饭店合适。所谓合适,是指消费要与人情相匹配,消费低于人情,会被人看不起,消费大于人情,自己又太吃亏。她把这个难题丢给姚远,请姚远自己做决定。不料姚远竟然选了一家最贵的。所谓豆腐脑果然是鬼话,这些纨绔子弟怎么可能那么好打发!冯莉心里怄得冒沼气,却又骑虎难下,把支付宝、微信和银行卡里的钱撮到一起,估量不够用,又向老冯要了一千元,换身衣裳怎怎而去。

她来早了,姚远预订的房间空无一人。她数了数圆桌周围的椅子,竟有十张之多,想必要来的不只是姚远和他市场监管局的哥们儿。等到约定的时间,食客相继而至,果然有一大堆不相干的人,听姚远一一介绍,都是他相好的同学和发小。冯莉请姚远点菜,姚远也不客气,翻着菜谱点了一个又一个,等服务员一一送上,琳琅满目摆满了旋转盘。冯莉看得心碎,手捧茶杯强颜欢笑。还好姚远自己带了酒,不用再向店家买,令冯莉稍感宽慰。姚远这些朋友都是三十啷当岁,在单位上班,听他们讲来讲去,无非是些吃喝玩乐的话题。冯莉插不上话,被大家客客气气地忽略了。其间她敬了一轮酒。敬到市场监管局那人时,冯莉特别表示感谢。那人捏着酒杯站起来,眯着眼对冯莉讲,这事其实都怪她爸太认真,跑去询问怎么做才达标,他那样问,他们当然得照规定讲。他爸若是不问,只管干起来,只要没人投诉,他们一般是不会为难的,做个小门脸生意不容易,睁只眼闭只眼就过去了。冯莉顽强保持着脸上的笑容,另一个自己早已在心里号啕大哭。两瓶酒喝完,桌子上早已羹冷肴残,有人提议去唱歌,姚远等人纷纷响应,当即散席转场。冯莉苦不堪言,拿起手提包去结账,姚远忽然凑过来,一只手压在她肩上,在她耳边说已经结过了,又拍拍她肩头,示意她不要多说。冯莉愕然,想要客气几句,他已经穿着外套往外走了。

冯莉不愿去歌厅,故意钻进卫生间待了一会儿,希望出来时姚远等人已经离去。不料姚远还在等她。他的车已经发动,就停在饭店大门口，他则坐在驾驶室抽烟，不急不躁，一副等多久都无所谓的样子。冯莉怕坚持不去，会被姚远理解成是她不想为唱歌买单——虽然事实上她的确不想买单——只好硬着头皮坐进他的车。车厢里放着音乐，不是冯莉经常在网上听到的那些土嗨歌谣，而是钢琴曲，谁弹的不知道，也听不懂，但是很好听，清冷的旋律仿佛漂荡着一两片树叶的溪水，在秋天的原野淙淙流淌。她问姚远饭钱是多少，要转给他。姚远说不用，今晚是他约的饭局，他们几个隔三岔五就要聚一聚，就当带上她一起玩了。

那不行。冯莉说：是我请客呢，怎么能让你破费？

姚远笑了笑。知道你要请客，不是说好一碗豆腐脑吗？我记着呢。

冯莉也笑了。那怎么行……

怎么不行？

冯莉不知该如何作答，只能让笑容继续布满脸庞。她扭头望向车窗外，看见一枚月亮浮在洁白的云层里，仿佛一对纠缠不清的情侣。冯莉忽然有一点伤心。她觉得她从来没有注意过这样的月夜，也不曾想过月夜还可以这样美。

他们赶到 K 厅时，姚远的朋友们已经鬼哭狼嚎唱起来。唱歌没有女人，就像吃饭没有酒，既不快意，也缺少灵魂。房间里清一色爷们儿，唯一的女性冯莉，又拘谨得无趣，因此歌房里吼声虽大，气氛却一直不够热烈，直到有人打电话叫来两个多情的女同事，场面才算活泼起来。这帮好朋友都是县城老土著的后裔，另有两个是出生在县城的官二代。大家都不擅长学习，在市里一所大专混到一纸文凭，然后凭借父祖辈的关系搞定了工作，妻儿房车一应俱全，过着无忧无虑的县城生活。在唱歌间隙，他们说到一个南关的发小。该发小是拆二代，暴富之后人就飘了，赌博吸毒无所不为，前两天吸毒又被抓，他老婆忍无可忍，卷钱出走，他妈也气得住了院。大家发了一阵感慨，商定过几日去探望一下老人家。市场监管局那人把麦递给旁边的女人，从烟盒里抽出一支烟。

姚远，你家的事怎样了？他问：你爸妈是不是真要离？

冯莉坐在姚远旁边，跟大家一起扭头看他。姚远的脸色突然变得很难看。别问了。他说。

他不让问，大家也就不再问，岔开话题讲起了别的。冯莉本已经坐不下去，想找借口走人，此时看姚远情绪低落，觉得应该陪陪他，就又不走了。散场后，姚远送她回去。K厅消费是农林局那个人结的账，他二叔有张金卡，报个名就可以了，冯莉也就装作唱歌与自己没关系。姚远情绪依旧很糟，把着方向盘默默开车。他不说话，冯莉也不知说什么好，毕竟父母闹离婚这样的家事，姚远作为儿子羞于启齿是可以理解的，而她作为外人也不好多问。于是就只有音乐一支接一支地响，仿佛忧郁的流水，逐渐灌满了车厢。冯莉浸泡在忧郁的车厢里，仿佛一条不安的鱼。县城不大，兼之已过午夜，街道空空，即使以四十码的速度缓行，也很快就接近了目的地。眼看就要到家，冯莉认为一定得说些什么。于是她就说了。

开心些。她说：如果你需要人陪，我可以陪陪你。

她把这番话说得从容而镇定，但说完之后，还是有一点后悔。她担心会被姚远误会，把陪当成是上床，那就尴尬了。即使姚远不会误会，她也担心会被他看轻，把自己的关心当成自作多情。她两只手攥在手提包的带子上，扭头瞟了姚远一眼，看到他笑了一下。

没事。他说。

店面已铺好地砖,墙也刷过了,只剩食品制作间还没完工。老冯和老婆孩子一直住在店铺里,如今仍然睡在那张从老家带来的老床上,冯莉则在地板上铺张席子打地铺。房间里弥漫着建材的异味,尤其是浓烈挥发的劣质墙漆,酸臭而潮湿的气息令冯莉感到窒息。她睡不着,越翻越睡不着,到最后难受得要喘不过气,于是披衣而起,开门走出去,坐到店前的水泥板台阶上玩手机。玩了一会儿,她抬头望天,从两栋老楼房之间看到那片白润的月亮。她点开姚远的微信。

睡了吗?她问。

没呢。

姚远随即回过来。冯莉很是意外,也很欢喜,正在寻思怎么措辞,姚远又发过来三个字:有事吗?

没事,想问你什么时候方便,请你吃饭。冯莉打了这样一行字。欠饭如欠钱,早还早清干。打完后,她又在后面加上一个笑脸。

等你们店子开张吧。姚远回:开张那天,我去店里吃。

好呀,一言为定!

一言为定。什么时候开张?

这月十六。

十六是农历的十六,老冯从老皇历上挑选的宜开市的吉日。他们没打算搞开张庆典,小小铺面,值不着大张旗鼓做样子,况且还得花钱,没必要匡外浪费。所以十六那天早上,他们低低调调地开了业,唯一的仪式,是在店门口放了一挂一千响的鞭炮。但在老冯放鞭之前,忽然开来一辆小皮卡,卸下来两只一人多高的花篮,端正摆放到大门两边。花篮上挂有红带子,分别用金粉写着"开张大吉"和"恭喜发财"。老冯问是谁送的,司机说不知道,他只负责送到。老冯疑惑不安,担心不是好事。凭空而来的美意往往都是陷阱,比如在街头丢到面前的钱包。冯莉却很开心,她当即想到了姚远。他俩这些天没再见面,但一直联系着,姚远还给她买了好几样东西,有包包,有口红,还有一部最新款的苹果手机。这些东西要么是网购,要么是让跑腿送来,让冯莉激动了一次又一次。很显然,姚远是看上她了,所以才用送东西这种老套的方式向她示好。不过老套归老套,冯莉很喜欢。虽说两人才见过两面,就如此献殷勤,似乎有点突兀,但天底下一见钟情的例子多了去,相比之下,两次已经显多了。冯莉拍下花篮的照片,在微信上传给姚远,问是不是他让人送的。姚远没有回答是或不是,而是问她好不好看。他送其他东西也是这样,并不说是他送的,只问她好不好看,喜不喜欢。冯莉贴着手机的脸笑成了一朵花。

好看。她说:你什么时候来?

过一会儿。

我等你。

然而姚远并没有去。今天是试营业,冯莉策划了个降价酬宾,各种吃食一律打八折,所以生意还不错。她一边忙碌一边等,不时跑到店外头,站在街中央左右眺望,姚远却一直没有出现。她忍不住打电话,打了几次才接通,姚远的声音很低沉,一听而知情绪不佳。他说有点事,过不去了,很抱歉,回头再去吃。冯莉猜肯定是他们家又闹起来了,深表同情,又觉得遗憾。小吃店是半晌生意,中午一两点后就歇火,开始准备明天的食材。老冯挥舞两把钢刀在大案板上剁韭菜,看到女儿在那边心不在焉,不时摸出新手机摆弄一会儿,一副魂不守舍的样子,不禁也郁闷起来。他已经知道花篮是姚局长的儿子送的,并且在他逼问下,女儿也承认了包包和手机也是他送的。女儿承认的时候,脸上洋溢着羞涩的快乐,仿佛一只发情的小斑鸠,令老冯糟心不已。

咱邻村张建国的老二在煤炭局给领导开车,人不赖,长得也排场。老冯说:找个时间你们见见面吧。

见面干吗?

相亲呀,那孩子不错,你们看看对不对眼。

冯莉没好气。人家明明已经表示了有人在给自己送东西,老爸这是装什么傻?你觉得不错你就去相呗。她说:我的事不用你管。

老冯知道闺女脾气倔,不服管,心里堵也没办法,只好把气撒到韭菜上,抡起菜刀咣咣猛剁。傍晚时分,他采购食材归来,迎面看到女儿花枝招展地走出来。说"花枝招展"其实太夸张,冯莉也就是洗了头,化了妆,换了一件洋气的羽绒服和一双长靿皮靴,但因经过刻意打扮,在老冯这个当爸的眼里就显得太妖气。

干吗去? 老冯问。

玩去。

去哪儿?

去玩的地方。

跟谁呀?

冯莉朝她爸翻白眼。你管呢!

两人的对话像打乒乓球,老冯的所有发球都被干脆利落地挡回来,干气没办法。他目视冯莉袅袅娜娜地走远,心中五味杂陈。他老婆刚才看到女儿洗头，也想洗一洗，此时正在水龙头下接水。老冯将食材丢到厨房里，走到老婆身旁，帮她掖了掖衣领。

嘿，你看这事！他说：弄成这样了，你说咋办呢？

三

正如老冯所担心的，冯莉去见的人是姚远。

是冯莉邀请的姚远。她觉得姚远已经送了那么多东西，充分证明了他的心意和诚意，此时自己邀约，属于投桃报李，不算是主动献殷勤。况且姚远情绪那么低落，即使作为普通朋友，也有陪同安慰的责任和义务。她跟姚远这些天在微信上几乎无话不谈，已经知道姚远是离异人士，有个两岁多的女儿判给了女方，目前是单身状态，所以就算把约饭当成约会，也没什么不可以。在她的计划里，约饭是第一步，饭后情景合适，就再提议看电影。因此她把地点定在大华商场。商场四楼是餐饮部，五楼是电影院，很方便往下一步推进。

姚远如约而至。他们吃了冯莉最爱吃的火锅，又吃了因为太贵没吃过的某个品牌冰激凌，然后又被姚远拖到三楼女装区，买了好几件好看的衣服和一双漂亮的鞋子。这些都是姚远花的钱。冯莉虽然不好意思，也阻挡了几回，但看他意志坚决，也就听从他了。她觉得这是他表达爱意的一种方式，既然不反对他爱自己，就不能够、也没必要刻意阻止他为自己花钱，毕竟早晚她的人都要给他了，此时花给她，也等于花给他自己。可是当姚远表示要去给老冯也买身衣服时,冯莉就死活不答应了。还没明确关系呢,就让人家给爸爸买东西,显得多贪婪。买完衣服,冯莉试探着说想看电影,姚远马上带她上五楼。冯莉开心得眩晕,走路都要走不稳,不停地往姚远身上靠。唯一有点遗憾的是,在选片时,她想看爱情片,姚远却自作主张,选了好莱坞的动画片。

电影看完,才十点多,离午夜还早,冯莉不想回去,姚远就开车带她去轧马路,绕着外环路兜了一圈。冯莉觉得两人之间的距离已经小到可以忽略了,那么姚远的家事,也差不多就等于自己的家事,于是就询问今天上午究竟是怎么回事。姚远有点不想提,但沉默了一会儿,还是告诉了她。今天是周末,他周末都是睡懒觉的,但一大早就被老爸老妈吵醒了。两位老人家不知又为什么闹起来,叮叮咣咣摔盆砸锅。以前姥爷活着的时候,他爸很乖觉,在他妈面前低声下气,委曲求全。几年前姥爷病死,他爸渐渐就不老实了,不仅敢于跟他妈吵架,连打架也无所畏惧,以至于这一两年,吵吵打打已经成为新常态。姚远套上衣服走出去,看到他爸和他妈的战争已经陷入僵持,互相揪住对方头发,叫嚣让对方放手。姚远请他们双双罢手,都不听,便上去掰他爸的手。在他爸看来,这等于是拉偏架。每当父母交战,姚远要么保持中立,要么站在他妈这一边,从来没有对他爸表达过支持和声援。他爸松开右手,一巴掌扇到他脸上。

滚!他爸冲他大吼。

姚远他妈看到姚远醒了,已经有意罢手,毕竟在儿子面前打成这样,实在不成体统。及见儿子被打,他妈妥协的念头瞬间消灭,化身为一只护崽的母狮子,嗷嗷叫着疯狂进攻。姚远从小被姥爷和妈妈娇惯,从没挨过打,今日这记耳光,是他生平遭遇的第一次暴力。

老姚下手很重,姚远觉得要得脑震荡了,他摸摸发烫的脸,转身走出门去。今日天气一般,半阴不晴,黢白的晨曦仿佛死鱼肚皮,横亘在县城东方的天际线上。他窝在车里,望着吊在车窗前的红色如意结发呆,直到冯莉给他发来微信,问花篮是不是他送的,才渐渐回过神。而他之所以爽约没去,是因为脸上的巴掌印太明显,怕人看到。

冯莉听得心都要碎了。她问他挨的是哪一边,姚远指了指左脸。冯莉坐在副驾驶上,看不到他左脸,便伸手把他的脸往这边扭。姚远把她的手拿开,说早就消了,否则在一起这么长时间,她也不至于看不到。冯莉仍然心疼得不行,还想摸摸他的脸以示抚慰,手刚抬起来,就被姚远挡住,只好作罢了。人太君子,难免少一点情趣,真是一个令人欣慰的遗憾。她问姚远伯父伯母为什么要离婚,都这么大年纪,按理讲应该都磨光了脾气,凑合着也要把这辈子过完。姚远不答。冯莉知道必有难言之隐,也不勉强,改口说既然过不下去,离婚也是解脱,好合好散就是了,何必要闹成这样。

贪心呗。姚远说:都想多分家产,就闹起来了。

冯莉诧异。不是对半分吗?

姚远不想多讲,只是笑了笑。老姚夫妇对于如何分割家产已经较量过好几个回合。一开始老姚要求分一半,他老婆陈香则叫他净身滚蛋。后来陈香答应给一半,老姚又加码到三分之二。老姚对陈香的态度也越来越强硬,陈香则一反常态,日益向老姚示弱。老姚好几次当着姚远的面呵斥陈香,陈香恼得环眼圆睁,牙咬了又咬,最终还是把恶气咽到肚子里。姚远撞见的那几次厮打,都是在他不在场的情况下发生的,而当他一出现,陈香无不迅速败下阵去。姚远已经从转折中猜到是怎么回事。他不愿老妈这样屈辱地过下去,跟她私下谈过一次,劝她答应老姚的要求,赶紧离婚算了,钱财不过是身外之物,只要他们母子在一起,生活就能过得去。陈香感动得大哭一场,哭完后更加坚定了要为儿子争财产的决心。老姚离婚后肯定会再找女人结婚,那么分出去的财产就会变成别人的,只有把财产牢牢握在自己手里,才能真正归儿子所有。

然而形势已经变得对陈香很不利,面对日益咄咄逼人的老姚,她并没有反攻的好计策,要为儿子争财产,死耗下去就成为唯一的办法。老姚逐渐没有了耐心。今天早上打姚远那一耳光,可以说是他情急失手,但若理解成他是成心的,也未必不是事实。姚远离开家后,无脸见人,开车去野外晃了一天,后来冯莉约他吃饭,他照照镜子,发现掌痕已消,才答应了。他把冯莉送到八士巷和向阳路交叉口,离小吃店已经很近。在下车前,冯莉有意拖延了一会儿。她在等待一个仪式性的道别,根据网剧里的经验,通常是一个柔情蜜意的吻。意外的是,她没有等到姚远的吻,却等到一句莫名其妙的话。

做我妹妹吧,好不好?姚远盯着她,一副很诚恳的样子。以后你就叫我哥,咱们做兄妹,亲兄妹那种。

冯莉有点措手不及。呃,好啊……她说。推开门下车,她的神情已经缓过来,矜持而不失礼貌地对姚远摆摆手。我走了,你回去早些休息。

姚远示意她走,一直目送她回到店铺,打开店门钻进去,才驱车回家。他妈今晚去打牌,也回来不久,刚洗过澡,正拿吹风机吹头发。姚远在各房间瞅一遍,没看到老姚,想必今晚不回来了。他过去帮老妈吹头,发现头顶有一小片秃斑,定是早上被老姚揪掉的。

他心疼不已，一时冒出来打老姚一顿的冲动。陈香从镜子里看到了儿子的悲伤，颇觉安慰，忍不住笑起来。

是不是去约会了？她问姚远。

没有啊。

没有？陈香很夸张地撇嘴。我已经得到情报了，你跟一个姑娘逛商场，给人家买了一堆衣裳，又去看电影，有没有？

姚远惊讶地望着镜子里的老妈。陈香看儿子诧异的样子，萌蠢萌蠢的，可爱得很。一个老街坊带孙子去看动画电影，出场时正好看见姚远和冯莉，而这个老街坊是牌友，把孙子送到家就去打牌了，看到陈香，当然要把她儿子这个八卦绘声绘色讲出来。还想骗妈？没那么容易，我的耳报神可是遍布全城。陈香骄傲地说。哟哟哟，还脸红了，小年轻们谈个恋爱约个会，多正常的事，有什么害臊的？

她没有告诉你那个姑娘是谁吧？

说了啊，就是租咱家铺面那个老冯的闺女，没错吧？

那你怎么这态度啊？

我态度怎么了？支持你们还不行？难道要我当个恶婆婆，棒打鸳鸯散啊？他妈说着，冲镜子做了个恶狠狠的表情，然后被自己逗得哈哈笑。

我和她……那个……我们俩……不是亲兄妹吗？

陈香大惊，猛然回过身，一把捉住姚远的手腕。你说什么？

姚远被她剧烈的反应吓了一跳。我是说……我跟她……是不是同父异母的兄妹啊？

陈香愣了一下，骤然绷紧的身体又骤然松弛下来。哎呀，你这是什么话！她嘎嘎笑着弯下腰去。你是中邪了，还是发烧了？马上又弹起来,拿手摸姚远的脑门。别动,叫我看看你是不是发高烧,把脑子烧坏了。

老妈的嘲笑令姚远尴尬万分。姚远一直想不通是什么原因造成了老爸和老妈的新常态。老姚比陈香高,但陈香比老姚胖,不管是吵还是打,陈香都不会吃亏。况且姥爷虽已过世,但还有个在市公安局当政委的舅舅,老姚对陈香还是有几分忌惮的。所以两人的角色转变,令姚远甚是不解。他反复推想,终于找到了可疑的源头。老姚把门面房租给老冯,完全是自作主张,事先没与陈香商量,事后也不曾知会,连租金也被他私吞了。陈香在牌桌上跟老街坊闲扯,才惊悉此事,气得不停点炮,回到家找老姚算账。老姚一反常态,并不与她争吵,只是冷漠地说一句"租给了老冯",陈香就不出声了。姚远刚好从房间出来拿饮料,亲眼见证了他妈从暴怒到惊愕、然后若无其事地跟突然出现的他打招呼的全过程。当时没有多想,此时回忆,才惊觉有多不正常。姚远开始留意,发现他妈被老姚惹得要发作时,老姚只要提一下老冯,她马上就软下去。一次如此,次次如此,简直比电视广告里的神丹妙药还灵验。这个发现令姚远震惊无比。他悄悄去八士巷偷窥过几次,远远看着老冯在那儿打烧饼卖烧饼,说不清是什么滋味。老冯虽不魁梧,但那张方脸和宽肩膀,无疑要比老姚的长脸瘦肩更有遗传学上的说服力。旧社会做烧饼的被大官人绿,新社会做烧饼的反过来绿了大官人,真所谓天翻地覆慨而慷啊。所以对于老姚的无理要求和强硬姿态,姚远并不反感,就连他抽自己那一耳光,他也没有怨恨。平心而论,到这么大一把年纪才发现被人绿了,辛辛苦苦养大的儿子,竟是别人的血脉,换作是谁都难以接受。他同情老姚。

陈香听姚远讲完他的推断,哭笑不得,难怪儿子这些天行为古怪,态度暧昧,原来是暗中搞了这么一场伦理研究和调查。真是自作聪明。她说:你这要去当警察,得搞出来多少冤假错案啊!

姚远观察他妈的反应,不像是装的,不禁羞愧起来。那你和我爸是怎么回事?

我们老一辈的事,你就别多问了。陈香说:总之你妈没有出过轨,一生清清白白,你放一万个心。

姚远顿觉神清气爽,天也蓝了草也绿了,就连空气也清新起来。这时手机响,掏出来看,屏幕显示是冯莉。他犹豫一下,关闭了屏幕和声音。他妈也看到了,问他为什么不接。他说不想接。他妈问为什么,他说不为什么。他妈又问他有没有跟冯莉讲过他那个比福尔摩斯还高明的推理。姚远被老妈无情嘲讽,无话可说,只是摇了摇头。

那你给人家买那么多东西,人家还不多想啊?

我是把她当成自己妹妹,才给她买的,早知道不是,才不会花这冤枉钱。姚远想起这几天的行为,甚感无趣。她可能对我有意思了,不过我已经告诉她,希望跟她做兄妹,她应该明白我对她不是男女之情。

陈香咂嘴。你这不是害了人家嘛。这时姚远手机又响,还是冯莉打来的。姚远再次关掉屏幕和声音,回自己房间去。陈香在后面说:接就接呗,有什么不好意思的,你要喜欢她,就谈谈呗,闲着也是闲着,对不对……

姚远将门反锁,懊丧地挺到床上。他知道他妈是在取笑自己,她才不会这么大度地鼓励他跟乡下姑娘谈恋爱。他妈对出身有种令人费解的执念。她坚信乡下人在感情上不可信赖，与人交往必有图谋。姚远读书时谈过一个乡下女孩，他妈得知后，以绝食相要挟，逼迫他断绝关系。姚远当时颇闹了一阵情绪，对他妈不理不睬。但他把更多责任归咎于老爸，他觉得正是跟老爸这个凤凰男不幸福的婚姻生活，才造就了老妈这种偏执的成见。当然，也不排除是相反的逻辑，是他妈先有这样偏执的观念，才导致了跟老爸婚姻生活的不幸福，所以老爸大概率是无辜的。不过老爸在家里地位低下，一贯就是受气包，想必他也不介意儿子在情绪不好时迁怒他一下。总之，以老妈对乡下人的成见，宁可他去搞基，也不可能允许他跟冯莉搞对象。

但若他妈性情突变，真的不反对，是不是可以跟冯莉谈一谈呢？姚远认真想了想，觉得不妨一试。首先，冯莉长相不错，身材也好，在肉体上符合男人对女人的期望。其次，人也不错，细心而体贴，在精神上符合男人对女人的要求。她的体贴包含在细节里，比如两人吃饭，她会先给他洗一下碟子和筷子；他不小心噎到，她马上会递过来水杯，倘若是呛到，则是一张纸巾。这是姚远交往过的城市女孩所没有的品质，她们只会等他讨好，让他照顾，并以他的殷勤程度判断他的爱是否认真和诚恳。那么，要不要将错就错，跟她谈谈呢？他打开微信，将冯莉发来的几条留言看了一遍。冯莉问他有没有到家，为什么不接电话，是不是出事了，好像很着急的样子。姚远看着她的头像发了一会儿呆，回了一句：

已到家，晚安！

四

　　冯莉有点搞不懂姚远是什么意思。花钱买那么多东西献殷勤，居然不是谈朋友，而是要当什么兄妹，这不是神经病吗？她想起以前在超市打工，曾听工友讲过，有钱人都喜欢变态的玩法。莫非姚远也有什么特殊的癖好？她有点不安。

　　更让她不安的是姚远的态度。她回到店铺，辗转难眠，便溜出来给姚远打电话，问他到家没有，顺便聊聊他所谓的当兄妹是什么意思。不料打了两个电话，姚远都未接，发微信也不回。这在以前是没有过的。在以前，接到她的留言，姚远基本上都是秒回，倘若回得晚了，还会给她解释一下为什么，比如正在开会呀，正在跟领导谈话呀之类。冯莉开始心慌，越来越慌，担心他出了车祸。她甚至想到给110打电话，询问这半个小时内市区有没有车祸发生。后来终于等到姚远的回复，却只有不冷不热五个字，对于为什么不接电话，也没有只字解释。冯莉就更不明白了。前一刻还体贴入微，后一刻就陌如路人，这是要干吗？这一夜她睡得很不安稳，次日醒来先看手机，还是昨晚那五个字。直到午后歇火，姚远也没有发来只言片语。冯莉有点失落，握着他送的苹果手机发呆，忽然又想明白了：他这是在吊自己呢。爱情三十六计，有一计叫欲擒故纵，故意一会儿热一会儿冷，叫人不知所措，反而更加牵肠挂肚。看，自己可不就中计了！冯莉立即释然。我才不上你的当呢，有本事以后永远不联系,反正已经送了这么多东西,你总不能再要回去,横竖我都不吃亏。她这样想着,反而有点得意起来。

老冯统计过需要添置的食材,准备出门去采购。一辆红色轿车停到店门前,钻出一位脸宽肉厚的妇女,拦住老冯的去路。老冯立即满脸堆笑,亲昵地叫嫂子,请嫂子里头坐。冯莉回头扫了一眼,恰好那妇女也在向她这边张望,两人眼光短暂地碰一下,冯莉就转到她爸的脸上,只见老冯一副讨好的神气,谦卑得有点低三下四,料想这妇女来头不小,不由得又回头看她,却发现她依旧在打量自己。冯莉没来由有点心虚。老冯顺着妇女的视线看见女儿,忙吆喝冯莉叫姆姆。冯莉也不知道她是何方姆姆,老爸让叫,也就叫了。妇人冲她点点头,看上去还挺和气。

老冯,这会儿忙不忙呀?妇女问老冯。

不忙不忙。

不忙的话,咱俩找地方说会儿话,好不好呀?

行啊行啊。

老冯丢下手中的蛇皮袋,跟随妇人钻进汽车。冯莉注视他们离开,不明所以,也懒得管,继续择着韭菜想自己心事。大概过了一个小时,老冯和妇人又回到店里来。老冯去给妇人倒茶,妇人则从从容容地踱到冯莉面前。冯莉冲她笑一笑,继续忙手头的活,忙了一会儿,妇人一直站在面前不走,再抬头看,发现她还在打量自己。老冯端着一个盛满热水的纸杯走过来。妇人接过杯子,施施然走开了。老冯老婆在厨房门口的水龙头下洗餐具,硕大的塑胶盆里摞满油腻的白瓷碗和小瓷勺。妇人踱到她旁边,看她头发灰白交错,脸黄而瘦,两只手粗如树皮,在脏兮兮的凉水里不急不慢地刷洗。老冯老婆只顾忙自己的工作，也不理会他们。妇人回视跟在身旁的老冯。

给她戴双手套啊，凉不凉！

老冯尴尬赔笑。给她戴，她嫌不舒服，死活不戴，没办法。

妇人摇摇头，神色甚是悲悯，又看了一会儿，从手袋里取出钱包，抽出五张百元纸币递给老冯。

这点钱你拿着，天冷了，给她买身厚衣裳。

老冯推辞不要，但意志并不坚定，仅仅推让了一下，就接过去了。妇人又扫视一遍店铺，即便离去。老冯陪到店外，目送轿车扬长远去，才点上一支烟走回来。冯莉问那人是谁。老冯只顾吸烟，烟雾像污水一样从他嘴里吐出来，将他粗糙的脸遮住了大半张。

到底是谁呀？冯莉追问。

姚局长他老婆。

冯莉的心脏仿佛受惊的兔子，剧烈扑腾了几下。她来干吗？

来看看。

老冯说着，捡起地上的蛇皮袋，慢悠悠地出门去采购。冯莉总觉得老爸好像有话要说，却欲言又止，猜想姚远他妈此行肯定不是来看看这么简单。联系到姚远妈对自己看了又看的表现，莫不是知道了她与姚远的关系，特地过来相一相？冯莉越想越觉得有可能，很后悔当时没有对她殷勤一点，都怪爸爸，只让叫姆姆，却不介绍是哪一个姆姆。她顾不上跟姚远较劲，给他发了一条微信，告诉他他妈来过了。她想从姚远这儿了解点情况。然而直到半个小时后，姚远才回复过来三个字：知道了。冯莉又有点气。好吧，继续较劲。

姚远并不是要刻意冷落冯莉，他只是觉得没必要再像以前那样呵护她。况且他工作还很忙。今天周一，本就事务繁多，又有领导来巡察，他上恭下厉，左右奉迎，累得不想说话。下班后回到家，又撞上老姚和陈香打架。这次陈香很骁勇，将老姚骑在胯下，锁住脖子在地上摩擦。看到姚远回来，她反而更加彪悍，揪住老姚的脑袋往地板上磕。老姚被她全面压制，嗷嗷乱叫，无法脱身。姚远觉得应该救救他，但撒尿更急，于是先去了趟卫生间，然后出来劝老妈罢手。陈香给儿子面子，饶过老姚，叫他马上滚蛋。老姚捡起眼镜，捋了捋脑壳周围残存的头发，拎起皮包悻悻而去。姚远看他妈累得喘气，给她打开一罐饮料，又帮她按肩消乏。儿子的贴心令陈香很满意，威风地坐在大沙发上，仿佛得胜还朝的女王。姚远问她又怎么了，打成这样子。陈香说老混蛋已经拟好了离婚协议，拿过来逼她签，她当然不签，一语不合就干起来了。

他想怎么玩，我就陪他怎么玩，还怕了他不成？陈香说：弄不死他个王八蛋，我就不姓陈！

姚远很讶异，不知道他妈何以又变得如此嚣张，想必是又发生了什么新情况，以至于形势再度逆转。他劝老妈找律师打官司，该是她的分文不让，该是老爸的也粒米不取。陈香怫然。

什么该是他的粒米不取？是他休想拿走一粒米！陈香说：这家里的财产都是你的，谁也别想动。王八蛋还想分大块，梦也做得太美了！

姚远默然。即使在误以为老姚被绿、有权利索取补偿的时候，姚远也觉得他要求分走大半财产有点贪婪了，在确认老妈并没有对不住他后，姚远就更加难以理解。在大家印象里，老姚并不是个爱财的人，反而经常做些需要花钱的公益，比如资助山区的贫困学生。

平常与朋友交往,也不怎么悭吝,有人一时手头紧向他求助,也会在能力范围内慷慨解囊。那么是什么原因让他变得如此贪心呢? 姚远给他妈按罢肩,又给她捶背。他妈松弛地趴在沙发上,舒服得直哼哼。

我爸是不是在外头有人需要养啊? 姚远说:比方说,情人呀,私生子呀什么的。

陈香从鼻孔里喷出一声冷笑。不可能。

话不要太绝对呀,天底下没有什么不可能发生的事。

不用怀疑这个。陈香说:你不了解情况,他再混蛋,也做不了这种事。

姚远听她言之凿凿,想必又有什么隐秘的力量在发挥着不为人知的作用。与伦理有关的问题,做子女的不方便多问,他妈不主动说,他也就打住了。他想起冯莉在微信上说他妈去过店子,便闲闲地讲出来,问她去干吗。

去收租呗,还能干吗,难不成去找老冯跟你提亲啊? 他妈说:哎,小远,你不会真喜欢那个谁,老冯的闺女叫什么来着? 对对,冯莉。你不会真喜欢上她吧? 他妈等了一会儿,没有等到回答,支起身子回视他。嗯?

没有。姚远说。

不是问你有没有,是问你会不会。

应该不会吧,我说过我对她好,是因为搞错情况,把她当成自己妹妹了。

还好意思说! 他妈又笑起来。没有就好,你看我跟你爸这婚姻,像什么样子,你千万别再掉进坑里去。

姚远说:跟城里人结婚也未见得好。

陈香哑然,将头又伏到沙发上。姚远又按摩了几下,自己也累了,要回房间去休息,却听见他妈说:再找找吧,城里姑娘这么多,总有合适的。

他妈的话有点气短。姚远那个失败的婚姻,完全是她包办的结果。他妈把他和乡下妞儿拆散后,钦点了属意已久的一个姑娘。那姑娘也是老城人,爷爷跟姚远的姥爷在组织部搁过伙计,两家算是世交,彼此登对。姑娘家也愿意联姻,双方大人一拍板,就定了两个小东西的婚事。不料结婚后,两人怎么都搁不来,芝麻大的事也要吵上一场。吵得太频繁,两家大人也心愁,但他们都将原因归咎于小夫妻还没长大,心性不够成熟,于是怂恿他们赶紧生孩子,以为有了孩子,升级做父母,就会变得成熟起来。不料孩子的诞生,反而彻底断送了两人的婚姻,姑娘得了严重的产后抑郁症,姚远也被折腾得几度看心理医生。女方家人怕女儿痛苦而死,便遵从她的意志,通知姚家离婚。姚家眼见如此,只好答应。女方提出的条件很苛刻,既要孩子,又要房子。两家毕竟有老一代的交情,老姚夫妇不愿把事情搞得太难堪,况且人家爸爸官居司法局局长,叔叔也在检察院当领导,闹得太僵,未必好收场。于是一场婚姻,以姚远开着划归他的那辆只剩八成新的车回到父母家而告终。

一想起这些往事,姚远心情就很糟糕。他睡不着,想给女儿视频,那边却一直不接,不知前妻是没看到,还是故意的。他无聊地打开游戏玩了会儿,越玩越疲惫,索性关灯躺到床上发呆。然后他就想到了冯莉,给她发微信,问她在干吗。冯莉马上回过来,说在跟爸爸闲聊。姚远突然很羡慕她,可以跟爸爸关系这么好。他问他们在

聊什么。冯莉让他猜。他胡乱猜了几个,皆不是。冯莉让他往下午
那条微信上猜。姚远问他妈是不是去收租了。冯莉说不是,租金都
是在手机上打,不用亲自跑来。姚远就知道他妈没讲实话,这么快
即被戳穿,也真够残忍。他让冯莉直说,不要绕弯子。冯莉却不回
话了。姚远催问几句,俱无回复,等得发急,翻出手机号要打过去,
冯莉才发过来一行字。

你妈对我爸说,如果咱俩搞对象,她不会反对。

姚远大吃一惊,仿佛见到鬼。他问是不是真的,不能乱开玩笑。
冯莉说是真的,撒谎让她脸上出痘痘。姚远彻底不了解他妈了。他
问他妈还说了什么,冯莉说不知道,肯定还有其他事,但她爸只跟她
讲了这个。姚远想起傍晚老爸被老妈打,老爸挨得那么惨,居然没
有嚷出"老冯"这个多日来屡用不爽的咒语。此时想来,很可能是他
已经嚷过了,但这回却没管用。姚远想,老妈破掉老爸的咒语,是不
是与下午的冯家之行有关呢?如果有,又是什么关系?姚远有点头
疼,不想再说话,丢下手机蒙起头。在他将睡未睡之际,手机又响了
一下,冯莉发过来一条微信。

你说,咱们这样子算什么?

是啊,算什么呢?姚远有心认真想一想,可是头越来越疼,捏着
手机发了一会儿呆,迷迷糊糊地睡着了。

五

姚远感冒了,发烧三十八度,请假在家休息。他妈心疼得不行,半天时间搞了三个偏方,熬出三碗药汤端给他。又熬了两种粥,问他想喝哪一种。陈香对儿子的溺爱令人侧目,就像褓褓,把姚远严严密密地包裹起来。老姚一直对她这种做法不以为然,姥爷在世时也颇有微词,认为这样对孩子并不好,爱之适足以害之。但陈香不为所动,越是劝诫,她越变本加厉,仿佛饿汉子进了食堂,越让他控制食量,就越要吃个没完。

午后三点,冯莉提了水果来探病。今天单位仍有很多事,姚远请假,领导在电话里似乎有点不高兴,姚远就拍下他妈罗列床头的西药片、中药丸和三种颜色的药汤,发到朋友圈里,意在让领导看到,以示不欺。冯莉也看到了,于是就来探望。陈香对她的到来表示欢迎,态度既不热情,也不冷淡,一副虚怀克己的仁慈和宽容,好比在云端俯视众生的上帝。牌友打电话邀她搓麻,她谢绝了。退休之后,她的日常只有三件事:打麻将,打老姚,照顾儿子。姚远不明白她为何那么热爱打麻将,后来听她唠叨自己玩游戏太幼稚,也没意思,有那时间不如陪她搓两圈麻将,不要太好玩,才明白各有各自的快乐,非场外人所能理解。陈香本来想去打牌的,但是保卫儿子要紧,她怕冯莉趁她不在干些见不得人的勾当。过了一会儿,牌友又打电话,三缺一。陈香内心很挣扎,但还是谢绝了。再过一会儿,牌友的电话又打来,威胁她今天不去以后就不再叫她。陈香提起包包就出门了。

冯莉在姚远房间里帮他削苹果,听到防盗门嘭一声响,顿时一身轻松。她把苹果递给姚远,又从包里取出一只信封放到他床头。姚远看信封有点鼓鼓的,不像是情书,问她是什么。冯莉说是他买衣服的钱,她现在手头紧,钱不多,先把衣服钱还给他,手机、口红和包包多少钱,容她以后分期还。姚远不乐。

这算什么事? 他说:我是送给你的,又不是卖给你,要什么钱?

冯莉说:你又不是跟我谈朋友,我白收你这些东西,又算什么事?

姚远把信封塞给她。傻丫头! 他说:哥哥喜欢你,送你点东西,难道不行吗?

冯莉又将信封丢到床头。你少骗我,我有什么可喜欢的?

干吗要这么不自信呢? 姚远说:你比那些女孩好多了。

哪些女孩?

我见过的那些。

冯莉心头百花绽放,一朵朵开到了天际。姚远把信封塞进她的包里。包是他送的那只蔻驰,冯莉上网查过,三千多块,不算非常贵,但也绝对不便宜。她看着姚远把钱塞进去,没有再阻止。我有哪里好? 她说。

哪里都好。

花言巧语! 你是不是就是这样骗女孩子的?

哪儿有?

没有才怪。冯莉说:我可不上你的当。她嘴上讲得厉害,表情却很快乐,摸了摸姚远脑门,又摸摸自己脑门,觉得不怎么烧了,但不确定,又摸了一次,还不太确定,索性把脑门抵到姚远脑门上,直接做一个对比。姚远趁机在她脸上亲了一下。冯莉马上将脑袋弹开。

都病了还不老实!她瞪他一眼,瞪得装腔作势,看不出责怪的意思。你想吃什么?我去给你做。

想吃你行不行?

不行,感冒要吃素。

从这一天起,两人的关系骤然亲密起来,每天都要见一见,再去兜个风、吃个饭、看个电影什么的,除了为爱鼓掌,情侣间该做的事也都做了。女儿把过多时间用在谈恋爱上,老冯的活就重了,有时候还得揪过来放学的儿子打下手。但老冯并无怨言,毕竟事关女儿的终身幸福,做父亲的不能拖后腿,最多也就是在晚上睡觉前,对着老婆叹息几声。姚远并不避讳与冯莉一起在公共场合来往出入,但却小心地躲着他妈,也尽量不让朋友们知道。有几回冯莉去单位给他送吃的,被同事看见,问他是不是新泡的妹子,他说哪儿呀,是乡下来城里做生意的表妹。有一次冯莉偶然听到,有点介意,姚远便给她讲典故:表妹是个很温情、也很古意的称谓,比如贾宝玉的两个女人,薛宝钗是姨表,林黛玉是姑表,都是表姐表妹。所以他叫她表妹,既可以打发那些无聊的人,也蕴含了对冯莉的情感。冯莉半信半疑,转而责问他还有几个表妹,而她又是他的姨表还是姑表。女人吃起醋来既不讲逻辑,也不讲道理,姚远赶忙讨好,发誓只有她一个,然后询问昨天那个人有没有再去店里寻事,把话题转移到她更关心的事上,才算摆脱纠缠。

　　昨天去冯家小吃店寻事的是个六十多岁的老头儿。据冯莉讲，当时已经歇火，她和她爸正忙着准备明天的食材，一个留平头的瘦老头儿一晃一晃扭进来，问老冯认不认得他。老冯说不认识。他看对方来意不善，又闻到身上有酒气，以为是街道里的老赖皮来敲诈，客客气气敬了一支烟。那老头儿接烟在手，摸摸身上没打火机，叫老冯给他打上火，然后将烟咬在嘴里，眯眯着眼打量店子，又晃到厨房，钻进去看了看。老冯跟在旁边，问他要干吗。老头儿不理，又撩开布挡子，瞅了瞅遮在后面的老床。老冯有点恼了，大起声问他究竟要干吗。老头儿瞟他一眼，说找人，王秀枝呢？王秀枝去哪儿了？王秀枝就是老冯不精的老婆，这两天也感冒了，歇火后被冯莉送到附近诊所去打点滴。老冯说不在家，问他究竟是谁，要干吗。老头儿说你别管我是谁，跟你没关系，既然不在家，我回头再来。

　　然后他就走了。冯莉说。昨晚她跟姚远见面时已经天黑，讲起这件事仍然心有余悸。那副痞子样，真叫人恶心，都老了还这德行，年轻时该有多坏呀！

　　女朋友家有事，姚远当然不能袖手不理。他劝冯莉别担心，一切有他，那老家伙胆敢闹事，马上给他打电话，他带人去收拾他。有男友撑腰，冯莉顿时安下心来，跟他在车里缠绵了很久，算是对他的犒赏。今日一早，老冯就把老婆送到诊所，叮嘱医生把点滴的速度调到最慢，滴完药水再滴两瓶生理盐水，最好能滴上一天。父女俩在忐忑中忙到午后歇火，老头儿并没有出现。他们稍许松下一口气，老冯准备食材，冯莉则去看姚远，给他煲了半日的排骨汤。姚远的单位在城北，离八士巷不算太远，骑电动车二十分钟就到了。两人又讨论了一下老头儿的事，推测他的来历和来意。冯莉所知的信息很有限。老头儿走后，她爸似乎想明白了什么，但是任冯莉怎么问，他都不讲，只说叫她不要管，叮嘱她老头儿如果再来，她要躲远些。姚远看冯莉忧形于色，少不得再安慰一番。他劝她不用担心，也许那老头儿是她妈失散多年的远房亲戚，也说不定是……说到这里，他故意打住。冯莉听不到下文，问他说不定是什么。

说不定是你妈以前的老情人，现在来找她叙旧呢。姚远说。

冯莉捣他一拳，又作势要咬他。姚远大笑。总之你别担心就是了。他说：就算是坏人找事，也有我呢。

姚远再次重申提供保护，令冯莉很满意。其实她此次来，最主要的目的就是想听他这句话。在她看来，保护与爱一样，都需要不断重申，才能证明对方不是在敷衍。她放心不下店里，与姚远温存了一会儿便匆匆赶回去。姚远也继续忙他的工作。过几天市里的巡察组要来，单位领导很紧张，要求他们务必把一切工作都做到位，所以他今晚很可能得加班。冯莉给他发微信，说要给他送晚饭。冯莉厨艺真不错，做的饭菜很合他胃口，她要表达爱心，他自然也乐得接受。才过了几分钟，冯莉又打过来电话，姚远刚一接通，惊恐和慌乱便已扑面而来。

那人又来了！冯莉急促地说：闹得很凶，跟我爸打起来了……

我马上到，你先报个警！

姚远挂掉电话，立即联系住在附近的发小，叫他火速前往，先控制一下局面；然后飞奔下楼，开车往那边赶。他们家已经搬离八士巷很多年，他又太心急，竟然忘了此时正是拥堵时间，冒冒失失地将车开进巷内，然后就被堵在里面，成了便秘大肠之中的一枚粪团。他想丢下车跑过去，但是道路如此狭窄，把车丢在这里当路障，该有多么缺德。他听着车外人的电话，嘴里念着八土巷，急得只有苦笑。后来他发现有个熟人从旁边走过，赶紧叫住，请他帮忙替自己开车，然后撒腿跑向小吃店。

姚远赶到时，冲突已经平息。老头儿老而不朽，居然带有一把明晃晃的刀子，在厮打中拔出来，刺伤了老冯的胳膊。所幸姚远的发小及时赶到，帮老冯制服老头儿，之后警察也赶来，将当事双方带到派出所讯问情况。老冯只是表皮伤，简单包扎一下，跟随警察走了，冯莉则留在店里照看妈妈和弟弟。王秀枝受到惊吓，精神病发作，抱头蹲在墙角哭叫不止，弟弟也被吓到了，站在厨房门口抹眼泪。姚远救难来迟，倍感羞愧。冯莉正在收拾乱作一团的店子，看到姚远终于来了，嘴唇抖了抖，涌出来几粒泪。姚远询问情况。冯莉说傍晚时她爸把她妈接回来，刚到店子，死老头儿就冒出来了，要对她妈耍流氓，她爸就跟他打了起来。姚远大怒，立即赶往派出所。警察正在做笔录，看他闯进来，问他是谁。他说他是房东，听说租客被流氓捣乱，过来了解情况。然后问赵所长在不在。他在赶来的路上已经打电话找关系，刚好有个朋友是赵所长的亲侄子。赵所长不在，但已接到侄子的电话，并给值班的同志打电话表示了关切。姚远一边跟警察和发小说话，一边斜眼打量那老头儿，果然一副贱痞的模样。不过他也挨得不轻，一只眼红得发紫，眼窝也开始见青，此时正用纸巾捏着鼻子，纸巾已经洇透了，想必仍在流血。发小神色得意，挑起根拇指指了指自己，意思是他揍的。老头儿身材干瘦，衣着也寒酸，脏兮兮的破棉袄薄得像夹衣，也没有系起来，不知是习惯敞怀，还是拉链坏了，露出里头已经分辨不出本色的线毛衣，显系一条穷光棍；再加上他面生，不是本地街坊，让发小这个体重一百八十

斤的健身仔段打起来毫无压力。姚远打量老头儿,两只手直发痒,
恨不得也上去揍几拳。

警察做完笔录,以扰乱社会治安、损坏他人财物的罪名,对老头
儿做出行政拘留十日的处罚。老头儿不服,嚷嚷着"我找我儿子,我
有什么罪?",被警察拖进羁押室。发小还有事要忙,跟姚远约好改
天吃饭,先回去了。帮忙开车的熟人按姚远的吩咐把车开到派出
所。姚远要送老冯回去,老冯没有拒绝,但却一直麻着脸不说话。
王秀枝已经被冯莉弄到床上,盖着被子默默发抖,老冯看了看她,坐
到一只凳子上闷头抽烟。店铺里场面很冷,气氛很怪,姚远觉得有
点尴,既然事情已了,不如告辞。冯莉也没有挽留,把他送出店外。
姚远看她依旧情绪低沉,问她要不要出去走走。冯莉回头看看她
爸,拉开车门坐进副驾驶。姚远将她带到一家冰淇淋店,买了四只
冰球,抹茶、蓝莓、巧克力、覆盆子各一。这都是冯莉爱吃的。冯莉
终于被男朋友的爱意暖过来,先用小勺挖了一块给他吃,然后靠到
他肩上,幸福而又伤心地叹了口气。

怎么遇到这样一个神经病? 她说:真是倒霉!

姚远笑。别难过了,你没见老头儿挨得有多惨? 你们不吃亏。
他勾头觑着肩上的冯莉,笑容变得轻浮起来。那老头儿口口声声说
要找儿子,我怎么说来着? 是你妈的老情人找上门了吧?

冯莉朝他肩膀上狠咬一口。衣服穿得厚,咬得并不疼,姚远还
是夸张地叫了一声。他知道王秀枝是冯莉的后妈,所以才敢这样调
笑,倘若是亲妈,冯莉不咬死他才怪。两人嬉闹一会儿,冯莉的情绪
好了许多。在送她回去的路上,姚远又想到那老头儿,便问:他儿子
是谁呀? 不会是你弟弟吧?

滚！冯莉啐他。我弟弟是我爸亲生的,你没见他爷儿俩长得多像?

姚远嘿嘿一笑。那是谁呀?你知不知道?

不知道,也不想知道。冯莉说:管他是谁,只要不是你就好。

姚远突然一阵恶心,仿佛迎面扑来一群苍蝇,通过嘴巴一直钻进了胃里。这种恶心持续不散,回到家后仍然感觉不适。老爸不在家,自从那天恶斗,被老妈按在地上摩擦之后,老爸就销声匿迹,再没有回来过。老妈也不在家,想必是征战牌场,废寝忘食。姚远坐在空荡荡的客厅里喝了罐啤酒,心情越来越黯淡,上网玩了会儿游戏,扛着一把突击步枪大杀四方,才逐渐从无病呻吟的状态里回过神来。后来听到大门响,不用问就是老妈打牌回来了,姚远正杀得兴起,顾不上过去请安问候。明天是周六,可以赖床不上班,所以他一直打到凌晨才睡。醒来时已是午后,他接着冯莉的电话,在各个房间瞅了瞅。老妈已经出门了。打完电话,他坐在客厅沙发里,阳光透窗而入,白花花地落满地板、酒柜和桌几,一直泼洒到他身上。家里空旷而寂静,仿佛荒山野岭。他忽然感到孤独,便约上昨晚那个发小,找个地方去斗地主。晚上一起吃饭喝酒,回家时已经午夜。客厅的灯亮着,有人在哼哼,是老爸的声音。姚远瞟了一眼,只见他爸瘫在沙发上,像只垂死的老狗,旁边地板上则是一大摊呕吐物。这是怪事。老姚从来不喝白酒,领导亲劝,也只是抿一抿聊表心意,所以长到这么大,姚远从没见他喝醉过。今日忽然醉成这种形状,令姚远颇感惊诧。他旁观片刻,要回自己房间,他爸忽然撑起半边身子,趄在沙发边缘大吐不止。姚远连忙踢过去一只垃圾桶,帮他捶背镇静,等他吐完,又倒一杯水给他漱口。他爸漱罢,在他搀扶下躺平,咽喉里嗝了一声,不知是嗳气,还是叹息。他爸早年近视,后来又老花,戴着一副老式黑框眼镜,姚远注意到两只镜片下泪花闪烁。

坐这儿,小远。他爸无力地拍拍沙发。坐这儿,陪爸爸说说话。

姚远一点也不想陪他说话,但看他如此可怜,还是坐了过去。他问老爸怎么了,喝成这样。他爸叹了口气。难过啊! 指了指心口。这里难过。他爸说着,闪烁的眼花已变成涓涓的溪流,从眼镜下恬不知羞着地滚出来。姚远猜他必是因为跟老妈闹事,吃了大亏,才会如此委屈买醉。他抽一张纸巾递过去。

又跟我妈吵架了? 他说。

他爸摇头。跟她有什么好吵的?

姚远心头冷笑。没什么好吵的还天天吵不停,敢有什么好吵的,岂不得天天动刀子? 他爸继续说:小远,爸爸可能有对不住你的地方,你如果生爸爸的气,爸爸给你道歉。但是你得知道,爸爸是爱你的,不管发生任何事,都不会让你离开我……

他爸讲得语重心长,一副情真意切的样子。姚远鸡皮疙瘩掉了一地,不知老爸发什么神经,想了想,也许他是在为那天打自己那一耳光而歉疚吧。姚远心头一热,立即原谅了老爸。他给老爸续了一杯热水,顺便往老妈的房间瞄了一眼,没人,大概还在牌场上战斗。他爸动情地回忆起过往的经历,对姚远成长中的重要情节如数家珍。姚远默默听着,渐渐被打动了,觉得老爸这么多年走过来,其实也挺不容易。老爸胃气大伤,虽已不再呕吐,但仍然不时干哕,姚远叫他躺着好好休息,他去熬点粥,给他暖一暖胃。等他把粥熬好,老妈还没回来,而老爸,也已经在沙发上昏昏睡去。他抱出一床被子给老爸盖上,摸出手机给老妈打电话。铃声响了一遍又一遍,老妈一直不接。后来终于接了。不料老妈并不在牌桌上,而是在市里的舅舅家。姚远问她去舅舅家干吗,她说有点事,过几天就回去,然后就挂了。

老妈的语气不太好,有点不冷不热,一听就是有心事,而且是很大的心事。看来两位老人家这回真是闹大了,以至于老妈要跑到市里去搬救兵。老姚又传出一阵剧烈的哕声,似乎又要吐。姚远急忙走过去,他却又躺下了。姚远站在他旁边,看他不时痛苦地扭动一下身子,好像已经入睡,又好像还醒着。

爸,问你个事。姚远说。

他爸没有反应,姚远等了一会儿,才听到一声轻微的"嗯"。姚远不知道这声"嗯"是在回应他,还是老爸不舒服的呻吟。他说:我究竟是不是你儿子?

老姚又没了反应。姚远又等一会儿,仍然等不到回音,心情变得异常复杂,说不清是松了一口气,还是更加失望。他起身回自己的房间,却听到老姚含糊地说:

你叫我爸,当然是我儿子。

姚远回头望去,只见老姚翻了个身,将脸朝向沙发背面,一动也不再动,就像一头昏睡的驴子。

六

　　姚远与发小吃饭时也喝了不少酒，睡前又补了两罐啤的，次日又是睡到午后方起。看看手机，有几个冯莉的未接来电。微信上也有一堆留言，也没什么事，就是些闲闲碎碎的话。姚远没有回，揉着眼走出房间，听到洗衣机在轰隆隆响，以为老妈回来了，扭过去看，居然是老爸在扎着围裙洗衣服，此时正在搓洗他昨晚脱掉的外套。老爸回头瞅他一眼，叫他赶紧洗脸刷牙去吃饭，他早就做好了，一直小火温着等他醒了吃。姚远大惊失色。这是那个从不过问家务、也不染指炊事的老姚吗？他走进厨房，打开保温锅，看到一碟炒豆芽和一份煎培根。这些都是他爱吃的。另外还有一杯牛奶和两枚煮鸡蛋。他将这些东西摆到餐桌上，促狭地想，要不要搞根银针试试毒啊。然后笑了笑，风卷残云地吃完。

　　下午没事，姚远想打游戏消遣，朋友喊着去洗脚。有人送他一张某洗脚城的卡，还没怎么用，感觉老板要跑路的样子，得赶紧去消费掉。半路上冯莉打来电话，问他晚上有没有事，有个新上的电影，听说很不错，想跟他一起去看。姚远说晚上有事，已经跟人约好了。冯莉说那好吧。他们昨天已经没见面，今天又见不了，她有点不开心。姚远感觉到了她的不开心，想安慰一下，却狠心挂掉了电话。他不想再见冯莉的家人，连带着也不太想见冯莉，虽然他很想跟她腻在一起。

一帮朋友在洗脚城消费完,天已经苍黑,自然要一起把晚饭吃了。大家刚在饭桌旁坐定,姚远他爸打来电话,问他回不回去吃饭,回去的话就开始给他做,他买了一条胖头鱼,可以做他爱吃的剁椒鱼头。姚远说不回了,问他妈回去没有。他爸马上有点排斥,冷淡地说声没有。吃到快要散场时,他爸又打电话过来,问他什么时候回家,有没有喝多,喝多的话他来接。姚远快崩溃了,一挂断就向伙伴们吐起槽,调侃他爸一定是昨晚喝太多,把神经喝坏了,才如此性情大变,争创起了模范父亲。伙伴们无不大笑。当时他们已经喝掉三瓶白酒,都有些大了。农林局那个发小尤其大,舌头变成拖把,在嘴巴里缠搅不清。

你知道你爸为什么喝醉吗? 他对姚远说。

不知道。

你不知道,我知道。那发小说着,发出一阵刻意的怪笑。他二叔跟姚远他爸是好朋友,而他又是他二叔的亲密小跟班,他这般操样,必定是知道什么秘密。大家都怂恿他快讲。那人也不兜圈子,当即把他从二叔那儿听到的故事讲出来:姚远他爸在外头养着个女人,还有个一岁多的私生子,大前天私生子得病,他爸带到市医院验血检查,却意外发现不是自己亲生的。他爸异常崩溃,找那发小的二叔喝酒浇愁,不由自主就喝多了,在他二叔家哭得稀里哗啦。大家听得眼大如卵,纷纷骂那发小喝多了胡球扯,叫姚远别信。姚远板着脸不说话。他知道这肯定是真的,那发小一喝高嘴巴就大,只要有话头勾引,连他老婆的隐私都照讲不误。姚远终于明白了老爸这两年为何要闹离婚。他曾经还相信过老爸,以为他离婚是为了过有尊严的生活。一年前的某一天,正吃着饭,老爸老妈又因为鸡毛蒜皮吵起来,老爸再提离婚,老妈则回敬了一碗稀粥。两人乒乒乓乓大打一场,碗碟摔碎一地,菜羹汤汁从地板一直溅上天花板。老妈大获全胜,接到电话提起包包去打牌,老爸则鼻孔飙血,捏着鼻子仰在沙发上自行疗伤。姚远一边善后,一边抱怨老爸自讨苦吃。

你懂什么!老爸说。做人要有尊严!尊严!懂吗?无尊严,毋宁死!

姚远不太懂。做人要有尊严这没问题,但老爸都没尊严地过了大半辈子,也没见他受不了,为什么现在突然就不能忍了?不过也难说,已经窝囊了大半辈子,在姥爷死后豁出去撒撒野,也算是在有生之年对以前憋屈生活的补偿。倘若把"外面有人"和"尊严生活"两个选项放一起,姚远宁愿相信老爸是要后者,如果他的父母最终一定要离婚,他不希望是因为那个最俗套、也最狗血的原因。不料今日答案揭晓,终究还是不能脱俗,实在令人没好气!更让姚远难过的是,他终于明白了老爸为何这一年多来对他越来越疏远,又为何在前天晚上突然转折,变得如此刻意讨好。他心怀怨气回到家。客厅里的灯亮着,电视也开着,老姚坐在沙发上睡着了。姚远站在老爸面前,气鼓鼓地瞪着他。吊灯开的是白光,老姚的委顿脸色在炽亮的光线下憔悴异常。姚远瞪了一会儿,怒气渐渐散去,圆睁的眼也扁下来。只当老爸走了一段弯路,现在迷途知返了吧,人这一生谁不犯错呢?他叹一口气,将灯和电视关掉,回自己房间去睡觉。

他决定帮老爸在老妈面前隐瞒,如果老爸还愿意跟老妈过下去。

但老姚似乎不打算重回陈香的怀抱了。这一晚姚远睡得很不踏实,不知怎么就醒了,醒上一会儿,又不知怎么就睡了。凌晨时分,防盗门响了一下,是反扣上的声音。姚远立即又醒过来。窗帘是植绒的,遮光效果很好,无法从房间里的光线判断此时何时。姚远摁亮手机看了看,还不到六点钟。然后他听到老爸睡意蒙眬的声音。

回来了?

不用说回来的是老妈。老妈没有回答老爸假惺惺的问候,姚远只听到包包丢到桌子上的声音。他想听听老爸怎么面对老妈,便躺在床上不动弹。客厅里一片沉默。这种沉默很可怕,仿佛大战前的宁静,姚远都能听到炸药的引信在空气中嗞嗞地燃烧,搞得自己先精神紧张起来。后来老妈终于说话了。

咱俩谈谈吧。

老爸说:行啊,我也正想跟你谈谈。

姚远在家吗?

在,正睡着,咱们小声点,不要吵醒他。

老妈哧地一笑。你这会儿倒是关心起他来了。老妈说:你先说吧,你想谈什么。

老爸说:我有过别的女人……

姚远大惊,感叹老爸真是作死,难道是看破红尘万念俱灰,试图了此残生,就用这种方式让老妈成全他吗?他屏息静听,老爸果真将丑事娓娓道来,与农林局发小所述基本吻合,唯一不符的是那女人住在市里,而不是在本县。老爸讲完,顿了一下,似乎在看老妈的反应。意外的是老妈并无反应,至少姚远没听到有什么动静。老爸又说:闹了这么久,简直是笑话。咱们今天就去办离婚吧,家产我也不要了,该我那份都归小远。

　　姚远听得很悲伤。他现在才意识到,他爸原来是想赎罪。放下屠刀,还能立地成佛,老爸知错能改,也理应被原谅。他希望老妈能看在老爸老实坦白的分上,给他个宽大处理。他听到老妈笑起来。笑声不大正常,丫丫丫的,有点神经质。

　　老姚啊老姚,我真是小看你了。他妈说:可惜啊,你没有早些告诉我,你但凡早些告诉我,也不会被骗得这么惨。你早就没有生育能力了,怎么可能生孩子? 生出来的孩子一准是别人的。

　　胡说八道! 老姚说:是你没有,不是我,咱们查过的。

　　是呀,咱们查的时候你还有,后来你就没有了。你今天既然这么坦率,我也就跟你讲讲大实话。陈香说:你以前在北乡教研室的时候,我发现你工资月月少,偷偷查了查,原来你按月给乡里一个小寡妇送钱。你不用解释了,我后来知道了你是资助她孩子上学,可我当时不知道啊。我当时气得呀,想跟你闹,又怕传开了丢人,我那时候脸皮就那么薄,怕丢人。我就给你煲汤。你记不记得那年你喝了多少汤? 你倒是很开心,你也不想想我无缘无故给你煲汤,我有那么好心? 我那里头下了药,雌激素,超大量的雌激素,你早没有生育能力了。哈哈哈……

　　陈香又笑起来。这次笑得明显不正常,像个精神病。老姚你也别恼,我这样整你,也不亏你,你说你抱回来个孩子,你抱回来个什么孩子? 这孩子是怎么弄出来的? 你给我坦白坦白。

　　嘘嘘嘘! 小声点儿,别让小远听见,他在里头睡呢。走走走,去卧室说。

　　没什么不能听见的,我就在这儿说。当年你抱回来,你说是大学生的遗腹子,我信你信得死死的。我宠他爱他二十八年,二十八年啊,突然告诉我说是流氓强奸出来的,你叫我怎么接受? 你说说老姚,你叫我怎么接受?

小声点儿! 王母娘娘老佛爷,我求你小声点儿……

你叫我小声? 这些烂事不都是你造出来的? 你还叫我小声? 祝贺你呀姓姚的,你赢了,这个孩子我不要了……

陈香突然不说话,起身走向她的卧室。老姚听见房门轻响,便知事情已经败露,一切都已不可挽回,顿感心灰意冷,回头望向姚远的房间,果然看到他身穿睡衣出现在门口。

你们在说什么? 姚远说。客厅没有开灯,光线还很暗,老姚看不清姚远是否流泪,只听到他声音哽咽。爸,你们说的那些是什么意思?

小远啊——老姚期期艾艾。你妈尽是瞎扯,别信她。她这段时间心情不好,精神出问题,胡说八道……

陈香在卧室里叫喊:老姚,你进来!

老姚正不知该如何应付姚远,听到陈香召唤,立即走进卧室。他将门反扣,左手背拍打右手心,压着嗓门质问陈香。你这是要干吗? 你真不要他了?

不要了。陈香坐到床上,拉被子盖住下半身。我这样说话,就是叫他听的,他听了,就会自己走。这次他没听到,我下次还会说,他要一直听不到,我就叫你去跟他说。

老姚怫然。是你要赶他走,你叫我说! 老姚说:你就不能跟他坐下来,平心静气讲一讲? 好歹母子一场,好合好散。

好合好散? 陈香怒视老姚。我被骗得这么苦,你叫我好合好散？姓姚的你别急，你也跑不了，我会慢慢收拾你！

老姚无语。他不放心姚远，想出去看看，被陈香喝住，只好坐到窗子边的贵妃榻上发闷。过了一会儿，他们听到姚远走动的声音，接着大门被打开，然后又关上。关门的声音很轻，显然是缓缓扣上的，好像声音大了会冒犯到主人，令主人不开心。但陈香还是被惊到了，雄壮的身躯随着那声轻微的"砰"剧烈地震颤了一下。房间里骤然死寂一片。天光越来越亮，最终穿过致密的窗帘，隐隐约约地透进来。老姚在心中各种叹气，懊悔地叹，愤恨地叹，无奈地叹，哀伤地叹，所有叹气加起来，足以制造一大片乌云，笼罩起头顶广袤的天空。他想出去抽支烟，却听到陈香似乎在冷笑，仔细听，冷笑又变成了抽泣。

你叫我当面跟他说，当着他的面，我怎么说得出来？陈香说：我讲那些丑事，也是想让他离开后，不要那么难过，他离开的是坏人，不是生他养他的亲妈。陈香抽泣得越来越厉害，到后来已是号啕大哭。老姚啊，老姚啊，咱俩可真是一对狗男女……

七

冯莉已经连续五天联系不上姚远。电话关机，微信不回，去他单位找，同事说请假了，事由和时长都不清楚。姚家也大门紧闭，多次去敲，都无人回应。姚家还有三处房产，分散在东区几个高档小区，冯莉听姚远简单讲过，但并不知道具体位置，即使想去那些地方找，也无从找起。一天上午，她正给客人算钱，忽然瞥见姚远那个发小从店前走过，急忙叫住他，向他询问姚远的消息。发小说他也不知道，这段时间他很忙，没有联系过姚远。老冯眼见女儿一天天心神不宁，烦躁不安，知道这就是人家说的为情所困，很是心疼。女儿做事不能专心，经常找错钱，少找了人家不答应，多找了人家不吭声，一天不知道要损失几多钱，这让老冯更加心疼。一日午夜，他起床小解，听到地铺上的女儿在哭泣，声音压抑而悲伤，不由得心酸难过，觉得有些事不该再瞒她了。小解罢，他拉把小凳子坐到地铺旁，吸着烟跟女儿谈起了心。

老冯被老姚邀请进城并不是偶然，偶然的是老冯恰好也有这个需要。老姚的老婆不能生育，姚远是抱养的，牵线的人是老冯。老姚跟老婆闹离婚，还想多分家产，他老婆不答应，老姚就把老冯找过来，意思是想威胁他老婆，不让步就揭穿抱养的老底。他老婆对姚远非常溺爱，最害怕的事就是姚远知道不是亲生，会离开她。正当他老婆无计可施的时候，忽然得知冯莉可能跟姚远好上了，便找到老冯，要跟他做个交易，只要老冯站在她这一边，咬定没有抱养这回事，她就允许姚远跟冯莉好，以后两个孩子成亲，她也会把冯莉当闺女看待。但前提是尊重孩子的意愿，如果最终他们没成，当大人的也不能强求，但她会给老冯十万块钱做补偿。老冯思量着很划算，就答应了。不料突然又冒出来个老头子，跑到店里来找儿子。老冯琢磨肯定是老姚在捣鬼。虽说老头儿被拘留了，但肯定不会善罢甘休，他一个穷恶老光棍，正愁没人养老送终，忽然听说还有个儿子，哪能轻易放过？等他出来，肯定还会过来闹。老冯觉得不是个头儿，就打电话给陈香，向她讲了实情。姚远失踪，很可能是事情闹开,他得知真相,受不了打击,躲藏起来了。

冯莉缓缓坐起来,背靠着已经被客人踢脏的白墙,泪眼花花,望着包裹在烟雾之中的老冯。

爸,姚远就是老头儿的儿子,是吧? 冯莉说:姚远还是我哥哥,是吧?

唔,也不算,你们没有血缘……

你为什么不早告诉我? 冯莉的眼泪滚滚流下来。爸,你是不是我亲爸呀? 为什么不早告诉我……

女儿的指责令老冯倍感愧疚。我这不是希望你能过上好生活嘛。老冯说。他抽出一支烟,接到那支快要吸完的烟头上。很多事一开始我也不知道,等知道已经晚了。就像进城这个事,早知道姚局长是要利用咱,说什么也不会来。他叹了一口气,说:咱以为人家把咱当亲戚,人家只是把咱当棋子,你能怎么办?

冯莉不说话,只是默默流泪。老冯说:睡吧。自己也起身要去睡,却见冯莉穿起了衣服。老冯发愣。你要干吗?

去找姚远。

胡闹! 老冯小声呵斥。三更半夜,你去哪儿找?

你别管。

冯莉提上鞋子,走过去开门。老冯拉她,被她一把甩开。店门打开,洁白的月光扑面而来,冯莉睫毛上还挂有几点泪星,反射着月亮的光芒,微微有些刺眼。店门前停着一辆汽车,车窗虽是茶色的,但因月光明亮,仍然可以看到驾驶室里坐着一个人。这辆车也很熟悉,冯莉坐过无数次。冯莉愣了一下。汽车突然发动引擎,似乎要离开。冯莉急忙跑到车前,双手按在引擎盖上挡住去路。月亮在上,车里的人果真是姚远!冯莉眼泪再次涌出来。

哥,你还要躲到哪里去?冯莉说:你要躲一辈子吗?

姚远的确想躲避,但这几个晚上,他都是在午夜之后悄悄把车开到这里来。他无家可归,也无处可去,夜阑人静时,唯一想得到的地方就是这里。对于这个难堪的结果,他已经隐约有所预见,只是心存侥幸,希望它不会发生,于是自欺欺人,认为这个预感就像之前误会老妈出轨一样荒谬。但它终究还是起到了作用,就像预置的气囊,在突然而至的灾难中给了他一个保命的缓冲。冯莉将他从车里掏出来,只见他头发蓬乱,胡须浓密,仿佛一个野人。冯莉从没见过姚远的胡须。姚远是干净人,一天到晚衣冠楚楚,脸面光光,早上盥洗,刮胡子是与洗脸刷牙一样不可或缺的清洁项,胡须刚露头,就被滋滋响的剃须刀无情碾过,根本没有成长的机会。冯莉近乎挟持地将姚远搀进店铺,在灯下打量他,不光头发乱胡须密,脸色也枯槁得厉害,眼眦下堆积着两团已经发干的眼屎,眼角也有盐化发白的痕迹,想必是流过许多泪。卷帘门上的小门卡顿得厉害,打开关上都有刺耳的噪音。王秀枝已被吵醒,在床上撑起半边身子往这边张望。姚远走到她旁边,默默看着她,仿佛看见慈悲之光,又仿佛看见地狱之门。他想叫声妈,却叫不出来,要拥抱她,却只是机械地张了张手臂,唯有眼泪如雨,没头没脑地往下落。王秀枝似乎很茫然,呆了一会儿,又卧下身去,拉被子将自己盖住。姚远想要再抱,也已经抱不到了。

老冯实在太困乏,陪姚远少坐片刻,就上床睡了。冯莉取出一条被子,叫姚远跟她挤一挤,并排睡在地铺上。姚远无心睡,坐在小凳子上发呆。冯莉坐到他旁边,握住他冰凉的手。

哥,没事的,我们会照顾你。她说:谁敢欺负你,我们就跟他拼了。

周一上午,姚远回单位销假。他以患病为由请的假,领导本来不大信,并为他在紧要时刻频繁请假心怀不满,但因以前受过他姥爷的提携,恩重如山,对他一贯纵容,也就随他去了。此时见他憔悴得像痨病鬼,才相信这小子没撒谎,反而劝他工作悠着点,不要太累。午后,冯莉来给他送吃的,一盒米,两样他喜欢的菜,还有一罐她亲手煲的鸡汤。姚远看到鸡汤,想起陈香给老姚煲汤的事,厌恶地推到一边。冯莉以为他不爱喝鸡汤,便说下次给他做牛肉羹。

姚远刚吃了几口,老姚也提着许多吃的赶过来。姚远的领导为误会世侄心怀歉意,专门给老姚打了个电话,叫老姚多注意孩子的身体。老姚这才知道姚远去上班了,立即做了几个菜和牛肉羹,赶过来看望。他见姚远颓唐得不像样子,仿佛老了十几岁,既心疼,又愧疚。他并无意伤害姚远,把老冯找来,不过是想吓唬陈香,虚张声势而已,否则去做个亲子鉴定就好了,用不着这样费周章。只是后来他和陈香都杀红了眼。人一杀红眼,就什么都不顾了,只想把对方弄死。事后再想想,才发觉甚是荒唐。他已经跟陈香办过离婚,承蒙陈香施舍,赐予一套六十平方米的房子。这是最小的一套,位置相对也差些,并且老姚只有居住权。老姚果然没计较,反正也没有子女可供继承,身死之后万事灭,归谁都一样。真正离婚后,是是非非一刀切,陈香好像也不那么痛恨老姚了,有几次实在难过,还主动给老姚打电话诉说悲伤。老姚听她在电话里哭啊哭,也伤心得一塌糊涂。两人追述往事,都认为老冯应该承担最大责任。老冯从亲戚那儿听说老姚夫妇要抱养孩子,就把王秀枝刚生下来的儿子推荐给他们。老冯那时候在一家煤矿打工,跟王秀枝她爹是工友,两人关系密切。老冯声称,孩子的爸爸是大学生,遭车祸死了,孩子的妈执意要把孩子生下来,但工友觉得留着是个累赘,会害了女儿一生,就瞒着她把孩子送人。老姚夫妇信以为真,抱到医院细致地检查一遍,婴儿非常健康,血型也与老姚夫妇相合,于是欢天喜地抱回家中来。后来老姚工作调动,到工友所在的那个乡当教研室主任,偶然发现了真相,气得要死,立即去找老冯算账。不料老冯刚好死了老婆,老姚打上门时,他家正在办丧事。冯莉那年十二岁,抱着不满周岁的弟弟,在妈妈的棺材旁哭得鼻子冒泡。老姚心软,不好再说什么,于是问罪变成问丧,随了一百元钱的帛金。此时姚远已经十六岁,正读高一,聪明活泼,健康好动,深受岳父和老婆宠爱,老姚寻思很久,觉得还是不要告诉他们,便将这个秘密隐藏了起来。至于王秀枝怎么又成了老冯老婆,老姚也不知其详,大概是老冯带两个孩子太辛苦,王秀枝又因为疯病嫁不出去,就凑合到一起了吧。所以归根结底,都怪老冯当初撒了谎,倘若他们一开始就知道事实,是不会要这个孩子的,也不会落到今天这样的境地。陈香恨死了老冯,要立即把他们赶走。此时的老姚一无所有,也变得不再冲动。他劝陈香不要意气用事,倘若继续把事做绝,万一有一天后悔了,还有转圜的余地吗?陈香沉默了一会儿,又呜啼呜啼哭起来。

我心里难受啊,老姚,我心里实在是难受……

老姚说:去北山真如寺走走吧,散散心,再许个愿。真如寺许愿很灵的。

老姚一直担心姚远承受不了打击,怕他自暴自弃,甚至寻短见。之前他也寻找过姚远,一直没找到。此时看他平安来上班,虽然状态很差,毕竟还没垮掉,真是悲欣交集。他把冯莉的饭菜拨开,叫儿子吃他的,说是他做的有营养。冯莉气得瞪眼,要跟他吵,但是看到姚远并不动他的东西,依旧只吃自己的,心下得意,才忍住没有发作。老姚有点尴尬,见姚远吃得有点快,便没话找话。

慢点吃啊儿子,别噎着。

姚远呆了一下。我已经被你们赶出来了,不是你们的儿子了。他说:不过你放心,你们的养育之恩我不会忘,我也会给你们养老送终。

老姚嘿嘿一笑,掏出烟盒抽出一支烟。唉,这事闹的!他叹一口气,将烟点燃。你妈待你怎样,你是最清楚的。这二十八年来,她是把自己剁碎了喂给你。就因为你不是她亲生的,她一直有个心病,怕哪一天你会离开。她越是怕,就越溺爱你,觉得只有这样才能抓住你。你真走了,她就崩溃了。她现在是心里有个坎儿,一时过不去。你也别急,等她缓一缓,过了那个坎儿,就没事了。

冯莉问:什么坎儿?

老姚懒得搭理她,只是抽着烟看姚远吃饭,等他吃罢,才把自己那些东西收拾起来,又叮嘱几句注意休息、不要多想之类的话,提起已经凉透的食物离开。冯莉有点心不在焉。她猜得到老姚所谓的坎儿是什么,但若没有老姚和陈香的证实,猜想就只能是猜想。她又陪了姚远一会儿,收拾起饭盒回店铺。

听老姚的意思,陈香身体应该不大好。她对姚远说:不管怎么说,她毕竟是把你养这么大,我想去看看她,尽个礼数。她抬起头来望着姚远。好不好?

你看着办吧。姚远说。

冯莉回店后,帮老冯准备完食材,换身衣裳,买了一盒保健品去探望陈香。姚远在城郊租了一套二居室,位置比较偏僻,可以避开熟人耳目。因是净身而出,没有什么东西可搬,好在房间里有现成的家具,去一趟超市购买必需的日用品就够了。下班回去不久,冯莉也骑着自行车赶过来。她一出陈香家,就直接过来了,路上买了些吃的,给姚远当晚餐。姚远很想问问她跟陈香都说了些什么,最终也没有开口。饭后他心情仍然不好,网线也还没拉,打不了游戏,他便带上鱼竿去河边夜钓。冯莉也该回去了。出门之前,冯莉对姚远说:哥,你很久没跟朋友们聚会了吧?

一个星期了吧,也不是很久。姚远说:也没心情。

该聚还是要聚的。冯莉说:再说啊,你不是不想让别人知道发生这些事吗?你一直不跟他们玩,他们就会起疑心。你明天晚上若没事,约他们一起吃饭唱歌吧。

姚远觉得有理,问冯莉要不要一起去。冯莉说:我明天晚上还有事,你自己去吧,记得要多玩一会儿,玩开心。姚远哦了一声,要开门,冯莉一把拉住他。姚远以为她还想亲热一下,拥个抱或亲个吻,虽然觉得不应该,还是回过身来。然而冯莉并没有亲昵的动作。

哥,你明天晚上不要去店里,跟朋友玩罢就回来睡。她说:也不要跟我打电话。

为什么?

我爸想趁晚上收拾一下店面,会很脏。我也得帮他干活,没工夫接你电话。

找个施工队干就行了,何必要自己动手。姚远说:我有朋友是搞装修的,手下有专业施工队,我给他说一声就好。

　　冯莉不高兴地拉下脸。开个店才赚几个钱,这样破费?总之你明天不要过去。翻起眼来瞪姚远。听到没有?

　　姚远说:好吧。

　　姚远并没有遵命。第二天他没有约朋友小聚,他觉得他的状态还不好,与朋友见面,肯定会被看出端倪。他想再过几天,调整得好一些,再约大家不迟。刚好单位忙,需要加班,他就主动要求留下加班了。这天他也的确加班了。已经颓废了一周,于情于理都不能再废下去,况且从此后无依无靠,只能凭自己拼搏打江山。今天要完成的是一个项目的整改方案,做完已经晚上九点多。姚远疲惫不堪,瘫在宽大的旋转椅里,想要闭目养会儿神,却蒙蒙眬眬地睡着了。醒来时已经十一点多,他在街头夜市苍蝇摊上吃了碗炒面,又在旁边的水果摊买了几斤猕猴桃,开车去冯家的店铺。他想看看老冯他们有没有干完活,如果还没完,就帮一下手。另外,他也想见见王秀枝。他仍然难以接受她就是自己的生母,但他知道总归得接受,每天去看看她,也许慢慢就会有感情了吧。而猕猴桃,据冯莉讲,是王秀枝爱吃的。

　　八士巷是小街道,沿街店铺都是日常小门面,天气也已经冷起来,等到晚上十一点,差不多就都打烊了。姚远驱车入巷。小巷笔直一条,放眼望去,没有一间亮灯的。开到十字路口,他已经确定冯家小吃店也关门了。他在路口停下来,犹豫还要不要过去,关门不等于休息,也可能老冯他们还在里头干活。月光雪白,照耀着因为无人而略显空旷的老街。姚远犹豫片刻,决定还是离开。这时他看到有个人从街道那边走过来,瘦高的身形,宽宽大大两边甩的外套,半摇半趔地进入远光灯的光柱里。姚远立即关掉车灯,心脏怦怦乱

跳,仿佛被丢到旱地上的鱼。他不是被拘留了吗? 姚远想,急忙算
一下时间,正好是今天释放。这才刚出拘留所,就又跑过来,看来老
冯担心的没错,以后要没完没了了。老头儿走到老冯店铺前,吭吭
捶起卷帘门。

开门,我来了。老头儿吆喝,声音在寂静的夜空里异常粗野。
我儿子呢? 叫他出来……

卷帘门上的小门从里打开,一道灯光泻出来,照亮了老头儿半
边身子。老冯的声音传过来。

有话进来说,别大声嚷嚷,影响街坊们休息。

影响就影响了,怎么样? 吃不了我一颗卵蛋。老头儿嚷嚷着,
从小门钻进店铺。姚远很后悔没听冯莉的话,以至于此时陷入两
难,去不得,也留不得。他纠结了一会儿,觉得还是走。他倒挡掉
车,准备逃离,却听到老头儿在店子里吼。

我不要你的酒,也不要你的肉,谁知道里头有没有毒。我只要
我儿子,我儿子呢? 在哪儿?

接着是冯莉惊骇的尖叫。别碰我,流氓……

姚远大惊,掉转车头冲过去。老冯已经跟老头儿打起来,将老
头儿死死摁在地上,姚远闯进去时,看到老头儿正如垂死之鱼,扭动
着身子疯狂挣扎。冯莉站在旁边,手里握着一把刀子,想必是从老
头儿手里夺下来的。她被突然闯进来的人吓了一跳,看到是姚远,
惊愕得两条眉毛都挑起来。老冯也分了一下心,老头儿趁机挣脱,
在地上连打几个滚,爬起来就往门外跑。老冯要追,却被凳子绊住,
跟跄扑倒,脑门重重磕在桌棱上。冯莉急追几步,拽住老头儿宽松
的外套。老头儿被她一带,失去重心,撞到小门的铁框上。冯莉顺

势抱住他的腿。老头儿也顺势将刀夺过去,一刀扎在她手腕上。冯莉疼得大叫。姚远来不及多想,扑上去抢刀。老头儿反手一划,刀锋从姚远脖子上滑过。姚远脖颈一疼,仿佛新纸割破手指,怔了一下,老头儿已踢开冯莉,撒腿跑进街道。

　　姚远追出店去,只见老头儿仿佛亡命的野狗,已经蹿出去很远。他想追,两条腿却软得厉害,脖子里也有液体汩汩冒出来。他用手摸了摸,摸到一手黏黏的水,在雪白的月光下,仿佛融化的沥青。他缓缓地倒下去,仰卧在这条承载着他童年记忆的街道里。雪白的月光宛如丝被,温柔地覆盖在他身上,冯莉歇斯底里的哭喊则如催眠的歌谣,送他走向深远无际的梦乡。

无事烦恼

一

现在不是追究责任的时候。楼房层高二点八米,乘以二十五,就是陶乐此时与地面的距离。她坐在窗子外的平台上,从陶然所站的地方仰望,只能看到垂下来的两条小腿和穿白球鞋的脚。陶然颈椎不太好,眼也有点散光,又复着急上火,看了一会儿视野就虚了,那两只白色的鞋子仿佛两团小小的云朵,轻飘飘地裹着陶乐的脚。云朵好像在浮动,不知是陶乐在抖腿,还是高处风太大,把两只脚吹得摇晃起来。然而不论是何缘故,这情形都极端危险,所以当务之急,是把陶乐平安地弄下来。陶然的心揪成一坨,沉甸甸地堵在咽喉下。

赶紧救人啊!她对副所长说。

也没闲着。副所长说。

那倒是救啊。

陶然语气焦躁,颇有指责之意。副所长瞟她一眼。在此之前,她刚质疑过警察救援不够专业,没在楼下铺设安全气垫。副所长费了许多口舌,从重力加速度的物理原理和人体对冲击力的承受极限,讲到安全气垫的有效救援高度,试图让她相信,以陶乐所在的位置,铺不铺安全气垫已经没有意义:一旦超过一定高度,落到气垫上和落到水泥地上并无区别。况且大多轻生者只是一时赌气,并非真的想死,但被人群围观之后,便觉下不了台,再有嘴贱的人一起哄,脸皮薄的人就架不住,觉得不跳一下难以收场。倘若下头铺有安全气垫,他们便会心生侥幸,认为跳下去也无妨。副所长已命人拉起警戒线,不许闲杂人等到楼下围观,但是对面楼上仍有不少居民在隔窗观望,难保其中没有嘴贱的家伙,所以万不可在下面铺设气垫。他讲得有理有据,甚是内行,陶然将信将疑,虽不再质问,眼神和表情却布满不信任,一副姑妄听之的模样,隐然有万一出事就没完的伏笔,令副所长略感不安。他示意陶然看楼上。

人已经上去了。他说。

陶然按他的提示望上去,隐约看到她家楼上和楼下的平台上出现了人影,但看不清是什么人,要干吗。她的眼不仅散光,还近视。楼上确切说是楼上上,楼上家中有个四岁小孩,正是闹死人的时候,爬高上低调皮异常,为防他翻窗出意外,他们用不锈钢将窗子封了起来。钢窗是外飘的,放了数盆花草,其中几盆是绿萝,长藤滋蔓下垂,搭到了楼下陶乐的窗外。此时的陶乐上半身便隐没在长藤之后。陶然和副所长旁边站一秃顶男子,正拿一副望远镜往上观望。那男人是同单元的业主,住二十四楼,闻声下来看热闹,他自称是孩子的叔叔,因此副所长没赶他走。陶然从他手里夺过望远镜,朝楼上望去,看清那些人都穿消防服,想必是消防队的人。也对,警察擅长的是抓人,至于救人,则是消防队的专长。他们这栋楼的设计有点问题。——仅就外观讲，用"设计"这个词似乎过誉。这栋高达三十二层的住宅楼唯一的特点就是高，除此之外毫无特色，仿佛一根镶嵌了密集窗子的水泥桩，平淡无奇地杵在地上。仅有的一点设计感，是在楼体上弄出几道纵向的凹面，每条凹面宽约六米，对称占用相邻两套房子的各一个房间。但这凹面不是上下贯通的，而是每层都搭出一个与楼层平齐的平台，每个平台中间又隔了一道板墙，突出于平台之外，以做围墙之用，防止不法者通过这里侵入邻家。凹面因此被分割成一格一格的，像是小阳台，但因悬于楼体之外，不能当阳台用，只可放一台空调外机。——正是这仅有的设计，造成了营救的障碍：楼上、楼下和左邻的视线都被挡住了，贸然施救，风险太大。副所长与前来增援的消防员颇费了些思量，直到陶然赶回来之前，才商定了施救方案。

　　陶然把望远镜对准自己家那层楼，望着那两个隔板分开的格子。就在几天前，陶乐隔壁那间房里住的还是利比里亚人布莱克。他们有没有通过这个平台，越过隔板进入彼此的房间呢？陶然头晕得厉害。小区开发商和物业同属一个老板，陶然对他本就没有好感，此时更是憎恨到了极点，万一乐乐不幸，定要去法院告他，叫他为拙劣的楼盘设计付出代价。副所长建议她跟陶乐聊聊，好好谈，顺着她的心意，最好能劝她回心转意，至不济也拖一拖，给他们争取点时间。陶然连声应允。但要跟陶乐聊，又谈何容易。她从一赶回来，就在楼下向乐乐喊话，求她不要做傻事，否则妈妈也不活了。她喊得声嘶力竭，陶乐却没有一点反应，副所长看她情绪越来越激动，讲话也越来越具刺激性，连忙阻止了她。此时要跟陶乐谈，在这里显然是不合适的。她决定回家去，进到陶乐房间里，跟她只隔一道窗子说话,要方便得多,也私密得多。她叮嘱副所长一定要盯紧点,千万别走神,仿佛她的视线一离开,陶乐就会出事,找个人帮忙看定她,便会安全许多。她叮嘱一遍,不放心,又叮嘱一遍,走到门洞口,又回头交代一次。副所长原谅了她的神经质,示意一名警察跟她同去。

陶然对副所长的安排有点不悦。她不想在向女儿示弱时有外人在场,包括警察,而要劝说乐乐放弃做傻事的念头,无疑需要她放下老母亲的尊严,乃至于卑躬屈膝,讲一些哀哀乞怜的话。她在警察陪同下走进电梯,忽然想起陶乐的房门是反锁着的。准确说是反闩。从读高中起,陶乐的房间就成了她的城堡,跟老妈一语不合,就钻进去将门反锁。有一回她们吵架吵太凶,陶乐顽强抵抗,最终不敌,遂退回房间,将房门重重摔上。陶然被巨大的摔门声惹炸了,找钥匙将门捅开,追着陶乐狂骂不已,直到陶乐报警,警察赶到才罢休。陶乐意识到城堡不再安全,趁老妈不在家,偷偷换了个锁芯。陶然发现后,找来开锁师傅,又换了一把新锁。陶乐索性用502将锁眼糊上,在里头装个插销,一进门就反插进来。陶然气得要卸门,恰逢市内有个学生因为与家长吵架跳楼,成为一大新闻,陶然便心怯了,怕逼得太急,陶乐这个二性子也会闹出事端,遂忍恨作罢。门锁之争令陶然甚是懊恼,再联想到班里那些一个比一个刺头的学生,痛感历史倒退,社会不公,想当年她小时候,哪敢跟父母顶嘴?又怎敢跟老师作对?现在这些小东西,打不得骂不得,简直是老天爷,还一个个不识好歹,明明是为他们好,他们不但不领情,反而把你当仇人。

她带警察回到家,试着推了一下陶乐的房门,果然不动如山,要想进入，只能强行撞破，或者找斧头劈开。但若这样暴力进入，必将激怒陶乐，刺激她做出不理智的事。陶然扭头冲出去，猛拍对面那户人家的防盗门。她想进入陶乐隔壁那个房间，从那儿跟陶乐说话。警察跟过来，告诉她那家没人，刚才他们也想从那里施救，敲了半天门，没反应，想必是出去过周末了。陶然颇感绝望，发泄似的狠擂几下门，转身要走，防盗门却吱呀一声打开了。一位女士出现在狭小的门缝内。那女士身上仅套了一件宽大的格子衬衫，下摆遮到大腿，纽扣只系了胸下几颗，两襟交叉出一个深 V，裸露出一片狭长的"飞机场"。她睡眼惺忪，满脸不耐烦，大概是好梦惊醒，在发起床气。

干吗？她问。

陶然并不答话，推开门往里闯。那女人一副没睡醒的样子，身手却甚是敏捷，一把揪住陶然，将她推出门外。陶然踉跄后退，幸赖警察扶住才未摔倒，大怒，要反扑上去厮打。警察连忙居中隔开，向那位女士解释情况。女士态度大变，立即拉开门，带他们进入那间次卧。

这位女士只是租客，并非房主。房主去上海跟儿子住，把房子挂到中介租了出去。次卧就是布莱克的住室，前几天布莱克搬走，暂时还没新租客来填空，房间内除了一床一桌一椅，空无一物，只有非洲人浓烈的体味和试图遮盖体味的更加浓烈的香水味仍然洋溢其间。陶然在门口犹豫了一下，那些气味犹如病毒扑面而来，令她不由自主要屏住呼吸。时间紧迫，不容她畏惧不前，陶然将心一横，冲进房间，快步跑到窗前，唰一声拉开窗子，便要跳到平台上面去。警察一把将她拽住。平台上太危险，警察怕出意外，站在窗内朝外说话,陶乐一样听得到。陶然挣扎了几下,无果,只好把身子留在房间内。

乐乐,我是妈妈。她把半个身子伸出窗外,冲隔板那边的陶乐喊:妈妈不该跟你吵架,妈妈向你道歉,请你原谅妈妈,好不好?妈妈这就跟姥爷打电话,不改名字了,也不要家谱了。不管发生了任何事,妈妈都在你身边,千万不要做傻事。听妈妈话,先回房间去,好不好……

话说到此,对面楼上观望的人们突然发出一阵惊呼。陶然魂飞魄散,冲对面大叫:怎么了?她怎么了?你们嗷什么?对面无人回答。陶然尖叫着乐乐,要往窗外跳。警察将她死死拖住,用对讲机询问副所长什么情况。副所长说:陶乐从平台上站起来了,好像情绪很不稳定,叫她妈别再讲话。陶然慌忙从窗子边后退数步,不敢再出一语。此时手机突然作响,她手忙脚乱掏出来,本能要挂掉,看屏幕显示是老陶的号,指头一抖接通了。

乐乐跟我吵了一架,要跳楼。她打着电话退出房间,走进乱糟糟的客厅里。你满意了吧?

二

现在的确不是追究责任的时候,但若不弄清责任归属,找出问题所在,显然也无法解决眼前的危机。

在陶然看来,问题首先出在陶乐身上。

陶乐的问题非止一桩,也非止一时,其中最要老娘命的是叛逆。别人家的孩子青春期才叛逆,陶乐却自小乖张,生性执拗而好斗。从上幼儿园起,她就频繁地被老师叫家长,不是叫她为同学身上各种各样的伤负责,就是控诉她不服管教,顶撞老师。小学五年级时,陶然还接到过校长的电话:陶乐在班上公然跟班主任对骂,把班主任气哭了,找校长投诉,要么把陶乐调班,要么把她调班,总之不要再见到她。老师管不了陶乐,陶然更管不了,她打也打了,骂也骂了,古今中外所有做人的大道理都讲绝了,陶乐依旧冥顽不灵。进入高中后,情况愈加失控,随时会搞出个乱子,让陶然难以招架。最离谱的一件事发生在高二,她竟然勾结一伙社会青年,以看不顺眼为由,把一个男生打进了医院。男生家长闹到学校,要求开除陶乐。所幸陶然就在本校任教,校长看她面子,尽力协调,把事情糊弄过去,叮嘱陶然要好好管教孩子。陶然把陶乐带回家,准备大动干戈收拾一番,不料陶乐怙恶不悛,指责她一句,她顶回两句,不仅不认错,还叫嚣等那男生出院接着打。陶然气极,抢起巴掌要抽她耳光,却没抽准,力量落到鼻梁上,鲜血顿时喷涌而出。陶然愣了一下,赶紧找纸巾帮她擦拭。陶乐生硬地将她推开。

还打吗? 她说:要打继续。

陶然的恨意本已被血液融化,并为失手给女儿造成的伤害感到愧疚,及见她如此倔强,不禁又惹出一点怒火。她将怒火压在胸膈之间,执意要为陶乐擦血。陶乐甩开她的手。不打我去洗掉了。她说。看老妈没动,遂进卫生间去冲洗,顺手把门反锁起来。陶然又气又心酸,翻出一瓶白雪利,喝着酒想了很多事。她觉得陶乐之所以长成这样,也不能全怪她,更重要的原因在于父爱的缺失。陶乐没有爸爸,她还没生下来爸爸就不在了,因此在她的成长中缺少一种至关重要的东西。父亲代表着力量和安全感,她没有安全感,就试图用自己的力量保护自己,却又不知该如何运用力量才能相称于父亲所能提供的安全。好难过啊!陶然将酒喝完,不知不觉醉倒了。醒来时已是次日上午。她抱膝坐在床上发了会儿怔,听到手机在客厅里响。她把手机落到了客厅沙发上。她正要起身过去拿,铃声已经中断,然后听到陶乐的声音。

喂,姥爷。我妈呀,在睡觉呢,睡两天了。可能太累吧。还能为什么,打我太辛苦呗。我没事,就是鼻子打破了,流了点血,不多不多,不到一千毫升,死不了的……

陶然尖叫一声冲出去,陶乐已经把电话挂掉了。当天下午,陶乐朋友圈里晒出许多美食,姥爷发了大红包让她补身体。陶乐奉旨消费,理直气壮,还在图片上配文:用鲜血换来的美食就是香!她的朋友圈本来屏蔽老妈,却把这一条故意放出来给老妈看。陶然气得胃疼,一连多日吃不下饭。陶乐高中那三年,简直是陶然生命中的至暗时刻,尤其是高考前几个月,她得了严重的抑郁症,一度悲观得认为自己必定活不到六月七日开考那一天。

陶乐的种种劣行固然可恶,但也有一样好:她很皮实。现在的孩子越来越脆弱,动不动精神出问题,陶然的班上便有几个学生不对劲,其中一个已经确定患上了自闭症。陶乐则不然。她虽叛逆而执拗,却神经大条,既不会寻愁觅恨,也不曾无故忧伤,为人处世简单直接,不爽就干,干完就算,有时也记仇,但不会记太久。比如五年级那次得罪班主任,校长并没把陶乐调班,而是勒令她保证不再顶撞老师。陶然担心她会被老师报复,隔段时间就问问她在校情况,有没有被老师特殊对待。陶乐的回答总是没有,有时还会反诘老妈为何要把老师想得那么坏,令陶然甚是无语。陶乐有生以来最重大的打击,是大前年高考失利。由于高中期间各种作,她最终把考试搞砸,无缘心仪的大学。考完之后,她把自己反闩在房间里,不吃饭,不说话,连游戏都不打了,一副颓丧欲死的模样。这是前所未有之事,陶然慌作一团,担心她想不开做傻事,天天隔着房门找话跟她讲,哄她开门吃饭,游说她出去玩耍。连续讲了三天,陶乐依旧闭门不出,陶然的抑郁症却不治而愈。三天后的中午,她外出买菜归来,发现陶乐不见了,赶紧打电话,陶乐说她正在做头发,并且已经跟朋友约好去攀岩,做完头发就出发。如此重大的打击,都不曾使陶乐丧失对这个世界的热爱,又有什么理由相信母女之间一场再是寻常不过的争吵——陶然认为更准确的表述应该是"争执"——就足以让她放弃自己的生命?

　　她坚信必定别有隐情,并且这个隐情大到可以摧毁一切,比如,布莱克那个视频。

　　退一万步讲,即使陶乐赌气轻生,真是因为中午那场争吵,在陶然看来,应该承担责任的也不是她。所谓冤有头债有主,真要追究责任人,得去找陶乐她姥爷——高新区陶寨村会计主任老陶。

　　陶寨村在省城西头,城乡接合部靠城这一边。托拆迁的福,陶寨村在城市扩张中集体发财,村民皆成大户,村委会更是财大气粗。仓廪实而思文化,村主任和支书无不风雅起来,一个玩起崖柏,一个盘起核桃,手脖上还都缠满串珠,昨天是蜜蜡,今天换南红,明天很可能又变成了老山檀。陶然的爸爸年轻时当过兵,在部队做了几年文书,是村委领导层文化最高的一个。如今两委领导都热衷起当文化人,他这个正宗文化人自是不肯落后。但他喜好的不是物件,而是传统文化。先前他就爱看传统读物,诸如隋唐、说岳、七侠五义、包施诸公案等。后来又喜欢上央视的《百家讲坛》,跟于丹老师学论语,跟王立群老师学历史,越学越觉得老祖宗伟大。以前给村里写公告,他常混用一简汉字,现在写,则尽可能用繁体。写报告也经常转几句义言诗词,且不管生硬与否,看起来很有学问。在公尚且如此,在私更不可马虎,家里新房装修,一律选用中式,家具也大多是仿古的,外人来访无不恍惚,疑是进了古装剧拍摄现场。家庭教育尤为重要,昔孟母,择邻处,子不学,断机杼,窦燕山,有义方,教五子,名俱扬。老陶膝下一儿一女,都没教好,成为心头之痛,因此格外看重孙辈的教育,孙子刚断奶就接过来,跟老伴一起教养。儿子儿媳乐得省事,由他去了。陶然刚参加工作那几年,也把陶乐放到老陶夫妇那边。后来有一天,儿媳路过社区广场,发现儿子正跟奶奶跳广场舞,踩着鼓点扭得有模有样。儿媳几乎晕倒,立即将儿子抱回家去,再不准老两口插手教育事务。陶然闻讯,赶回去打探情况,得知乐乐没跳,稍感心安,接下来却发现她正在跟姥爷学打太极拳。老陶热爱起国学后,试图将传统文化灌输给孩子们。他买来一堆国学读物,送给子侄与孙辈,要求他们精深研读。陶然与哥哥陶冶皆无兴趣,以事忙无暇为由推诿;族侄们也都无此雅志,过些天问他们,不仅没读,连书都不知道丢哪儿去了。老陶深感痛心,将希望寄托到孙辈身上。然而长孙陶阳与乃父一样,天生一个见书愁,老陶百般督导,全无长进,心灰之余,对他也便不甚优待。陶乐就不同了。这丫头鬼得很,每当没钱花时,就翻出姥爷赠送的国学读物,一目十行读一会儿,然后去找姥爷探讨,完了再说说自己目前的财务困难,请姥爷盛情赞助。她脑子管用,临时抱个佛脚,也能聊得有模有样,令老陶甚感快慰,觉得自己教育有成,欣然之间就着了道。陶阳却只能去重男轻女的奶奶那里,凭借爱孙的身份恬不知羞地索要补偿。

陶寨村民全姓陶,据说是先人聚族而居,丁口日滋,逐渐成为一个庞大的村落。村里原有一座祠堂,每逢重大节日都要隆重祭祀,所谓怀德追远,古之遗意。新中国成立后祭祀废止,祠堂改作大队仓库,二十世纪八九十年代又被村委借用,作为村部所在地。后来村子并入省城,村里也有钱了,另行建造办公楼房,将祠堂加以修葺,作为历史建筑保护起来,平时大门紧锁,不准闲杂人等进入。祠堂失去人气,反而加速破败,檩椽在封闭潮湿的环境里悄然腐朽,今年初夏一场大雨,竟然淋塌了半个房顶。村委开会商议善后之策,决定推倒按原貌重建,做成村史馆。拆除房顶时,施工队在梁头发现一只黑漆木匣,大家皆以为其中必有宝物,打开一看,却是油纸包裹的几卷黄绸布。村主任带回村委,叫来老陶一起研究,原来是失传已久的陶氏宗谱。他们找来几位健在的民国老人,询问关于宗谱的故事,恰好有位老人的父亲曾做过祠堂执事,年少时经常出入祠堂,晓得这东西,以前就藏在祠堂神主台下的桌斗里,后来时事变易,祠堂改为仓库,与封建礼教有关的东西都被毁掉,宗谱也悄无声息地没了,数十年来不曾有人闻问,不料今日竟在梁头发现。支书和主任很激动,决定打个檀木匣子,将宗谱好好保藏起来,等祠堂重建完成,再供到祠堂里去。老陶也很激动,将黄绢小心翻阅一过,提议重续宗谱,连接起祖嗣传统。支书和村主任极表支持,当场拍板成立重修宗谱委员会,支书任会长,主任任执行会长,老陶任秘书长,负责具体执行。

老陶将宗谱誊写一份,拿回家仔细研究,首先发现一个规律:前人起名极重字辈,纵使远出五服,同一辈分的人也必须重一个字。这是常识,老陶打小就知道,但是翻看宗谱上一排排整齐的名字,还是感慨不已。一字一辈,看似寻常,却是伦理秩序之所系,上以别内外,下以辨亲疏。自从文化革故,变易旧章,字辈之律亦告废弛,爱重不重,悉听尊便,传之千年的规矩于是而乱,再不能仅从名字就看出彼此的宗亲血缘了。宗谱序言里载有他们这一支陶姓的字辈次序:

天地并况,惟予有慕。爰熙紫坛,思求厥路。恭承禋祀,缊
豫为纷。黼绣周张,承神至尊。

宗谱最后一代到“为”字辈,老陶的爷爷叫陶为仁,二爷叫陶为善,以此而推,老陶应属“黼”字辈。黼字太稠密,老陶拿放大镜分析良久,才弄清楚所有笔画,又查了字典,弄懂读音和含义。他拿支笔在纸上写了几遍。老陶字写得好,热爱传统文化以来,又喜欢上毛笔字,诸家名帖无所不临,尤其喜爱魏碑,前些时经人介绍,光荣加入了区书法协会。他觉得汉字还是用毛笔写才有味,但这黼字长得太不友好,他的手在毛笔边晃了晃,还是拣起一支细头水笔。他一边写一边感慨,幸亏新中国成立后废了老规矩,否则去参加考试,自己名字还没写完,人家半张卷子都答完了。

正感慨间,陶乐来了。这次她不是来骗赞助,而是来拿陶阳相机的。她跟人约好周末去爬山,得知表弟新入一个单反,要替他开

开光。陶阳跟老爸闹翻了,躲到爷爷这边住。他还有个弟弟,今年四岁多,他妈害怕奶奶的广场舞,一直自己带,只在有事顾不上时才暂时塞过来。今天她要去做头发,所以小东西也在这儿。陶乐跟陶阳聊了几句,到客厅逗小家伙玩。姥姥正教小家伙做算术题,怎么教都教不会,急得直骂儿媳太笨,连累了孩子的智商。陶乐瞅瞅题目,自己教,不几下就教会了,然后对姥姥说:姥姥,我觉得这更像是你的问题啊。姥姥很没趣,笑骂一声死丫头,去给孙子弄吃的。小家伙眼瞅奶奶离去,跟乐乐姐商量,想让乐乐姐给他买个糖人。附近公园里有现做糖人卖的,好看又好吃,但是爷爷奶奶不给买,哥哥也不给买。陶乐说:姐姐给你出道题,答对了姐姐就给你买,好不好?

小家伙想了想,说:不能出太难的,太难我不会。

那就出个简单的。陶乐说:小明的爸爸有三个儿子,老大叫大毛,老二叫二毛,老三叫什么?

小家伙翻眼思考半天,不确定地望着陶乐。三毛?

不对,再想想。

没错,是三毛。老陶从书房里踱出来。

陶乐瞟姥爷一眼。错了,你再想想。

不用想,就是三毛。

陶乐回视表弟。阳阳,告诉姥爷正确答案。

陶阳说:小明。

小明是三毛的小名儿。老陶说:我问你们,小明这一家是不是中国人?

陶乐和陶阳诧异地望着老头儿。是啊。

那就对了。中国人起名是有讲究的，要讲字辈，老大叫大毛，老二叫二毛，说明他们兄弟是毛字辈的，老三当然应该叫三毛，小名儿小明。

陶乐大乐，马上编个段子发到微信朋友圈，半天之内赚到五十多个赞。回家又讲给老妈听。陶然听她讲罢，一点也不觉得好笑。

你姥爷走火入魔了。陶然说。

此时的陶然已经知道陶寨要重续宗谱，她老爹还是主事之人，但并未意识到这个并不好笑的故事会是悲剧的预兆。她趁周末回了趟老家。她平时不常回老家，虽然与父母同在一个城市，她也并非忙得分身乏术。她跟父母的关系并不融洽，在她人生最重要的时刻，父母都没有站在她这一边，这实实在在地伤了她的心。她回去是有事要跟老陶谈：她想叫老陶把陶乐的名字也写进宗谱里。老陶听了女儿的要求，半晌未吱声。当年让陶乐姓陶，他虽如鲠在喉，但还是认了，毕竟是自己亲外孙女，有自家一半血统。但让陶乐姓陶是自己家事，与外人无关，外人也管不了，宗谱却是公事，要说服本寨数千之众，恐怕不是易事。毕竟宗谱一向以男为纲，嫁出去的女子能留个名就不错了，哪有把婆家子女也写进来的道理？陶然不以为然。

乐乐生在陶寨，长在陶寨，户口也在陶寨，为什么不能写进去？

还提户口？老陶瞪眼作色。因为这个户口，惹了多少口水，你都忘到脚底板了？

你管那些口水干吗？有本事让他们喷出个湖泊，我跳进去游给他们看。陶然说：都什么年代了，还以男为纲！现在是男女平等，只要姓陶，有陶家的血统，就得写进去。

会谈不欢而散。临走前,陶然撂下重话:如果宗谱里没有陶乐,就也不要写她陶然的名字,她们母女脱离陶家,从此再不相干。老陶气得一宿没睡。次日一早,他揣上一条烟去找支书,商榷续谱体例的革新问题,是否可以与时俱进,适当放宽,比如把他外孙女陶乐也放进去,借以体现男女平等的时代新风。支书觉得不合适,但不便直接拒绝,让他去找村主任谈谈。村主任也觉得不合适,但不便直接拒绝,建议开个班子会征求一下大家意见。班子成员都觉得不合适,但不便直接拒绝,提议召开村民代表大会,广泛听取村民的意见。老陶知难而退。几天后,陶然打电话询问结果。老陶将情况详述一遍,表示已经尽力,但无能为力。陶然很失望,在电话里沉默了很久,以至于老陶认为她已经挂断,一时有点如释重负之感,不料把手机从耳朵边拿开,发现还在联通状态,只好又放回耳朵上。恰好陶然的声音传过来。

真不行吗?

真不行。老陶说:这是公事,谁都做不了主,就算是支书和主任,也不能随便往里头加人。

真不行就算了。陶然说:只要你觉得对得起乐乐。

　　　　　　　　　三

陶然的男朋友对陶然的执念十分不解。陶然好歹是上过大学、见过世面的人,思想虽不前卫,也并不保守,齐肩发往耳后一抿,颇有一副新女性的知性和独立。这样一个新时代的文化人,为何执意要把女儿写进娘家的宗谱里?

宗谱就是封建残余。男朋友说:你一个知识分子,怎么会在意这个?

陶然说:你不懂。

男朋友说:那你说说,为什么?

男朋友的语气充满期待。他跟陶然交往两个月,觉得她很合适,相貌身材俱属中上,谈吐举止落落大方,学历和工作也算体面,带到哪儿都不会丢面儿。另外她也不爱占男人便宜,没有这个年龄段女人常见的虚荣和庸俗——当然不排除是她掩饰得好,但能掩饰得这么成功,也足见本领。最重要的是她家庭条件也很美好,不但没有需要帮扶的弟弟,还有一个开公司的哥哥和在城中村当干部的老爹,孩子也是漂亮丫头,而不是身高一米九满脸青春痘的叛逆男生。所以他对陶然是认真的,他愿意提前承担起丈夫的角色,倾听陶然的烦恼,然后帮她出谋划策。然而陶然对他的好意似乎并不领情。

没什么好说的。她说。

这显然是敷衍。男朋友有点失望,但没计较,只是气氛逐渐冷却,并最终不可挽救。这主要是陶然的原因,她情绪变得很低落,不想说话,牛排只吃一小块就说饱了。男朋友猜她等自己一吃完就会找借口先走,故意吃得很慢,也假装没看见她一次次若无其事地看表。一份牛排就那么大一点儿,在不交谈的状况下,再是细嚼慢咽也撑不了多久。眼看今晚的约会时光随着牛排被自己一口口吃完,男朋友甚感沮丧。此时陶乐突然打来电话,问陶然在哪儿。陶然说在外面，马上就回去了。陶乐说你是不是在吃牛排，我也要吃。陶然说没有。陶乐说你撒谎，我都闻到味儿了。陶然没好气地将手机挂断。她知道陶乐已经到了。果然不到二十秒，陶乐便出现在他们餐桌旁。

　　这不是陶乐第一次跟踪她约会，她相信也不会是最后一次。最早一次要追溯到六年前。那年夏天，同事给陶然介绍了一个丧偶的小老板。丧偶是陶然相亲的优选项之一。她觉得离异的男人不太可靠，如果是他甩了女方，他太无情，如果是被女方甩，他又太无能。不管是无情还是无能，讨来当丈夫，心上都会有点不爽。而他前妻的存在，又像在生活里埋了一枚炸弹，说不定什么时候就会爆。倘若他们再有孩子，更是一辈子纠缠不清。丧偶就不同了，他是因不可抗力而失去妻子，既非无情，也不显得无能，并且女方已死，以后的日子不复有前妻之忧，相对要和平许多。同事一开始都笑她古怪，听她讲完，又都赞她英明。一天小老板请她看电影。男女发展到请看电影，好事差不多也快成了。进场之前，小老板先去卫生间方便，请陶然稍等。等了几分钟，卫生间那边忽然有人尖叫非礼。在场的人轰然冲过去。陶然也挤过去围观，看到一个男人被两个十三四岁的女孩死死扯住。那两个女孩一人拽衣领，一人揪头发，大骂男人耍流氓，在洗手池边拍了拽衣领那女孩的屁股。陶然才看一眼就崩溃了：那男人正是约会的小老板，而两个小女生，揪头发骂得最凶的是她女儿陶乐，那个据称被骚扰的，则是陶乐形影不离的小伙伴。陶然气得发疯，抢起包狂砸男人。男人狼狈不堪，极力喊冤，无奈卫生间没有摄像头，也没人为他做证。保安赶来，要打110报警。陶然寻思已经够丢人，不愿再闹到警察那里，带上陶乐和小伙伴愤恨而去。她觉得对不住那丫头,有意安慰一下,遂带她和陶乐去吃肯德基。两个小东西在路上尚且骂个不休,猥琐、无耻、变态不绝于口,一在肯德基坐定,立即喜笑颜开,嘻嘻哈哈打闹不已,完全忘掉了刚才的耻辱。陶然渐渐意识到不对,闲闲问她们为什么去那儿。两个小东西同时开口回答,一个说是去玩游戏,一个说是去看电影,发现弄岔了,陶乐连忙补充说她们还没商量好先看电影还是先玩游戏,就碰上了那个变态佬。陶然叹了口气。那个小老板条件挺好的,就这样狗血地结束了。

第二次跟踪是在半年后,陶然又经介绍相识了个公务员。第一次见面,两人约好去一家著名的火锅店吃火锅。他们刚进店,陶乐已尾随而至,声称刚好在附近玩,好巧遇到,过来陪他们一起吃。那几天陶然熬夜写论文,以备评职称之用,状态肤色都很差,因此化了个稍浓的妆。陶乐自作主张,替她妈点了个特辣锅,说是她妈最爱吃辣,无辣不欢。陶然的确爱吃辣,当时还觉得这孩子贴心,吃到半道才发现上当。店里客人多,暖气又充足,加上特辣的火锅,陶然很快出了一头汗,把脸上的妆都浸化了。陶乐在旁边殷勤递纸,让她擦一擦,再擦一擦。陶然回过神儿后,跑到卫生间照了照镜子,在心头发出一声绝望的号叫。她和公务员最终没成,当然未必是这个原因,但在陶然看来,这次出糗败坏了她的形象,害她开局不利,因此这笔账也理应记到陶乐头上。

陶然怕了陶乐,以后再相亲,都要严密封锁消息,如果要去约会,妆都不敢在家化。她自以为保密工作做得天衣无缝,不料还没开始正式约会,陶乐就已察觉一切,悄没声地开始了拆解工作。一次如此,次次如此,令陶然懊恼不已。她将此归因于母女间源自天性的默契,或说是灵犀,一个人的想法和行为,往往会被另一个人迅速而准确地感知,有时候这边刚刚鼻子痒,那边已经开始打喷嚏。所以不光陶然感到困扰,陶乐也有懊恼的时候。比如有一回,她与同学去丽江玩,在一家快餐店吃汉堡时,某同学要了很多番茄酱,塞进背包里要带走。陶乐嘲笑她就像她妈,然后又讲起她妈爱占小便宜的种种事迹,正讲得起劲儿,陶然的电话忽然打过来,质问她是不是在讲她坏话。陶乐大吃一惊,嘴上否认,语气却期期艾艾,与招供无异,被她妈在电话里痛骂一顿。这种心灵感应一度令陶然非常苦恼,仿佛自己没有了隐私,虽说基于对等原则,陶乐同样隐私不保,但她毕竟是孩子。对于隐私,孩子和家长是不能相提并论的,譬如裸体,家长看到孩子的裸体没什么大不了,家长的裸体被孩子看到,则就不仅尴尬,还有违伦理。另外,在陶然看来,她和陶乐对心灵感应的反应也大相径庭,她像追光灯,一有动静就打过去,然后追着陶乐跑,生怕她出岔子。陶乐则是量子纠缠,即时感应到老妈的意图,然后跟她对着干。所以她认为,母女之间有些隔阂未必不是好事,过于心心相通,反而不利于和谐共处。

陶然的男朋友见到陶乐很高兴,叫服务员送上菜单让她点。陶乐也不客气,点了一份澳洲和牛。她一边吃一边挑剔,还怀疑牛肉是假的,理由是真正的和牛不可能如此便宜。其实已经不便宜了。陶然男朋友花钱买个不如意,只能尴尬而不失礼貌地微笑。陶然不耐烦地呵斥:爱吃吃不吃滚,少在这儿给我胡说八道。陶乐说:你还没嫁人呢,就这么嫌弃我,等你嫁人了,还不把我赶出家门?

陶然说:你现在就给我滚!

行啊。陶乐说:你给我买个单反,我马上滚,不要太好,陶阳那款就行。

陶然说：我没钱，你自己挣钱买去。

陶乐说：你在叔叔面前哭穷什么意思啊？成心让叔叔看笑话吗？

陶然大怒，拈起一根筷子甩到她身上。男朋友连忙安抚陶然，劝她别跟孩子闹气，然后对陶乐说：我那儿有个无敌兔，乐乐想玩，就拿去玩吧。陶然羞恼不已，正要婉谢，陶乐已经拒绝了。

无敌兔啊。陶乐说：那可是老古董，很有收藏价值呢，叔叔还是自己珍藏吧。

男人尴尬地笑了笑。气氛彻底坏掉，男人本想跟陶然多待会儿，此时只想赶紧散场。陶然已经气得说不出话，回到家后，一关门就捶陶乐。陶乐撒腿跑回她的城堡，将她妈闩于房门之外。陶然把房门当成陶乐，咣咣咣狠捶一顿，回到客厅，软软地歪到沙发上，眼泪婆娑流下来。泪越流心越酸，取出一瓶酒，提溜一只高脚杯，回到自己卧室去。何以解忧，唯有饮酒，每当心情糟糕，陶然最常用的纾解之法，就是独饮几杯，然后在醺然中大睡一场。所以她在家中常备各种葡萄酒，不是讲究生活情调，而是当药使。她拿的是雷司令干白，上次约会没喝完带回来的。她喝了一杯又一杯，眼看喝完了也不醉，味道又太甜，使心里的酸愈发的酸。她很绝望，趴在床上吼吼哭起来。

她的哭声惊动了陶乐。陶乐去卫生间洗澡，听到老妈在哭泣，幸灾乐祸，洗完出来，听到老妈还在哭，生出一点同情之心，觉得有必要去抚慰一下。她抚慰人的方法是拍照片，把对方难过的样子定格下来给他看，告诉他实在是太糗太丑了，所以最好别难过。这次她故伎重施,把陶然拍得仿佛哭泣的外星人。陶然果然不哭了,夺过手机摔到地板上。陶乐号叫着捡起来,检查有没有摔坏。

摔坏了你赔! 她嚷嚷:你自己找不到好男人,别拿我手机撒气。

陶然冷笑。我没撒气。她说:我也不怪你,是我欠你的,我活该被你整。我也想通了,我这辈子就该孤独终老。

陶乐习惯了老妈事事责难,不管青红皂白横竖都是她的错,此时忽听她自怨自艾,颇有点意外。眼看老妈如此绝望,陶乐突然很难过。她踢掉鞋子跳上床,蹭到老妈身边。陶然叫她滚,她只当没听见,像只猫一样贴着老妈躺下来。陶然叹了口气,将高脚杯放到床头柜上。

咱俩聊聊吧。陶然说。

聊什么?

你爸爸。

不聊。

为什么?

不为什么。

陶乐拒绝得很干脆。陶然心里又堵起来。在陶然记忆里,陶乐从未提过与爸爸有关的问题,既没问过为什么没爸爸,也没问过爸爸什么样子,仿佛她是单亲繁殖的产物,没有爸爸天经地义,也不必在乎。陶然认为这只是假象,这孩子太倔,越是没有的东西,越是装作不在乎。她很悲伤,觉得对不住孩子。不过后来她发现单亲家庭越来越多,比如她的同事,离婚率就日益喜人,即使没离的,讲起自己的另一半,也跟丧偶差不多,但却并不影响他们的孩子活泼泼地成长。所以,孩子有没有爸爸当然重要,但很可能并没有想象中的重要。她渐渐释然了一些,不再刻意去做什么或不做什么,陶乐既然不问,她也不必去说。但她知道早晚还是需要跟陶乐谈一谈的,早晚得让陶乐知道构成她生命的另一半究竟是什么。这需要适当的情境和时机,至于时机何时出现,她不知道。

也许就是今晚吧。她想。

陶乐的爸爸叫费强,陶然大学同级不同系的校友。费强其貌不扬,但聪明,对陶然好,愿意替她打饭,为她写诗,陪她淋春天的雨,等候夏夜的流星。与诸多大学情侣相比,他们的爱情并无不同,唯一非常之处,是费强的身世。据费强讲,他家祖上是沙俄贵族,十月革命后流亡到东北,在这里娶妻生子,定居归化,成了中国人。

几代下来,我的相貌就跟中国人差不多了,但从眼睛还能看出区别。费强说着,掰开上下眼皮请陶然鉴赏。你看我的眼球,是不是有点蓝? 这就是斯拉夫人的遗传。

彼时夕阳西下,光线微弱,陶然凑上去仔细看了看,好像的确有那么一点蓝,因此对他所言深信不疑。毕业之后,两人本打算去北京创业,费强忽然收到一封来自俄罗斯的信,让他立即赶到圣彼得堡去。费强祖上的财产原本都被苏联没收了,后来苏联解体,俄罗斯改制,清理历史遗留问题,要把属于他们的祖产返还给他们。费强家人已经前往圣彼得堡办理相关事宜,现在出了点差纰,叫他过去帮忙。陶然惊喜异常,劝他赶紧去,莫要误了大事。费强面现为难之色。俄罗斯政府腐败盛行,办事处处要花钱,他爸已经花光了积蓄,此去需要筹措一笔款子,以备日常之需。陶然自告奋勇帮他筹钱。她思索半天,把主意打到老爸身上,谎称有人帮忙安排个政府部门好工作,但需要五万块钱。老陶信以为真,立即凑了五万打

到她卡上。陶然将钱尽数转给费强,将他送上回老家的火车。费强
说要先回老家办些手续,然后再去圣彼得堡。一个月后,费强给陶
然寄来一封信,在诉说相思之苦外,还夹了两张他在圣彼得堡的照
片。其中一张是在市政厅门口,他怀抱一只鼓囊囊的文件夹,大概
是刚从里头办事出来。费强在信中说事情已有转机,应该不久就可
以完成财产交接。陶然很是欣慰,想在回信里告诉他一件令人忐忑
的事:她的月经没有如期到来。后来她想,他在那边一定很忙很疲
惫,就不要让他多操心了。又过了一个月,陶然的寻呼机上收到一
串外国号码,去电信局查询,说是俄罗斯的号,赶紧挂国际长途打过
去,果然是费强。费强声音低沉,事情没有想象的顺利,政府人员处
处刁难,令他心灰意冷。陶然劝他不要沮丧,相信困难都会解决的,
哪怕是为了孩子,也要打起精神。她已经确定怀孕了,本不想在费
强有压力的时候讲,但又希望借此激发他的斗志,于是就讲了。费
强果然很激动,保证尽快办完交接,然后把她们娘儿俩接到圣彼得
堡安享富贵。不过圣彼得堡太冷,不如搬到温暖的地方,比如爱琴
海岸或美国加州,最好是夏威夷,风景如画气候宜人,有利于她和胎
儿的健康。国际长途太贵,不能多讲,两人在电话里依依惜别。

　　陶然从此陷入漫长的等待。她再没有收到来自圣彼得堡的信
件,寻呼机也再没收到俄罗斯的电话号码。她在惶惶不安中度日如
年。两个多月后,她收到一封圣彼得堡警察局的信件,附信夹有一
张类似证书的东西。她不懂俄文,去图书馆借来本俄汉词典翻了很
久,终于明白个大概。大意是说:兹有中国公民费强先生,在圣彼得
堡街头遭遇黑帮火并,被流弹击中,不幸身亡。费先生临死之前,遗
言要将情况告知他挚爱的陶然女士,我局从人道主义出发,决定满

足费先生的遗愿,故此给陶小姐去函告知,附寄费先生死亡证明一份,请陶小姐节哀顺变。陶然先是呆了两个小时,然后大哭一昼夜。她抚摸着日益膨隆的肚子,决定把孩子生下来。

于是就有了陶乐。

陶然瞟一眼身边的陶乐。她正捧手机玩《水果连连看》,神情专注,运指如飞,各种水果在屏幕上以惊人的速度被消除。陶然说:你真不想知道你爸爸是什么样的人吗?

不就是个骗子嘛。陶乐说。

陶然惊愕。你怎么知道的?

我上幼儿园就知道了。陶乐依旧飞快地打着游戏,语气平淡得像聊家常。就我姥姥那张嘴,你以为会替你保密呀?

陶然脑壳里轰隆作响,仿佛大卡车撞倒了老房子。二十年来,她一直小心翼翼地保守着这个秘密,对外宣称男朋友在国外出车祸死掉了。这是她和家人共同虚构的故事,用以应对外人——包括出生后的陶乐——的询问。她一直这样对人讲,渐渐地,讲得自己都要相信了,并且她相信别人也都是相信的,却不料她老娘早已背信弃义将她出卖! 想象一下这样的画面:她在那儿认真地撒谎,却不知道别人都知道她在撒谎;别人明知道她在撒谎,却都装作不知道她在撒谎。多么滑稽而难堪啊! 更可悲的是,乐乐一直在承受着命运的恶意,自己这个当妈的竟然一无所知,还以为把她照顾得很妥帖! 陶然将脸贴到陶乐头上,眼前模糊成一团。陶乐留的短发,陶然的脸压上去,仿佛压在毛茸茸的草地上。

对不起! 她说:妈妈没保护好你!

哎哟,少矫情了。陶乐说:你连自己都保护不好,还保护我?

我怎么就保护不好自己了？

你看看你找的男人，有哪个是好东西？要不是我出手，你不知道上当多少回了。

陶然哭笑不得。这么说，你承认你一直在捣乱了？

不是捣乱，是保驾。陶乐将最后一排水果清除，翻眼乜视老妈。哎，我发现你这人不光没眼光，还不识好歹。

陶然撇嘴。你呢？你就有眼光，就识好歹？

陶乐爬起来就走。无聊！她说。

你上哪儿去？

对门。

敢去我打死你！

就去，气死你。

四

陶乐所说的"对门"，指的是隔壁房客布莱克。

布莱克是陶乐校友。大一那年秋天，陶乐跟随一群山友去嵩山看日出。他们带上帐篷，在峻极峰顶安营扎寨，玩耍到晚上九点多，忽听附近山涧有人喊救命。他们带上搜救工具下涧搜索，发现竟是两个迷路的老外，一白一黑，黑的就是布莱克。两人都是陶乐所在大学的留学生，也趁周末来看日出，上山晚了，试图走捷径，结果在山林里迷了路。那夜没有月亮，走一段路就有人问：那个黑哥儿们呢？众人拿灯乱照一通，发现在。过一会儿又有人问：那个黑哥儿们还在吧？大家又拿灯乱照一通，还在。一路上这样搞了好几次，布莱克很郁闷，觉得被特殊对待了，而这种特殊对待，在他看来就是变相的歧视。后来熟悉了，他向陶乐抱怨此事，陶乐取笑他玻璃心。

你皮肤那么黑，又穿一身黑衣服，连名字都是黑色。她说：在那么漆黑的夜晚，山路又曲折，还有那么多灌木藤萝，大家既不是猫头鹰，也没戴红外镜，不随时问一问，怎么确认你在不在？

这次意外是布莱克和陶乐友谊的源头。陶乐高考不理想，最后被省城这所大学录取。好在这大学也还行，离家也近，可以随时去找姥爷打秋风，或者回家骚扰老妈。学校为提高国际化水平，花重金招来一批留学生。陶乐并不关心那些洋校友，对他们的存在基本无感，那晚救助布莱克和他的朋友，是她第一次与洋校友打交道。看日出归来，布莱克已将陶乐当作在中国最好的朋友，经常跑到金融管理学院来找她。他个头矮矮，不像印象里的非洲人那么高，喜欢运动，尤其喜欢攀岩，自称来中国以前，已经徒手攀遍了非洲所有高峰。恰好陶乐也喜欢运动和攀岩，看他人不讨厌，并且跟他相处有利于自己提高英语水平，于是就跟他混到一起，与朋友出去玩时也会捎上他。布莱克跟着陶乐爬山玩水，游名胜吃美食，领略了中国文化之博大和山川之壮美，一天到晚嚷嚷 beautiful（美丽的）、very good（非常好）、I love China（我爱中国），宣称毕业后要留在中国发展。他不是说说而已，是真要这么干。毕业前夕，他向陶乐求助，请她帮忙把自己留下来。陶乐不过是中学老师的女儿，最有权势的亲戚，就是在城中村当会计主任的姥爷，哪儿有帮他留在中国的能力？况且她妈对她与布莱克的交往异常警惕，三不五时盘问一场，不落井下石举报布莱克违法稽留都算是活菩萨了,怎可能会出手相援。

一日,陶乐去找好朋友姚爽玩。姚爽就是那个帮陶乐干掉小老板的女孩,两人从小学一直好到现在,也一直在一个学校读书。她不光帮陶乐干掉了小老板,还帮她干掉了之后几个可能成为她后爸的人,其中有两个比较难对付的,她还不惜出卖色相,令陶乐十分感动。——所谓"出卖色相",是她们自己的话语,其实只是挑逗而已,但仅仅是美少女的挑逗,已足以让那些臭男人破功了。——姚爽她妈是开辅导学校的,一名英语老师突然辞职,令她措手不及,陶乐上门时,她正在那儿发脾气。陶乐立即把布莱克推荐给阿姨。姚爽妈叫他去试讲一节,觉得还不错,遂决定聘用,帮他办理了外国人就业证,毕业后正式入职。有了工作,布莱克还需要住处,恰好陶乐回家时看到对面有个房客退租,便联系房东,帮布莱克把房租了下来。

陶乐的仗义相助,令布莱克非常感激,加上住得近,来往更加频繁起来。好几次陶然回到家,发现两人窝在沙发里打游戏,把她的宽屏电视当屏幕,打得兴高采烈。该吃饭了,布莱克也不走,摆明了要蹭吃,并且一副自然而然的样子。陶然不是不好客,但对布莱克实在喜欢不起来。她私下严厉斥责陶乐,不许再带他来家里。陶乐不开心,指控老妈歧视黑人,是种族主义者。陶然大怒,但也不愿背负种族主义者的恶名,只好忍气吞声。一天傍晚,她从外头回来,一开门闻到浓烈的烟味,放眼望去,只见陶乐、布莱克和另一个白老外正在吸烟。烟是纸卷的,三个人都一副懒洋洋的模样,像极了电影里抽大麻的颓废青年。陶然魂飞天外,从厨房抽出一把刀,要把布莱克和白老外赶出去。布莱克吓坏了,反复解释是普通烟草,那个白人哥儿们喜欢用纸自己卷烟,这绝对不是大麻。白人哥儿们也手忙脚乱地取出烟丝和烟纸,熟练地卷了一根,用舌头舔纸边粘起来,递给阿姨品尝。陶然看到烟丝,的确是普通烟草的样子,稍微放下一点心,但看他用狗舔法粘烟,吸烟无异于吸他的唾沫,而陶乐就吸了,马上又恶心得不行,疾言厉色将他们赶出门去。陶乐看老妈如此暴怒,也吓到了,不敢再替洋朋友说话,也不敢再带布莱克来家里。陶然以为终于安静了,不料有一天她社交归来,掏钥匙开门时,听到对面房间里嬉闹的声音,其中有个声音很像陶乐。她悄然贴过去仔细听,的确是。陶然脑袋里顿时爆了一枚核弹,她攥起拳头狠砸防盗门。房门打开,出现在眼前的果然有陶乐:她手里捏着一把牌,在跟布莱克、女房客及其同居男友斗地主。陶然双肺里所有气体在一秒钟之内全部被吼了出来:

给我滚回去!

在陶然看来,对门就是堕落之地,去那里相当于下地狱。陶乐为了跟布莱克玩,不惜下地狱,实在伤透了她这个老母亲的心!天地良心,陶然并不歧视黑人,也不反对乐乐跟布莱克交朋友,但仅止于普通朋友,若要往男女朋友上发展,她绝对不能容忍。从姚爽向她发出警讯起,她就已心生恐惧,大量往家里买辣条,每次跟陶乐吃饭,旁边一定要摆几包辣条助兴,并且一定要最贵的那种。陶乐不明白老妈何以突然对这种垃圾食品如此感兴趣,以前她要吃,老妈总是一副嫌厌的样子。陶然说:说明咱买得起呗,想吃就吃,吃多少有多少。来来来,吃吧吃吧,多吃点。陶乐不明所以,不过可以在家里合法吃辣条,倒也是快事一件。过了些天,她发现越吃越多,家里简直成了辣条仓库,逼问老妈到底有何阴谋。陶然又撕开一包辣条递给她。

不是说生女要富养嘛。陶然说：辣条吃多了，就不稀罕了，不会被人家用几包辣条就骗走。

陶乐将辣条摔到地上，揪发大叫。我没有跟他谈恋爱好不好？我们是哥儿们！

没谈吗？

没谈！

哦，也是，还没见你往家里拿辣条。陶然点点头，做若有所悟状。陶乐尖号一声，气鼓鼓回她的城堡，用巨大的摔门声表达对老妈的愤怒。陶然好整以暇，又踱走到她门外。你什么态度啊？要搁古代，这样对老妈，是要被杀头的。她拿腔拿调地说：既然你跟这位非洲朋友是正常交往，干吗天天跟他玩，以前的老朋友都不要了？

陶乐在门内尖叫：胡说八道！

你看你看，真是蹬鼻子上脸，竟然骂起老妈了，这搁古代，非凌迟处死不可。陶然说：我跟你讲，昨天我见到小爽了，小爽跟我抱怨呢，说你都不理她了。

陶然说完，房间里没回声，等了一会儿仍没听到。小爽对你多好。她说：这样的朋友得真心对待，别辜负了人家的友谊。

陶乐仍然没有回话。陶然转身要走，才听到她在门内说：她正忙着玩 cosplay（角色扮演）呢。顿了一下，又说：幼稚！

陶乐所言不假，姚爽的确迷上了 cosplay，陶然昨天在街上遇到她时，她正穿了一身精灵服在跟伙伴做活动。陶乐说幼稚，陶然这个老母亲却觉得挺好，精灵服虽然夸张，但小爽完全驾驭得了，看上去活活一个可爱小仙女。陶然正有意找小爽打探陶乐的情况，相请不如偶遇，正好跟她聊一聊。姚爽也有话想跟陶阿姨说。两人在附近肯德基聊了很久。说到陶乐近来的冷淡,姚爽很难过。陶乐是她最好的朋友。小学时她发育慢,个头小,嗓音也尖细,老是被同学取笑,有时还会被欺负。是陶乐一直在保护她,跟女生打,也跟男生打,有时候一个对几个。陶乐有股狠劲儿,打不过就抓,抓不过就咬,因此不管究竟占没占便宜,总会因为对方身上有伤而理亏,然后被勒令叫家长。姚爽曾问过陶乐为什么要保护她,陶乐说:因为咱们都没有爸爸。姚爽上幼儿园时爸妈离婚了,她妈带她过。

我觉得她就像我爸爸,也像我男朋友。姚爽说:跟她在一起,我很安心,天塌了也不怕。可是现在她不怎么理我了。

是不是因为那个布莱克? 陶然问。

姚爽默然。陶然心头噌地冒出一团烈火,姚爽却又说:我也不知道,不过他们关系挺好的,又住在一起……

啊? 陶然大惊。他们什么时候住在一起了?

不是不是,我是说他们住得近,就隔一堵墙。

陶然大松一口气,心脏兀自怦怦剧烈跳个不停,心想这丫头说话大喘气,吓死老阿姨了。她请小爽帮忙刺探情报,有什么异常立即告诉她。姚爽有点犹豫,大概是不愿出卖朋友,想了一会儿,还是答应了。陶然忧愁而去。今日听陶乐亲口否认她与布莱克谈恋爱,并且不像是装的,陶然顿时舒心许多。但陶乐鬼大,她的话不能不信,也不能全信,所以还是不能放松警惕。

陶然的担忧引起了老陶的注意。老陶惊悉乐乐要跟黑人谈朋友,搓着海黄福寿保健球深思熟虑。黑人是同志加兄弟,也是我们国家最可靠的盟友,倘若乐乐真与这个布莱克成亲,也是增进中非友谊的好事。以他老人家的见解,国家花钱请黑同学来读书,是不会做赔本买卖的,这些黑同学肯定都是非洲各国政要子弟,再不济也是酋长之后,等他们回国接了班,就会全面倒向中国,在国际事务上紧密团结在中国周围。他决定见见这位布莱克同学,跟他聊聊国际形势和中非关系,于是选了一个风和日丽的周末,以给乐乐送国学读物为由来到陶然家。他运气很好,乐乐在家,布莱克也在。老陶熟视布莱克的相貌和肤色,越看越心疼乐乐,觉得"和亲"这事的确是需要做出巨大的牺牲。布莱克得知他是乐乐最亲爱的姥爷,肃然起敬,跟老陶聊得很投入。他说他们利比里亚是非洲第一个共和国,中国是亚洲第一个共和国,两国有着共同的历史,因此也是最好的朋友,就像他和陶乐。老陶眉头些微皱起来,觉得这位黑同学太托大了,利比里亚固然也是个伟大的国家,但要讲历史,怎么能跟中国相比呢?布莱克没有意识到老同志的不满,继续滔滔不绝地夸耀他的祖国。他说他们利比里亚虽然也是黑人国家,但与其他非洲国家截然不同,他们国家的祖先来自美国,是美国南北战争后被解放的黑人返回非洲建立的,所以他们国家起点很高,是非洲最先进、最文明的国家,当他们在选举总统的时候,其他非洲人还在抢人当干粮、上树跟猴子争面包呢。这些话老陶就更不爱听了。都是黑人兄弟,干吗要抬高自己、贬低别人呢?这不好。他和蔼地询问布莱克家族情况,做什么事业,经商,还是从政。布莱克顿时发愣。老陶忙说:部落生活也挺好,传统的生活方式,也是有必要传承下去的。布莱克搔头,说他家是小市民,他爸在蒙罗维亚市郊一条街上开了家杂货店,宽松讲也算是经商。老陶说:挺好,挺好。回到陶寨,老陶马上发动家族成员,要求他们尽快给乐乐物色个男朋友。

得到家族的理解与支持,陶然毅然决定做恶人,出手终结这对好朋友,管他们究竟有没有谈恋爱。她从网上下载一本《三十六计》,试图从古人的智慧里寻求应对之策。书中有一计叫釜底抽薪,她反复研究,甚觉嘉妙,于是找到姚爽妈,游说她辞退布莱克。姚爽妈颇感为难,培训学校跟布莱克签有用工协议,无故辞退,会有很多麻烦。陶然相信她讲的是实话,但她认为根本原因不在于此。市里辅导学校很多,有外教的却寥寥无几,优秀外教尤其少,姚爽妈已把布莱克当成招牌,肯定不愿为了满足她的愿望而拆自己的台。她觉得姚爽妈不够仗义,倘若换作陶乐求姚爽,哪怕是学校破产,姚爽也要让布莱克滚蛋。姚爽妈安慰陶然,她觉得布莱克挺不错的,对人很热情,即使跟乐乐谈恋爱,只要孩子们愿意,做家长的就应该尊重。陶然不以为然。如果换作小爽,你会同意吗?姚爽妈说没问题啊,只要小爽愿意,我就没意见。陶然撇嘴。姚爽妈给她冲杯咖啡,劝她不要干涉孩子们的选择,都新时代了,别再用老观念看问题。陶然警惕地盯着她,觉得她被布莱克收买了。姚爽妈笑起来。

好好好,咱不讲这些虚头巴脑的。姚爽妈说:你以为跟黑人谈恋爱天就塌了,我有个同事的儿子是独身主义者,还有个朋友的女儿是同性恋,他们都愁死了。你比比,你觉得哪个更糟糕?

陶然翻白眼。你就不会拿好的比?积极向上高富帅,阳光有爱绅士男,学术天才,商界精英,哪个不行?只拣不好的说!

人不可貌相啊,说不定哪天布莱克回国创业,当了利比里亚总统,你就是总统丈母娘,享受太后级待遇啦。

这分明是调戏。陶然报以冷笑,失望而去。不料半个月后,事情突然发生转折,布莱克被强行辞退了。这并非姚爽妈改变主意,要以义气为重,而是布莱克闯了祸。他在课堂上突然发飙,狂打一个十一岁的男生,理由是男生在回答问题时公然侮辱他,骂他是 Nigger。事实上男生说的是"那个",口头禅而已,讲话接续不上时就会自动跳出来,只是口语比较重,说成了"奈个"。布莱克在狂躁之中下手失控,把男生打得很惨,同学们都吓傻了,好几个女生更是哭着逃出教室。学生家长暴怒,坚拒调解,也不接受赔偿和道歉,一定要状告辅导学校和布莱克,把暴徒送进监狱。家长们纷纷声援,不少人还退了英语班,毕竟把"那个"当口头禅的人太多,万一哪天自家孩子不小心讲出来,也吃一顿暴打,那可怎么得了。姚爽妈调动所有关系,又央求外事部门介入,花费无数资源,终于安抚下了学生家长。至于肇事者布莱克,她虽心存同情,却也不敢再用了。布莱克自知理亏,收到校方解聘通知后,收拾东西黯然离职。

陶然得到消息,既兴奋又紧张。此事一出,本市教育界不可能有人敢再雇用布莱克,料想他没工作没收入,过不多久就该远走高飞另谋高就。她担心陶乐会圣母心发作,因为同情而对布莱克更加亲密,甚至会在布莱克断粮后拿钱资助他。她很快发现这个担心是多余的,布莱克消沉了两天,很快振作,搞了个视频号开始创业,到处拍摄美食美景,去各网红景点打卡。好吃得难以想象啊老铁,真是美爆了,全世界最牛,Oh, My God(我的天),我太爱中国了! 不多久便吸粉无数,收入不知有多高,维持生活肯定没问题。据他一个视频讲,他有个朋友去美国工作,在某独角兽公司谋了个职,收入颇丰,让他也过去,被他拒绝了,理由是美国是个不好的国家,种族歧视太严重,他不喜欢美国,还是中国好,爱好和平,人民友善,他要留在中国,做个中国人。陶然才不信他这些鬼话,唯一不去的理由,只可能是在这边赚钱赚更多。她很郁闷。

不过好处是,布莱克创业之后,四海为家,很少再回来住,跟陶乐的现实联系也越来越少。比如这几天,他就在云南拍艳遇之旅——这是姚爽传来的情报。陶然没有关注布莱克的视频号,而是叮嘱姚爽把他所有的视频都及时转发给她过目。她不愿为布莱克的视频号贡献一个粉丝量。——所以陶乐虚张声势说要去找他,陶然根本不怕。陶乐离开她的卧室,果然直接回了自己的房间。陶然得意冷笑,仿佛胜了一场。但是布莱克老巢留在这里,终究是个隐患。她真诚祝愿布莱克在直播的路上越走越远,直到世界的尽头,然后留在那里,永远别再回来。雷司令的后劲儿渐渐涌上来,她感觉有点发醺,准备睡觉,已经静音的手机屏幕亮了一下,拿起来看,是男朋友发来的短信。

让乐乐随我的姓吧,我编一个家谱,把乐乐收进去。

五.

为了取悦陶然,男朋友可谓费尽心机,连编家谱这主意都能想出来。然而很遗憾,陶然并不感动。

她不但不感动,反而觉得男朋友鸡贼。——陶然更愿意称他"国企男",因为他在国企工作。"男朋友"一词太过亲昵,而他只是相亲的对象,虽说彼此满意,但毕竟还没定情。——"国企男"坦言他想要个孩子。他在四年前离异,儿子归了前妻,在前妻持之以恒的教育灌输下,对他这个当爸爸的充满仇恨。他多方努力,试图修好,皆徒劳无功,时至今日,父子关系已然名存实亡。"国企男"很灰心,思及自己行将老去,膝下却如此尴尬,便想再生一个孩子,从头养起。作为一名老游戏玩家,他深知一个号销了,最好的办法是创建一个新号重新练起,而不是退出游戏,就此不玩。游戏尚且如此,何况人生!他今年四十九岁,精力尚且旺盛,陶然四十三岁,就孕产来讲虽说已属大龄,但以如今医疗水平之先进,再生一次不算难事。他们有了共同的孩子,婚姻也将更加稳固。他把这个计划讲给陶然听,征求陶然意见。陶然不干。他儿子不要他了,她女儿可好端端在自己身边,为了满足他的愿望,就害自己再受一茬罪? 开玩笑呢!说起来这事儿也真没道理,男人想要孩子,却让女人来生,他们只付出一点体液,然后就什么都不管,十月怀胎是女的,妊娠反应是女的,分娩之痛是女的,哺乳养育是女的,生育后遗症的满脸黑斑和满肚子老橘皮也是女的,还没算由此而耽误的工作和事业,凭什么?

等咱们结婚了,乐乐也是你的孩子呀。陶然对"国企男"说:乐乐很懂事,你对她好,她也会对你好,将来老了,她也会照顾你。

"国企男"哑口无言,直到那次约会结束,都没再提这个话题。陶然以为此事已经终结,不料下次约会,"国企男"又提出另一个要求,希望结婚之后,陶乐能改随他的姓。他觉得这样更亲密,更像一家人。"国企男"的要求听起来并不过分,再婚女人的孩子改随继父姓,在现实里是常有之事,而且他的理由似乎也能够成立。但是陶然仍不答应。自己生的孩子,承受了多少耻辱艰辛,含辛茹苦养育这么大,只因为要再个婚,就得改随男方姓? 真是岂有此理!

她姥爷不会答应的。她对"国企男"说:当年为了把户口上到她姥爷那儿,城中村改造嘛,你懂的,她姥爷作了很大难,好不容易才姓陶入户。你让乐乐改成你的姓,她姥爷绝对不同意。

　　这番话虚虚实实真真假假,是借口,也不全是。老陶当年为给陶乐上户口的确费尽周章,各种繁难曲折,万言难尽,最后多亏镇政府一位领导鼎力相助,才得以完成这项在当时看来几乎不可能完成的任务。但要说老陶反对陶乐改姓,就纯粹是无中生有。当年陶乐出生,老陶并不支持她姓陶。他甚至都不支持把陶乐生下来。陶然的肚子膨隆到隐瞒不住时,她花钱找工作的谎言也暴露了。老陶痛心疾首,叫她把胎儿做掉,被陶然拒绝。那时她还不明真相,以为费强真的在异国死于非命,发誓要把孩子生下来。她觉得这样做才算忠于爱情,而孩子的降生,等于让费强以另外一种形式得到复活。老陶气急败坏,召回在深圳打工的儿子陶冶,一起去查费强的老底。那年头信息不畅,个人搜证异常困难,老陶父子亦无调查经验,奔走多日,总算找到费强老家。费强家在棚户区,房舍破败,门挂一把老锁。据街坊讲,费强是孤儿,由叔叔带大,叔叔早些年去俄罗斯做生意,好像在那边定居了;费强去外地上大学后,就没再见过他。至于他家是不是沙俄贵族后裔,大家都没听说过。陶冶想起那张死亡证明,上网查到圣彼得堡警察局的电子信箱,请一个做俄国贸易的熟人帮忙写一封求证信,附上死亡证明照片发过去。一个月后,陶冶收到回信,告知死亡证明系伪造,且经圣彼得堡警方查证,并无费姓中国男子死于所谓黑帮火并的记录。

　　陶然一连数日滴水未进,想死,拿刀在手腕上割了一下,很疼,也流了很多血,但并未割破大血管,一个小时后伤口就凝结了。她想,干脆饿死算了,绝食几天,人没饿死,食欲却在美食的刺激下强烈复苏了。陶冶心疼妹妹,天天买好吃的送到她屋里。老陶夫妇长吁短叹,再次要求她把胎儿打掉。她妈的态度尤其强硬,若不照办,就不准回家,免得丢人现眼辱没门风。老妈的无情令陶然心如死灰。胎儿在肚子里日益长大,每天都要踢腾几回,将她的肚皮顶得此起彼伏。她把手掌放在肚子上,感受着小东西不安的躁动,仿佛他已经知道了自己的命运,并为之惶恐和挣扎。

孩子是无辜的。陶然对老陶说:谁也没权利剥夺他的生命,包括我。

陶乐是在一家乡镇卫生院降生的。分娩前几个月,陶然一直住在姑姑家,当时省城还没扩张,陶寨和姑姑家所在的村庄都属农村。去陪护的人有姑姑和老陶。陶然她妈没去,老太太还没原谅女儿的倔强,另外也嫌丢人。陶乐顺产出世,哭声洪亮。办出生证时,护士问写什么名字,陶然说:希望她这一生快快乐乐,就叫陶乐吧。

老陶以为听错了。叫什么?

陶乐。

老陶眉头微微皱起来。孩子姓费。

姓陶。

胡闹……

就姓陶!陶然眼望护士,目光坚定。写吧,陶乐。

老陶示意护士先走,容他们商量一下。护士微笑而退。老陶将脸板起来,教训陶然不懂规矩,费强再是可恨,终究是孩子的父亲,孩子要随他的姓。姓氏随父,是传承几千年的老章程,不能妄改。陶然说:我就改了。老陶瞪眼。荒唐!陶然说:我自己的孩子,自己生自己养,我想让她姓什么就姓什么。

那你让她姓别的姓,别姓陶。

凭什么？陶然开始生气了。我姓陶，我女儿凭什么不能姓陶？

这不合适……

怎么不合适？嫌我们给陶家丢脸了？那行，我也不姓陶了，从今天起，我不再是你们陶家人，这个姓还给你们。

陶然说罢，赌气躺下，不再搭理老陶。之后几天，父女俩为此事反复怄气，姑姑居中调停，全然无用。陶冶得知情况，给老爹打电话，劝他别太死板，不就一个姓嘛，由着小然好了。费强把小然伤得这么深，再让孩子一辈子顶着他的姓，时时刺激着小然，还让她怎么活？老陶思不及此，听了儿子的话顿时悔悟，虽不情愿，却也不再固执己见。陶冶又出主意，把乐乐挂到他名下，就说是他未婚先育的孩子，小然就可以不用再背负这个包袱，轻装出发开始新生活。陶冶如此护妹，令老陶深感欣慰，遂依计而行。不料陶然仍然不干。她不认为孩子是包袱，这辈子也不打算结婚了，打定主意要与乐乐相依为命过一生，不在乎来路艰辛，也不在乎人言可畏。她要求把乐乐以自己女儿的身份堂堂正正地入户，说这是对她的尊重，更是对孩子的尊重。

老陶头大如斗。省城扩张犹如洪水滚滚而来，陶寨指日可被吞并，届时拆迁征地，集体分红，皆以本村户籍为凭据，落户问题遂变得敏感而复杂起来。将乐乐挂在陶冶名下，不仅有助于陶然摆脱尴尬景况，亦可堵塞悠悠之口。倘若以外孙女身份入户，势必招惹众议，能不能办成都难说。陶妈更是光火，大骂陶然是十世的冤家，千年的对头，生来就是索命的，不把他们老两口气死不罢休。骂归骂，该做的事还是得做，老陶费尽九牛二虎之力，终于将事情办成了。但因触动村民利益，引起公愤，老陶被迫辞去第二生产小组组长之职。那时老陶还不是会计主任,会计主任的职务是新一届村委会主任上台,他与老陶关系良好,且要倚重老陶的能力,特予提拔任命的,然后一干至今。

所以说,陶乐的姓氏和户口,都是陶然斗争的结果,来之不易,自然倍加珍惜。"国企男"试图用一个家谱就把陶乐收编过去,简直不要想太美!陶然懒洋洋地躺在床上,给"国企男"回短信。

不用了,谢谢!

六

"国企男"的想法固然可笑,但却启发陶然,让她想出了一个转圜之策。

陶然不相信真的不能把陶乐写进陶氏宗谱,老陶做不到,必定是老陶没尽力。此事或许真的难,但有当年给陶乐办户口难吗? 户口都办了,此事又何足道哉? 她觉得老陶之所以不愿尽力,可能是他对陶乐有意见,陶乐在他心里已经失宠了。

陶乐越大越叛逆,不光脾性顽劣,穿衣打扮也日益奇葩。她衣柜里鲜少花花绿绿的衣裳,大都是牛仔之类男女咸宜的款式,带有奇奇怪怪的设计和装饰。头发也是短的,在中学时限于校规不准做造型,高考之后,因考砸赌气自闭了几天,一出来就做个朋克头,跟狐朋狗友到处疯去了。疯够回来,耳朵上又多了几个耳环,不是传统那种钉在耳垂上,一边一个左右对称,而是只有左耳朵,沿着耳郭钉了一排。彼时陶然得了重感冒，正卧床休息，看到她这副德行，本已退却的烧又凶猛蹿上来。老陶来照顾陶然，惊见乐乐变成这个鬼样子，极是不乐，劝她去掉耳环，把头发染回来，女孩子要有女孩子的样子。陶乐先吃老妈一顿骂，又被姥爷唠叨，极不耐烦，威胁说再逼她就去打鼻环。老陶被她气笑了。

你是要当牛吗？还打鼻环！他说：你要打，我就弄根绳子把你拴到牛槽上。

那我打唇环，唇环不行我打脐环，身上能打环的地方多了，你管得了吗？

老陶几乎昏倒，回去之后，一连几天没有食欲。陶然重感冒好不容易痊愈，听说老爹病了，赶过去探望，才知道是被陶乐气的。想想也是，老陶这么传统的人，怎能受得了外孙女变成这种鬼样子？陶乐得知自己闯祸，惴惴不安，去掉满耳朵不知是何质地的环，把头发染回来，乖觉地去哄姥爷。有错能改，善莫大焉，老陶心情终于好起来，吃了几根陶乐买的鸭肠。陶乐说是专门买给姥爷吃的，姥爷就当是真的，说要留着肚子吃午饭，叫乐乐帮他把剩下那许多给吃掉。乐乐是姥爷的乖孩子，当然要听话，开开心心帮姥爷吃完了。

还有个让老陶几乎吃不下饭的事，是陶乐与布莱克的关系。老陶面试过布莱克后，对陶乐极是担忧，多次规劝她要跟布莱克保持距离，毕竟一个女孩子家，跟男性走太近不太好，虽说不讲男女授受不亲那一套了，应有的规矩还是得守的。陶乐又叛逆起来，狂撑姥爷一顿，连"老顽固"都撂出来了，又把老陶气得不轻。老陶即使再宠陶乐，这样一再突破老人家的底线，老人家总归会有态度的。村里拆迁分房，按户口有陶乐一套，本来该办过户，老陶突然没动静了。陶然心生忐忑,问老陶怎么回事。老陶也不瞒她,直说是怕过户给乐乐后,乐乐跟布莱克结婚成家,便宜了那小子,所以先留着,等乐乐选定如意男友后再过不迟。陶然不以为然,且不说她绝不会让那样的事发生,即使真发生了,房子是陶乐婚前房产,跟男方没有关系,谈何便宜他? 充其量是让布莱克免费居住而已。老陶说:万一他骗乐乐把房子卖了,或者抵押了,把钱卷走呢?

那你先过给我。陶然说:过给我你总放心吧?

过来过去不花钱吗? 老陶板脸说:给你我也不放心,谁知道你会找个什么人,等你找好了再说。

陶然无语。因有费强的教训,老陶以防骗为名拒绝过户,具有无比强大的合理性与合法性,令陶然无话可说。但她觉得,老陶似乎还有其他意图,而不仅仅是为了防骗。直白说吧,她怀疑老陶是要借这套房子控制她和陶乐。老陶对子女的控制欲强烈而执拗,什么事都想干预,如若放到古代,定是手操子孙命运的霸道家长。还好现在是新社会,子女硬起脖子反抗,他也束手无策。他给陶冶和陶然安排的道路是考大学进机关,陶冶高中没毕业就自行辍学,远走深圳去打工,他气得要死也没办法。他严令陶然不准在校谈恋爱,陶然偏谈,还搞得那么狗血,他也一样没辙。老陶倍感挫折,一度心灰意冷,自暴自弃,鬓发迅速灰白如烟灰。陶寨并入省城后,村民财务状况有了极大改善,老陶也擢任会计主任,位高权重,资源在握,之前的凄凉境况随之扭转。陶冶在深圳闯荡多年,迄无建树,灰溜溜回到老家,在老陶支持下开了家装饰公司,又通过老陶的关系拿到好几个小区的单子,从此对老爹尊崇无比,言听计从。陶然还是倔,不愿向老陶低头,生罢陶乐后的几件大事——比如工作和买房,工作是通过招教考试取得的,买房则是按揭——都没向老陶求助。老陶再是位高权重有威信,奈何无求则刚,想要干涉陶然的生活,还是没门儿。

老陶干涉陶然生活的企图很明显。他担心女儿不察,再遇上费强那类人。老先生也是读书的人,深知人类从历史中得到的唯一教训,就是人类从不会在历史中得到教训。陶然既然上过一次当,就会再上第二次、第三次,乃至无数次。他这个当爹的每思及此,便感焦心。还好陶然一朝被蛇咬,十年怕井绳,除了工作就是陶乐,陶乐又极难带,让她完全无心去相亲谈恋爱。直到陶乐读初中后,终于有了自己的时间,陶然才开始在同事和朋友的鼓励下去相亲。陶然不相亲,老陶很焦虑,怕她就此剩下;陶然开始相亲,老陶更焦虑,深恐故事重演。他插不了手,便收买陶乐,叫乐乐多关心妈妈,妈妈如果交了男朋友,要及时把看到的情况告诉姥爷,跟姥爷一起保护好妈妈。陶乐的想法显然不止于此,她享用着姥爷的犒赏大展身手,把老妈的男朋友赶走一个又一个,不光陶然自己相的赶,老陶发动家族力量为陶然介绍的照样赶。老陶一开始不明就里,叹息陶然命不好,天生婚姻不顺,后来发现是陶乐在作怪,啼笑皆非,批评乐乐不该捣乱,要帮妈妈找到幸福,而不是搞破坏。陶乐反咬一口,坚称是贯彻姥爷的旨意,如果姥爷为此惩罚她,比如不给零花钱,她就向老妈揭发真相。老陶拿她没办法,深恐她果真告密,使陶然产生误会,索性先向陶然坦白了。陶然郁闷至极,心想摊上这么一老一小,也是倒霉。此时回想,陶乐在老陶那儿失宠,这件事想必也是其中一笔。

自从知道了父母的苦心,陶然再相亲时偶尔也会跟老陶夫妇讲一讲,聊聊男方的情况。比如目前这个"国企男"。"国企男"的条件还不错:单位中层,性情温和,到目前为止未见不良嗜好。虽则脑门头发稀疏,有日渐不毛的趋势,但就整体状貌看,感觉还是比较舒服的。这是迄今为止陶然最满意的一个,因此布莱克去当主播后,她马上放松了对陶乐的监管,有时候还会刻意开玩笑,夸赞乐乐造就了一个宣扬中国的国际友人,而对陶乐窥破她的假惺惺并嗤之以鼻的反应视而不见。她怕陶乐以牙还牙,加倍搞破坏,把"国企男"也给搅黄了。

当然,"国企男"也不是十分完美。陶然对男人的要求有二:一是诚实。这一点"国企男"还行,有什么缺点不会刻意隐瞒。他说两人最终要一起生活,现在隐瞒,终究还是会暴露,所以不如彼此坦诚。陶然对此很满意。至于另一个条件——无前妻,"国企男"就不符合了。这一点曾让陶然犹豫不决,不过交往久了,男人的其他优点越来越明显,她才渐渐觉得也不是不可以通融。但是"国企男"有个毛病,令陶然十分不喜:太色。两人认识之初,"国企男"言行得宜,举止大方,一副绅士派头。然而熟识之后,本性便逐渐暴露,见面时总想搂搂抱抱,发生一些肌肤之亲。微信聊天,也时不时扯些两性话题,甚至发送色情图片或视频。陶然对他的心思洞若观火,也理解久旷中年男的油腻和饥渴,但却不愿纵容,更无意迎合。她并不视性为羞耻之事,对现代社会的性爱观念也完全了解和尊重,但她自己却对此兴趣缺缺。讲白了,就是有点冷淡。或许是与经历有关,毕竟与费强的那段孽缘对她打击至深,陶乐这个后遗症又过于巨大和漫长,十数年来心扉痛彻,额烂头焦,以至于身似枯木,心如死水,对性事早无欲望和需求。虽说后来也开始相亲,但有一半是相给别人看的,用以证明自己是正常人,另一半则是想找个灵魂伴侣,相互扶持共度余生,至于有没有性,则无关宏旨,没有最好。

　　说到这个,有件事令她倍感厌憎和困扰。她有个恶邻。楼房隔音不是太好,动静稍大,便可能影响邻居,尤其是夜深人静之时,无所顾忌的私语往往会传入隔壁的耳朵。陶然的房子与对门格局相同,她的主卧邻着那边的主卧。原先那边的房客是个单身男子,晚上鼾声如雷,令陶然颇为心惊。等她终于适应了,那位先生却搬走了,换进来一位三十来岁的女士。陶然一开始并不知道换人,只是隔壁一连多夜都很安静,让她颇感意外,一下子又有点不适应,留意了一下,才知道换人了。陶然在门口遇到过那位女士,很瘦,穿衣时尚,短发,脸也瘦,两颊犹如刀削,表情也有点冷,一副酷酷的模样,有时指头里还夹着烟,给人感觉是个不好弄的主儿。有一次两人同时回来,陶然看到她提的袋子上写着某时尚杂志的名字,主动搭讪询问是否在那儿工作,她说是。陶然说挺好。对方笑了一下,算是回应。笑容一闪而逝,显然出于客套。陶然也就不再多说,两人遂在沉默中上升到二十五楼,然后各开各门,各回各家。

　　安静日子没过多久。一天晚上,陶然正在床上看书,忽闻隔壁传来奇怪的声音,仔细倾听,居然是男女欢爱。她以为是那位女士在看小电影,笑了笑,也没在意。不料动静越来越大,还有床头顶墙的撞击声,显然是真人运动。这是陶然第一次听到活春宫,初无反感,只是觉得既好笑,又好玩。不料春宫激烈而持久,她都该睡了,对方仍然肆无忌惮地进行着。好不容易进入梦乡,那声音也尾随而至,像背景乐一样在她梦境里四处回荡。一夜如此,夜夜如此,陶然怒了,觉得隔壁太混蛋,这么无耻地扰民,实在缺德。据她观察,那女人性伴不止一个,因为男人的表现差别很大,虽则隔墙不见,从动静上还是听得出来的。并且她也亲眼看到过不同的人,仅在家门口,一年间就撞到过三个。她听那些男人叫她"来啦",颇觉好笑,这名字也太随便了,就像她的人。有一天她下班回来,在楼道看到一束丢在地上的花,上头粘张小纸条,写着两行歪歪扭扭的字:"Lila,原谅我!爱你的 Aaron。"原来是 Lila。据说混时尚圈的大多会起个英文名字,以示时髦,看来是自己老土了。陶然自嘲地笑。

干扰自己尚属小事,陶然担心还会影响到陶乐。在陶乐上大学之前,她严禁陶乐进入主卧,白天也不行,因为隔壁有时候白天也会搞起来。不料布莱克入租后,陶乐竟然跟 Lila 也交起了朋友。陶然忧心忡忡,她本就担心陶乐会跟布莱克发生什么,有 Lila 这样的"好友"做榜样,不发生变得更加不可能。一日,姚爽妈邀陶然去北海道自助游,两个小东西也同行。陶然跟陶乐在客厅沙发上讨论了攻略,然后陶然看电视,陶乐玩手机游戏。陶然看了一会儿,眼光落到陶乐身上。陶乐在沙发上做葛优躺,玩得极是出神。陶然看着看着,心中生出一点惆怅。她说:你跟布莱克做过多少次?

陶乐心不在焉说:很多次。

陶然瞬间崩溃。你们什么时候开始的?

陶乐忽然回过神儿。什么?

你和布莱克,什么时候开始做的?

做什么?

少跟我装蒜!你们什么时候开始的?

你是说做爱吗?

是。

没有啊，没做过。

陶然想掐死她。你刚才已经承认了，别想抵赖。

陶乐撇嘴。我以为你问我这个游戏玩过多少次。她说：话说回来，我做不做是我自己的事，跟你没关系，你也管不着。

说罢爬起来回她房间去，还把房门反闩上。陶然气得瞪眼，无可奈何。在北海道，她找机会私下跟姚爽讨论此事，寄希望于陶乐与布莱克真的只是哥儿们。姚爽笑了笑。哥儿们也可以做爱啊，做爱就像吃饭喝酒，快乐就好。陶然大骇。姚爽又说：非洲那地方，艾滋病挺多的。陶然问她什么意思，她说没什么意思呀，这只是常识。陶然心里仿佛堵了一只硕大的榴梿，回国后先去药店买一盒安全套，悄悄放到陶乐房间里。半天之后，安全套回到陶然床头，下面压一张纸条：

号太小，用不了。

陶然又惊又怒，眼泪涟涟过去骂陶乐。陶乐看着老妈抓狂的样子狂笑不已，连拍几张照片做留念。故意气你的，没那事。她对老妈说：哎呀好开心。

陶乐真真假假，陶然的心情只能跟着阴晴圆缺，Lila 无节操的狂欢也越来越令她不能容忍。她捶过墙，叫过骂，一开始有效，次数多了便不再有用，甚至反而更嚣张，仿佛故意跟她作对。陶然忍无可忍，写了一张大字报贴到电梯里，标题"告本单元某租客书"，痛批其厚颜无耻，恶意扰民。Lila 也不示弱，写一张大字报回击，声称做爱是她的天赋人权，奉劝某人正确解决自己的问题，不要自己没有，就不允许别人有。陶然下班看到，气炸胸膛，扯下大字报，冲到对门要打 Lila。Lila 男友在家，人高马大壮硕如熊，头发剃个茶壶盖又扎成小辫子。他把 Lila 护在身后，三两下将陶然搡出门外，随即将防盗门关上，任由陶然在外叫骂，只是不理。陶然骂来骂去，只有自己的吼声在楼梯间呼啸回荡，渐觉无趣，回家喝酒睡了一觉，醒来后益发觉得没意思，遂不了了之。只是双方的梁子就此结下。

此事不大不小，但却足够恶心，譬如每天吞食一只苍蝇。试想，当此满耳淫声、神疲心恨之际，手机一响，"国企男"又发来撩骚之言和色情图片，陶然的厌烦之情将何如！本来并不十分抵抗他用这种方式进行挑逗和表达企图，渐渐地也反感起来，连带对他见面时的亲昵之举心生排斥。"国企男"听信传言，一直认为女教师和女医护对性比较奔放，不料在陶然这儿反复受挫，深感沮丧，怀疑自己已魅力不存，连女教师的情欲都激发不了了，进而对能否抱得美人归也日益没有信心。比如此时，他收到陶然的谢绝短信，便多心起来，以为陶然之意，是不愿与自己同列宗谱，做一家人。此念一起，顿生惆怅。

是我不识趣了。他回短信说。

陶然看出了话中的嗔怨，几欲失笑，想安抚他几句，隔壁的声音忽然高亢起来。陶然心情大坏，也不管怨男了，将耳塞拧紧，拉被子蒙上脑袋。次日一早，怨男打来电话，今天是周末，会展中心有个画展，约陶然去看。陶然听同事说过那个画展，都是些普通画作，观赏价值不大，遂婉拒了怨男，与之改约下午去大剧院看舞剧，《水月洛神》正上演。至于上午，她还有事要办，就不陪他了。她买了几斤荔枝，驱车直奔陶寨。老陶看到她来，顿感头疼，知道必定还是为了宗谱的事。听她开口讲话，果然。意外的是，她不再强求把陶乐放进村里的宗谱，而是提出另外一个方案。

咱们家自己做个家谱吧,就收录咱们直系这一支,把乐乐也写进去。她剥着荔枝,对老陶说:这是咱自家的事,跟别人无关,他们也没话可讲。将荔枝递给老陶。行不行?

七

陶乐那套没过户的房子是陶然近来最大的心病。

她担心的不是老陶。老陶即使真的有意通过这套房子控制她和乐乐,也没什么好担忧。老头儿要的不过是一家之主的权威,只要不跟他作对,故意惹他不开心,一切就都 OK。假如再有些心机,投其所好,讨其欢心,他的私房钱也会源源不断流向自己的钱包。陶然怀疑嫂子就没少这么干。她听老妈抱怨过多次嫂子太狡猾,老头儿太愚蠢,言下之意是老陶经常上她的当。陶然不喜欢家庭是非,所以也不多问,反正老妈私下里也没少贴补自己。老妈本来喜欢儿子,不喜欢女儿,后来更不喜欢嫂子,觉得还是女儿亲,才对陶然好起来。有一次陶然向她抱怨,责怪老爸不把房子过户给乐乐。老妈劝她别担心,老头儿心里有数,但同时又说出一句意味深长的话。

你嫂子对这套房子有意见呢。别管她,她做不了主。

陶然火冒三丈。她之前就风闻嫂子对那套房子有觊觎之心,声称陶乐不是陶家人,无权瓜分陶家财产。这理由显然扯淡,那套房子是因为户籍上有陶乐这个人才分到的,否则就没有,因此是陶乐应得的。再说了,陶家怎么就成他们的了? 她和陶乐怎么就不是陶家人了? 嫂子造这样的舆论,分明是想独吞陶家财产,把她和陶乐排除到继承人之外。她想找嫂子理论,但念及哥哥对自己的好,不愿撕破脸,遂强自隐忍。这件事坚定了她把陶乐写进宗谱的决心。她并不担心房产过户乃至日后财产继承中的法律问题,法律自是站在她这一边,她担心的是基于传统观念的民间舆论,倘若嫂子以此闹事,将会非常狗血。如果把陶乐写进宗谱,就从宗法道义上确立了她和陶乐的财产继承权,嫂子即使要闹,也闹不出理去。所以她很感谢"国企男",在宗谱之路断绝后想出家谱这个点子,诚所谓峰回路转,柳暗花明。老陶听她讲完,抽着烟沉默不语。陶然有点不高兴了,将烟头夺过来摁进烟灰缸。

到底行不行啊? 她问。

老陶说:容我想想。

老陶想了一天,觉得可行。这不全是为了照顾陶然和陶乐,还有个原因,是他对村里大续谱的事比较失望。在他看来,修宗谱是赓续传统,那就得按传统的方法做,不光体例上遵从旧章,人名也得规复旧制。现有的名字是历史原因,既往不咎,从现在起,新生儿的名字要重排字辈,按照宗谱上的字辈顺序往下传承。他甚至认为,不妨费费事,把小学以下的孩子按字辈集体改名,由村委出面去派出所统一办理。这些孩子还小,尚不涉及升学、工作、生活等各种需要证件的问题,及时改过,没有任何不便。

弘扬传统文化,不能只做表面文章。老陶在编委会慷慨陈词。我们得引到生活中来,践行它,这才有意义,老祖先的东西也才能真正发挥作用。

他这倡议并非孤心作想,而是受到市内正名运动的启示。有位政协委员有感于市内社区与店铺名称日益西化和恶俗,提案建议整改,获得市委书记的认同和支持,市委遂发文要求限期改过。沿街店面好办,是他们自家的事,社区就麻烦了,业主的房产证、户口簿和身份证也得跟着改。陶然他们小区也改了。小区原名"奥莱豪斯·新世纪社区",新世纪好懂,奥莱豪斯是什么鬼就无人知晓了。但也没人关心这个,只要房子地段好,格局佳,价格动人,人们就蜂拥而来。陶然住进来好几年了,也没想过了解一下奥莱豪斯究竟是哪国语言,有何寓意。小区开发商是区政协委员,收到政府通知立即响应,也不跟业主商议,急颠颠到民政局,把名字改成"东方新世纪社区"。业主们非常恼火。大家不是反对改名,而是反感老板自作主张,更可恶的是他只管把社区名字改了,业主证件的问题却不管不问,让业主自己解决。陶然大热天跑了好几个部门,才把证件一一改过,气得直骂老板缺德。老陶家附近几个店面也改了名,重做招牌挂上去。老陶对这个正名运动很支持,认为名字是文化的脸面,小到一人一店,大到一企业一社区,有没有文化底蕴,观其名号一目了然。比如他的一对儿女,儿子陶冶,女儿陶然,一看就是文化人起的,一点不俗气。相比之下,孙辈的名字就令他很不满意,陶乐、陶阳、陶星,三个小东西一个比一个随意。身为隔代之长,他对孙辈的命名只有建议权,而无主导权,不管他乐不乐意,就这么定了。想到这件事,老陶便觉不悦,感到自己的权威被儿女们冒犯了。此时重修宗谱,他觉得正是拨乱反正的良机,借助市内正名运动的东风,一定可以获得广泛支持。

不料他的提议并未得到理想的回应。编委会成员皆哂笑,问他是不是下次开会都得穿汉服。支书和主任也嫌麻烦,多一事不如少一事,以尊重家长意愿、不能强制为由推搪。老陶走访了几户人家,询问是否同意按字辈改一下小孩的名字。家长们都已叫习惯现在的名,也懒得改,既然不是政府强制,干吗要多此一举。即使有些愿意更改的人家,发现别人都不踊跃,也变得兴趣阑珊。老陶孤立无援,无可奈何,正名之议就此无果而终。

在此理想受挫之时,陶然提出修小家谱的建议,给了老陶一个新思路:这事还得做,但要先从自家做起,以自身行动影响坊邻,所谓先齐家而后治村,家齐自然村治。就算仍然无人响应,自己家独擅其美,也是佳事一桩。陶然走后,他越想越激动,立即打开宗谱,把自己家这一支从中提取出来,工工整整地列了一张表。列到父亲那一代,字辈不复存在,他摇摇头,继续往下列。列完陶冶和陶然,他把毛笔搁下来,喝了杯茶,取过手机给陶然打电话。

那个事啊,行吧。他说:就咱自己家弄一个,把乐乐写进去。但是要做,就得好好做,修家谱是有讲究的,该有的规矩,一样也不能少。

老陶所谓的规矩也没多麻烦,主要是他所执念的字辈,具体操作也不比他对大宗谱的要求更加复杂和严苛,在编修体例上,对历史原因造成的字辈废弛给予了充分的尊重和通融。所以,他的父辈、他、陶冶陶然这三代的名字就不改了。但是陶乐、陶阳、陶星姐弟仨,则要秉执既有的字辈规则,在名字里加个周字,即:陶周乐、陶周阳、陶周星。

陶然极是欢喜。老陶听从她的建议,说明大宗谱那边真是不行,而非老陶对乐乐有成见,不愿尽力。老爹毕竟是老爹,还是爱着她和乐乐的。但对改名一事,陶然很是不以为然。小区改名风波已经让她烦透了,想起往相关部门一趟趟跑就头疼,况且名字里加个"周"字并不好听,陶周某,跟双姓似的。她提议字辈的事从乐乐他们下一代再开始,乐乐他们就算了,都已这么大,别费那个事了,听说改名字可麻烦了。老陶的脸在电话那头拉下来。

嫌麻烦就别做了。老陶说:我也懒得费这个劲儿。

你看你,跟吃了火药似的,都不准人说句话啊? 陶然说:我跟乐乐商量商量,看她什么态度。

陶乐的态度很糟糕。她不改名,任老妈晓情喻理,百般劝诱,就是不改,谁想改自己改去。她对写入家谱也没兴趣,少拿这个来烦她。陶然逼得急了,她就躲进她的城堡,反闩城门,戴上静音耳机听歌,或者提起背包回学校,将老妈的人和声音屏蔽于视听之外。陶然强忍怒火,通过微信继续游说,声称不是她想让乐乐改名,这是姥爷的意愿,你知道姥爷热爱传统文化,对这些祖宗家法非常看重,虽然确实古板了点,但也是在为弘扬传统文化做贡献,希望乐乐体谅姥爷,不要让姥爷失望。她承认名字里加个周字不好看,但再不好看,也没染妖精头扎耳箍难看,姥爷都包容她了,她就不能包容一下姥爷吗?

陶乐看了微信前半段,信了老妈的忽悠,以为真是姥爷的意志,由姥爷一手发起和主持,内心已经有点动摇。毕竟姥爷的爱好和情怀尽人皆知,并且据陶阳讲,他爸已经去派出所给他和陶星提交了改名申请,似乎大势已定,不可逆转。所以她想了想,就改吧,姥爷年纪大了,就这点爱好,万一又把他气坏了,也太不道义。可是看到老妈的后半段,陶乐顿时气炸,朋克头怎么就成了妖精头? 耳环又怎么难看了？最可恶的是，那次明明是自己让步，忍痛割爱讨好姥爷，怎么成了姥爷包容她？如此颠倒黑白，还讲不讲理了？既然叫我妖精，好吧，我就当妖精，跟你造反到底。

这个周末，陶乐特意收拾了一番，直到晚上九点多，才趾高气扬回到家。陶然看到她的尊容，几乎当场吓死：头发五颜六色，仿佛燃烧的彩虹，原来的耳环不仅尽数戴上，鼻孔也挂了一只牛鼻圈，还贴了大睫毛，涂了黑眼影，脸颊上一大片闪闪发光的水钻。衣着也骇人，把一件白色紧身 T 恤撕掉下半截，袒露出肚皮和肚脐，外头松松垮垮地套一件胖大的牛仔外套。陶然并未在震惊中失去理智，反复提醒自己要冷静要冷静，疾言厉色不能解决问题，反而可能激化矛盾。她强摁住心头怒火，试图跟陶乐好好谈谈。陶乐根本不甩她，在客厅和卫生间走来走去，直到把老妈恶心够了，才撂下一句"我回来就是告诉你一件事，我不改名，你们死了这条心吧"，抓起那只印着骷髅的潮包就要往外走。陶然大怒，一把将她拽回来，揪住头发往卫生间拖，要强行洗掉那满脸脏东西。陶乐拼命挣扎，摆脱老妈控制，向大门逃去。陶然以从未有过的敏捷抢先一步，将房门把住。陶乐发现逃跑无望，扭头钻进自己房间，陶然立即追过去，刚到门口，里面已经传出插销反闩的声音。陶然捶门尖叫，大骂陶乐混蛋，捶得手都疼了，陶乐半点反应也没有，大概又戴上静音耳机把她屏蔽了。

陶然浑身颤抖，站立不住，哆哆嗦嗦坐到沙发上。她不敢回自己房间，怕陶乐趁机逃出去，以她这装扮，放她半夜外出，大概率会惹麻烦。回思二十年来的付出和牺牲，却得到如此回报，陶然无比心碎，忍不住泪如雨下。正难过得不能自已，手机突然嗡嗡作响，她抹抹泪瞟一眼,是姚爽妈打来的。她不想接,将铃声关闭,让它自己断掉。不料姚爽妈一直打,似乎不接就不罢休。陶然控制一下情绪,按了接通。姚爽妈问她在哪儿,有没有空去喝点东西。陶然说在家,没空,不去了。姚爽妈说那我去你家找你吧。陶然很烦,自从那次求姚爽妈开除布莱克被拒,陶然就不再把她当自己人。她拒绝了姚爽妈,说家里有事,不方便。姚爽妈很失望,说那好吧。挂断电话,陶然意识到姚爽妈情绪似乎非常低落,言辞和语气也有求安慰求做伴的意思,但是管她呢,自己都崩溃到难以救治了,哪里顾得上去抚慰她的忧伤。

经这么一打扰,陶然的情绪反而缓和了一些,抱臂靠在沙发上,思考怎么办。过了不知多久,陶乐突然从房间里冲出来,横穿客厅,要夺门而出。陶然愣了一下,随即像弹簧一样跳起来,在她逃出门前一刹那将她捕获。陶乐逃亡失败,被老妈凶狠地按倒在地,死命撕扯半天,仍然不能逃脱。

放开!陶乐大叫,暴躁得像只发狂的蜜獾。姚爽要自杀,我得去救她。

陶然大惊,手上迟疑,力量便小了许多。陶乐一把将她掀开,爬起来冲出门去。陶然不放心,提起手包尾随而出,等她锁上防盗门,陶然已经乘电梯下楼了。她从车库开出车,赶到小区门口,陶乐已叫了网约车,正在那儿等。陶然叫她上来,她不上,也不搭理陶然。陶然说:你是要浪费时间吗?陶乐犹豫一下,还是坐进来,冷冰冰说个地名,然后摆弄手机把叫的车取消。陶乐说的地名是座桥,横跨于河道之上,离陶乐学校不远。此时夜已很深,街道上人车稀疏。陶然以前所未有的速度疾驰,在一个路口等红灯时,又给姚爽妈打了个电话,告知情况和地点。姚爽妈当场吓哭,求陶然尽快去,她也马上赶到。陶乐坐在副驾驶上,一直沉默不语。陶然扫她一眼。路灯半藏在树荫里,斑驳光影透过车窗照进来,映得陶乐真如万圣节的鬼。陶然甚没好气,叫她给姚爽打电话,先稳住她。陶乐眼望车外,似乎不愿看到她妈。

她关机了。她说。

陶然无语,再想到姚爽妈,不禁心生悲悯。原来她也不好过,方才找自己喝酒,想必是心中有苦,想找自己倾诉。看来并不是自己一个人在受煎熬啊,天底下绝望老母亲多的是。这么一寻思,陶然的心理平衡许多,也不再那么绝望了。只是小爽这孩子好好的为什么要自杀?她想问问陶乐,但陶乐正在闹情绪,料想不会讲,也就不问了。汽车驰近那座桥,果然望见有个人凭栏而立,从身形看正是姚爽。陶乐顿时挺直身,陶然刚把车停到姚爽旁边,她已推开车门跳下去。陶然将车停稳,开门下车,姚爽已经转过身来。

你怎么弄成这样子? 姚爽对陶乐说。

陶乐说:好玩儿呗。

太难看了……

陶乐耸耸肩,双手插在裤袋里,仿佛一个杀马特。陶然料无大碍,放下心来。桥上不能泊车,她将车开到桥下,找地方停妥,然后向桥走回去。走到桥头,只见陶乐和姚爽并肩俯在栏杆上,面朝河水,正在说着什么。再走近些,看到她们手里还都夹着烟。陶然甚没好气。她们的声音已经隐约可闻,陶然听到姚爽说:你不让我谈恋爱,我就不谈,可你为什么……一阵风掠过桥头,将姚爽下面的声音吹散,未能传入陶然的耳朵。陶然怔了一下,回头后退几步,确信已听不到她们说什么,也靠着栏杆出起神。几分钟后,姚爽妈急惶惶赶过来。陶然摆手拦住她。姚爽妈已经看到姚爽和陶乐,知道已经没事,便也松下口气,不再过去了。陶然问她有没有烟,她说没有,她不抽。没有就罢了。两个老母亲站在桥头各想心事,彼此也没什么话好讲。过了一会儿,姚爽妈说:今晚给你打电话,就是想跟你谈谈……

陶然打断她。别说了,我不想听。

八

回到家时已深夜两点多。陶然很疲惫,迫切想要睡一觉。不料隔壁竟然又嘿咻起来。这都什么时候了!陶然从厨房提一只平底锅,来到对面门前,抡锅狠砸一通防盗门,然后返入家,将门重重扣上,重新躺回自己床上。隔壁安静了。

她做了一夜乱七八糟的梦,醒来后累得不行,躺在床上不想动。悠悠过去数小时,有人来按门铃,叮咚之声不绝于耳。陶然恹恹爬起来。来者居然是布莱克。他要搬家了,去广州那边发展,广州氛围更好,前景也更广阔。临行之际,特地向陶阿姨道个别,感谢她一直以来的理解和支持。他将一支红酒送给陶阿姨,小小一点心意,请陶阿姨收下。陶然颇感意外,但并不因此而对他产生好感。所谓伸手不打笑脸人,况且他还带了礼物,中华是礼仪之邦,不能让老外看轻。她瞅了瞅陶乐房间,房门紧闭,问布莱克见没见到她。布莱克说没联系上,大概她去爬山了,手机没信号,不过没关系,他跟乐乐是一生的朋友,以后有机会还会见面的。陶然说:那好那好,祝你一路顺风。

那是一支普通干红裸瓶,瓶贴上都是外文,其实不值什么钱,所贵在人情。陶然瞄了两眼,随手放到门口鞋柜上。倘若是以前,布莱克要走,陶然必定欢呼雀跃,大宴宾客。然而现在,她对布莱克已经没有那么大的敌意。事实证明,即使没有小布,一样会有其他烦恼,人生处处有暗礁,躲过这个还有那个,倘若一个个较劲儿,累死也没用。但若一定要她选,她昨晚已经想了一夜,还是希望布莱克走开。她不饿,也不想吃饭,回到床上又睡了一觉。醒来时天已黄昏,她听到厨房有人在做饭,以为是老爹来了,过去看,却是陶乐。陶乐听到动静,回头瞅一眼,继续炒她的菜。她的头发已经染回来,耳环鼻环都没了,脸上那些脏东西也已收拾干净。陶然顿感欣慰。她抱臂靠在门框上,问陶乐:小爽怎样了?

陶乐掂着锅,没有回头。没事。她说。

陶然又说:布莱克走了,你知道吧。

知道。

你没送送?

陶乐拿炒勺哐哐抄锅。没有。

陶然还想讲几句排场话,显示一下自己的大度与包容。转思平昔坚决不允许他们来往,此时忽然装善良,也太假惺惺,遂罢。另外她有种预感,布莱克不可能就此退出陶乐的生活,说不定哪天还会有什么事发生。说是预感,也许只是担忧吧,对于不确定的东西,陶然一样充满不安全感,控制不住往坏的方向去假想。

陶乐炒了两个菜，一荤一素，蒸了一锅米，又煲了一锅汤。这是旷世未有的奇迹，令陶然颇有受宠若惊之感。吃了几口，忽然想，她这是要干吗？为何突然如此勤快？难道是……她联想到影视里常有的情节，一个懒惰而没有责任心的人突然变得温柔体贴，往往意味着有大事要发生。这类似于死刑犯的伙食突然变得丰盛，往往代表着他要去死了。思及此，陶然顿觉惊怖。她本以为陶乐已经知错改过了，还想趁机再谈谈改名的事，此时也不敢再提。

这一夜她没敢睡，隔上一两个小时，就要过去敲门叫声乐乐，听到回应，才忐忑回房。第二天陶乐安然起床，没什么事发生。下午她回学校，陶然的心又揪起来，每天都找话给她留言，她若不回，便慌得不行，一定要找个借口给她打电话，直到确定她没事，然后被她不耐烦地损几句，才算安下心来。说起来当家长的真是贱，明明把你气得要死，你还要替他操心；你为他操碎了心，他也不领情；他不领情掉你几句，你反倒安心了。有时候你想他，又怕他嫌弃，只能用假装发难的方式来表达卑微的关心。比如有一回，陶乐因为一点鸡毛蒜皮跟她闹一场，然后跟狐朋狗友去丽江玩。那时她才上高一，虽然身高已不亚于老妈，并且有个人的妈妈与他们随行，陶然还是很担心，怕她走失，怕她被人贩子拐骗，怕她脾气不好跟人吵起来会吃亏。后来实在忍不住，还是主动打过去电话，先发制人，质问陶乐是不是在讲她坏话，理由是她的耳朵在发烧。没想到陶乐果真在讲，一时反应不及，支吾应对露了馅。陶然找骂得骂，勃然大怒，在电话里将陶乐痛骂一顿。她还没骂完，陶乐已经挂断了。

一周无话。周六上午，老陶给陶然打来电话，告知阳阳和星星已经改好名字，询问她这边进展如何。陶然心虚不已，她有些怕了这件事,担心再提这茬,那个姑奶奶不知又要闹出什么乱子。但若不改名,老陶就不给写入家谱。据老陶讲,家谱已经编得差不多了,并声称要世世代代传下去,倘若陶乐被排除在外,陶然更加无法接受。何况提议修这个家谱的人是她,她哥的两个儿子都改了,她的女儿却不改,岂不荒唐?嫂子不骂她才怪。事至今日,已是骑虎难下,她思量了半天,还是得跟陶乐谈一谈。

她把时间选在吃饭时,边吃边谈,有利于缓和情绪,降低冲突。中饭是她做的,她开始动手做时,陶乐才刚起床,叫她来帮忙弄鱼弄菜,她只愿下楼帮她买包醋。陶乐只勤劳了那一回,就不再做了,她说这样才显得珍贵,可以让老妈印象深刻,倘若天天做顿顿做,老妈习以为常,就不会记得了。陶然做了陶乐最爱吃的剁椒鱼头,铺垫了许多轻松话题,把气氛调动得一团和谐,然后小心翼翼把话头带到改名上。她告诉陶乐,阳阳和星星都已经拿到新身份证了。陶乐马上有点烦,质问老妈为何一定要把她写到家谱里。陶然开诚布公,将她的意志和担忧都讲了讲,请乐乐理解妈妈的用心。

我这都是为你好。她对陶乐说。

陶然的诚恳并没有打动陶乐,反而又使她变得很抵触。为我好为我好,什么都是为我好!放个屁也是为我好!她说:你想做什么事你就做,别老拿我当借口。

难道这不是为你好吗?陶然也有点气。从小到大,妈妈一直把你看得比自己更重要,一颗心都在你身上,为你做的任何事,都是替你着想,希望你能好……

那是你认为对我好,你有没有问过我想不想要,需不需要?陶乐说:你把你的东西强加给我,害我不快乐,反过来又骂我忘恩负义,你不觉得可笑吗?

陶然被噎得说不出话,脸色渐渐难看起来。陶乐则面无表情,继续不紧不慢地吃她的鱼头。陶然望着她没心没肺的模样,心中一个小人努力劝自己不要发火,不要发火,火星还是不可遏制地冒出来。

你到底改不改? 她问。

不改。

陶然将筷子拍到碗上。不改就别姓陶了!

不姓就不姓,我还稀罕了!

陶乐将碗一推,起身回她房间去。陶然两只脚像施了魔咒,不由自主又追过去,手也不听使唤,抢起来就往门上捶。嘴巴也奇怪,本来下定决心不再骂,却又滔滔不绝骂起来,将以前吼过的道理又翻出来吼一遍,把自己气得死去活来。后来"国企男"打来电话,温言相劝,又力邀她去看电影。陶然也觉得必须出去透透气,否则必死无疑,残羹剩饭也懒得管了,简单收拾一下去赴约。"国企男"百般抚慰各种哄,终于在电影开场前把她从恶劣情绪中打捞出来。冷静下来的陶然理智归复,回想刚才与陶乐的争吵,忽觉如此熟悉。自己在陶乐这么大时,也是这样跟爹妈吵的呀! 他们认为是对你好,你认为是他们专制,你发誓不做他们,结果长大了,你终究还是成了他们。都说观念不断在进化,其实哪里有变,人生世世无穷已,观念代代只相似。等到陶乐当了妈,想必她也逃不出这个轮回。她这样想着,有点伤感,也略感欣慰,不禁叹了一口气。"国企男"以为她还在生气,殷勤递来爆米花,劝她不要跟孩子过不去。陶然苦笑。

不是我跟她过不去,是她跟我过不去。她捏了几粒爆米花,说:

随她折腾吧,横竖就这条命,被她折腾死为止。

电影开场,手机例行静音。影片还不错,陶然看得饶有兴致,不知不觉一个半小时就过去了。离场之后,她打开手机,看到十几个未接来电,标注的名字是物业。她正跟物业闹矛盾,物业擅自加收物业费,还未经许可挖走了社区里几棵樟树,业主们建了个维权群,联合起来跟物业做斗争。陶然是发起人之一,多次代表业主去跟物业交涉,其间还发生过激烈的争吵。物业来电,想必是找她沟通。陶然此时没心情理他们,打开微信查看收到的留言。有一条是姚爽转发的视频,布莱克今天上传的,视频封面是布莱克在痛哭。陶然莫名有点心慌,点开看,只见布莱克在镜头前声泪俱下,自称得了绝症,已无任何治愈可能,他说他对不起那些爱他的人,但是没有办法,一切都已不可挽回。视频很短,讲完这些就没了,布莱克痛不欲生的模样却像膏药一般贴到陶然心头。陶然在微信上问姚爽:

他得了什么绝症?

姚爽没回。陶然越来越心慌,给姚爽打电话,也未接。她忽然想起在北海道时姚爽说过的话:非洲艾滋病挺多的。陶然立即想到了陶乐,想到那天她主动做饭,以及那些天对自己似乎刻意的友好,全身血液瞬间涌上脑门,一时头重脚轻,几欲跌倒。此时物业的电话又打过来。她没好气地接通,然后听到物业说:赶紧回来吧,你女儿要跳楼。

陶然连闯两个红灯,风驰电掣赶回社区。她拒绝了"国企男"陪同的请求,理由是乐乐可能不喜欢他,他去也许会刺激到乐乐,她不愿冒险。她一路上心急如焚,脑转如飞。乐乐为什么要自杀?因为中午那场争吵吗?不可能,乐乐没有这么脆弱。以前母女俩不知吵过多少架,有时候吵到脑子充血,还会乒乒乓乓打起来。还有几回,陶然气到歇斯底里,当场将陶乐赶出门去,宣称跟她断绝关系,从此是死是活,各不相干。都闹到那份儿上,也没见陶乐有过轻生的念头。有一回陶乐倒是宣称要自杀。那是在初三,她惹恼班主任,被勒令写检查,她却交了一份遗书,声称被老师恶意霸凌,对人生失去希望,不想活了。老师吓坏了,反过来向她诚恳道歉,请她原谅,从此对她不管不问,任其自生自灭。陶然知道这是陶乐的恶作剧,请老师万勿上当,该管教仍须管教。无奈老师胆小,宁信其有,不信其无,横竖不愿招惹麻烦。陶然同为老师,理解他的惶恐,只能痛打陶乐一顿了事。所以她相信中午的争吵不是陶乐轻生的原因,至少不是主要原因。——尽管这次争吵触及了代际问题的核心,足以令脆弱的孩子心生绝望。——她认为元凶是布莱克。

元凶毫无疑问是布莱克,他把令人恶心的绝症传给了陶乐。而他今天的视频,又等于将秘密昭告天下,公开声明陶乐也中招了,这还让陶乐如何做人?——也只有这样的事,才足以摧毁皮实的陶乐,令她萌生死志啊!陶然恨透了布莱克,如果乐乐不幸,她一定不会放过他。——她现在已经不相信两人没有发生过关系,虽然她希望真的没有发生过。

所以她对老陶的指控并不公允,也非发自本心。但在斯时斯刻,她该怎么跟老陶解释呢?告诉他陶乐被黑人搞出了艾滋病?那不即时要了他的老命?况且若不是老陶执意要求改名,她跟陶乐的关系也不会搞得这么僵,更不会触发中午那场无谓而危险的争吵,那么陶乐遭受打击时就不至于彻底绝望,自己也不会大白天去跟"国企男"看电影,在陶乐最需要抚慰的时候不在场。老陶在电话那边慌作一团,陶然听他都快急哭了。老陶急着赶过来,匆匆将电话挂断。陶然定了定神,重新走进次卧,想去窗子边,又心怯不敢去。Lila 乜她一眼,看她焦灼万分却又进退失据,心生同情。

陶乐已经准备去改名了。她对陶然说:真不明白你干吗要吵她,搞成这个样子。

陶然没好气。你怎么知道?

中午我回来,正好遇到她,一起坐电梯上楼,她问我派出所户籍室今天上不上班,我问她干吗,她说要去申请改名。我打电话问了公安局的朋友,说是可以去市政服务大厅办理,周日有人值班。Lila说:才过了一会儿,你就嚷嚷起来,讲话那么难听,小孩子家本来就叛逆,不跟你对着干才怪。

陶然大惊。谁说我讲话难听? 你听到了?

Lila 冷笑。当然听到了,你又不是没听过我们这边的动静。她说:我去跟陶乐聊聊,你别说话。

陶然手机响了一声,有微信,扫一眼屏幕,提示姚爽发来新消息。姚爽的消息有两条,第一条是文字,说她午睡了,手机静音,所以未能及时接听陶阿姨的电话。第二条是布莱克今日上传的另一个视频,视频封面上的布莱克嬉皮笑脸。陶然憎恶欲吐,没心情点开看,况且目前这情景也顾不上。她担心 Lila 跟陶乐聊会聊脱,得在旁边盯着。Lila 已经趴到窗台上,身子倾出窗外,衬衫下摆随之上提,仅够完整地包住屁股,露出下面两条雪白的大腿。

喂,姐儿们。她对隔板那边喊。

陶乐在那边回应。叫我吗?

是啊。我在抽烟,你要不要来一支?

其实她手里并没有烟。她回头向警察做口语,问他有没有。警察连忙往衣袋里掏。陶乐的声音已经传过来。

不要了。

好吧。Lila 说。警察已经把烟盒掏出来,听陶乐说不要,便要装回去。Lila 示意她要,警察只好递给她。Lila 抽出一支烟叼上,又示意警察给打火机。哎,姐儿们,你坐外头干吗呢? 多危险啊。

躲我妈呗。

Lila 和警察同时瞄一眼陶然。陶然愕然。她无论如何想不到,陶乐翻窗上平台,仅仅是因为忘了戴静音耳机。中午与老妈闹翻后,陶乐躲进自己的城堡,老妈兀自不放,捶着门声嘶力竭地叫骂。她把静音耳机忘到了学校宿舍,被老妈粗暴的攻击搞得无处躲藏,遂拉开窗玻璃,跳到外面的平台,再将窗子合上,果然安静了许多。这是她第一次上到平台,颇感新奇,站立眺望了一会儿,感觉有点累,便坐到平台边缘,将两条腿奉下去。风徐徐吹,楼上种的绿萝轻盈地垂下来,仿佛一排冕旒,在脸前拂来拂去。她渐觉无聊,掏出手机闲翻,看到布莱克今天发的视频。布莱克发了两个,第一个在那儿痛哭流涕,说他得了绝症,对不起爱他的人。第二个揭晓答案,说他的绝症是不可救药地爱上了中国,决定不再回利比里亚,所以对不起爱他的家人,但他不后悔。布莱克表演得声情并茂,喜剧饱满,陶乐看得哈哈笑,骂了声这屌货。然后她又看了些别的东西,倦意袭来,靠着空调外机沉沉睡去。她有个令老妈羡慕不已的本领:入睡极快,一睡着雷打不醒。只是手机却从手中脱落,坠下楼去,摔得粉身碎骨,渣渣溅出几丈远。后来她睡得差不多了,才被老妈的叫声吵醒。她睁开眼,先发现手机没了,然后发现对面楼上有很多人在往这边张望,茫然爬起身,却又引来他们一阵惊呼,接着又听到老妈在布莱克房间里大喊:怎么了? 她怎么了? 你们嚷什么? 她想坏了,被老妈发现了,要从那边包抄,急忙要拉开窗子逃回屋去。不料她之前合窗子时用力太大,两扇窗从里头扣住了。她反复推也推不开,正焦急,听到 Lila 在那边呼叫自己。

对面那些人干吗呢? 她问 Lila。他们看什么? 楼下头还有警察。

Lila 笑。他们以为你要自杀呢。

啊? 陶乐似乎很吃惊。Lila 听到她在那边奋力拍窗子。你在干吗呢?

窗子扣住了,打不开。陶乐说:姐儿们,我从你那边翻过去吧。

很危险啊,有隔板呢。

没事儿,我系着绳子呢。

话音甫落,陶乐已经扳着隔板出现在眼前,腰上果然系着一根登山绳,另一头想必是绑在空调外机上。此时突然从头顶撒下一张网,越过陶乐落向楼下,随即被楼下接应的消防员拽住。那张网幅面巨大,网索粗,网眼密,上下收紧,将陶乐严严实实罩起来。一名消防员从天而降,自网外将陶乐死死抱住。陶乐被压在隔板上动弹不得。房间里的警察急忙推开 Lila,跳出窗揪住陶乐,把她拽过来。陶然也挤上去,在警察帮助下把陶乐拖进房间。陶乐被他们以拯救的姿态捉回来,有点发蒙,要推开老妈,却被老妈抱得更紧,在老妈怀里挣扎尖叫。Lila 胳膊抱在胸前,捏烟旁观。

别反抗了。她说:你逃不掉的。

苏让的救赎

一

苏克修老婆死后，某夜忽得一梦，梦到老婆来会，告诉他说，她将投胎到某地某户人家，希望他能顾念夫妻之情，找个时间去看看她。苏克修醒后，老婆的话历历在心，找人一打听，百里之外果然有那么个地方。老苏遂备干粮动身，辗转找到那个村子，入村一问，亦果有那么一户人家。老苏问他家最近是否生了孩子。村民说没有。老苏大起困惑，转思计划生育这么严厉，难保主人家不是偷生，不敢外传。他找上门去，向主人表明来意，恳请给个方便，让他看一眼新生儿，以了老婆心愿。主人说婴儿没有，倒是家里的母猪新生了一窝猪崽，你既然这么认真，就去猪圈瞅瞅吧，看哪个是你老婆。老苏大怒，正要发作，忽有一只小猪跳出猪圈，径直奔向老苏，绕着老苏双腿蹭来蹭去，意极亲昵。主人与老苏皆大骇。老苏问主人这头猪崽卖不卖。主人说卖。老苏掏出钱包，如数付款，然后倒提小猪，抡向猪圈旁的大石礅。小猪应声而毙。苏克修将死猪一丢，转身扬长而去。

苏克修是个话题人物,如是离奇的传闻在方圆还有很多。苏让虽不大回家,对故乡也疏离已久,但父亲那些传说总会通过某种渠道三三两两进入他的耳朵。而上面这个故事,苏让直到今天才听到。当时是在回老家的城乡客车上。有名乘客极爱说话,也极能说,话题亦无限发散。苏让不认识他,但从他言谈里对老家一带的熟稔程度,想必相离不远。苏让本来听得饶有兴趣,当这位民间演说家将话题发散到苏克修身上,顿如当头一棒,将苏让打蒙了。他想冲上去打一架,可那人虎背熊腰,坐在那里犹如一堆花岗岩,打架不但讨不到便宜,还将使自己与故事的渊源暴露于人,徒然取辱。那人声音洪亮如钟,訇訇然撞击着耳膜,苏让埋头而坐,羞恨不已,同时庆幸车上没有同村的人。

苏克修只是个小人物,普普通通一农民,按理说应如大海里一滴水,或者万里平川上一坨泥,默默而生,悄然而死,苏让实在想不明白为何偏偏围绕着他产生那么多传说。一个人无权无势而能名传四方,要么是有异能,要么是有丑闻。丑闻往往比异能更具传播力,所谓好事不出门,坏事传千里,生活乏味的人总是对别人的丑闻充满兴趣,而这世上生活乏味的人又那么多。老苏没有异能,只有丑闻,所有与他有关的传说皆属此类,因此在乡间知名度极高。老苏的丑闻层出不穷,知名度也经久不衰,毫不留情地毁掉了苏让的童年。苏让讨厌他父亲。

今日这个故事加深了苏让的厌恶,以至于使他怀疑千里返乡搭救父亲值不值得。苏让对父亲的传闻本已产生抗体,接近麻木,但是今天这个却扯上了他已故的母亲,还恶劣地将他母亲转世为猪。他母亲生前常年卧病,严重时连呼吸的力气都没有,就算想表达对儿子的宠爱,亦是力不从心,所以苏让对她也没有格外的敬爱之情。但母亲总归是母亲,仅仅是这个称号,已然神圣不可侵犯,谁能容忍自己的母亲被如此丑化?然而苏让知道,编故事的人如此安排,只是在做包袱,好比杀鸡设罗,目标是苏克修这条老狗。当剧情一步步深入,包袱最终抖搂,对老苏的羞辱也成功地达到高潮。所以说,这一切最终还应归罪老苏,是他让家人跟着蒙羞。

苏让尤其无法接受的是故事的结局:他父亲竟将投胎转世的猪狠心摔死。很难想象,该是多么卑劣的人,才能编出如此恶毒的桥段。但苏让必须承认,这个桥段真的太符合父亲的性格了。从他记事起,母亲就缠绵病榻,内外事务皆须老苏一手操办。老苏身兼数职,长年累月的"牛马生活",最终消耗尽了他本就贫乏的耐心,对老婆的态度日益恶劣。这并不算什么恶行,对久病不死拖累全家的亲人不离不弃固然令人起敬,但若做不到那样高尚,以虐待的方式发泄一下不满,人们也是可以理解的,只要不往死里弄。遗憾的是,老苏突破了这个底线。

八年前的秋天,苏让突然接到舅舅的电话,叫他赶紧回家,他母亲快死了,而他父亲则已失踪多日。苏让那时刚与女朋友和解,约好当晚去看电影,接到电话不得不违约而归。经过一番医治,他母亲最终活了过来。苏让问及父亲行踪,母亲浊泪长流,说他莫名其妙发了一顿脾气,然后就消失不见了,迄今已逾半月,若非那天邻居听到她垂死哀鸣,翻墙进来查看,她早已臭死屋内。又过了七天,老苏终于回来了。老苏神情疲惫,脸色阴沉,扫了一眼坐在楝树下玩手机的儿子,显得有点讶异。打水洗脸后,老苏搬张凳子坐到苏让身旁,问他回来干吗。苏让气得想笑。他说他舅给他打电话,说他妈没人照看,他就回来了。老苏面无愧色,反而骂舅舅是王八蛋。骂过之后,父子两人就陷入沉默之中。这种无话可说的尴尬令苏让浑身难受,他摆弄着手机,问老苏去哪儿了。他这话只是客套,用以打破僵局,事实上他对老苏的行藏已经不感兴趣。而且根据经验,他认为老苏的反应必然会是不耐烦。不料老苏居然做了回答。他先叹了口气,然后告诉苏让,他遇到了拍花子的,在他肩上拍了一下,他就中招了,回家把所有钱都拿给了对方,等到清醒过来,坏人早已不知去向。他气不过,便提了把刀去追踪。

跑了好几个县,也没追到。老苏的语气很颓唐。

多少钱?

一万五!

苏让的心脏怦然一跳。一万五算不上大数目,但对收入微薄的老苏来说,能攒到这么多极属不易,不仅要从牙缝里抠,甚至要从老婆的药瓶里抠。难怪他会丢下母亲,拿刀子四方寻仇。苏让脑海里浮现出父亲气急败坏、执刀奔走的画面,感觉可怜而可悲。他问父亲有没有报警。老苏脸上呈现出不以为然的表情。

报警有什么用? 警察又不是神仙。

几只乌鸦在树上聒噪。老苏正无处迁怒,此时勃然发作,跳起来操竹竿驱打。苏让抬头望去。老楝树的叶子已经落尽,干枝之上的天空碧冷如冰。乌鸦当即飞散,而老苏的咒骂却持续了十几分钟。苏让在父亲狠毒而荒谬的诅咒声中站起身,走进自己的房间。他曾听说过拍花子,对这种据说能够迷人心智的邪术半信半疑,没想到自己的父亲竟然也着了道。他用手机上网查询,发现此类骗术遍及各地。有人认为是下了迷幻药,使受害者在一段时间内成了听话的傀儡;更多人则认为是被骗者醒悟之后,自觉丢人,遂编出被人一拍即迷的故事,借以掩饰自己的愚蠢。苏让联想到父亲平素每每自诩精明,不禁冷笑了几声。

次日一早苏让回省城,老苏执意相送。老苏穿了件新夹克,皮鞋擦得锃亮,两手插在裤袋里,在苏让身旁踽步而行,仿如一只骄傲的鹅。昨日的焦躁和颓唐在他脸上一扫而空。苏让知道他是故作镇定。老苏是个好面子的人,小家子情绪都发泄在家里,在外面永远一副傲然自若、胜券在握的神气。苏让猜他被骗财而不愿报警,肯定是怕传出去被人笑话。他想尽快离开老苏,公交车却久候不至,村人一个个从他们身边走过,眼神儿皆饱含深意,打招呼的语气也很值得推敲。苏让心里难堪极了,他知道他父亲已经惹了众怒。

的确,老苏极端不负责任的行为引起了公愤:明知老婆不能自理,却丢到家里任其自生自灭,岂不是摆明要置她于死地?老苏的声名本就不佳,这条罪状更使他臭名远扬,今日客车上这个尖酸刻薄的故事,无疑就是对他品性的无情揭露和鞭挞。苏让含恨吞声,头抵车玻璃望向窗外。夕阳已衔入远山,温暾的余光留恋天际,在几片云彩上染出一抹淡红。一辆重型卡车紧贴客车呼啸而过,苏让吓了一跳,脑袋本能地从车窗上弹开。车厢内骂声一片,有人质疑重卡司机是不是在抢屎吃,还有人断言他一定是急着去火葬场排队。苏让被丰富的民间语文感染,不禁莞尔一笑,心情也好了些。当他再次望向窗外时,夕阳余晖已尽,在昏黄的暮色里,一座熟悉的村庄跃入视野。

已经到家了。可是苏让还没想好如何营救他父亲。

二

老苏涉嫌故意伤害，被关进了看守所。

苏让是昨天晚上得到的消息。大伯打来电话时，他正在跟女朋友吵架。女朋友脾气好，虽然吵架，却很少真正翻脸，就算翻脸，苏让一哄就哄过来了。所以苏让有恃无恐，一不高兴就耍性子，直到耍够了，再嬉皮笑脸地结束战争。但是这次，女朋友却坚决不妥协，苏让装横未能达到目的，改而装可怜，依旧无效，就动用终极武器，试图用做爱来化解冲突。女朋友对他的意图洞若观火，将计就计，乐得享受，做完之后还是不松口。苏让阴谋破产，再次跟女朋友吵起来，言辞激愤而委屈，好像吃了大亏。女朋友本来还觉得好笑，不料苏让的话越来越难听，几乎可以用蛮横无理、尖酸刻薄来形容。女朋友就哭起来。

你太过分了苏让！她说：你是不是欺负我对你太好？

苏让怔住了，望着涕泪滂沱的女朋友，一时手足无措。仔细回想，自从确立关系以来，女朋友对苏让一直很好，关心体贴不在话下，而苏让却有点不冷不热、三心二意，动不动就蹬鼻子上脸。这的确不对，苏让应该羞愧，但他又有点委屈，觉得也不能全怪他。因为他并不爱现在的女朋友。既然不爱，傲慢和薄情也就师出有名了。

这个女朋友是第二任，在她之前，苏让还谈过一次恋爱。那个女孩是他大学同学，长得很漂亮，苏让带她去参加同事聚会总会赚足面子。苏让相貌条件一般，智商和情商亦俱属中等，并没有吃天鹅肉的资格，倘若考虑到家庭背景，更将注定是屌丝的命。他能混到那么个才貌俱佳的女朋友，首先要感谢母校。大学生们虽已学会现实，但毕竟不够彻底。其次要感谢专业。苏让读的是中文系，阴盛阳衰，万紫千红里仅有几片绿叶点缀。苏让大占便宜，几度庆幸选报志愿的英明。他高兴得太早了，上帝给你一块糖，必会再挖一个坑。毕业临近开始找工作，苏让串了几场招聘会，这才惊觉自己大错特错。天底下最没用的学科大概就是中文，天底下最荒唐的事大概就是男生读中文系，同样是本科文凭，中文专业所能铺垫的就业之路狭窄得放不下一块鸡肋。大部分同学选择了考研，包括苏让的女朋友。苏让展现了大丈夫应有的气概，决定牺牲自己，供她读书。他费尽周折，在一家养老公司谋了个职位，省吃俭用报效美人。省城米贵，房租更贵，为了压缩开支，他们放弃了租房同居的计划，苏让住在公司宿舍，女朋友则与同学在外合租。两下相距大半个城市，虽不能天天见面，但是彼此劝勉，相互激励，颇有些苦命鸳鸯打天下的劲头。

　　苏让隶属公司企划部，职责是写各种报告和文案。企划部共有五名员工，两女三男，关系还算融洽。三名男士经常一起去夜市喝啤酒，本部主管偶尔也会纡尊降贵，与他们同乐。有一回苏让的女朋友刚好来找他，便带她一起去了。诸同事一看到她，尽皆惊艳，然后轮番向苏让灌酒，以解妒羡之情。苏让大出风头，愉快极了。唯一让他略感不乐的是主管的一句话。主管半醺之时，两眼盯着苏让女朋友，笑嘻嘻地对苏让说：

　　你小子艳福不浅啊！

　　主管此语也许只是应景的赞美,苏让却敏感地听出了另外一重含义:鲜花插在牛粪上。他有点不悦,但很快就被同事们的恭维冲淡了。大家杯盏交错,尽欢而散。苏让虚荣心得到极大满足,喜欢上了带女朋友参加聚会,反正又不去高档场所,街头夜市大排档里的啤酒敞开喝也花不了多少钱,何况每周只有一次,大家轮流做东。随着越来越熟,大家跟他女朋友也亲昵起来。主管也对聚会变得热衷,只要苏让的女朋友在场,他几乎都会参与。有一次苏让被同事们灌晕,眯眼趴在酒水横流的桌子上,恍惚间看到主管正跟女朋友交换联系方式。大家都没带纸,主管就拉起苏让女朋友的手,将号码写在她手掌上。女朋友巧笑盈盈,雪白的手文静地摊在主管的手心里。苏让头疼得厉害,眼里的一切都开始变形,在流光溢彩的各色灯下曲曲袅袅,仿佛随风荡漾的油污。

　　第二天苏让就跟女朋友吵了一架。是他主动找碴儿挑起的战火,他觉得再不爆发就要憋死了。不仅因为昨天晚上那一幕,还因女朋友对他的态度已经很冷淡,看他的眼神日显鄙弃,说话的语气也越来越不耐烦。遗憾的是,他的发作没有起到任何有益作用,反而使女朋友以此为借口挂起了免见牌。耗了两周后,苏让气焰全无,灰溜溜地负荆请罪,对女朋友曲意奉承,终于取得了她的谅解。他们约定当晚去看电影,电影票都定好了,舅舅的电话却如败兴的程咬金横空杀来。苏让只好向女朋友表示歉意,匆匆赶回家照顾被父亲遗弃的母亲。半月后他等回父亲,重返省城,急不可耐地去找女朋友,女朋友却已经搬走了,只有一封信在合租女孩那儿等着他。

　　苏让就此失恋。喝醉之后,他恬不知羞地放声大哭。他说爱情真是脆弱,竟然经不起十五天的分离。同事们同情地望着他,劝他想开点。一个同事说:苏让你应该这样想,你玩了别人的女朋友,一玩这么久,还不用你负责,你小子占了大便宜。这句话不是同事的原创,苏让以前在网上也看到过,当时觉得搞笑,不想此时却成了自己疗伤的良药。苏让挂着泪笑起来。同事说:你还是哭吧,那样好看点儿。

酒醒之后,苏让就辞职了。在以后的几年里,苏让换了好几个工作,皆不如意,索性不再上班,彻底辞职做了自由人。他一直没再谈恋爱。非他不想,而是不能,红尘世界里的女孩可不像学生妹那么好骗,以苏让的条件,也只够在网上猎个艳。他的恋爱史也成了再次恋爱的绊脚石。前女友太完美,苏让不由自主会拿她当标准,来衡量有意深入发展的女士。愿意与他交往的女士理所当然不会太优秀,哪里经得起他这样对比? 所以也活该他找不到女朋友。有次几个相熟的人聚会 K 歌,说好都带上女友,众人皆如约,唯独苏让单身而往。大家说你什么意思呀,是不是想对哪个嫂子下手啊? 要不哥儿几个凑钱,你去租个小姐充充数吧。

苏让说:我带着女朋友呢。

在哪儿呢?

苏让伸出他的右手。众皆哗然。有人问:苏让,你只用右手吗? 苏让想了想,说:有时候也用左手。那人说:我靠,你脚踏两只船啊。

时间就像海绵里的水,挤出来再多也不值钱。最后的青春光阴在徒劳的折腾中悄然而逝,一天早晨,苏让在镜子前刮胡须,突然想起自己已年过而立,孑然无成,一时悲不自胜,心凄凄而涕下。他觉得应该重新审视先事业后爱情的戒律,不能再把有限的生命耗在无望的事业上。况且,作为一个正常的男人,他认为正常的性生活应该是人与人,而不是人与手。他渴望有个女人做伴了,也不再以前女友为标准,只要说得过去就行。他先租了个二居室的套房,然后打广告寻合租,如果看房的是男士或情侣,就找理由谢绝,只等合适的单身女士入住。可惜合适的单身女性很少,好不容易等来了一个,不几天就带了个男人回来,宣称是新交的男朋友。这对男女几乎每夜缠绵,害得苏让差点儿神经衰弱。男的还对苏让充满警惕,好像洞察了他的内心。苏让忍无可忍,就找借口把他们轰走了。那间房子就又空着了。苏让觉得自己真他妈悲催。

去年初夏,在苏让近乎绝望时,终于又来了个单身女士。单从面相,苏让看不出她的年龄,不光因为她的容貌让人无法直视,还因为五官搭配得不合逻辑而必然构成较大的判断误差。但是身材不错,挺胸翘臀,长腿细腰。苏让内心嗟叹不已,接过身份证看了看。谢春丽,汉族,31 岁。女士 31 岁而单身,想必与这张脸有莫大关系。他把身份证还给她,说:房东又涨房租了,现在一月五百,你能接受吗?

谢春丽说:行。

谢春丽当天就搬了进来。她爱干净,不吵闹,不带人来,和气,爱听克莱德曼,喜欢坐在客厅沙发上看书。她厨艺不错,经常邀请苏让一起吃饭,而不要求分摊伙食费。所有这些都是美德,使苏让对她充满好感,可是一看她的脸,苏让就决定还是做朋友。某天晚上,苏让上了会儿非法网站,被那些色情的东西惹得身热如焚。他想到了谢春丽,鬼使神差地走出了房间。谢春丽正在洗澡,卫生间哗哗的水流声令人躁动不安。苏让悄悄走过去,轻轻拧了一下门把手。门没有反锁。谢春丽惊叫了一声。但那惊叫不像恐慌,更像鼓励。卫生间灯光朦胧,谢春丽赤身站在莲蓬下面,被细密的水雾温柔笼罩。这是一幅多么诱人的画面!苏让上下两头同时充血,轻而易举就被这具优美而暧昧的躯体击垮了。

退火之后,回到灯光明亮的卧室,苏让立即就后悔了。但是为时已晚,谢春丽以极其自然的姿态反客为主,俨然已是他的女人,给他煮饭,给他洗衣,给他收拾房间,并在晚饭之后自然而然地来到他的床上。苏让怀疑自己上当了,他觉得那天晚上发生的事很可能是个陷阱。但是既已中计,无可奈何,何况谢春丽百般温存,让他不忍心拒绝得太生硬。他打算找个合适的机会向她挑明,尽量既不伤和气,也不伤自尊。然而这个合适的机会如此难找,而他的性欲又在炎热的天气里如此旺盛,每晚关灯之后,事情就一错再错,终至于无法回头了。

日久天长,苏让渐渐习惯了谢春丽的脸,也就不再那么排斥。但他依旧不敢带她去见朋友,怕被人取笑。不过呢,谢春丽身材可真是不错,比前女友还要好,如果有假面晚会,苏让将毫不犹豫地带她参加。另外可以自慰的,就是谢春丽的贤惠。谢春丽对他的照顾到了无微不至的地步。苏让从没享受过这样的呵护,感觉她就像是上天派来弥补他缺失的母爱的。就这样吧,苏让认命了。大不了等以后有钱,带她去韩国整整容。

在谢春丽的强烈要求下,他们趁着去年春节见了双方的家长。谢春丽本来把更多的时间安排在了苏让家,但苏让却坚持在谢春丽家过年,然后带她回了趟自己家。他选在傍晚驱车进村,次日一早就仓促而去,还以美酷为名给谢春丽配了副大墨镜。苏让在谢家获得热情款待,谢春丽却在苏家遭受冷遇。老苏眼已半花,且谢春丽进门时天色已昧，但老苏还是被准儿媳的容貌吓住了。他与儿子取便说话，从优生优育角度，对两人的关系表示坚决反对。老苏若不反对，苏让对这事儿还心存犹豫，老苏一反对，苏让就跟女朋友站一边了。

就算会生丑小孩吧，你总还有个孙子抱。苏让说：难道你想让我绝后？

儿子这句没出息的话让老苏备感心碎。他对苏让的事业已经绝望，不料连婚事也将如此丢人，这个骄傲的老头儿彻底被命运打败了。打发苏让和谢春丽走后，他一病数日，郁郁寡欢，在外则偏激而好斗，看什么都不顺眼。一日登高修葺房子，大意失足，竟然跌断了腿。他认定老天跟自己过不去，暴怒不已，也不延医治疗，就躺在床上死耗。当他最终耗不过生理上的剧痛，打电话把医生请来时，大片肌肉组织已经化脓坏死，花了一大笔钱，只保住没有截肢，而右腿就此跛了。

跛腿的老苏反而看开许多事，主动接受了丑媳妇的事实。老苏兄弟四个，他排行老二，老四都已经抱孙子了，唯独他依旧膝下孤单。他给苏让打电话，催促他们结婚。他满以为他做出这么大的让步，两个小东西一定会欢天喜地，立即遵命把婚事办了，然后怀孕生子，以续香火。不料他的愿望再次落空。苏让和谢春丽暂时都没有结婚的打算：谢春丽计划先买房再结婚，苏让则根本没有结婚的意愿。但他不敢把无意结婚的想法表现出来，正好躲在谢春丽的计划后装腔作势。他以谢春丽的理由搪塞老苏。老苏问在省城买房得多少钱。苏让说：最便宜的小户型也得五十来万吧。老苏直接就把手机摔了，大骂谢春丽丑人多作怪。

是的,苏让不爱谢春丽。一句"不爱",足以成为所有伤害的理由。所以,在这天晚上空前激烈的争吵中,当谢春丽指责苏让欺负她对他太好时,苏让虽然无法反驳,却亦感觉委屈。他盯着号啕大哭的谢春丽,不知是该妥协还是坚持。谢春丽一边哭,一边穿起衣服,意态决绝地走出房间。苏让以为她要回以前她住的那个房间。那个房间已被他们改成书房,但仍保留着一张小床。此时苏让的手机响了,大伯以极焦灼的语气告诉他,他父亲因故意伤人,被警察抓起来了。苏让大惊,忙问其详。他的耳朵全贴在手机上,大门被用力拽上的巨响从耳边掠过,没有产生一丝影响。当弄清大体情况,并决定明天一早赶回老家之后,苏让有意与谢春丽讲和。家难当前,他需要团结的队伍做后盾。他推开书房的门,谢春丽并不在里面。他找遍了所有房间,全然不见她的踪影。这时候他才想起了那声来自大门的巨响。

谢春丽出走了!

三

苏让动身很早,但一路耽搁。先是从住处到车站,公交车堵了又堵,通畅时一小时可到,今日花了两个多小时。然后从省城到县城,苏让为了省钱,买了走省道的普通车票。客车空座太多,出站后在近郊反复兜转寻客,又浪费了一个小时。半路上发动机又出现故障,修理又花了一个小时。但还没完,这一个小时只是用来确认无法修好,乘客最终被分为几批,塞进了后续的班车里。时间被诸多意外拉得无限漫长,然后再一寸寸锉骨扬灰。苏让焦躁几死,自怨怨人,没完没了地嘀咕起了"早知道"的后悔经。

早知道这样,苏让会按照惯例,租个汽车开回去。事实上今天早上他也想过租车,但是再想到已经迫在眉睫的财务天坑,他就放弃了这个计划。方便诚可贵,面子价更高,若为生存故,两者皆可抛。对于积蓄有限的苏让来说,此时的处境就如游戏里的小角色面对法力超强的大 boss(老板,上司),每一块钱都是那根短小的血柱里弥足珍贵的一滴血。所以放弃租车之后,他还放弃了打的去车站,继而放弃了走高速。天底下的好事往往会打折,霉运却会自开立方,利用你的窘迫环环相生,最终把你推入绝境。

苏让早晨离开住处时,谢春丽依旧未归。昨天晚上谢春丽出走后,苏让本来还担忧过,在城中村几条街道里找了一圈。但是父亲的事更让他焦头烂额,索性不再管她,返回住处自囚愁城去了。他相信她不会出事,他促狭地想,她有张天然防贼的脸,自可无往而不安。此时的他断然想不起一件往事:有一回他跟前女友斗嘴,前女友愤而离去,不知所往。苏让仿佛装了永动马达,一口气找了一天一夜,只恨不能化身蚯蚓,把自己切成一千段,变出一千个人,大街小巷分头去找。当长夜耗尽,东方发白,苏让已经准备动身,而谢春丽依然没有出现在眼前,苏让开始发怒了。他觉得谢春丽太不负责任了,这样子一夜不归,就不怕他担心吗?

客车抛锚后,苏让头顶太阳站在灰尘飞扬的省道旁,看着旁边一名同患难的女乘客,想起了他的谢春丽。那名女乘客穿着一件短袖斜襟的青花瓷旗袍,谢春丽有件一模一样的,穿起来的效果,却要比眼前这位女士强得多。旗袍不是什么身材的人都能穿的,合适的人穿相得益彰,不合适的人穿则会更加难看。苏让掏出手机给谢春丽打电话。嘟嘟响后无人接听。谢春丽出走时没拿手机,这说明她依旧没回住处。当然也可能还在赌气,不愿理他。苏让闷闷不乐。

苏让在暮色掩护下踏进村庄,直接来到大伯家。大伯看到侄子,悲欣交集,望了望大门外,问他怎么回来的。苏让说坐客车。大伯说怎么没开车?苏让说朋友外出旅游借走了。

大伯点点头。没有车,跑着办事可不方便啊。你吃饭了吗?

大伯是名小学教师,颇守长兄的本分,对几个弟弟都有力所能及的关心。因老二苏克修情况最特殊,所以也最为关照。苏让对大伯亦有好感,每次回家都要去他那儿坐坐。父亲此次出事,全赖大伯张罗。当然,身为一名乡村教师,他的张罗也仅仅是找受害方求情,给已被拘留的二弟送点衣物,同时通知侄子尽快赶回来,而没有任何足以撬动案情走向的资源可供利用。

苏克修的案子并不复杂,说起来却很扯。据大伯讲,他是打碎了同居妇女的鼻梁,被那女人报警抓走的。腿跛后不久,苏克修就跟邻村一名寡妇勾搭上,没几天就同居了。这事儿直到两个月前苏让才知晓。那天他刚进了一批书,正在分类,忽然接到老苏电话,说他要去省城,带了个娘们儿,想让他见见。苏让独身前去,在约定的地方看到了父亲和一团肥肉。老苏瘦高,肤色黝黑,那团肥肉则矮圆而白,两人并列而立,相映成趣。老苏将儿子介绍给肥肉,肥肉说长得不赖,怪帅气。此话一出,她在苏让心里的代号瞬间由"肥肉"变成了"阿姨"。阿姨姓王,名大红,五十二岁,丈夫于去年冬天死于车祸。苏让母亲已去世三年,父亲要开第二春,按理说无可厚非。

何况他腿跛了,能有个女人照应亦是好事。所以,苏让虽不喜欢王大红,却也并不反对她当自己的后妈。三人在街口说了几句话,老苏问儿子:车呢?

苏让说:春丽回娘家,开走了。

老苏说:那就算了,咱找地方吃个饭,然后你去忙你的,我跟大红在街上转转,下午就回去了。回顾王大红:他生意忙,就不让他陪咱们了。

苏让就见过王大红这一次,除了觉得还算和气,其他如性格、品行、家庭状况等重要信息一概不知。他也没兴趣知道,反正要跟她过日子的是老苏,在现实生活里几乎跟自己没有任何关系。事实证明,苏让这个想法是荒谬的。半个月前,他忽然接到王大红电话。王大红开门见山,问他对她和老苏的事持何态度。苏让说当然支持啊。王大红说:我和老苏已经住在一起这么久了,没名没分,真不是事儿,背后也不知道被多少人戳脊梁,既然你支持,就得张罗一下,赶紧帮我们把婚事办了吧。苏让说行啊,我跟我爸谈谈。王大红说:还有个事,得事先说清楚,虽说我和老苏都是二婚,但也不能草率,彩礼钱还是得有的,我一个清白妇女,嫁给你爸,要是没彩礼,显得很不尊重,是不是? 还有,老苏腿瘸了,你们又在外地,他眼看一天天老,全靠我照顾。我要照顾他,就照顾不到我那边的孙男嫡女,你们最好出一笔钱,送给我的孩子们,算是一个补偿。你看行不行?

苏让期期艾艾地说:行啊,一共多少?

我也不多要,五万。你跟你爸商量一下,如果行,就马上结婚;如果不行,一拍两散,也不叫人再戳我脊梁骨。

苏让头大如斗。他原以为老年人结婚好比补破袄,只要有人穿

针引线,把他们缝到一起就 OK 了。看来他错了,正确的比喻应该是
装修老房子,改头换面,拆旧翻新,原有的选择性保留,该添的一样
也不能少。不过想想也是,时代在发展,人人都想证明自己的价值,
对有些女士来说,一场婚礼的花费,就是自己的市场价格。谁不想
把自己定得高一些呢? 既然年轻女人的价格一直在涨,凭什么年长
女士就不能随行就市? 王大红所提的要求,客观讲合情合理,要的
价钱也基本公允,如果当成一桩买卖,也算公平交易,童叟无欺。只
是这五万块钱,老苏决计拿不出来,王大红打电话给苏让,意思再明
白不过:敦促他这个当儿子的尽孝心,把这笔钱出了。

真是荒唐啊,当老子的还没给儿子的婚姻尽义务,当儿子的却
先得为老子的婚姻做贡献。苏让想起了他的母亲。可怜母亲生他
一场,到死都没花过他几块钱,这个姓王的还没进门,就想提桶放他
的血。这算什么道理? 一念至此,苏让心中顿生厌憎。见你的鬼去
吧,有这钱我还得给亲妈买纸元宝!

王大红的刺激,唤醒了苏让对母亲的思念之情。确切说,是这
件事让他开始认真回忆起了母亲在世时的情形。在苏让的脑海里,
有这样一个印象:他母亲活着,就是为了生病,她存在的意义,则是
在他父亲身上测试人性的底线和善恶的边界。母亲略瘦,并没有因
为常年害病而骨瘦如柴,天天待在还算干净的床上,或侧卧或半坐。
他们的平房盖得早,窗子偏小,房间内光线不甚充足。母亲默默地
生活在略显幽暗的丈方世界,无喜无嗔,空耗岁月。小学的时候,苏
让趴在床头的桌子上写作业,或者坐到母亲旁边剥花生、折纸枪,母
亲会微笑着看着他。有时候也会给他讲故事,但不是外国的格林和安
徒生,也不是中国的哪吒和孙悟空,而是一些奇奇怪怪的东西,大体

是说某某人信了什么,于是就怎样好了,某某某不信,结果倒了大霉。她讲这些故事时很小心,一旦听到父亲的动静,马上改变话题,或者闭口噤声。但最终还是被父亲发现了,他像一头暴怒的狒狒,旋风般闯进来,在母亲苍白的脸上连抽两个耳光。啪啪的耳光声响彻幽暗的房间,一直回荡在苏让灰蒙蒙的童年里。

母亲之所以不能下床,不仅因为诸病缠身,还因为她的双腿都断了。父亲说是摔断的,苏让一直信以为真,直到初三那年,他才从大伯那儿得知真相。那是冬天一个星期六的下午,他去大伯家借书。大伯是村里最大的知识分子,家里有很多文学类书籍。对苏让这个好学的侄子,大伯也非常喜爱。他给苏让选了两本抗战题材的小说,然后跟苏让促膝谈心。他问侄子有何志愿。苏让看多了典型作文,也因为有个卧病的母亲而立志学医。大伯听后,喟然长叹,对苏让说,你就算医得了你妈身上的病,也医不了你妈心里的病啊。苏让不解。大伯说:你也大了,一些事该让你知道了。

原来母亲生苏让的时候,因将养不善,落下了好几种病,腰疼头疼,心脏也受累,吃了一年药,亦无明显效果。母亲很苦恼,遂信了一个莫名其妙的宗教,从此四方奔走,不理家务。父亲恼火不已,将她囚禁在家,不准外出。但是一不留神,她就又不见了。父亲怀抱嗷嗷待哺的苏让,寻觅多日,终于逮到了母亲。母亲不愿回去,对父亲说:要我待在家里,除非打断我双腿。父亲二话不说,操起铁棍就打了上去。

大伯讲述这些时,一副痛心疾首的样子,终了又借题发挥,畅谈起了鲁迅先生弃医从文、拯救国民心灵的伟大故事。大伯是鲁迅的铁杆粉丝,而纵论鲁迅,在他看来最能展现一个人思想的渊深,并无劝勉侄子效法鲁迅的意思。不料苏让竟从大伯这番话里受到启示，废弃了学医的计划，改而热爱上了文学。

苏让的母亲是他跟女朋友分手的第二年去世的。失怙失恃，本是人生至悲，然而母亲的死并未使苏让感到格外的哀伤。相反，他觉得这是最好的解脱：不管是对父亲，还是对母亲自己。直到现在，回忆起与母亲有关的种种往事，苏让依旧这样认为。

这些关于母亲的回忆，无意间使苏让发现了另外一个问题。这么多年来，苏让一直以儿子的立场看老苏，对他的暴戾无常和莫名其妙的骄傲深恶痛绝，以至于从初中时就致力于远走高飞，离他而去。他从没有想过，作为一个丈夫，他父亲的生活有多么可悲！他忽然觉得父亲其实很可怜，虽然种豆得豆，万事有因，可是徒有一段漫长的婚姻，却无缘享受应有的夫妻之情，思之岂不心酸？他掏出手机，拨通了父亲的号码。

有事吗？老苏问。

你和王阿姨的事怎么样了？

就那样吧。

你觉得她人怎样？

就那样，就那样。

他们的对话就这样简单地结束。但从此苏让对父亲多了一点感性的理解，对他的排斥也稀薄了些。一天晚上，谢春丽炸了几条小黄鱼。苏让想起炸鱼是父亲最爱吃的东西。八九岁那几年，每到夏天，父亲经常带他去河里捕鱼。那时的河道水流丰满，两岸杨柳浓郁，无数水鸟在芦苇丛里清脆和鸣，而在藻荇密布的河湾，几只白色或灰色的长腿鸟儿正悠闲地觅食。——很多年以后苏让才知道，它们的学名叫白鹭和苍鹭。——父亲擅长撒网,只见他双臂一扬,渔网犹如一面圆盘,在阳光的照耀下罩向河面。等到拽出来时,网眼里总会跳跃着一些大大小小的鱼,有鲫有鲤,很少落空。回到家后,父亲刮鳞宰剖,烧油烹炸,鱼香很快就在房间里弥漫开来。

谢春丽听完他的动情描述,咧嘴笑起来,洁白的牙面上反射着吊灯的光芒。怎么,想你爸了?

苏让未置可否,夹起一条鱼慢慢咀嚼。跟谢春丽在一起,苏让觉得世界上只有三件事最重要:吃饭、睡觉、做爱。吃饭和睡觉是为了活着,而活着是为了做爱。这天晚上他们吃太饱,需要消食,最好的消食运动还是做爱。谢春丽做爱进入状态,身体和语言都会变得狂野,经常说些骚情的话。今晚也不例外。苏让忽然想到了他父亲,并想到了一个从未想过的问题:这几十年来,老苏的性生活是怎么解决的?思考长辈的性问题是异常尴尬的事,然而苏让的思维已然穿越洞开的记忆之门,从将近发霉的角落里找到一个模糊片段。是几岁时的事已无从得知,但不会大于五岁。幼小的他被尿憋醒,蒙眬间发现父母在撕扯,父亲努力压住母亲,而母亲殊死抵抗。他不知道发生了什么,就呆呆地看着。父亲撕扯得恼羞成怒,忽然发现苏让醒了,立即放弃进攻,夹个被子往另一个房间睡去了。他正回想得出神,耳朵边痒痒地传来谢春丽的声音:怎么软了?

他说:把灯关了吧。

苏让决定答应王大红的条件。他银行卡里只有两万块钱,不到一半。他自忖要筹够五万元并非不可能,但需要时间。然而当他将有希望借到钱的朋友开列名单,一一打去电话,才发现自己太乐观了。这时王大红的电话又来了,问他什么时候给钱。

苏让说:这几天太忙,过几天吧,过几天我给你送回去。

再给你五天,就五天,不能再拖,再拖就没意思了。

行,你放心。

五天转眼又过去了四天,苏让竭尽所能,只筹到两万,还差一万的缺口。眼看时限已到,苏让黔驴技穷,只好将希望寄托到谢春丽身上。谢春丽的职业是工程造价师,在某建筑公司任职,薪酬优渥,所以胆敢做买房的打算。两人虽已确立关系,但收入各是各的,日常开销则大多由谢春丽承担,游玩、看电影之类娱乐费用也多数归她。一开始苏让曾装作随意的样子,向谢春丽提了父亲彩礼的事,隐约表达了让她襄助的意思。谢春丽当场就给堵了回去。

谢春丽说:儿子还没钱结婚呢,老子凑什么热闹?

苏让说:怎么说也是咱爸呀,咱们来日方长,他可活一天少一天了。

谢春丽说:我把他当爸,他还不一定把我当儿媳妇呢。

苏让眼看无望,赌气不再说话。不料绕了一圈,最终还是只能在她身上下功夫。他主动做了晚饭,又把谢春丽按到床上殷勤按摩,伺候了一通,正式向她提出了赞助的请求。

算我借你的。苏让拍打着谢春丽的屁股说。

谢春丽的回答只有一个字:不!

苏让就发火了。发火无效,改而乞求。依旧无效,遂与之做爱,试图用性贿赂达到目的。然而仍没用。苏让彻底愤怒了。

你也不照镜子看看,你算什么货色!除了我这傻逼,谁他妈会上你?苏让张牙舞爪地吼叫:我他妈天天伺候你舒服,向你借点儿钱,又不是不还,你他妈就这么无情!

没有人受得了如此刻毒的侮辱,哪怕是一贯好脾气的谢春丽。苏让这番充满恶意的话重创了她本不脆弱的心,于是,她出走了。就在她摔门而出的同时,大伯在电话里告诉苏让,他爸打伤了王大红,王大红则把他爸告进了看守所。这意味着两个老家伙的婚事已经黄了,自然也用不着再筹措彩礼了。

也就是说,苏让和谢春丽原本可以不用吵这一架。大伯崇尚节俭,堂屋里只有一盏十五瓦的小灯泡,光线微弱得要打瞌睡。大伯坐在八仙桌旁的椅子上,一边说老二的案子,一边不停地抽烟。他看到坐在下首的侄子有点精神恍惚,问道:你困了吗?

没有。苏让说:我去趟厕所。

苏让在厕所里拨了谢春丽的手机。依旧无人接听。苏让有些发慌,开始担心她真出事。她的脸虽不好看,但身材好啊,在昏暗的夜色里,色狼们是看不清脸庞的,身材才是最吸引人的目标。万一……苏让不敢再往下想,就劝自己相信她还在生气,所以拒接电话。他给谢春丽发了条短信:

对不起,原谅我的粗野!

他想了想,认为有必要向她报告自己的行踪,于是又补了一条:

我在老家。我爸打伤王大红,被警察抓了。

四

苏让对父亲案子的了解，仅仅来源于大伯的陈述。大伯是教语文的，言必称"中心明确，条理清晰"，然而讲述起发生在现实中的事件，往往会因为浓烈的主观色彩而模糊焦点，混淆主次，倘若情绪激动，连是非都能颠倒。比如他对案情的描述，有些地方便与苏让掌握的信息明显矛盾。

据大伯讲，苏克修的确打了王大红，而且下手重了点，把王大红打得比较惨，不但鼻梁粉碎，左眼也几乎瞎掉。但是大伯认为，王大红挨打不亏。事情的经过是这样的：老苏腿跛以后，不能干其他事，便通过公路段上的熟人揽了个扫公路的活儿，总长三里，每天一次，月薪五百元。由于天热，老苏总是起早赶工，等太阳升起来时就已扫完，扛着扫帚打道回家。前天凌晨他如时上工，捡到一只黑包，打开一看，红霞霞的尽是钱，拿回家数了数，整整十万。这是天赐之财，老苏当然要据为己有。不料王大红那婆娘竟然报了警。警察上门索要，老苏想抵赖，连包带钱被警察当场搜出，只好眼睁睁看着被带走。王大红报警后，已躲回邻村家里，老苏等警察一走，立即打上门去报仇。王大红逃避不及，她儿子又不在家，于是遭了殃，若非邻居赶来搭救，非被老苏打死不可。

你说这婆娘，不是活该挨打吗？大伯愤愤不平说：虽说这钱的确不该要，得交上去，但你也不能报警呀，对不对？都成一家人了，克修的钱不也是她的钱？

　　苏让听到十万这个数，心头亦是一热，一点失落如薄雾淡淡升起。从道义上，他谴责父亲见利忘义野蛮无情，但从感情上，毫无疑问，王大红这婆娘真他妈有病。但在抨击的同时，苏让注意到一个明显的悖论：从王大红催索彩礼的贪婪和迫切，可知其并非视钱财如粪土的高尚之人，但在这个案子里，她却性情突变，视不义之财如浮云，为了公义不惜得罪暴戾的未婚夫。如此巨大的反差，不符合最基本的人性和逻辑，苏让断定，这其中必有一些隐情为大伯所不知，或者被大伯认为与"中心思想"无关而忽略了。他要弄清楚到底遗漏了什么。

　　与案子有关的证据和证言都掌握在警察手里。苏让打算次日一早去趟派出所，找办案民警了解具体情况和案子进展。大伯认为大局已定，找警察已经没有意义，除非有得力的人帮忙打点。他说当务之急是跟王大红谈判，争取尽快和解。苏让觉得大伯的话也有道理，遂听从他。翌日清早，苏让便欲去找王大红。大伯说不能急，去得太早会让他们认为咱们急于求和，必将漫天要价。苏让大服：到底还是大伯练达人情，不愧多吃了几十年盐。

　　他们等到十点钟方才出门。大伯指示苏让买了箱饮料，作为通好之礼。王大红家大门紧闭，久喊不开，向邻居打听，原来是往县城住院去了，至于是哪家医院，他亦不知。苏让盯着大伯，等他拿主意。大伯稍加思索，带领侄子直奔县城，在几个大医院挨家寻找，终于在人民医院外科病房找到了王大红。苏让扛着饮料气喘如狗。他将饮料放到病床前，向王阿姨问好。王大红圆溜溜地躺在床上，眼窝青紫，鼻子上盖着一块厚厚的纱布，肥胖的脸庞上陈列着刻意的愤怒,看上去颇似富有喜感的小丑。她扫一眼苏让,对他的问候不理不睬。她的一儿两女簇绕在床头,充满敌意地瞪着苏氏伯侄。大伯眼看情形不妙,满脸堆笑,卑声谄气地询问伤情,恭媚之态难描难画。传说中的汉奸也不过如此吧! 苏让呆立一旁,心中很不是滋味。大伯的低三下四换来了对方的回应,双方在病床旁开始了谈判。其实用"谈判"这个词太抬举苏氏一方:王大红一家人多嘴快,根本不给他们发表意见的机会;苏氏伯侄则自认理亏,并且也不具备周旋折冲的能力,面对气势汹汹的攻击无力招架。谈判遂变成批判。王氏一方痛快发泄之后,给出了和解的条件。

三十万,少一分不说事!

大伯脑门上汗珠密布,小心赔笑说:再少点儿,再少点儿。

你耳朵塞猪毛了? 王大红的儿子厉声吆喝。少一分也不行!

王大红的大女儿说:说啥钱呢? 不要钱,就教他坐牢! 谁稀罕那三十万?

苏氏伯侄狼狈而出。苏让对大伯的敬意烟消云散,觉得他老人家也不过如此。他坚持要去派出所找办案民警。但扑了个空,办案民警今天休班。他向值班民警咨询能不能探视父亲,获知刑事拘留不能面见亲属,但律师可以。苏让跟大伯商量是否请个律师。处理此事无异要关涉许多法律问题,而他对此一无所知,就连对付刁横的王氏一家,也已超出他的能力之外。大伯脑袋里装有许多与律师有关的文学作品,而在那些作品里,律师往往以讼棍的形象出现,所以他批评侄子的想法太幼稚,请律师唯一的结果,就是多花冤枉钱。

大伯也许是对的,也许不对,苏让不知该不该听他。他向大伯要了一支烟,靠在城乡公交站台旁肮脏的铝合金广告牌上,默默将烟点燃。他想谢春丽了。谢春丽性情温良，但很有主见，情商也比苏让高得多，遇到什么事情，她会征求苏让的意见，但最终做决断的总是她。他掏出手机，再次拨通谢春丽的号码。

依旧无人接听。

苏让心中如百鼠抓挠，又无可奈何。晚饭还是在大伯家吃。吃饭时，苏让问大伯：你看王大红像不像不爱财的人？

不爱财？哼哼，我看是不爱小财！嘴巴一张，比鳄鱼都大。大伯想起王大红一家的嚣张，不禁愤然作色。她铁定是想讹一大笔，谁让你有钱呢！

苏让说：我哪儿有钱？

慌什么？大伯笑了笑。有没有都是你的，我也不会花一分。

苏让如黄连塞心，有苦难言。他久知村人都视自己为有钱人，至不济也算事业有成。他每次回来都开轿车，每次的轿车还都不一样，则是最有力的证据。在这片相对封闭的乡土，知道汽车租赁业的人尚且不多，所以经常换车这个最大的漏洞，在不少人眼里，反而成了苏让格外有钱的铁证。即使有些车辆不是他的，能被他轻易借用，也足以证明他生活在一个高端的圈子里。多数乡亲依旧朴素地认为，轿车就是富贵的象征，以轿车代步的人，就算不是富贵，也离富贵不远。

热衷装阔的人很多，其中半属行骗，半图虚荣。虚荣之心，人皆有之，苏让固亦不能免俗，但为虚荣而不惜将脸打肿，却并非他的初衷。他的初衷是行骗。

那是一场失败的骗局，源于一个弄巧成拙的策划。苏让曾经是个单纯的青年，相信梦想，胸怀大志，坚信只要努力一定会成功。他的第一份工作,是某养老集团公司企划部文案。这个前途无边、薪水有限的公司是苏让的伤心地,并被他视为日后一切霉运的源头。他先在那儿丢了女朋友,辞职离开后,工作换来换去,竟没有一个如意的。他当过内刊编辑,应聘过民校教师,在几家半死不活的文化公司干过策划,还尝试过推销保健内裤和万能钙片,就差没进传销组织碰运气。在职场拼搏之余,他还坚持文学创作,写了大量诗歌散文和小说。如是奋斗了六年,他可悲地发现,愿望中的成功非但没有随着脱发速度的增加日益靠近,反而在他的不懈努力下渐行渐远。文学作品攒起来也几可等身,可是一篇也没在正经刊物上发表过。二十六岁那年,他看到一篇关于网络作家富豪的报道,怦然心动,于是辞掉工作,投身于网络写作。他从春天写到秋天,花光了所有积蓄,最后欠着一个月房租,灰溜溜地逃回了老家。他在家一住月余,闭门不出,老苏找他谈心,问他意欲何为。他说他不想走了,想在老家创业。老苏让他谈谈创业计划,他养猪啊种蘑菇啊云来雾去乱说了一通。

老苏听罢,对他说:给我滚回城里去!要想回来,先把供你念书的钱还给我!

苏让只好返回省城。走之前他得到老苏五千块钱的资助。他以此做本,批发来一堆盗版书,骑一辆破三轮游街摆摊,过起了与城管斗智斗勇的生活,月底计算收入,居然比上班和推销内裤要强。苏让遂坚心以此为业。有了点积蓄后,他在图书城盘个门店,做起图书批零,从此告别游击时代,干起了坐地生意。

三十二岁那年三月,他回了一趟老家,看到街道上张贴的村委换届选举公告,觉得不失为改变人生之路的一个机会,遂决定回来参选。他先找到几个发小寻求支持。苏让不才，是村里有史以来第一个大学生，而发小们几乎没有读完初中的。大家问他在省城干什么事业，他说图书批发。复问赚不赚钱，他谦虚地说，一般吧，天天开车去进货。苏让说的车是三轮车，发小们理解成卡车，凭良心讲也不能怪他。他以推销内裤时练就的不烂之舌，说服了一群发小，建立起自己的竞选团队。老苏得知此事，与他对坐在院内老楝树下，让他陈述竞选策略与施政计划。这次苏让准备充分，慷慨陈词，自忖必能打动父亲。老苏听罢，并不表态，起身无语而去。晚上吃饭时，他对苏让说：你这样还不行，你一个没钱没权的生瓜蛋子，说出花儿来也没人信你。你得吹嘘吹嘘自己，打扮成成功人士，再加上你大学生的身份，才有可能成事。

万一穿帮呢？

省城那么远，谁知道你究竟做什么？你去找个轿车，开着车回来，说什么人都信。

苏让依计而行，赶回省城租了辆轿车，又印制几千张名片，给自己安了个"信诚图书有限公司董事长"的头衔。这些虚头还真奏效，在一帮发小的鼎力支持下，苏让的竞选活动搞得风风火火。老苏亦在底下游走，疯狂吹嘘儿子在省城前途无量的事业，宣称他所交往的都是些大老板，随便在村里建个厂，就够全村人吃喝了。

老苏的办法本来有用，遗憾的是凡事有度，过度则否。老苏唯恐牛皮吹得不大，引起了大家质疑：你儿子放着省城那么大事业不干，回来竞选村主任，图什么？老苏说：能图什么？报效乡亲，为家乡做贡献呗。大家听他说得这么高尚，更加起疑。苏让的竞争对手是个开煤矿的土豪，投票前挨家送礼，并承诺当选后唱三天对台戏，大宴全村。选民们既有到手的实惠,又有可见的好处,比较苏让画饼充饥的空头许诺,大家觉得这才靠谱。选举如期隆重举行,至于结果,可想而知。

竞选的失败给了苏让致命一击,促使他彻底放弃了乡村。老苏倒不觉得难堪,反而一副虽败犹荣的神情,到处表达对村民鼠目寸光的鄙视。大家对他的矫狂亦嗤之以鼻,懒得理他。偶尔会有人说:苏老二,你儿子那么有钱,你怎么不去省城享福?

老苏会撇撇嘴,现出一副嫌厌的神情。高楼跟摞鸟笼似的,住不惯,再说空气那么差,我才不去呢!

那也让你儿子花点儿钱,给你盖个小洋楼啊,还住这破房子,不怕掉价儿?

他想盖,我不让。吃苦是福,要那虚荣干啥?

选举对村民的影响很快归零,苏让却在装阔的道路上骑虎难下,直至于今。现在被王大红敲诈,说起来也是自作自受,纯属活该。更教苏让伤心的是,大伯也因他脱口而出的"我哪有钱"产生了不满,意似担心他老人家谋他的钱。看得出大伯想控制这种不满情绪,但还是丝丝点点地流露了出来。在接下去的商谈中,大伯的精神越来越疲倦。苏让有种不好的预感:大伯恐怕是想撒手不管了。饭后道别的时候,他的预感得到部分证实。大伯说:你明天再去找找王大红,多说说好话,尽量往下压压价。我还得上课,就不跟你去了。

苏让穿过几条黑黢黢的街道,孤独地回到自己家。空荡荡的院落仿佛一只盒子,寂静地浸泡在幽昧的夜色里。苏让走到老楝树下,软瘫地靠到树身上。他觉得很累。事情才刚开了个头,他就已感力不从心,后头不知还有多少麻烦在虎视眈眈地等候,而那未知的一切,将只有他一人去面对。此时此刻,他如此想念谢春丽。她若在,就算帮不上什么忙,至少可以做个伴,使他不至于这样无助和孤单。他掏出手机,再次拨通谢春丽的号码。

仍无人接听。

苏让心乱如麻,各种不祥预感在脑壳里风起云涌。他又发了条短信。

我在老家,思你若狂,看到短信请回话。

他拿定主意,如果明天谢春丽再不回话,就赶回省城去找她。可是父亲的事怎么办?再者,万一谢春丽也出了意外,不知所终,又该怎么办?

怎么办?怎么办?苏让抱树而立,将脸贴在粗糙的树皮上,难过得想哭。

五

苏让睡得很不安稳,梦里乱象纷纭,怪事迭出,无数荒谬不堪的意象和情节毫无逻辑地交错登场,乱糟糟地折腾了他一夜。醒来后第一件事是看手机。只收到一条代开发票的短信,余无任何消息。身陷困境的时候,只有骗子还惦记着他。苏让苦笑。

办案警官至关重要,必须去见见。苏让买了两条好烟,裹以报纸,来到派出所。办案警官是个小年轻,看上去年龄可能比苏让还小。苏让报上身份，请求了解案情。警官将他带到自己办公室。一进屋，苏让就将烟放到办公桌上，口说警官办案辛苦，这两条烟表示一点敬意。警官也未多做推让，挑开报纸看了看，便收入抽屉，对苏让说：你爸这个案子呢……

警官刚说这几个字，一群人已排门而入，为首的女士手持一尺多长的采访话筒，一名扛摄像机的大汉紧随其后。警官的脸瞬间白如死灰。女士笑靥胜花，自报家门和来意。原来他们是县电视台《社会与法》栏目组，收到一条线索，说是有个扫公路的老头儿，捡到一笔巨款，想私吞，他未婚妻百般劝阻都没用，就大义灭亲，把老头儿给举报了，结果被老头儿打成重伤。他们认为未婚妻的行为充满了正能量，应予大力弘扬。

你是办案警官，所以想采访你一下，请你谈谈这个案子。女记者声如鸣玉，字正腔圆。别紧张别紧张，你可以先想想，准备一下再录。

警官的脑门上已然沁出汗粒，听完记者的话，神情明显放松下来。头一回被采访，一见摄像机就慌了。他自嘲地说着，抽出张纸巾抹汗。不好意思啊，让你们见笑了。

记者说：没关系。很多大领导也是这样，平时威风得不得了，摄像机一对住他，就傻那儿了。

警官笑起来。双方闲聊了几句，眼看警官进入状态，遂开始正式采访拍摄。女记者请他给观众朋友讲述一下农妇大义灭亲的故事。警官说：你们接到的报料不太客观。据犯罪嫌疑人苏克修交代，他在捡到巨款后，他未婚妻王大红要求平分，苏克修不答应。王大红几次降低要求，均被苏克修拒绝，一怒之下，就报了警。苏克修气不过,就殴打王大红泄愤。所以说,这个案子其实并不是大义灭亲,而是分赃不均。但是在客观上,起到了好的结果,让巨款得以物归原主。当然,这是苏克修的一面之词,被害人王大红予以否认,自称目的就是为了正义。由于缺乏第三方证人,究竟谁在撒谎暂时无法得知。但是不管事情的起因到底是什么,苏克修打人是事实,而且伤势比较严重,构成了故意伤害,已被依法刑事拘留。

警官吐字清晰,淡定自若,一遍就过了。送走电视台的同志们,警官关上房门,彻底松懈下来。吓死老子了!他说:我还以为是纠风办的。他在饮水机下接了杯水,一饮而尽,然后盯着苏让,脸上一派施恩者的神气。你知道这事儿多危险吗?我是说你爸。我要是不说出真相,替你爸辩解,王大红一旦被树立成英雄,你爸可就完蛋了。你想想,公然挟私报复,伤害一个做好事的英雄,那是什么概念?但是我说归说,电视台怎么播,我就管不了了。

苏让坚信父亲的证词即是事实真相,因为它完美地解释了曾经困惑苏让的悖论:一个庸俗的女人怎么可能做高风亮节的事呢?警官所言不差,万一王大红被媒体塑造成英雄,不但他爸彻底臭掉,王家对赔偿问题也必将更加强硬。报料的人毫无疑问是王大红家的,不想对方还有这样的策划人才,真是失敬。他颇庆幸及时来找警官的明智。警官如实全面地陈述案情固然是其职责所在,但这段正本清源的发言,无疑对苏家有利,因此苏让宁愿相信那两条烟也起到了某种作用。他向警官请求对策。警官亦建议他与王大红和解,但是动作要尽量快,因为案件是讲程序的,刑拘七天之内如达不成和解,就要提请检察院批捕。批捕之后如果还达不成和解,一旦法院判决,就只能去坐牢服刑了。

苏让只好再去找王大红。城乡公交破旧而狭小，无空调，脏兮兮的玻璃窗悉数敞开，借以通风散热，兼以释放浓烈的汗臭味。苏让夹在人丛里，攀着头顶的扶手，随车子的颠簸摇来晃去，仿佛吊在烤房里的熏肉。旁边有人手机响，他不由自主也掏出自己的查看。并没有谁联系他。他再次想念起谢春丽。如果今天仍然没有她的消息，是不是真的赶回省城呢？他拨通了她的号码。

谢天谢地，谢春丽的电话终于不再无人接听，而是提示正在通话。这说明谢春丽安全无虞。苏让骤然松了一口气。过会儿再打，那边通话已结束，但却再次无人接听。很明显，谢春丽不想跟他说话。苏让心里好比被针灸的穴位，酸楚之中夹带着隐疼。以前两人也曾在怄气之后多日冷战，谢春丽亦玩过以出走相威胁的把戏，但苏让根本不在乎，结果每次都以谢春丽主动求和而告终。不料这一回，先挺不住的却是一贯"没心没肺"的苏让。苏让觉得自己怪贱的，可就是抵制不住源源不绝的伤心。他在摇摇晃晃的熏肉丛里编了一条短信。

原谅我，宝贝！真想立即出现在你面前，向你倾诉这几天的懊悔和思念。

编完之后，苏让看了又看，最终又一字一字删除，重写了另外四个字：我需要你。短信发出后，直到苏让走进外科病房大楼，亦未等到回复。电梯门打开，一男一女迎面走出来，男的穿着件袋兜密布的摄影马甲，手提一只小高清，女的则戴着副窄小的黑框眼镜，手握一个采访话筒，上头套着省内某著名电视台的台标。苏让心慌不已，料定必是采访王大红了。当他走进王大红的病房时，见其全家人都在，喜气洋洋的像过节。一看到苏让，他们顿然变色，那种傲慢和冷漠如同一个老师教出来的,整齐划一地呈现在他们脸上,然后相互联网,造就了一个巨大的气场。苏让放下水果,关切地询问王阿姨觉得怎么样,好些没有。

王大红的大女儿说:别假惺惺了,有事说事,没事马上走,我们这儿不欢迎你。

苏让忍气吞声,表明来意,请求王阿姨看在跟他父亲相好一场的分上,放他们一马。当然不敢奢求不赔钱,只是三十万实在太多了,无论如何拿不出来。王大红怫然说:我跟你爸相好,是我瞎了眼,找谁不行,找那个狼心狗肺猪狗不如的东西!你也少给我装可怜,你在省城开着大公司,谁不知道你有钱? 我要三十万都嫌少了。

王大红的女儿不满地瞪了她妈一眼:妈,要什么钱啊? 谁稀罕那三十万? 电视台已经采访了,就等着上电视吧,这么大的事儿,三十万就想了结? 没门儿!

王大红的儿子说:对,三十万想都别想,至少五十万! 等着上电视吧!

苏让笑起来。他本来该如丧考妣的,可是脸部肌肉不受控制地痉挛。这事太荒谬了,却又有着完整的逻辑和充分的理由。生活真是优秀的编剧,草蛇灰线,伏脉千里,然后选在主人公最艰难的时刻伏兵四起,一时发作。难为它费了这么大工夫,不在高潮时把情节设计得疯狂一些,怎么对得起上帝那个万能的观众? 苏让一边笑,一边摇头。实话对你说吧,王阿姨。他说:你们上当了,都上当了。我不是什么有钱人,更没有什么大公司,我只是个在省城楼缝里苟且偷生的小爬虫。

苏让一五一十把自己的真实情况讲了一遍。所以,王阿姨,别说三十万五十万,就连五万我都拿不出。如果要得少,我还可以去贷款,你要这么多,就算我去找高利贷,也没人敢给我呀。

王家诸人失望与愤怒交织,痛骂苏家一窝骗子,不得好死。王大红捶床悲叹:我跟姓苏的好,就是听说你有钱,想跟着他沾光享点儿福,谁知道都是假的,我真是倒了八辈子血霉喽!王大红的儿子气得头发都直了,暴躁地说:算了,不要钱了,叫老家伙坐牢,牢里头都是狱霸,打死个老东西!

王大红的大女儿瞪了哥哥一眼。你急啥呢?打死他对你有啥好处?然后回视苏让,神情充满鄙视与厌憎。你走吧,我们商量商量,你明天再来。

苏让将自己扒衣剥皮,原形毕现,彻底豁了出去,虽然体面不再,尊严受辱,他们父子也必将在家乡沦为笑谈,但是走出病房,苏让并没有感到更多的压抑和痛苦。或许人的精神承受力就如一杯水,达到饱和度后,再加多少溶质,也不会使浓度更高。苏让没乘电梯,顺着楼梯一阶阶缓缓而下。当事情相持不下时,亮出底牌,未必不是破解僵局的好办法。他断定王家必定会修改赔偿数字,至于改成多少,则非他能左右。事已至此,只得听天由命,若能救出父亲,诚然是好,如果不能,也是父亲自作自受。所谓意外之财,见者有份,倘若分给王大红一些,又何至于有今日之祸?可见做人不能太贪,否则天理难容。

将近中午,派出所办案警官打来电话,告诉苏让,省电视台也去采访了,跟县电视台一样请他讲大义灭亲的故事,而他照例坚持原则,在摄像机前向观众提供了全面信息,以正视听。苏让感激涕零。警官询问谈判情况,苏让说对方正在考虑赔偿数额。警官劝他抓紧时间,早一天和解,他爸就能早一天放出来,看守所可不是宾馆。

苏让在县城街道上信步而行,不知所往。这一片城区犹如大乡镇,嘈杂,脏乱,毫无特色的中低层建筑挤挤挨挨地铺展开去。他一边茫然行走,一边等待着谢春丽的电话或短信。但是手机却像死了一般,一直悄无动静。傍晚时分,他在一家小旅社开了间房。他对老家已经心怯,不愿回去。何况自从大伯也撒手不管之后,整个村子已没有任何一个可以容纳他的人。他的那些发小误信他是大款,需要钱时向他求助,无不被他婉拒,大家去省城时电话约见,他也都推诿躲避。诸发小尽皆寒心,早已断交殆尽。房间很寒碜,陈设简单到只有一张床和一只旧床头柜。苏让刚走进房间,手机突然响了。苏让一阵狂喜。然而来电是本地的陌生号码,并非谢春丽。

电话接通,原来是王大红的女儿。他们已经商量过了,考虑到苏让的实际能力,决定大发善心,少要点意思一下就行了。

毕竟我妈和你爸好了一场,也是命里的缘分。王大红女儿说:不让你出三十万了,二十万就行。二十万还嫌多?那你想给多少?你还个价。多少?五万?你开什么玩笑?我给你五万,把你打残疾,你干不干?我再减两万,十八万,不能再少,你答应就答应,不答应就拉倒。五万五?你打发要饭的?你要搞清楚,我们可不稀罕你这点钱,你只要不怕你爸在监狱里受罪。十七万,就十七万,真是仁至义尽了,碰到你们这种无赖骗子,算我们倒了八辈子霉……你不要欺人太甚,十万,十万,说到底了,十万!滚你妈逼吧,老子不要了,教你爸往监狱里挨打去吧,打死他个鳖孙!

王大红的女儿气急败坏地挂断电话。苏让被骂得狗血淋漓,不但未生气,反而颇有点成就感。十万应该是他们的底线,再少估计已不可能,大伯告诉过他,有个远房亲戚曾以相似的情况和伤势,获赔了十六万。相比之下,苏让能跟王家蹭到十万,可以算是一场大捷。苏让发现,只要放弃虚伪的尊严,事情就没有想象的那么难办。然而纵使十万,苏让又如何出得起? 他现在的实际支付能力只有两万。哦不对,前几天为了筹措彩礼,还借到两万,尚在他的银行卡里。但这并不是一件值得欣喜的事,因为这两万元同时代表着一个令人难堪的事实:他所能借到的钱已全部在此。那么,剩下的六万该如何筹借?

只有贷款。

银行贷款很难,所以不用考虑,唯一可以尝试的,就是找高利贷。但是高利贷也好比毒品,并非你愿意冒险就可以随时得到。苏让打遍了通讯录,只有两个人说可以帮忙找找,但同时又都劝他最好别碰。苏让说已经走投无路,顾不上那么多了。他们说那更不能碰,那些放贷的可不是善人,他们可不管你还不还得起,到时候别弄出人命。苏让说:别吓我了,帮帮忙吧。过了一会儿,那两人相继回电,一个说没找到,另一个说对方利息太高,要五分,还利滚利,然后又盛劝苏让不要贷。这么高的利当然不敢碰,除非真不想活了。苏让闷闷不乐,觉得是他们不愿真心帮忙,但亦无可奈何。他在吱吱响的床上辗转反侧,彻夜难眠。

天快亮的时候,手机短信响了一下,打开看,是谢春丽发来的。这一瞬间,苏让激动得鼻尖发酸,好像受惩罚的孩子终于被家长赦免。谢春丽在短信里问:你爸的事怎样了? 苏让回:糟透了,电话里说。然后急急忙忙地拨通谢春丽的手机。不料谢春丽立即挂断。再拨,依旧拒接。正要拨第三次,谢春丽的短信又到了。苏让将短信打开,看了一眼,大脑顿时呆钝如木,连心跳都似停歇了,肢体是否僵如石冷如冰已无从知觉,只有眼泪像泉眼一样,从瞳仁深处漫上来,漫上来,漫上来……

谢春丽的短信如是说:我已经搬出去了。祝你好运!

六

网吧面朝东,门前人行道上有棵女贞树,浓密的树冠郁郁如盖。苏让从网吧里走出来,脸色苍白如纸糊。他站到女贞树的荫凉里发了会儿呆。一缕阳光穿透层层枝叶,明晃晃地落在他脑门上。他抬起头看去,迟钝的眼光与日光遭遇,仿佛电焊烧熔时强烈的一闪。他闭上眼睛,感觉头顶的树盖开始旋转。

他刚在网吧发了一条信息。他要卖肾。

苏先生,男,33 岁,B 型血,身体健康,无不良癖好,无性病及传染病史。生活所迫,卖肾救父,有需要者请联系。电话……

帖子发在某个知名的网络社区。

他是从街头肾病广告上得到启发,经过深思熟虑之后做的决定。谢春丽已经离去,世界如此之大,但放眼望去,除了路人还是路人,唯一的亲人却在高墙之内。谢春丽走了,苏让才意识到她是何等的难得和重要;难道也等父亲老死囚狱,然后再来后悔泣血,向天痛诉"子欲养而亲不待"的悲伤吗? 他再不好,也是父亲,有他在,就不用做孤儿。

他已三顿不食,此时终于感到饿,举目四顾,见附近有家小吃店,遂移步前往。手机响了,陌生号,来自省城。他想,是不是要肾的呢? 接通之后,他听到一个男子的声音。

你好,是苏让吗?

声音清亮有力,带着点金属的质感。

是我。你是……?

我是达信律师所的朱炜律师。你爸爸是不是涉嫌故意伤害,被刑拘了?

对不起,我不请律师。

有人替你请了。把案情给我讲一下。

苏让一怔。炽热的阳光大片大片地洒下来,烧得他脑子发昏。他说:是谢春丽吗?

总之不用你出律师费就是了。闲话少说,谈正事吧,我的时间是很贵的。

苏让心中百味杂陈,眼睛涩得厉害,但在朱律师干练话语的逼视下,一切涉嫌矫情的东西纷纷退避三舍。他说:谢谢你,我已经不需要律师了。

手机里传来呵呵的笑声。年轻人,别这么绝对。朱律师说:我保证你肯定需要。

真的不需要。

这样吧,你只管把案子讲讲,我看能不能给你提供一些意见,反正老谢已经预付了一点钱,我不可能退给她。

果然是谢春丽。若在几天前,谢春丽做的一切事都会被苏让当作理所当然。但现在已分手,她再这样做,难免就具有其他意义,苏让不知她是可怜自己,还是难舍旧情。他犹豫了一下,终于还是开口叙事,将案情由来与现状讲述了一遍。讲到电视台采访时,他忽然想起竟然忘了看昨晚的电视,不知他们播了没有,怎么播的。他现在已不担心电视台的报道会对赔偿数额产生影响,但是想到王大红有可能被塑造成英雄,便恶心如吞下一碗苍蝇。

这个不用担心,电视台不可能幼稚到听信一面之词。即便他们不谨慎,把王某做成了英雄,也完全可以用后续报道再把她打回原形。朱炜说:媒体既乐于塑造英雄,也乐于毁灭英雄。

那不是打自己的脸吗?

你以为他们要脸吗? 朱律师刻薄地说:他们要的是收视率。

苏让觉得有理,心下释然。他将所有情况讲述完毕,静候朱律师评判。朱律师在喝茶或者喝咖啡,苏让清晰地听到啜饮的声音。朱律师喝够之后,只说了一句:也就这样了。

苏让略感失望。一开始朱律师口气那么大,苏让以为他必能给些好主意,让他进一步扩大成果。他不知谢春丽预付了多少钱,但凭朱某寸功未建的结果,给一块都嫌多。他给谢春丽发了条短信,三个字:谢谢你!

谢春丽没有回复。苏让反复逼迫自己不要再奢望她能回话,但总扼杀不了内心深处那点期待。他要了一屉蒸饺,一碗紫菜汤。吃着吃着,他忽想起第一次和谢春丽出去吃饭,点的就是这两样。那时谢春丽刚搬入不久,傍晚时水管坏了,两人合力修了很长时间才弄好,虽然不累,但都不想做饭,便一起去外头解决。谢春丽说:咱俩划拳吧,谁输谁请客。苏让说行啊。结果苏让输了。谢春丽得意扬扬,嘻笑说:哈,我赢了,我可要狠狠宰你一顿! 苏让有点小郁闷。

他本来无意跟谢春丽一道吃饭,不过是当他表示要外出觅食时,谢春丽要求同行,他不便拒绝而已。他担心谢春丽真会大开杀戒,点太好或者太多,害自己破费。还好谢春丽只是装腔作势,选了个小吃店,而且只点了蒸饺和紫菜汤。

或许这只是巧合,不必做形而上的矫情联想,但是无法否认,总会有些生活的细节因着某种原因而被嵌进生命,并在某个时刻不经意重现。吃完饭后,他无处可去,遂回网吧看有没有人回复自己的帖子。回复的人很多,有同情,有建议,有质疑,有挖苦,绵延的回帖仿佛一条深长的胡同,里头人声鼎沸,面目各异。其中有一条质疑把苏让逗乐了。

那个网友说:这哥们儿不会是想买爱疯吧?

苏让放声大笑,全然不顾网吧里游戏虫们看傻逼的眼光。至苦中未必不可有乐事,这一秒钟的开怀,是对无情现实傲然一比的中指。有人回帖表示有意购买,并留有联系电话。苏让直接无视。作为一名资深网民,他早已练就识别真伪的能力,可以在陷阱密布的网络世界从容游走而不中招。这当然与智商有关,更重要的是他不贪小便宜,更不相信天上会掉馅饼。至于回帖里的那些联系号码,毫无疑问是吸费电话。如果真需要买肾,他就会打过来,而不是让苏让打过去。他登录网站,回复那些敬业的骗子:

老子已经窘迫到这个地步,还想对老子下手,还有一点人性吗?

他是气糊涂了。他应该知道,骗子就是专拣人性的弱点下手,如果讲人性,就不是合格的骗子了。况且在现实的利益面前,所谓人性真是轻薄如纸,为了攫取钱财,谁会管对方死活?要想自己上天堂,就得敢推别人下地狱。

他刚回复一条，王大红女儿的电话忽然喧哗而来。苏让想着"你再急，也得等我把肾卖了"，随手接通电话。不料王女并非催逼本已达成共识的十万赔偿，而是要撕毁协议。他们看了电视节目，发现那些该死的记者并没有按他们表述的那样来报道，还去看守所采访了苏克修，而办案警官也没有对作为受害方的王大红表示任何偏袒。这样两造对质，傻子也知道观众更倾向于相信哪一个。尽管这也并不能够替苏克修脱罪，但无异把自己也拖进了粪坑。王家弄巧成拙，追悔不已，在加倍痛恨苏克修的同时，对出此馊主意的大女儿给予了激烈批判。今日午时，有两家亲戚闻听王大红被打，来做人情探望。说到赔偿，他们纷纷指责要价太低，并举出他们所知的相关案例为证。人家都要十五万二十万，如果自己要太少，不光吃亏，还会被视为无能，惹人耻笑。至于苏家给不给得起，是他们的事，真给不起，可以叫警察当证人写张欠条。总而言之，这赔偿是宁可不要，不可少要，须知人活一口气，一分钱不落让老东西在监狱里受罪，也强似区区十万块就轻易放过他们。大女儿再次被批判，怒火攻心，立即致电苏让，通知他情况变了，二十万一个子儿不少，如果同意就这样定，如果不同意，就不必再联系。

大女儿的话不但强硬，更且生硬，说完即挂，不留任何余地。苏让仿佛被突袭，机关枪一阵猛扫，前心打透后背，三魂七魄亦被惊散大半。他已在网上查过，一个肾大概可卖十几万元，当然前提是正常交易，如果通过中介，就只能到手三万左右。二十万，就算正常交易，也得卖两个才够。他妈的这不是把人往死里逼吗？

苏让无心再上网，在大街上兜来转去，无计可施。难道父亲只能在监狱里终老了吗？连自己的老父亲都保护不了，生而为人还有什么意义？他想到了自杀。想到自杀时他又想到了谢春丽,然后又想到了谢春丽已付过费的朱律师。

接到苏让的电话,朱律师似乎并不感到意外,但是语气颇含讥诮。他说:你不是不需要我吗?怎么,知道错了?

苏让说:你不也保证我肯定需要你吗?难道你也错了?

朱律师微微一愣,放声大笑。笑声很爽朗,充满了成功人士面对屌丝的自信和宽容。对得好!我喜欢!他说:说吧,想让我为你做些什么?

苏让遂讲了王家反悔的事,向朱律师请求对策。朱律师问:之前说定十万的时候,你们签协议没有?苏让说没有。朱律师说:那你活该。苏让如被扇了一记耳光。好在经过几天磨砺,苏让的脸皮已粗韧许多。他说:没有其他办法了吗?

朱律师说:当然有。只要有问题,就一定有办法,正像只要有把锁,就一定有打开它的钥匙。不过……

不过什么?

不过得我亲自去一趟。我明天正好有空。可是我很贵啊,我得先问问老谢愿不愿出钱。

朱律师挂断电话后,苏让就觍着脸等候,而没去想如此连累已经分手的谢春丽是否合适。这或许是因为他潜意识里已有一个不便透露的逻辑:姓朱的一口一声老谢,想必他们熟识,既然熟识,收费肯定也不会太高。但他没有接着往下推理:就算收费再低,人家谢春丽还有什么责任与义务替他花钱?

几分钟后,朱律师终于回过来电话。谢春丽同意付钱,他明天一早开车来他们县城,教苏让务必保证手机在身,电量充足,以备他随时联系。苏让高兴得咧嘴直笑,好比将要饿毙的乞丐终于化到一碗肉菜。他跟朱律师约定在县城标志建筑马踏飞燕那儿见面。次日一早,他就直奔马踏飞燕,站在雄伟无比的塑像下等候。上午九点,朱律师如约而至。朱律师开的豪车,戴副墨镜,头发整齐油亮,穿件竖格短袖衬衫,系一条黑白相间的领带。领带有些晃眼,分不清是黑纹白底,还是黑底白纹。他招招手,示意苏让上车。朱律师四十来岁,看上去精神饱满,神情从容而略带骄傲。人家这个派头,也的确配得上骄傲。苏让想到了自己父亲,走在村庄的街道上,总像一头趾高气扬的驴子,实在想不通他骄傲什么,凭什么骄傲。朱律师取出一份委托书,教苏让签讫,教他指路去派出所找办案警官。苏让总觉得这个朱律师有点眼熟,回忆了很久,终于想起曾跟随谢春丽参加一个聚会,在那个聚会上见到过。苏让尚需努力回想,方能记起曾经的一面之缘,想必人家朱律师根本就不曾留意过他这个路人丁。一路上,朱律师边开车边听音乐,不时腾出一只手来做弹奏状,神情陶醉,而视苏让如无物。快到派出所时,他才问苏让一句:

能听懂吗?

苏让摇摇头。

巴赫,《赋格的艺术》。

说完之后,又丢下苏让自顾陶醉起来。到派出所时,苏让要陪他一起进去,被朱律师阻止。朱律师说:签过委托书后,事情都交由我来办,你唯一要做的是给我带路。苏让就站在大门外,看他提着一只精致的黑色公文包风度翩翩地走进派出所大楼。二十分钟后,朱律师与办案警官谈笑风生地走出大楼,在旗杆前握手道别。下一站是看守所。苏让依旧在外等候。他躲在看守所外大柳树的荫凉里，想着朱律师的干练和高雅，以及由此而得的清贵地位与尊荣生活，心下称羡不已。他没有自惭形秽，自惭形秽是物我对比之后的卑怯心态，而苏让根本不敢拿自己跟人家做对比。他不知道谢春丽怎么认识的他，又是什么关系。谢春丽爱交朋友，其中不乏男士，苏让虽不惧她给自己戴绿帽子，但他生性不喜社交，所以对她的五湖四海很反感，也懒得陪她去交际，何况以她男朋友的身份出现在大庭广众下，也不是什么长脸的事。还好谢春丽从不把朋友往家里带，使苏让可以安享他的清静。

朱律师这次进去的时间比较长，一个多小时后才从厚重的铁门里走出来。苏让忙迎上去。朱律师盯了一眼苏让，摇着头叹了口气。苏让以为遇到棘手问题，顿觉心慌。坐上车后，朱律师没有急着安排下一站的去向。他回头看看自觉坐到后排的苏让，说：坐前头来。苏让如命换到前排副驾驶上。朱律师又叹了口气。

他说：可怜天下父母心啊！

苏让不知何意，呆呆地望着朱律师。朱律师忽又一笑。苏让——你叫苏让，没错吧？Sorry（对不起），我记忆力不太好。老实说，昨天上午听你讲了你爸的案情，我一点儿兴趣也没有。你捡个千儿八百，心生贪念，自己花了，也行，这点钱也不成什么事。但你捡的是十万！十万是什么概念？是普通家庭两年的收入，能救大急，也能要人性命。你爸竟然想吞掉！这已经够呛了，王大红要分赃，分一点呗，也能封她的嘴。结果不分，要独吞，多贪婪啊！出事被抓，纯属活该。虽说老谢给了律师费，但律师也是人，眼里不光有案件和业务，也有是非和善恶。所以我真心不想管。刚才在看守所里跟你爸一谈,才知道他为什么这么干。他催你和老谢结婚,但你们打算先买房,对吗?他就急着想给你们弄钱。他跟王大红相好,就是听说王大红丈夫出车祸死掉,对方赔了一大笔钱,他跟王大红相好是假,打她钱的主意是真。不料王大红非常抠门,不但敲不出钱,还想管你爸要彩礼。后来看到你爸捡到钱,又要求平分。你爸不答应,她就报警了,她要不了,教你爸也要不了。你可以想想,你爸该有多恼火,就去打王大红泄愤。你爸对我说,他知道私吞很丢人,也对不起失主,但是他不后悔,如果再捡到巨款,一样不会上交。除了这些,他还主动说了其他一些不光彩的事,比如偷人几棵菜,顺一瓶酱油什么的,就为了省几个钱……

朱律师没有再说下去,因为苏让的哭声已经灌满了车厢。或者说那已经不是哭,而是嚎,但是嗓子被无形之手紧扼,倾尽江海般的滚滚悲啸,却只能传出压抑号泣。纵使如此压抑,那悲声亦高过外头车流的鸣响,而将朱律师的声音淹没了。朱律师默不作声,抽出几张纸巾递过去。等到苏让哭泣渐缓,他说:下一站,你老家。

朱律师要寻找证物:一张×光片和一份检查报告单。老苏在讲述案发过程时,提到一个重要的细节:王大红一个月前曾趁车去赶会,不小心跌下来,磕断了鼻梁。而这个细节朱律师在派出所的口供笔录里并没有看到。老苏说当时可能太激动,忘说了。在闹翻之前,王大红一直住在老苏家,所以×光片和报告单肯定放在苏家。鼻梁骨折的康复耗时漫长,一个月绝不可能痊愈,只要找到当时的×光片和报告单,与王大红做法医鉴定的片子一对比,即知她现在的伤究竟是不是老苏造成的。如果不是,老苏故意伤害的罪名就不能成立。

苏让化悲为喜。朱律师在他们的院子里溜达,东研究西观察,仿佛玩味古董,对这座破败的农家老院充满兴趣。苏让则在父亲的房间里翻箱倒柜。翻着翻着,苏让渐渐黯然神伤。父亲的箱柜里,除了些衣物和简单的生活用品,什么值钱的东西都没有,就连衣服也大都旧了,而父亲以前可是热衷穿新衣裳的。箱柜里还有些女人的物事,一看便是王大红遗留的,苏让恨屋及乌,尽弃于地。他翻遍箱柜桌屉,皆无所得,最终在床席下发现了一个牛皮纸袋,打开一看,正是他们要找的东西。

朱律师将牛皮袋小心放进公文包,眉宇间稳操胜券的自负和淡定令人着迷。苏让有点发呆。朱律师魅力如此,想必一定有很多女孩喜欢,苏让自忖如果生为女人,难保也会为他倾倒。不知道谢春丽是不是也喜欢他。一念至此,苏让心头便要作酸。他们驱车回城,先去吃饭。朱律师好整以暇,谈兴甚浓。苏让因为父亲翻案有望,亦自精神大振,平素读书积累起来的无数东西倾巢而出,与朱律师你来我往,互斗机锋。朱律师自有朱律师擅长的领域,苏让亦有苏让精通的范畴,抛开各自的专业,竟然打了个平手。朱律师拽开领带,畅怀大笑。

我知道老谢为什么喜欢你了。朱律师说:老谢虽然长得不行,但却爱才,别看她丑,一般人还入不了她的眼。

苏让笑了笑。你们是怎么认识的?

聚会上认识的。有一次我跟朋友去酒吧,她也在场,穿一件旗袍,那身材真是一级棒。我看她第一眼,就决定要上她。但是她一回头,我就没上她的能力了。

朱律师回忆往事,笑得前仰后合。苏让心有不悦,碍于面子陪着假笑了一下。

老谢是好女人，可能就因为太好吧，上帝才把她的脸弄成那样。一个人不能兼有太多好处，否则会折福折寿。朱律师说：但她最大的好处，同时也是最大的坏处，你猜是什么？是哪个男人娶了她，就会变得不思进取。因为第一，她会像养猪一样养着你，既不希望你建功立业，也不要求你飞黄腾达。第二，男人娶这么丑一个老婆，生活自然就没有了动力，还进取什么？

也许是喝多了酒，朱律师的话越来越刻薄。这不是对待朋友的应有方式。苏让盯着他亢奋的脸，说：我劝你最好不要再这样说话。

否则呢？

否则咱俩可能要打一架。

朱律师再次大笑起来，放浪形骸的姿态倒也有几分豪爽气象。好，好，我注意。我听老谢说，你们分手了？是不是啊？

苏让情绪有些低落，手捧杯子沉默了片刻。她还好吗？

不知道，这几天我也没见过她。朱律师说：不过听她说，她要去韩国整容。听她这么一说，我立即充满了期待，如果整得好，说不定我会追她。哈哈。

这次午餐几乎耗尽了苏让对朱律师的敬畏和尊崇，使他看到了朱律师迷人形象之外的另一面：刻薄，庸俗，不尊重朋友。世上固无完人，所以似乎也不必苛求朱某，但是对他系上领带之后的强干过人，好像也没有过度膜拜的必要。每个神圣面孔的下面，都是同样质地的碳水化合物。从饭店出来，朱律师在旁边的宾馆开了间钟点房，说要午睡。苏让只好相陪。但是朱律师并不想仅仅睡觉，他问苏让知不知道哪儿有高级点的小姐。苏让说不知道，只知道警察局在西大街拐弯处。朱律师大笑,遂倒头而眠。苏让心如沸水,全无睡意,在落地窗旁的沙发上枯坐以待。三点左右,朱律师终于睡醒。他看了看表,打着哈欠说:还好,不耽误赶回省城。

苏让一愣。下午不办事了?

办啊。

那你明天再来吗?

来什么? 连个小姐都没有,不来了。

那这案子呢?

一会儿就弄好。

苏让将信将疑。朱律师照例独自出场,教苏让在病房楼下等他电话。交代完毕,朱律师手提公文包,吹着口哨上了电梯。一个多小时后,苏让手机响起。朱律师对他说:上来签协议吧。

王大红一家都在,尽皆神情怅怨,面无人色。朱律师则安闲地坐在旁边一张空病床上。朱律师对苏让说:王大红同意以五万元人民币和解。然后并不征询苏让的意见,直接当着双方的面,抽笔在A4纸上拟了一份协议,让双方过目之后签名按指印。苏让本来还奢望能够完全翻案,尽量不赔,及见朱律师自作主张,跟对方谈定五万,不禁心生不满。但是相比之前的二十万,这个结果已是意外之喜。何况一切全倚仗朱律师,如果不听他的,他万一翻脸,事情就麻烦了。协议一式两份,两造各一。签罢之后,朱律师夹着公文包站起来,目视苏让:走吧,回去准备钱,赶紧给人家送来,然后去接你爸。

下楼的时候,苏让到底忍耐不住,质问朱律师为何不跟他商量一下。朱律师洞知其心,脸上掠过一丝冷笑。做事要给对方留个余地,不能太贪,别忘了你爸的教训。朱律师说:另外呢,让你们出五万块钱,也是对你爸的警告,教他知道疼,才能长记性。否则下回见到不义之财,又心动手痒,岂不又要惹祸上身?

苏让虽心有不甘,但亦无话可说。他又请教怎么说服的王氏一家。朱律师笑起来。这是我吃饭的门路,你就不要问了。

两人在医院门口作别。苏让目送朱律师的豪车绝尘而去,感慨万千,觉得这才是人生。像自己这样,只能称为人偶。人生与人偶的区别,大概就看是掌控生活,还是被生活掌控吧。当然这是受刺激时的肤浅看法,当朱律师的豪车融进人流深处,苏让的想法已经改变了。朱律师的生活虽则高端大气上档次,但让苏让来过,未必就会适意。每个人都有权选择自己想要的生存方式,苏让希望这种选择能够得到尊重,而不因世俗的价值取向被贴上形形色色的标签。朱律师瞧不起不思进取的人,但是现在的苏让就乐于过不思进取的生活。

他拖着细长的影子,走在柔媚的夕阳之下,以一种前所未有的爱意和温存想念着谢春丽。这种想念持续了半个小时,因为还有更重要的事情等他去思考。他现在有四万的现金,再有一万就能凑够赔偿。也就是说,他的肾有可能保全了。然而一万虽少,也足以困死末路英雄,一时之间,苏让还真没有筹措的办法和门径。索性不管了,先睡一觉再说,这几天他一直忧劳奔走,早已经疲惫不堪了。他挺身倒在床上,懒洋洋地扭了扭腰肢,睡眠之门立即打开,将他拖入黑甜世界。就在睡眠之门行将关闭之时,手机铃声乍然清脆一响,一下子又把苏让拽醒过来。苏让打开手机扫了一眼,是一条银行卡转账短信。苏让以为又是骗子的招式,懒得细看,关掉手机屏幕灯准备继续睡。但在手机关掉的一刹那，苏让突然觉得不对，再次打开短信仔细查看，原来是银行的通知，有人刚给他的银行卡转了五万元钱。

不用说，一定是谢春丽。苏让将脑袋捂在枕头下笑起来，笑啊笑啊，一直笑得泪流满面。

七

苏克修天生一头好发，虽则年齿已长，难免灰白相间，但是依旧稠密茁壮，不秃不脱。这是他骄傲的本钱之一。以前他常说，他的头发之所以长得这么好，是因为下头有一个肥沃的大脑。直到有一天有人如此回复：你脑壳里尽是大粪，当然很肥。老苏与那家伙大打一场，从此不再提那个蹩脚的理论，但对头发之满意却是持之以恒。他把头发留得长长的——但绝不长到流里流气——左分分，右分分，打上廉价摩丝，然后在街上扭来扭去，刺激那些秃顶脱发的家伙，以此为人生乐事。

苏让已经习惯了父亲长发的模样。当老苏光着青亮的脑壳跨出看守所大门时，苏让差点没认出来，继而又在强烈的前后对比下几乎失笑出声。老苏发现了儿子的轻佻，本就板着的脸更加阴沉，也不理会苏让，挺着脖颈径直往前走。苏让连忙收敛态度，影步随行在父亲身后。老苏走了一会儿，怒气稍霁，停下来问苏让：赔了多少钱？

五万。

老苏再次挺着脖颈走起来,脚步快而重,仿佛在跺地泄愤。苏让猜父亲肯定心疼得要死,疾走几步赶上他,宽慰说:钱无所谓,只要你能出来就行。

谁让你把我弄出来?老苏暴躁地吼叫:我在里头很快活,不干活也有饭吃,谁让你把我弄出来?

苏让说:那你打我一顿?

老苏挥手就是一巴掌,结实地抽在苏让太阳穴上,指甲扫过眼睑,划出一道浅浅的血痕。苏让没想到父亲竟然真打,猝不及防,半边脸一时麻疼,眼睛更是酸胀无比,冒着各种星光模糊一片。他捂着眼睛蹲到地上。老苏愣了一下,懊悔之情如流云之后的阳光,在灰白的脸上忽隐忽现。他想查看儿子的伤,一伸手又犹豫了,犹豫后复又伸过去。苏让强颜欢笑,说没事。老苏硬是把他的手扳开,看到眼睑上已然浸出的血印,顿觉愧疚,嗫嚅说:打得重了,不疼吧?

苏让说:不疼,舒服得很。

老苏扑哧笑出声来。父子间气氛融化,并肩而行,但终究没什么话可说。在搭乘城乡公交回家前,他们在一家小饭馆吃了碗烩面。苏让往父亲碗里倒着醋和辣椒酱,说:我想跟你商量个事儿。

你说。

你跟我去省城吧。老家也没什么好,到省城随便做点事,都能吃饱饭。

老苏埋头吃面,直吃得热汗满头。行啊。他推开面碗说:我也正想去外地。电视台采访我了,这一播,我算在老家臭透了。哎,你看见电视没有?看守所里没电视,我没看成。不知道把我照成什么样了,理个大光头,肯定不上相。

苏让本担心父亲会保持倔强本色,死活不离老家。既然他同意去省城,真是再好不过,以后父子做伴,相互也有个照应。至于父亲也上电视,苏让倒不知道。那么难堪的时候,父亲居然还在关心形象,也真算是奇葩。不过经他这么一说,苏让倒也真想看看父亲在电视上是什么样子。毕竟不是所有人都有上电视的机会,对父亲来说,这可能是今生唯一的一次,未能亲睹风采,实属遗憾。他建议不要再回老家,父子俩这就起程去省城。老家破床烂瓦,无一长物,没什么可收拾,也没什么好留恋。老苏摇头。破家值万贯,我总得打理一下。还有家里的地,让给你大伯种,也得交代一声。你先走吧,我过几天就去找你。

苏让只好由他。但苏让宁死不愿再踏入村子,于是父子暂别,各奔南北。苏让风尘仆仆赶回省城的住处,打开门时,久违的空气扑面而来。谢春丽的确已经搬走了,而且搬得很彻底,苏让在几个房间到处寻找,已完全没有她在过的痕迹,不用说阳台上藤编的吊椅、客厅内紫色的风铃和排列于书架之上插绿萝的小瓷皿,就连厨房的碗筷、厕所的卫生巾、卧室床头咔哇伊的闹钟,凡是与她有关的东西,无不清除一空。甚至连她脱落的长头发,也被细心地清理干净。这是要花多长的时间、多大的精力才能做到的事!而谢春丽这么做,除了用来证明她的决绝,还能做何解释呢?

苏让颓然坐在沙发上。沙发是皮革的,表面已染上一层灰色的尘埃。苏让已顾不上这些。他给谢春丽发了个短信,说他回来了,想她。他等了一个小时,没有等到回复,就拨打电话。不料拨通之后,听筒里传来的声音居然是:对不起,您拨打的电话已停机!

没关系。苏让想：反正知道她的公司在哪儿，可以去公司找她。他一刻也无法停留，立即起身赶向谢春丽所在的建筑公司。可是当他心急火燎地赶到公司，请前台小姐叫一下谢春丽时，却被告知，谢女士已经辞职了。苏让手足无措，猛然间想起朱律师，连忙翻出他的号码打过去。朱律师似乎正在忙碌，对他的打扰颇不耐烦，说他也在找老谢，还有一部分律师费她还没付呢。苏让忙说声打扰，把电话挂了。

谢春丽就这样消失了，丝痕不存，无影无踪。

苏让开始了他的新生活。他得重新学会一个人过。这不是一件容易的事，好比诗人说的"由俭入奢易，由奢入俭难"。这一年多来他已经习惯被谢春丽照顾，像头猪一样被她养，并最终被她养成了一头猪。当依赖心理一旦建立，想要改变至为艰难，譬如附骨之疽，拿刀刮都刮不尽。苏让的生活陷入混乱，煮干了三次饭，烧坏了两把壶，断水时开着水龙头出门，回来后赫然已水漫金山。他觉得再这样下去，非得把自己弄死不可，于是背张小行军床，住到了他的书店，三餐全靠盒饭，轻易不动电和水，尽管过得像山顶洞人，但好歹没有生命危险了。

老苏在家一连停留了二十来天才来省城。其间苏让几次打电话催促，皆被他以各种理由推延。老苏来那天，苏让关门去接他。老苏仅提着只空瘪的蛇皮袋，根本不像背井离乡的样子。事实上老苏已经铁心背井离乡，转移到省城来讨生活了。他说：那些破坷垃东西，还要它吗？到省城了，一伙儿都买新的。

苏让说：那你在家待那么长时间干吗？

老苏打开蛇皮袋，在里头摸索了一会儿，摸出一包东西，层层打开,尽是百元面值的人民币,分作五沓,想必是五万。老苏将钱递给苏让。他说:还给春丽吧。

苏让将钱接在手中,惊讶得眼珠都要掉了。哪儿来的这些钱?

你别管。

我怎么可能不管?万一哪天又有警察找上门来,我怎么解释?

老苏呵呵冷笑了几声。放心吧,这钱本来就是你的,我把它讨回来而已。

老苏讨钱的方式很简单,也很流氓。他身怀菜刀、斧头或铁镰,每日在王家门外晃悠,手舞足蹈,装神弄鬼。王家有人出门,他就跟在后面,像只尾随猎物的鬣狗。对王家的小孩尤其关照,经常守在幼儿园和小学门口,盯着他家的孩子龇牙咧嘴。王家人报警。但是他又没做出具体的伤害行为,警察来了也拿他没有办法。所有人都骂他无赖变态,但又不敢多事。大家都知道他素来行为偏执,现在又变成这般德行,难说不是因为受刺激疯掉了,万一惹毛了他,恐将惹祸上身。王家不堪其扰,反复权衡钱和命哪个更重要之后,托支书当中间人,把五万块钱还给了老苏。

反正以后又不回去了,随他们怎么看我。老苏嘴里噙着烟,将蛇皮袋里的东西一一往外掏。名誉顶个屁用,把钱弄回来才是实在东西。

袋里的东西很快就掏完了。都是些贴身的杂碎之物,比如手机充电器、唱戏机、剃须刀,等等。只有一个大件东西,是油了黑漆的木制相框,里头嵌着一张十寸的照片。照片里的人是苏让的母亲。那是在她去世之前那一年春天拍的,有个走街的摄像师游乡至此,老苏富有远见地想到了遗照问题,遂将摄像师叫到家,把妻子梳妆打扮了一番,抬到光线稍亮的堂屋,拍下了这张用来终结人生的照片。老苏将相框取出来,看了一眼,放到旁边的沙发上。苏让突然想起在回乡客车上听到的那个传说,心头一阵厌恶。他捧起相框,注视着那名面带假笑的老妇,与她有关的回忆再次倾泻而来。

我心里一直有个疙瘩。苏让对父亲说:还记得那年你被拍花子的事吗?你怎么忍心丢下我妈,外出那么久? 要不是被邻居发现,我妈那时就死了。

老苏把烟从嘴里拿开,不满地瞪着苏让。胡说! 他大声吃喝:我走以前先做了一堆吃食,放在她床头的桌子上,又绕到你舅家,给你舅交代了一下,说我要出远门,让他去照看一下他姐。怎么可能丢下她不管? 我要不想管,她早十年就死了。

苏让愣在那里。他回忆起当时舅舅的表现,果然觉得可疑,难说不是他忘了这事,就把责任推到父亲头上。可怜父亲蒙冤至今,犹无所知。老苏吸烟的动作既深且长,烟雾在他的吞吐中袅绕盘旋,几乎将他的头笼罩起来。他的头发已长得盖住头皮,但也斑白了许多,恰如烟雾的颜色。他靠在沙发里,微眯着眼,似乎沉入了回忆之中。

说到你妈,都说我对你妈不好,其实我们还是有感情的。你妈死后,我还经常梦到她。说到这里,老苏破颜一笑。有一回的梦很古怪,好笑得很。梦到你妈来找我,说她要托生到一个地方,叫我去找她。我去那儿一找,真有这户人。我问他有没有生孩子,他说没有,只生了一窝小猪。这时候一头小猪就跑到我脚下头,在我腿上蹭,好像认识我。我想,这可能就是你妈了,就掏钱把它买下来,掂到山沟里摔死了。

这是你做的梦？

是啊。

你对人说过吗？

说过。后来被人传得不像了，传成真的了，哈哈。

原来这只是父亲的一个梦，而且父亲知道它被人扭曲变形之后到处流传。亏他还笑得出来！苏让盯着隐身于烟雾之中的父亲，颇感无语。闷了一会儿，他说：你为什么要把小猪摔死呢？

不摔死怎么投胎转世？她是你妈，能看着她当猪？

苏让额头抵着相框，心头涌动着难言的悲伤。此时此刻，他才发现原来并不了解父亲，或者说，他根本不认识他父亲。他与别人一样，只是看到套在父亲身上那只变形的壳，甚至连这只壳，他也没有看完整过。苏让从没想过，父亲也有权利选择他想要的生活方式，有权利用他自己的思维和眼光去观照这个世界，寻求他想要的自由。苏让意识到，这么多年来，自己看待父亲的态度，正如朱律师之看待自己。他深感羞惭和愧疚，后来想起陶靖节的诗——"悟已往之不谏，知来者之可追"，心下才略略感到一点宽慰。他说：爸，今晚咱吃炸鱼吧。

苏让去了趟银行，把钱打回谢春丽账号。办手续的时候，他想了想，将自己卡里的两万块钱也取出来，一并汇了过去。他刚回到书店，手机便收到转账短信，谢春丽把多余的两万还回来了。苏让信心大振，立刻马不停蹄赶回银行，再次转入谢春丽账户。然后他坐在大厅里一直等到银行下班。谢春丽没再转过来。

苏让发现了这个唯一能与谢春丽建立联系的通道，他要利用这个通道挽回谢春丽的心。从此之后，每到月底，他将收入汇拢，留下营业周转和生活所需的部分,其余的都打入谢春丽的账户。他经常幻想这样的一幕:某一天,他正忙碌之时,一名装扮得体的女士款款走进书店。她的身材和走路的姿态非常熟悉,但却长着一张漂亮的脸庞。他目不转睛地盯着她,想起了失踪已久的谢春丽。女士发现了他的失态,做嗔怒状。他遂向她讲起前女友的故事,说到对她的思念,忍不住痛哭流涕。女士非常感动,向他表示好感,愿意替代谢春丽做他的女朋友。他摇摇头拒绝,对女士说:今生今世,我只爱她一个,她在我心中永远无可替代。女士闻言,顿时泪如雨飞,扑到他怀里哭喊:苏让,我就是谢春丽呀! 原来谢春丽去韩国整了容,故意装作陌生人,来试探他是否变心。两人冰释前嫌,破镜重圆,从此过上了幸福的生活。

　　每当想象至此,苏让都会如犯花痴,不由自主地笑起来。他相信这一浪漫的情景早晚会出现。不过到那时候,他得格外小心朱律师那个大流氓,以免他对春丽妄图不轨。老苏身无长技,但烤得一手好红薯,自己动手做了台烤薯车,推上街头,正式开始了他的城市生活。老苏生意不错,苏让约略估计了一下,赚得比自己还要多。傍晚书店关门之后,苏让有时会去父亲那儿帮忙。说是帮忙,其实是贪嘴,而老苏的顾客大多是年轻女孩,正好顺道饱饱眼福。这天晚上,他正捧着一块里外红吃得欢,忽然发现一个女孩从街道对面走过来。此时已属初冬,夜风吹到脸上,冷飕飕的如冰水袭面。那个女孩穿着一件驼色高领毛呢外套,头戴一顶韩式针织休闲帽,脸蛋明媚如画,步履轻快地走向老苏的烤薯摊。谢春丽也有一套一模一样的衣装,而且身材、个头、走路的姿势亦俱相似。苏让心跳顿如擂鼓,两眼直勾勾盯着她一步步走近,心中充斥着梦想成真的激动和狂喜。美女走到老苏的烤薯车前，指着一块烤薯说：我要这块，多少钱？

苏让骤然狂热的血液瞬间又跌落到零度以下。那不是谢春丽的声音。他颇感扫兴，欲要坐回凳子，身后忽然传来一个声音。

看到美女，魂儿都丢了！

苏让猛然回头，然后彻底僵在那里。眼前是一张熟悉的脸。——究竟有多熟悉，苏让也不敢说，虽然一年多来朝夕相处，他却并未认真仔细地欣赏过。谢春丽下身套着条黑色百褶长裙，紧身白毛衣外裹着件韩式米黄色棉外套，双手插在衣袋里，亭亭玉立地站在苏让面前。她盯着目瞪口呆的苏让，微笑说：看什么？不认识吗？

苏让想起了人们常说的理想与现实的悖论。对于此时的苏让来说，理想是那边赏心悦目、吃烤薯的美女，现实则是藏在身后突然跳出来吓人的谢春丽。但他深知，自己能有的唯有现实，所要的，也只是现实。他张开双臂，将谢春丽揽在怀里。

你去哪儿了？让我等这么久。

就在公司啊，上班下班，不过是换了手机卡和住的地方而已。

可是公司前台说你辞职了啊。

朱炜还说我去韩国整容了，你也信？

苏让认真地点头。是的，我信了。

就知道你好色！谢春丽这样指责，却并无生气的表情。我倒也想过去整容，但是后来又想，整得再好，看的人也不是我，何必花自己的钱养别人的眼。谁想看，就自己花钱给我整。

老苏亦为见到儿媳而欣喜，挑了一块烤薯送给谢春丽。整什么整？老苏说：花钱整来整去，把自己都整没了，谁还知道你是谁？该收摊了，走吧，回家去。

二十年

一

有些事必须夜晚去做,感受才能更深。比如回忆往事,与女同学幽会,或者在疾风骤雨之后观察你所生活的这座城市。

我与这个城市算是很熟。早在二十年前的九月,我即背负包裹远道而来。那时候满城都是老街,窄巷交织如网,学校所处的地方还算繁华,周围亦无十层以上的高大建筑。我穿着新球鞋到处奔走,几天后举鞋示众,向同学感叹城市果然干净。我对城市的赞美招来了刘佩瑶的耻笑。她说,城市有什么好?你能闻到泥土的芳香吗?我说,拉倒吧,好土都是臭的。刘佩瑶声言与我绝交,她指责我忘本,是个不值得交往的人。

我将头抵在车窗上,回想往事唯有苦笑。才到中夜,桐柏路已然人车俱寂,罗布街头的地摊亦全无踪影。刚才那一阵风雨把街道清空了。沿街梧桐密植。这些梧桐年岁久远,我当年来时,它们已粗可盈抱,每到夏天荫翳蔽日,被视为这条街的风景。但现在,它们被市政斩去树冠,犹如两排无头之鬼,分列于街道两侧。路灯伫立于梧桐之间,例行公事地排放光明。灯光散漫地洒下来,以路为床,昏昏欲睡。我默默望着窗外。楼房拆拆建建,建建拆拆,大家都说房地产已到强弩之末,这个城市依旧乐此不疲,出租车疾驰而过,所见多是黑魆魆的废墟。

城市城市,哪里还有原来的样子!

这样的感叹或许很矫情。二十年何等漫长,假如上帝也对拆拆建建感兴趣,足以创造和毁灭世界千万次。再如刘佩瑶,当年一别音信杳杳,今日重逢,已然只剩下性别没有改变。这世上没有永恒的东西,青丝一挽成白发,欢场三巡变冷席,一刻钟前的姣好红颜,一刻钟后就可能脸色青灰地横卧尸房。作为一名看惯生死的急诊科医生,我最是了解这一点。

拿刘佩瑶比喻这座城市是再恰当不过的。虽然我们久不联系,但我知她一直就在省城。自大学毕业至今十五年,她与省城一起成长,一起变化,早已不复当年模样。昨天晚上在急诊病房见到她时,我根本没认出她,若非她叫我名字,主动打招呼,然后自报家门,我断然无法将眼前这位窈窕女子,与当年热爱泥土芳香的大脸妹联系到一起。我吃惊地盯着她。她现在的脸呈椭圆,视觉上好看多了,我相信这一定是韩国人的功劳。她化了晚妆,粉底、眼影、腮红、唇膏、假睫毛烦琐堆砌,在病房雪亮的灯光下无所遁形,还好不是很艳,介于风尘和华丽之间。她套一件白色双排扣短款风衣,扣子都系着,脖子里缠绕一条花色相宜的丝巾。这种相对保守的装束挽救了她的形象,使我的第一感受仅仅是惊嗟,而没有失望。——来省城这个医院上班之后,我曾多次假设与刘佩瑶重逢的情景,其中大半是失望。我在愕然之余,问她来此何干。她指了指病床上昏迷的男人。

来看他。她说:我孩子他爸。

送男人入院的三名男子趔趄着站起来,叫刘佩瑶嫂子。刘佩瑶没搭理他们,瞅了瞅戴着氧气罩的丈夫,向我询问情况。我告诉她是急性酒精中毒,处于浅昏迷状态,正用药观察。之后循例询问病人病史,以及最近是否用过什么药物。刘佩瑶一一作答。她问我严不严重。我说应该没什么大问题。我们跟病人家属对话,往往会夸大病情,给自己争取主动,预留更多余地。但刘佩瑶不是外人,我就实话实说了。况且她也是学医出身,纵使未曾临床,对病情也该有大差不差的判断。事实上从我第一眼看到她,就没从她脸上看到紧张的神色,也许她早已笃定她丈夫不会有什么麻烦,而向我咨询,仅仅是出于病人家属面对医生时的惯性反应。她再次望向丈夫,眉头聚敛成川,珍珠色的脸庞上布满愠怒。

整天喝喝喝,要酒不要命,早晚喝死拉倒!

我仔细打量她丈夫。他高大壮实,仰卧在病床上,几乎将床顶满。以刘佩瑶此时的身材,站他旁边必如小鸟依人。我不由自主脑补了一下这个画面,心头隐隐不适。这男人不仅身板魁梧,脸相也不错,如果精神抖擞地站在阳光下,必将阳刚四射,充满雄性之美。我想我是嫉妒了。于是我走出病房,回到办公室去写病历。

几分钟后,我听到叩门的声音。门开着,刘佩瑶站在门口望着我。我说请进。她走到我对面,客气地说:打扰你工作吗? 我说:没关系,请坐。她坐到条凳上,将肩上的深紫色鳄纹包放到旁边,冲我矜持地笑了笑。这是礼貌,但也代表我们已经生疏。也难怪,一别这么久,就算是青铜白铁,也该被时光腐蚀得锈迹斑斑,何况当年的分别还那么难堪,以至于我们双双断定今生都不会再见彼此。我摆弄着手中笔,还她一笑。

没想到在这里见面。我说:省城真小。

刘佩瑶隔着宽大的桌子盯着我。她的眼神坦然而直接,我仅仅对视了一下,立即羞涩而退。她混迹生意场这么多年,想必已百炼成钢,面对任何场合任何人,都能够自然无畏吧。我的眼神退缩时,余光扫见一抹笑意,像春水一样浅浅浮动在她的唇角。

是啊,我也没想到会这样见面。她说。但我知道你在这儿上班。

什么时候知道的?

你来不久就知道了。

毫无疑问,她是从同学那儿得到的消息,正如我所知道的她的消息,也都是从同学那儿获得一样。我说:那你为什么不来找我。

你也没找我呀。

我是不知道你在哪儿。

你可以打听呀,我能打听到你,你当然也能打听到我。她说:除非你不想见我。

她说着,从包里摸出一盒烟和一只打火机,似乎意识到不妥当,又放了回去。她的话击中我要害,我无言以对,只好装模作样地在病历纸上乱画。我听到刘佩瑶叹了口气。

你看不起我,我又何必自轻自贱。

不要这么说。

那我该怎么说?从那天到现在,已经十一年了,你博士毕业来这儿上班,也已经四年了,这么久这么久,连一句问候都没有。人家普通同学逢年过节还发个短信呢,崔南,你说我该怎么说?

她的声音不大,语气似有一点幽怨,但更多的是指责。她这指责来得太陡,若以我的想象,我们至少得有半个小时的客套,各叙别后,互探底细,借以判断该用什么态度去面对全新的对方。就算要抱怨指责,重算旧账,也当有充分的虚与委蛇做前奏。刘佩瑶这迫不及待的责难让我措手不及。也许是她怨气太重,含恨已久,今日一见,忍不住要先吐为快吧。我再次摆弄起了手中笔。我脸上热辣辣的,我知道那是她的眼光在炙烧。

你不找我,我肯定也不会找你,哪怕我住你家隔壁,也决不主动去敲你的门。刘佩瑶说:这次是凑巧,他在附近喝酒,喝出事了,狐朋狗友们就近送这儿抢救。我是躲不过了……

我打断她的话。对不起,我不该在这儿上班,害你躲不过去,真抱歉。

刘佩瑶盯着我。你这样说有意思吗?

有没有意思呢?我无可奉告。办公室内的气氛仿佛川剧变脸,转眼间变得紧张而僵硬。这真让人始料不及。我知道人们对历史会有不同解读,譬如相同的葡萄在不同容器里会酿出不一样的滋味,对于我们共同经历的一些往事,她可能会有我想象不到的感受。但是两桶葡萄的滋味再不相同,终归酿出的都是酒,而不应该变成炸药。所以我不明白我们是怎么了。对峙了几分钟后,我决定让步。这里是医院,而我是主人,我不想弄得太僵,以免无法收场。何况她还有个身份是病人家属,医生跟病人家属斗气,弄不好是会惹麻烦的。

阔别重逢,咱们不好好叙旧,反而吵架,真是愚蠢。我说:好了钥匙,不生气了,咱好好说话。

二

钥匙是刘佩瑶的绰号,我起的。刘佩瑶其实不叫刘佩瑶,学籍和身份证上的名字是"刘佩钥"。所以我叫她钥匙,欲以此显示亲密。在我看来,我们的关系从一开始就非同寻常。当年入学的时候,唯一一个迎接的人就是她。我去得很晚,因为一直没有筹够学费,直到规定的报到时间截止前夜,我父亲才把家里那头用以农耕的黄牛卖出去。父亲是托人卖的,他给人盖房子,不巧伤了腿,无法行走。所以去学校时也没人送我,我背着一床被子和一包书,孑然一身恓惶而至。当我心急如焚地走出车站时,看到有人在晃一块纸板,上头写着几个工整的大字:

中州医科大学基础医学院颖川县新生崔南

我是个没见过世面的乡下孩儿,在来之前,父亲反复叮嘱不要跟生人说话,城里骗子多,小心把钱骗去。我对这个牌子和举牌子的陌生女孩充满警惕,想要低头躲开。但我的行装和眼神引起了女孩的注意,当我将要与她交错而过时,她冲我喊叫:哎,你是不是某大的新生? 我支吾说是。她说:你是不是颖川的? 我又支吾说是。她复问:你是不是叫崔南? 我的脸不争气地涨红起来。我那时还没学会从容自如地撒谎。我挣扎了一会儿,老实地说:是。女孩用指头捣着纸牌大呼小叫起来。嗨,你得有多近视啊,这么大字都看不见?

接下来刘佩瑶做了自我介绍。她也是本届新生,颍川人,两乡比邻,相距不过二十里路。她的口音与我一模一样,我一下子就相信了她。但是当她带我走出车站广场,在路边招手拦停一辆出租车时,我再次疑惧起来。那时出租车是新东西,清一色黄色面包,头顶一牌,上书"TAXI"。我想,一个学生哪里坐得起这个?她肯定是坏人,要把我带到某个地方加以洗劫,甚至还会把我杀掉。就在我犹豫是否立即逃跑的时候,刘佩瑶一把拽过我的包裹,丢进出租车后座。快上车!她不耐烦地吆喝:学校快下班了,再迟就报不上到了。

我必须感谢刘佩瑶。我们赶到学校时,负责报到的老师们的确已经在收摊。通知书上明文规定:逾期未报到者视为放弃。如果我乘公交去学校,毫无疑问会误了大事。还有,车钱是刘佩瑶出的,在我心疼摸钱的时候,她已经掏出一只漂亮的钱夹,抽出两张十元递给司机。我要把钱还她,她扫了一眼我鼓囊囊的蛇皮袋,说:你留着买饭票吧。

这些经历,使我对刘佩瑶怀有羞涩的感激。再加上我们两家那么近,算是老乡中的老乡,而且还是一个班,所以我将她当成了最亲近的人。我甚至认为,我们两个的关系本来就应该与众不同,在偌大的同乡会里,我们天然是个特殊的小团体。对于客居异乡的人来说,老家距离的远近,毫无疑问将是衡量交情的重要标准之一。开学一个月后,学校同乡会按照传统举办了一次 party(聚会)。我被派去布置场地。会场还没布置停当,同乡们已陆续而至。我站在高高摆起的桌椅上张挂拉花彩条，看到刘佩瑶与几位女生结伴走进来，脑门一热，就冲她挥臂呼喊：

哎，钥匙！

声音居高临下，覆盖了嗡嗡噪音。很多人应声看过来，然后跟随我的眼光望向刘佩瑶。我心血来潮这么叫，说实话有点邀宠卖乖的意思，同时希望大家能注意到我们的特殊关系。知道她名字的人都会心地笑起来。不料刘佩瑶却脸色突变。她凶巴巴地瞪着我。

你瞎叫什么？

我很严重地愣了一下，立即意识到自己表错情了。我想解释我无恶意，刚刚张开的嘴又被刘佩瑶的话堵住。

干你的活儿吧。她说：当心跌下来摔死你！

我大窘，兀立于叠椅之上手足无措。我觉得满堂人都在看我，脸上眼里全是对我的讥诮。从椅子上爬下来，我就变得自闭了。但是"钥匙"的称呼，却自此不胫而走，由同乡而同学，大家都这样叫起来。刘佩瑶将此当作我的罪，整整一个学期都对我不冷不热，视如路人。我后悔死了自己的孟浪。

唯有用"孟浪"来形容我这个行为。在此之前，已经有足够多的事实提醒过我，我在刘佩瑶那里并不重要，更不特殊。在车站初次见面时，她眼光不停从我寒酸的行装上扫过，我已感受得出她的轻视，好像还有点失望。她有钱，比大多数老乡都有钱，据说她家是开批发部的，生意兴隆，日进斗银，所以花起钱来也大手大脚。面对我们这些穷同学时，她有种发自细胞深处的同情，神色间充满悲悯之问：你为什么这么穷？你怎么可以这么穷？我还发现另外一个现象：跟我们这些乡下同学在一起时，她痛斥所有矮化乡村的言行。

我仅仅是赞美了一次城市的干净,就被她恨恨批斗。但平时,她却更喜欢跟来自城市的同学交往。这些事情全都显而易见,而不是什么蛛丝马迹需要明辨细绎。因此,我本应该清楚我们其实不是一路人,她也不可能因为两家的距离而把我特殊对待。我被她当众羞辱是活该。我还得谢谢她,教我明白了 厢情愿等于自取其辱,而主动向人示好又是多么危险的事。

第二学期开学之前,父亲建议我去找找刘同学,最好跟她结伴返校,路上会更安全。刘佩瑶并未与我断交,我也有意愿改善一下我们的关系,就听从父亲,骑上自行车去找她了。她家的批发部开在镇上,老家则在某个村庄。我先去村庄寻找。村庄不大,问了两个街坊,就摸到了家门。因是白天,大门洞开着,我在门前跳下自行车,看到她正在院子里洗头。她家那么有钱,但房子还是普通平房,与周围那些民居并无二致,大门也是比较老式的砖拱门楼,大概是不愿显富。刷红漆的脸盆架放在院内朝阳处,刘佩瑶垂头弓背,认真地搓洗稠长的头发。我扶着自行车,立于大门口,叫了声她的名字。她揉着头发勾过头,看到是我,却并无惊讶表情,好像我是她家邻居,出现在这里是自然而然的事。她甚至没有停止揉搓头发。

她说:干吗?

你什么时候回学校?

后天。

咱一起走吧?

你坐什么车?

火车。

火车太挤了,我坐票车。

票车是我们老家对客运汽车的俗称,的确不挤,但票价要贵得
多。我说:那咱分开走吧。

刘佩瑶说:嗯。

那我走了啊。

哦。

我就骑上自行车离开了。田野里春光方好,但我很难过,一路
伤心到了家。我觉得我们的交情到此为止了,如果我们有交情的
话。第二学期疏离无话。第二学年在九月初如期开学,少不得也遵
照传统迎接新同乡,然后大开 party 搞联谊。聚会结束不几日,刘佩
瑶突发高烧,紧接着出现黄疸症状,皮肤与白睛黄如橙皮。大家是
学医的,知道此为急性肝炎,极具传染性,一时人心惶惶。刘佩瑶被
送进附属医院隔离治疗,然后传出检验结果,说是乙型肝炎急性发
作。病情稳定之后,班主任体察众情,敦劝刘佩瑶回家休养。刘佩
瑶休养了三个月,假满返校,即成孤家寡人。我看着她每日独来独
往,颇觉同情,忍不住上前表达不值钱的关心。我邀请她一起出去
玩,但所有邀约,得到的回答无一例外是:不去,谢谢。我不相信她
不需要朋友,寒假后返校,我再次找她询问愿不愿同行。她的回复
依旧是:我坐票车。看来我错了,她已经强大到可以无视众生,双臂
一抱,就是她的大千世界。

刘佩瑶就这样倔强地存在于校园里,骄傲而孤立。只是身上衣
裳更多了,隔天一换,款式各异,看得人眼花缭乱。时间流逝,同学
们学业渐进,对乙肝的恐惧亦慢慢消除,从前的好朋友相继回到她
身边。刘佩瑶并不拒绝再次融入大众,但也没有因此而变得更加快
乐,相反,她看上去似乎更高傲了,好像不是大家接纳了她,而是她

原谅了大家。她的高傲可能来自文学上的成绩。她爱好文学,喜欢写诗和散文,然而变成铅字发表到报刊上,还是在因病被隔离之后。那些报刊虽然不太知名,亦足令人艳羡。我想,一定是文学寄寓了她的情感,使她得到抚慰,因此才可以安于隔绝吧。同学们令人心寒的疏远,反而成就了她的文学事业。这事所包含的逻辑蛮老套的,但也的确很励志。

随着她与同学关系的逐渐缓和,她对我的态度也慢慢改变,当她彻底摆脱乙肝造成的社交困扰后,我也成了她最好的朋友之一。她们宿舍的女生常常点评男生,每当我被讥笑为信球(方言,骂人的话,傻瓜之意),她就会旗帜鲜明地替我辩护。同乡之间有什么活动,她也总会叫上我一起参加。有好几次,我正在自习室里看书,突然一只塑料袋放到桌子上,然后一个人坐到我旁边,一股还算好闻的气息随之钻入鼻孔。——后来听刘佩瑶说,那是薰衣草香水的味道。塑料袋装着消闲的食物,不是瓜子糕点,就是时鲜水果,每次都放在偏向我这边的位置。刘佩瑶冲我一扬脸,示意我吃。那时候她的脸大而白,细腻圆润如银团,一望而知生活好,但并不怎么悦目。当然我对她的相貌不感兴趣,我感兴趣的是她带的食物。我通常是假惺惺地推让几句,然后再扭捏地拿过来吃,占了便宜还装不得已。

她的这种改变并不使我感到意外。所有人都躲避她的时候,只有我请假在医院陪护,直到她爸和她哥闻讯赶来。她出院回家,也只有我送到车站。我的身体跟卖掉的黄牛一样健壮,所以我不担心会被感染。她可能看不起我,但我不能在她最无助的时候转身不管,毕竟我们两家相距那么近。她现在的友好表现,毫无疑问是对我的某种回报。但我不理解她为什么在最孤单的时候反而拒绝我靠近。

越没人理我,我就越不理人。刘佩瑶说:那时候向你示好,有点卑躬屈膝。

真是个骄傲的人!我看到她的教材封面上写着三个字:刘佩瑶。我已拜读过她的作品,署名也是刘佩瑶,想必是嫌原来的名字土,改换了个雅致的字眼。其实"佩钥"也并非全然老土,相反,这是个被祝福的名字,蕴含着传统乡土最朴实的期许。在我们豫中,掌管钥匙的往往是一家之主,而钥匙又象征财富,钥匙越多,代表家业越大。所以,当我静坐一隅,想到刘佩钥的名字时,脑海里即刻浮现出这样一幅画面:一位身穿老式旗袍的女人,缓缓行走在深宅大院的青砖甬道上,秋风徐至,阳光明媚,莲步轻移之间,一大串青铜钥匙在丰满的屁股上丁零作响。不知刘佩瑶可否有过类似联想,但就算有,大概也不喜欢,所以才会矢志改名。不过从单纯的字面感受上,"佩瑶"的确比"佩钥"强多了,虽只一字之差,雅俗已然剖判,看来她的确是有文艺天分的。我吃着草莓说:这个名字不错。

刘佩瑶对"名字"二字好像很敏感,警惕地瞪着我。怎么?又想给我起绰号?我警告你崔南,你敢再给我起绰号,我买包老鼠药毒死你!她说:我最讨厌人给我起绰号!

我无辜地看着她。我什么时候给你起过绰号?

你敢说"钥匙"不是你起的?

那不是绰号啊。

不是绰号是什么?

昵称。我说:我是当昵称的。

刘佩瑶微微愣了一下,咧开嘴嗤嗤笑起来。哎哟,你少肉麻了。

她说:还昵称,你不觉得太暧昧了?

三

遗憾的是,二十年前的昵称未能安抚刘佩瑶。记忆里的温情本该是一剂良药,可以除烦祛郁,宁心安神,纵使相见如仇,亦能以怀旧为引,将是非恩怨一一消解。刘佩瑶的情绪不但没有和缓,反而显得有些焦躁,仿佛良药过了期限,疗效已经丧失,只剩下加倍翻番的副作用。她眉心微蹙,再次将手伸进包里,取出烟盒和打火机,挑衅似的盯着我,抽出一支噙在嘴上,打火点燃。她的动作很娴熟,甚至说得上优雅,烟雾从红唇吐出来的情景,颇似影视里的画面。

我说:这里不准抽烟。

刘佩瑶又吐出一口烟雾,似乎成心要跟我作对。我提高了声音:出去抽吧。我说这句话的时候没有看她,她的眼神太犀利,我生怕招架不住,然后任由她在办公室里破坏规矩。办公室陷入令人难堪的死寂。死寂大概持续了几秒钟,或者几百年,刘佩瑶霍然起身,提上包包走出办公室,鞋跟叩击地板的声音锐厉而急促,在幽静的走廊里橐橐远去,最终渺然消失。我抬起头,望着她刚才坐过的地方,一时有些恍惚。此时此刻,那里是一片空气,若非她制造的烟雾尚在,没有任何证据证明刘佩瑶来过。烟雾散淡流动,渐渐稀薄,融化进白茫茫的灯光里。灯光也变得恍惚起来。我丢下笔,心烦意乱地走出办公室。

刘佩瑶老公依旧在病床上昏卧,我推门张望了一下,那两个醉醺醺的同伴已经不在,可能是被刘佩瑶遣走了。刘佩瑶也不在。我来到一楼大厅,看到她正站在大门前的水池假山旁抽烟。我走到她身边。她扭头扫了我一眼。

别抽了,对身体不好。

不好就不好吧,早死早托生。

我无语。看来她依旧沉溺在对抗情绪里。愿望中的重逢,本该诗情画意,情深意长,事实却如此可悲。这样的重逢要它何用?有些东西也许只能留归过去,彼此江湖相忘,或者天涯相安,一旦再次交集,便如穿越时空闯进对方的卧室,徒然相互惊骇和困扰。我站在刘佩瑶旁边,望着假山上翻涌如伞的喷泉发闷。尴尬无计消除,只能让时间碾磨成灰。刘佩瑶将指间的烟抽完,随手把烟蒂弹进水池。

他的情况究竟怎样?

还算稳定。用了两支纳洛酮,如果没什么意外,明天早上就可以醒过来。我说:不用担心。

刘佩瑶又点上一支烟。我看着烟头一明一灭,强忍抢过来掐掉的冲动。几分钟的沉默之后,刘佩瑶突然向院外走去。我说:你去哪儿?

烦,出去走走。

我望着刘佩瑶的身影隐没进两栋病房楼夹角处的一丛蔷薇中,转身回我的急诊科。我又观察了一下刘佩瑶丈夫。他的呼吸已经趋向正常,按压眼眶有明显的痛苦表情。我没有做其他检查,也没喊护士过来测血压,我不想给他超出普通病人的待遇,也不愿为他做多余的事。我盯着这个健壮如狗熊的男人,心情难以言表。还好我很快就忙起来,各种急病患者相继而至:一个服了超量药物的女抑郁症病人、一个看电视新闻时心梗发作的官员、一个被制服们围殴昏迷的小贩、一个偷情时突发脑出血的中年男……凌晨时分,送来一个被藏獒咬伤的少年。我忙了一夜,没有任何时间再发与刘佩瑶有关的感慨。但这不代表我彻底把她丢到了脑后。忙碌间隙,我看到她挎着包走进她丈夫的病房,在安排病人时,就特意避开了那一间。我猜她肯定要陪在她丈夫身边,想让她安静休息。作为一名医生,我也就这么一点特权了。

那名被咬的少年已经奄奄一息,他所有裸露的皮肤几乎全被啃烂,衣服也被撕扯得破碎。藏獒这畜生之凶猛果然名不虚传。我看着可怜的少年心悸不已,不由想起了我们小区的那条比特狗。狗主人是个光头大腹男,每日带它去公共场合溜达,也不系狗绳。那狗体形巨大,相貌凶恶,拖着大舌头四下乱窜,逢人便嗅。路人遇之无不惊惧尖叫,光头大腹男却觍着厌脸若无其事。人家诉诸物业,物业也管不了。后来有一天,那只狗突然暴毙,大家传说是被人毒死的。光头大腹男如丧考妣,在小区号叫了几天,扬言要找出下毒的人弄死。警察接警后来调查,看监控一无所获,小区业主们也互证清白,查来查去,不了了之。从此之后,光头男再也没养过具有攻击性的大型狗。当你被人置于恐惧境地而又无路可逃,以毒攻毒也许是最有效,也最便捷的维权方式。少年的父母已经哭傻了,除了悲号还是悲号,我打电话召唤擅长外科急救的同事,一直忙到天色大白,才从 ICU 病房出来。我疲惫地回值班室休息,路过刘佩瑶丈夫的病房,推开门看了一下,刘佩瑶不在。我也懒得进去观察她丈夫的情况,迷迷糊糊地睡觉去了。

我刚睡着就被叫醒了。那个少年最终没能活过来。看着在地上痛哭打滚的少年母亲,我很悲伤,也有点惭愧,让他们花了那么多钱,孩子还没能保住。上午查房时,我依旧郁郁不乐。当我带着实习生走进刘佩瑶丈夫所在的病房时,看到她正伏在丈夫旁边睡觉,大概是熬了一夜,太疲倦了吧。她可真是贤妻,而他们夫妇相依相偎的样子,也真让人感动。刘佩瑶被我们制造的声音吵醒,抬起头来看我们。我没顾上跟她打招呼,因为我发现她丈夫情况不对。这间病房朝阳,光线异常充足,病人的脸色在亮堂的空间里呈现青灰,口唇发绀,全身出汗,呼吸亦明显抑制。赶紧测血压和体温,血压下降得非常厉害,体温也不足 36 摄氏度。我吃惊不小,连忙将病人送进 ICU 抢救,一直折腾了一个多小时,危急症状才略有缓解。

走出 ICU 时,我连累带困,几乎要变成一团泥瘫到地上。刘佩瑶坐在门外的椅子上等候。她问我情况如何。我说很难说,暂时缓解了些,后续如何有待观察。刘佩瑶面现不悦之色。

你不是说没问题吗? 怎么突然成这样了?

她一边说,一边烦乱地翻包,取出烟和打火机。我的眼光从敞开的包口滑过,瞥见里头盛着各种女士用品,一只白色塑胶注射器半埋其中。人体是很微妙的,遭受严重损害后,不定会发生什么情况。我说:你也是学医出身,应该明白这个道理。

刘佩瑶把烟盒和打火机放回包内,抽着烟没再说话。我坐到她旁边的椅子上,眼光再次落到她的包上。她已把包链拉上,把包抱在胸前。包上的鳄纹精致好看,但这包肯定不是鳄鱼皮的。难道刘佩瑶看不出它是假货吗? 我虚弱地靠在椅背上,头抵着走廊的墙

壁,听到刘佩瑶说:

一定要在 ICU 吗?

ICU 更保险。

就是喝多了,酒精中毒。在普通病房也能治吧。

我扭头盯着她。走廊里略显阴暗,但毕竟是自然光,此时以如
此近的距离注视刘佩瑶,感觉又有几分不同。是的,她变化太多,虽
是曲身而坐,亦能看出身材之可观。尤其是脸部,几乎已经无法从
脸盘回忆到往日的容颜,只是太瘦了,两颊像刀剜一样凹下去,大概
是受够了以前的大饼脸,于是就整到了另一个极端。是不是怕花
钱? 我说。

废话! ICU 死贵,几个人住得起?

我笑了。你还缺这几个钱啊?

我又不是开印钞厂的。

一个老太太气喘吁吁地赶过来,打断了我们的对话。她是刘佩
瑶的婆婆。我不便再多停留,就回了办公室。交接班之后,我回家
休息,绕到 ICU 前看了看,刘佩瑶已经走了,只有她那个白胖的婆婆
在那儿守着。直到此时,我才想起我和刘佩瑶竟然没有互留电话。
这是多么令人无语的再会啊!

今天是周六,妻子去楼下打牌了,她儿子在外玩耍,家里很安
静,非常适合睡觉。醒来时已近傍晚,夕阳照在亚麻布窗帘上,一缕
阳光从窗帘的缝隙流进来,洒落到枕头边。妻子和她儿子还没回
来,家里依旧阒若空谷。我静默而卧,用手指撩拨着那缕光线,满脑
子都是与刘佩瑶有关的画面。手机被设为静音,此时抖动了几下,
我拿过来看了看,是一个朋友的号码。我本来与他约好下午去打

球,因我爽约,特地打电话问我是不是在家挺尸。之后有个陌生号码打过来。我懒洋洋地说:喂。

是我。

我顿时精神饱满。我说:你在哪儿?

老地方。刘佩瑶说:我想见见你。

作为病人家属,要找医生的电话很简单,到办公室问一下就知道了。我洗洗刷刷之后,换了衣服匆匆下楼。妻子和她儿子刚好回来,与我在三楼楼道处相遇。我对妻子说今晚与朋友小聚,不在家吃饭了。妻子哦了一声,与我擦肩而过。

四

我说的没错,是"我妻子和她儿子"。孩子是她和前夫的,离异后判给了她。她带儿子嫁给我时,儿子已经四岁。同事们纷纷恭喜,说这是娶一送一,我赚到了。真难为他们,把喜当爹说得这么动人。

但这并不是最难堪的。在此之前,我还有一段更难堪的婚姻,那段不堪回首的经历,已使我对各种不圆满的情感产生免疫。免疫不等于麻木,对于感情与婚姻这一人们津津乐道的话题,我也总是不听不谈,刻意回避。如果命运非要让我蓬头垢面,我不能不接受,但我至少可以用沉默来对抗它的恶意。

有些事除了归因于命运的恶意,真的找不到更合理的解释。——当然，也许仅仅是我不够坚强，遇到无法改变的困境，总习惯于怨天尤人。在这一点上，刘佩瑶比我强得多。假如要比苦难，她丝毫不逊于我，但我从来没见她诅咒上天。她也相信命运，但是她说，如果命运要欺负她，她就扼住它的咽喉把它掐死。

她说这句话的时候，刚好有雷声滚过天空。乌云像一团团烧成灰烬的棉絮，悬浮在青天白日之间。夏天的气候常常晴雨交错，阴阳莫测。刘佩瑶站在她妈的坟前，眼眶里泪花闪烁，脸上却是一脸倔强。她妈死于火灾。她家开在镇子上的批发部夜间失火，连房带货一炬而尽，她妈本来已经逃出，但是心疼钱财，又蹈火寻找存折，存折没找到，命也白白搭上了。消息传到我们村时，已是七天之后。我骑车赶去慰问。他爸萎靡地躺在老家的竹椅上，告诉我佩瑶去上一七坟了。我按他说的方向寻找，在一片花生地里看到了她。我远远听见她在哭，走近以后，哭声就没有了。坟土尚湿，花生正在开花，深绿的叶片上沾着零星飘落的雨滴。刘佩瑶从地上站起来，望着一步步靠近的我。

你放心吧，我很坚强。她说：什么都打不垮我。

这是一个令人不安的暑假。我后来又去找过她几次，均未见到。开学前，我再次登门，约她一起走。她正在整理行装，听了我的请求后，告诉我她还是坐票车。我已风闻她家破产了，还欠下很大一笔债，此时还坐票车，只能说是虚荣作怪。我哂然而别。然而这天下午，刘佩瑶又找到我家，说她改变主意了，要跟我一起乘火车。我父母对她的到来反应热烈，煮了六枚荷包蛋，又颠颠地去小卖部买了瓜子和糖块。我对两位老人家的用心洞若观火，他们把刘佩瑶当成了未来儿媳妇的假定人选。这想法由来已久，当年入学不久，我给家人写信讲述刘佩瑶对我的帮助,他们就已怦然心动。父亲腿伤刚好,即奔赴刘家的批发部拉关系探口风。人家对他很客气,但也仅仅是客气而已,言谈之间,有钱人的优越感无处不在。父亲深受挫折,不复痴心妄想。现在刘家衰败,再也神气不起来,父母看到刘佩瑶,就觉得我们很登对了。刘佩瑶走后,母亲说:这妮儿长得一般,好在也是学医的,配得上小南。父亲点头赞同。现在轮到他们优越了。

刘佩瑶对我父母的小心思看得很清楚。在去学校的火车上,她说:崔南,你有女朋友没有?我说没有。真的?真的。那我给你介绍个吧。谁呀?一个美女,哎,先说好,要是你们成了,你得请我吃冰激凌。

一路上我心如釜水,翻腾不已。已经是第四学年了,同学们大半在谈恋爱,只剩下一小撮没人要的和不正常的。我不是不想尝尝恋爱的滋味,只是谈恋爱得花钱的,钱袋饱满,才能自信饱满,而我囊中羞涩,面对女同学时也只好举止羞涩。刘佩瑶也没有谈恋爱,大概是过于高傲,没人敢追。我想了一路,想她要给我介绍的人是谁。我觉得这个所谓的美女很可能是她自己。如果真的是她自荐,我会接受吗?我脑海里开始了科学论证和精密计算,试图从性格、家庭、志趣、爱好等各方面,对我们两人能否结合做一个比较客观的评估。这个命题很复杂,要论证也很艰难,直到三天后她通知我晚上见面,我还没有得出结论。我想:先谈着也行,如果哪天发现不合适,再结束也不迟。于是我就赴约去了。我在金水河畔一个小树林旁等了很久,终于看到刘佩瑶走过来。但她旁边还有一个人。太暗太远,我看不清那人面貌,但是身材却着实巍峨。两人姗姗走近,终于看清真容:原来是我们班最胖最丑那位女同学。我掉头而去。第二天是周末,刘佩瑶找到我们宿舍,指责我不守信用。我斜在床上,没好气地瞪着她。她说你什么表情啊。我说我去了,谢谢你的好意。刘佩瑶啊了一声,嘎嘎大笑起来,开心得没有形状。

那你喜欢谁? 我再去当说客。

我谁也不喜欢。

你真是怪人。刘佩瑶说:难道你是水仙?

刘佩瑶开始勤俭度日,衣服虽依旧换得频繁,但都是以前的,而没有出现新款式。她也不再天天与人上街,上街就有诱惑,就想花钱,她要规避这个风险。没用多久,她就又把自己孤立了起来。这次是她自绝于众,而非大家排斥,同学们对她的遭遇唯有感慨,无人因她堕入贫寒而歧视她。我深知对于一个过惯大手大脚花钱的好日子的娇小姐来说,突如其来的窘迫生活该有多么难挨,因此并不记恨她的戏弄,常常约她出去玩。每到假期返乡,我都会去北山铝石矿做工赚钱,很累,也有风险,但赚得多,除了在校花销,还能补贴家用。这次来校,父母已经存心让我跟刘佩瑶谈恋爱,所以不但不要我的钱,反而帮衬了几百。刘佩瑶对我的邀请统统拒绝,几乎所有空闲时间都泡在图书馆里。我就买瓜子糕点或时鲜水果,放到桌面靠近她的一边。她扫一眼塑料袋,再扫一眼我,语气冷淡地说:别乱花钱。

我说:我有钱。

她扭头盯着我,眼神里充满讥嘲。我掏出钱包,露出那沓脏兮兮的纸币给她看。她的眼神瞬间变成惊讶。我凑近她耳朵,悄悄把父母的愿望讲给她听。刘佩瑶嗤嗤笑起来。想得美! 她说:我才不去你家当媳妇！她说着，手已伸进盛放水果的塑料袋。哎，你得把钱存起来，小心弄丢。

刘佩瑶跟我谈论过勤工俭学，问我她能干些什么。我建议她好好写作赚稿费。刘佩瑶撇了撇嘴。她说发表作品就像买彩票，运气好了中一注，运气不好整年碰不上，何况稿费还那么低，靠不住的。那时候已有女同学被大款包养，一次闲聊，她说：索性我也当金丝雀去。我说：行啊，你这种文艺范的，肯定更受欢迎。

那是！本小姐可不是什么人都能包养的，像那些浑身猪油的货色，想都别想。她说：算了，等哪天上帝发昏，让你成了大款，我给你包养吧。

这些暧昧的话渐渐多起来。这代表我们已经有了默契，虽未挑明，但已视对方为恋人。有一天在图书馆看书，她说她想写一个关于爱情与性的小说。她问我有没有处女情结。我看她神情严肃，就认真想了想，终究也没想出所以然。过了几天，我们去二七广场闲逛，走到半路，她又扯到这个话题，假如她是我女朋友，我们要结婚，而她如果不是处女，我会不会介意。我在一棵古老的梧桐树下停住脚步。

你不是处女了吗？

她也停下来，目光平静地望着我。我有过男朋友。

什么时候？

高三的时候。

他呢？

死了。

我心脏突地一跳。怎么死的？

后来我觉得不合适,要分手。他想不开,就服毒了。

刘佩瑶说完,继续往前走去。我默默跟上,与她并肩而行。快到二七广场的时候,我拉了一下她的手。她回过头来盯着我。

你接受吗?

我点点头。

刘佩瑶骤然大笑起来,仿佛水库开闸,憋了太久的洪水翻滚而出。逗你的,你也信! 她笑得弯下腰去。哎呀,太好玩了。

我气得想揍她。但是过后,我一想到这个,心头总有一丝阴云笼罩。她到底是不是逗我呢? 只有她自己知道,如果我想验证,只有一个办法:与她做爱。但是这办法譬如蜜蜂的刺,一旦用了,便无退路,不管她是不是处女,我都得背负责任。我们的关系依旧持续,不时暧昧一下,但也终究没有实质进展。生活平淡无事,时间便飞逝如梭,最后两年转眼而尽。这两年我们相互陪伴,以一种心照不宣的态度保持着适当的距离和感受。我们都在等待那一天的到来。到那一天,我们会领证,会结婚,会牵手,会上床,一切都将水到渠成。我们知道终将有这一天,只是都不说出来。

但在毕业前夕,预想中的这一切突然都变了。我母亲罹患胰腺炎,住进镇卫生院。我们镇卫生院很大,业务也好,在本地鼎鼎有名。我赶回去看望,在医院里邂逅了一个初中同学。她父亲是院长,卫校一毕业就进医院上班。我们叙旧论今,相谈尚欢,短短几天就成了好朋友。母亲出院后,我刚回到省城,她的信已尾随而至。信里用词热辣,情感浓烈,我觉得要出问题。果然,几天之后,父亲打来电报,说有要事,让我回去一趟。父母端坐堂上,严肃地询问我有没有跟刘佩瑶谈朋友。我说没有。他们很夸张地松弛下来,显得很开心,告诉我有件大好事,医院院长托人来打听了,想让我当女婿。我明白父母的意思:这事的重点其实不是当院长的女婿,而是能够通过这层关系进入医院,混个一辈子不愁吃喝的好工作。这是他们对我的终极愿望,此时愿望已唾手可得,这令他们亢奋无比。我倒不是不想去那个医院,而且初中女同学很漂亮,也有风情,跟她结婚,必定是很多男人的梦想。但是想到刘佩瑶,我就犹豫起来。父母知道我的心思,脸色一下子板结如霜冻。第二天,母亲就又住院去了,说是肝疼气串筋,口口声声必死无疑。我对她老人家发明的新疾病哭笑不得。紧接着父亲也不再理我,说一切随我的便,他只当没养我这个儿子好了。姐姐也被动员起来游说我。姐姐生性柔弱,经常被姐夫打。她指着身上的青瘀对我说,如果我留在老家,成了地方名医,姐夫就不敢再轻易打她了。若再不从,我俨然要成家庭罪人。我只好妥协了。

我对姐姐叹了口气,说:好吧。

此时实习已届尾声,我以母亲有恙为名,给导师打电话请假,不再回附院去。我也没对刘佩瑶说这事,我觉得无法措辞,反正我们也没有明确关系,不如就这样无声无息地相忘。夏天已经掌令,过了芒种,麦子一夜间黄遍田野。我戴上草帽,提镰下地收割。那时的天空蓝如海洋,太阳当顶,但有清风徐徐,所以并不觉得炽热,反而是麦芒刺得胳膊难受。正割之间,听到一个熟悉的声音从不远处的道路上传来。

崔南!

我抬头望去,看到刘佩瑶跨在自行车上,一脚点地,在阳光下对我嘻笑。她穿着一条天蓝色短袖连衣长裙,裙子是几年前的,棉麻布料已经洗得微泛米白。头戴一顶宽檐白纱帽,帽绳系着下巴,稠长的头发乌亮地披散在肩上。我说:你来了?

听说你要去镇医院上班?

唔,是啊。

祝贺你!

谢谢。

刘佩瑶一直笑嘻嘻的,裙子和纱帽被风张着,似乎随时会凌风而起,快乐地飞翔在自由无垠的天空。她说:再见!

她的声音很清脆。我从来没听到过她如此清脆的话语。我手持镰刀,站在尖硬的麦茬上,望着她在起伏的麦浪之间飘然远去。阳光一时如火,麦子在曝晒下炸裂脱壳,跌落进干燥的土地。我听到哔哔剥剥的声音在金黄的海浪中连绵不绝。这是伤心的歌咏吧,等到了成熟,却选择了分手。

在这个收获的季节,我们失去了彼此。

五

我走出小区时,夕阳已被楼群吞没,余光射向灰蒙蒙的天空,仿佛溺水之人伸出求救的手。当我拦到一辆出租车坐进去,夕阳已彻底溺毙,暮色均匀散布,街头的灯光开始试探性地亮起来。仲春的黄昏温暾而短暂,你以为它会缠绵一阵子,它却突然跳进了黑夜。

傍晚正是最拥堵的时候,出租车蜗行龟步,花了一个小时,才慢吞吞地爬到二七广场。二七广场是这个城市最大的旋涡，吞进四面八方的车流，粗暴折磨后再甩向四面八方。广场中央的二七塔，是最能代表这座城市的建筑了，有好几次，我在午夜时分兀立塔下，望着流光溢彩的城市陷入茫然。繁华与喧嚣穿身而过，如舟车纵横飕飕，我看它们如烟尘，它们看我如空气。这种感受难以言喻，却一直将我困扰，使我不能如糖盐化水一样融入这个城市。——或许并不是城市排斥我，而是我自己拒绝融化吧。无亲无故，即是他乡，在我这个小农民的心里，始终盘旋着坚硬如伤的客愁。

刘佩瑶约的"老地方"是个书店，在母校附近，二七广场往西一千米即到。当年是栋两层的楼房，一楼卖教辅和各种专业书，二楼是文史哲类。二楼是刘佩瑶最常去的地方之一，因为这里有很多学校图书馆所没有的书。我也去过几次，但不喜欢这里的气氛，工作人员会不知疲倦地巡逻，看每一个顾客都像偷书贼，你抽出一本书不到两分钟，耳边就会响起不耐烦的吆喝：别乱折！小心弄脏！不买别乱翻啊！

我曾在这里发生过一件很糗的事。那是在大三，我来此书店闲逛，随手抽出一本李东垣的《兰室秘藏》，发现封底的价格被单面贴盖住，用复写笔写上"9元"，而在版权页上的定价则是3.5元。这个巨大的差价令我心动，决心把它弄到手，就躲到角落里，遮遮掩掩地抠单面贴，试图把"9元"抠掉。不料我刚抠两下，手腕就被捉住了。我瞬间成了众人瞩目的焦点，在女工作人员凶狠的斥骂中羞惭欲死。我说：这书我买了。女金刚说：你不买还不行呢！我将衣袋掏遍，统共只带了五块钱。就在我急得要咬舌自尽的时候，刘佩瑶从二楼走下来。她从白色钱夹里抽出一张十元纸币丢到收银台上，对我说:跟她们吵什么？拿着书到物价局去,举报她们窜改书价。

我们并没有去物价局举报。这本《兰室秘藏》,成了我所有书里最特殊的一本,十几年来,它陪着我搬来搬去,颠沛流离,当我重返省城安定之后,它也结束了流浪生涯,在书柜最上一格正中的地方安居下来。

说颠沛流离也许有点夸张,但是辗转多地,无所依傍,却是那些年的事实。而这全拜我的第一场婚姻所赐。我们的婚事很急骤,我一答应院长家,那边就开始张罗婚礼,毕业返乡不久,我们就热热闹闹地把婚结了,而此时距离我们邂逅那天还不到两个月。想象中的婚嫁本应从容徐缓,先不紧不慢谈一两年恋爱,然后不慌不忙地挑选吉日,等到洞房花烛,已是数年之后。这个快马加鞭的婚事让我很不适应。院长的女儿姓蓝名虹。蓝虹有她的解释,她说自打当日邂逅,就已喜欢上我,从此度日如年,五十多天的时间,对她来说足足有一辈子那么久了。天底下有哪个男人不喜欢这样的话语呢？我快乐得不知自己是谁,幸福感充斥心房,糊里糊涂就把事办了。

本来我想等调进医院后再结婚,但蓝虹等不及。她质疑我不爱她,把娶她当成一个交易。她这么一说,我就没法坚持己见了。洞房那晚,我发现蓝虹不是处女。这让我有点不舒服,但是回想就算娶刘佩瑶,同样可能不是处女,我也就释然了。看来我注定没有娶处女的命。结婚之后,蓝虹的肚子就开始发福,一天鼓起一层。出于职业的敏感,我很快意识到这不是胖。在我逼问下,蓝虹说了实情:她怀孕了,孩子是邻镇一个矿主的。我顿时成了绿色植物。我要求打掉,蓝虹不答应。她说好歹是一个生命,他是无罪的,如果我爱她,就应该爱她的一切,包括肚子里越长越大的那块肉。她态度很坚决，充满了捍卫生命的正义感。我默默地走了出去。

父母发觉了我的异常，怀疑我得了病。我说我想离婚。他们断定我真的病了：我一定是疯了，否则不会有如此荒唐的想法。他们立即开始使用他们的方法给我治疗：不外乎一个板脸，一个生病，再把姐姐搬来缠磨。姐姐再次撩开衣裳，指着身上的青瘀痛陈家暴之苦，而这种苦难，唯有我进医院成名医可以解救。我再次妥协了。我没有告诉他们真相，这样的耻辱我说不出口，还是让我一个人消化好了。

结婚三个月后，我终于进了医院。八个月后，蓝虹把肚里那个东西生了出来，但因胎盘前置，导致手术大出血，无法收拾，最后把子宫切了。也就是说，她不可能再为我们崔家生孩子了。可怜的父母不明就里，将新生儿当作自己的胤嗣，做牛做马兼做狗，宠爱得令人发指。两年之后的一天，父亲自外而归，神色僵呆如木，对小孩亦视而不见，不再亲热。我知道流言终于传到了他的耳朵。小孩就此失宠了。蓝虹知道是怎么回事，索性带着孩子住到了她娘家。不久之后，她在她爸的活动下调进县城人民医院，彻底不再回来，听同事说，有人见她跟那个矿主同居了，人家才是名正言顺的一家三口。

我是旁听到的这个消息。同事们在走廊里大声议论，根本不回避我，或者说目的就是让我听到。其中有个人是副院长，跟院长长年交恶，在他看来，羞辱我这个院长女婿，也等于羞辱院长。医院的人早就知道蓝虹跟矿主的关系，从我进入医院起，就被人视为万年爬虫。我在这个庞大的乡镇医院里忍辱负重，苟且偷生，为了让姐姐不再被家暴而努力奋斗。我甚至对蓝虹跟矿主藕断丝连的关系视如不见。我已经知道她喜欢的是他，而且一直在等他离婚，找上我不过是权宜之计。她是不会改变主意的,我也心灰意冷,不愿尝试去改变她。然而可悲的是,我努力了三年,并没有打出什么名气,反而是那些没受过什么高等医学教育、能吹会骗善揣摩、用药不规范但敢于剂量加倍的江湖式医生,一个个门庭若市盛名远扬。乡村卫生有它自己的生态,我坚持的东西在这里格格不入。我没能给姐姐带来安全,她依旧被姐夫频繁暴打。我觉得我是个彻头彻尾的失败者。当我从走廊侧身而过,副院长肆无忌惮的声音像锥子一样刺入耳朵,我知道我该走了。

　　十月中旬的一个上午,我给刘佩瑶打了个电话。刚下过一场秋雨,一阵风吹,天气陡然变凉。我站在县城街头一个 IC 电话前,全身不由自主地颤抖。我想告诉刘佩瑶,我离婚了,刚刚从民政局出来,我想告诉她我想她。我拨了她的手机号。那时手机已经比较普遍,但是我还没有。刘佩瑶很快就接通了。时隔四年,我再次清晰地听到了她的声音。她说:喂!

　　我的手依旧在颤抖。我说:你好吗?

　　我能感觉到她愣了一下。她听出了是我,声音再传过来的时候,语气已经变得冷淡。还好吧。打电话有事吗?

　　我说:我离婚了。

　　离婚了?

　　嗯。

　　为什么?

　　不想说。

　　那就别说了。

　　然后我们陷入沉默。沉默持续了将近一分钟,我忽然意识到这是长途,话费很贵,于是我马上对她说:我要考研。

好呀。

然后再考博。

挺好。

我想出去,本科学历太低,拿个博士,工作会比较好找。

嗯,考吧,我支持。

我明天去省城买书。

我等你来。

好。

挂掉电话后,我双手插在裤袋里,在萧瑟的街道踽踽行走。国槐的叶子翻卷着扑到身上,短硬的柄划过脸庞,有一点细细的疼。刘佩瑶的手机号是从同学那儿打听到的。我还从同学那儿听到其他一些消息:毕业之后,她就留在省城发展,先是在药店打工,后来又当医药代表,据说赚了不少钱。这是一名同乡女校友说的,说到"赚了不少钱"时,她的脸肌挤出一个很矫作的冷笑,里头填满了鄙视。我很不以为然。身为医疗系统一员,我深知女医药代表们都是怎么赚钱的。市场上同类药品那么多,要想卖掉自己的,就得直接从医院下手。通常他们需要买通主管院长、药房主任和各科室主任,同时给开药的医生充分提成。但是大家都在走这条路,而且都在甩钱,怎么破? 长得漂亮又愿意为事业献身的女代表们的优势就体现出来了。但我绝不相信刘佩瑶会这么做。她是个清高而骄傲的人,必不会干这种没尊严的勾当。何况,退一步说,她的相貌也不出众,实难助她开疆拓土,攻陷各路院长和主任。

女校友的冷笑更加浓烈。她整容了。她说:在药店攒了两年钱,去换了张脸,也算是投资吧。人家投对了,一下子就赚嗨了。

女校友言之凿凿。刘佩瑶家道中落后,她父亲一蹶不振,混吃等死,欠着一大笔货款没还。她两个哥哥为了切割,相继跟老头儿分家,只留刘佩瑶父女相依为命。所以我知她的确需要钱。但说她以这种方式去挣,我多半不信。我走出省城火车站时,看到有人朝我挥手微笑。我脑袋里轰然一声,仿佛被炮弹击中的驳船,几乎在猛烈震荡中分裂破碎。我走到她面前,盯着这张美艳许多的脸。脸上毫无疑问动过刀,但还没有脱胎换骨,一些固有的东西尚在,使我据以认出是她。我说:你整容了?

不好看吗?

我笑了笑。刘佩瑶骑着一辆女式摩托。她先带我去吃饭,然后去书店买书。我原本以为我们会有很多话说,事实上却很少。我这四年,每一寸都是羞于示人的伤,而她的经历,大概也有很多不可为人道的秘密吧。所以我们的对话都经过小心挑拣,以至于有种相敬如陌的感觉。这么多年过去,书店还是老样子,没有扩大,也没翻新。在这个地价飞涨的地段,它还存在着,已经算是奇迹了吧。刘佩瑶陪我走进书店。我们已经说好,买过考研的书后,就去母校溜达一圈。刚进书店,刘佩瑶的手机又响了。还是那个客户。从我们吃饭时起,这个客户就不停地打进来,刘佩瑶反复致歉,说陪朋友办点事,马上就过去。这回对方明显没了耐性,我站在旁边,都隐约听到了愤怒的吼叫。刘佩瑶无法敷衍,抱歉地看着我。我说:你忙去吧,我在这儿等你。

她说:好吧,我一会儿就回来。你可别乱走,回来了找不到你。

我望着她走出店门,她跨上小摩托匆匆离去,满脑子跟踪窥探的念头,但我双脚终究挪不出书店。我在书店里心不在焉地翻书。书店唯一的变化是服务态度,顾客可以随便翻看,而不再被工作人员警告。一个多小时后,刘佩瑶急急忙忙赶回来。她看到我还在,好像舒了口气。不错,很听话。她笑着说:我还担心你等不上走了呢。

可能是走路匆促,刘佩瑶呼吸略有点快,脸颊上也抹着浅浅一层桃红。她脸上的妆亦与之前有所差别,比如眼影没了,唇红反而更鲜亮。最刺眼的是,在她左耳下的脖颈处有一圈牙印,虽然咬得不深,但在白日天光里亦足够醒目。我两只眼盯在那里,仿佛目睹着整个世界的无情坍塌。我的表情提醒了刘佩瑶。她说着"看什么,我脸上有金子?",从包里掏出化妆镜观察,随即脸色剧变。她慌张地捂住牙印,支吾说:碰见一个同事,带着孩子。我跟她孩子很亲,抱了抱,这小混蛋,在脖子上啃了一下。哎,你不会瞎想吧?

谁家的孩子有这么大的嘴巴?这个谎撒得太失败了,也许是事起突然,仓忙应对,顾不上考虑最基本的客观逻辑吧。我想对她笑一下,可是脸肌僵硬,如同失去弹性的橡胶,我使劲扯使劲扯,却只能咧了咧嘴。我说:我走了。然后我抱着书去结账,推开厚厚的玻璃门,走进了西风呼啸的十月。我没有回头,我怕刘佩瑶会跟出来,在相互张望之中看到我流泪。我流着眼泪,走在曾经无比熟悉的大街上。十月的风撕扯着我的头发,抽打着我的脸,驱赶着我来到母校大门外。有人在那年十月十八日下午四点钟路过中州医科大学南大门吗?有个丧家狗一样的男人站在那里,手提一包书,面对着改造一新的校门号啕大哭。那就是我。

六

我坐在出租车上，酸楚自心而起，上侵鼻窍，眼前一片模糊，只见车窗外花花绿绿，竟不知已到地方。司机停下车，提醒我该付钱了。我连忙给了车钱，狼狈逃出车厢。书店已不复存在，两层的老旧楼房，亦已变成二十三层崭新气派的商务大厦。书店是没了，但三楼有个书咖，临街这一面都是玻璃墙，小资格调的内部装修一目了然。我在楼下犹豫了一会儿，感觉怪怪的。毫无疑问，对于我和刘佩瑶来说，这是一个敏感的地方，但是她却选在这里相见，必有某种目的或隐喻吧。

书咖生意还不错，环境也好，抒情的萨克斯悠悠飘荡，整个店子宁谧安闲，使人误以为红尘净土。刘佩瑶坐在最靠里的一张桌子旁，朝我挥挥手。我在书架上挑了本文学杂志，朝她走过去。她换了件休闲小西装，脖子里依旧缠着纱巾，只是图案质地都变了，不是昨晚那一条。她面前放着一杯咖啡，热气若有若无。我在她对面坐下来，故作镇定地望着她。

还记得这个地方吗？她说。她的神情安静而从容，就像空气里的音乐，没有任何准备做斗争的样子。

记得。我说：只是都变了。

刘佩瑶笑了笑，没有说话。然后我们一直就没再说话，只是默然对坐，各自翻书，偶尔抬头对望。但是气氛很柔和，仿佛杯子里的拿铁,咖啡和牛奶恰如其分,不苦不腻,相互温存。两个小时一闪而过,顾客渐去,店子里变得空旷宁静。刘佩瑶盯着我,明亮的眼睛里意味深长。

你走吗?

该走了。

回家?

不想回。

那就再坐一会儿吧。

嗯。

我们继续坐下去。我听到有闷雷滚动的声音,望向窗外,看见梧桐树茂密的树枝已经剧烈地摇摆。几滴雨珠飞溅到玻璃上,摔得粉身碎骨。风越刮越大,瞬间已灌满街道,密集的雨水亦猝然而至,裹挟在烈风里横扫城市。店里的人俱站到玻璃前观望。这哪里是春风春雨,分明是老天糊涂,颠倒了时令,把本属于夏季的疾风骤雨放了出来。我望着纵横浩荡的风雨,心头隐约有点不安。物非其常即为妖,过于反常的东西,总不是什么好事。

风雨大一阵小一阵,持续不休。店里的人渐渐散去,最后只剩下我和刘佩瑶。刘佩瑶说:走吧。

我说:好。

她说:这么大的雨,怎么走呢?

我们并肩走出书咖,来到电梯前。电梯门打开的时候,刘佩瑶握住了我的手,而我则随手按了 6 楼。6 楼是家商务快捷酒店。电梯上升,我说:我没带身份证。刘佩瑶说:我有。

房间不算奢华,也称不上高档,该有的都有,而没有任何其他声响,房门一关,静若幽谷,想必隔音不错。我们相互拥抱,抱得很轻,似是害怕弄疼对方,或者更像一种仪式,仅仅是觉得在这样的情景下应该拥抱。刘佩瑶笑眯眯的。你会不会再次跑掉? 她说。我没有说话,而是吻了过去。她没有躲闪,任由我们的嘴唇轻轻一碰。她在我耳朵边嗤嗤笑起来。

怎么,不嫌弃我了?

我把她按到了床上。此时此刻,似乎只有这一件事是应该做的。如果这是必不可少的仪式,我将以虔诚之心履行到底。我们亲吻,激烈如暴风雨。我脱去她的小西服,解开纱巾,然后——然后我停住了。我看到她脖子上瘀痕累累。刘佩瑶因为我的停顿而停顿了一下,继续温柔地亲吻我的脸颊。我捧住她的脸,阻止了她。

怎么回事?

刘佩瑶淡淡一笑,没有回答。

谁弄的?

别问了。

是不是他?

我说了,别问了! 刘佩瑶变得有点愤怒,猛然将我扑到床上,亲吻着我,双手除下我的衣服,然后骑在我身上,将她的黑色紧身打底衫脱掉。我的眼睛又疼痛起来。她身无余肉,皮肤白得照眼,但却布满了伤痕,有新有旧,大大小小。我将刘佩瑶推开,直起身来盯着她。

也是他弄的?

刘佩瑶说:你别管! 又要扑上来。我用力按住她的肩膀。

我怎能不管?

你怎么管？

我怔在那里，无言以对。刘佩瑶贴上来将我抱住，喃喃说：操我！我摇摇头，再次将她推开。我不能。我说：我很难受，我做不了。刘佩瑶愣了一下，软绵绵地倒在被子上，双眼斜视着我，脸上浮起冷笑。

又嫌弃了？

我躺到她旁边，将她搂在怀里。她像一条光滑的鱼，安静地贴着我，胸口起伏如鱼鳃张翕。我亲吻她光洁的额头。我会跟你做。我说：但要等你身上的伤消尽。

那你死心吧。刘佩瑶说：永远也不会好尽的，除非他死。

你爱他吗？

你会爱一个天天揍你的人吗？

我默然。我脑海里闪现出她丈夫的模样，然后不由自主想象起他殴打刘佩瑶的画面。变形后的刘佩瑶如此娇小，在他的变态虐待下岂有丝毫反抗之力。我说：为什么不离婚？

他是疯子。他发过誓，我要跟他离婚，他就杀我全家，我孩子，我爸，还有我。

我紧紧抱住她。我们仿佛一对苦命鸳鸯，在风雨飘摇之中凄然相偎。我说：会好起来的。我这句话只是苍白无力的安慰，没有任何现实理由做依据。我们相拥而卧，默默无言。悲愤情绪渐渐被时间稀释，我们开始说话。说的都是关于别后。赤裸相对的状态，使我们不再有隔阂和隐私，十几年的辛酸苦辣倾心相吐。刘佩瑶现在的境遇并不好。她本来是赚了不少钱，先做医药代表，然后经营医疗器械，都有颇为丰厚的收入。之后她看到房产更好图利，就转而去炒房。本来事事顺遂，但是跟她丈夫结婚之后，坦荡前程突然变数丛生。那几年股市正疯，白痴进去都能发财。她丈夫怂恿她从房市转入股市。她听从建议，将房子卖掉，在大盘六千点的时候昂然而入，随即被套在高峰，坐看股价下跌如滚石落山。她丈夫不但不自责，反而怪刘佩瑶早不听劝，犹豫太久，否则也能小赚一笔，然后在崩盘之前全身而退。半年之后，丈夫又看到一个项目，要投资一家煤矿。刘佩瑶认真考察了很久，发现此矿经营良好，账目也没问题，就忍痛割肉，把钱从股市转到了煤矿。头两年还不错，颇有分红，但到第三年就不行了，全国范围的产能过剩压垮了无数煤企，他们的煤矿也最终倒闭。刘佩瑶想回头炒房，她丈夫断言楼市也亦到顶，此时进入必将重蹈炒股的覆辙，要求把钱都拿去放贷。民间贷款方兴未艾，高达三分的利息的确令人心动。他们把所有钱全都放进了一个朋友的担保公司，然后无所事事，取利为生。一开始返利很及时，但从去年年中开始拖延，拖到春节，担保公司老板突然蒸发了。

折腾了这么多年，现在一无所有。刘佩瑶自嘲地笑着，起身从包里掏烟。她的身份证被烟盒带出来，落到厚墩墩的地毯上。我捡起来欣赏。照片是后来拍的，脸形椭圆如鸡蛋，名字也正式变更成了刘佩瑶。我想起以前的昵称，颇有一点遗憾。

以后不能叫你钥匙了。我说。

最好别叫。她用力抽一口烟，含在嘴里酝酿了一会儿，然后徐徐吐出。我不喜欢这个称呼。

为什么？

因为有个人也这么叫过我。

谁呀?

刘佩瑶回身看着我。还记得我对你说过的那个男朋友吗? 我点头。他也这么叫我。但他不是我男朋友,是镇上的一个小地痞。他追我,追了两年,我一直不搭理他,他就把我堵到一个老胡同里,你知道什么意思吧? 他强奸了我。他说要用这种方式把我占住,让我只能跟他。

我吃惊地盯着她。后来呢?

后来他死了。刘佩瑶笑了一下,表情亦复杂无比,说不出什么滋味。事后他又缠我,我拿出一瓶二锅头,说他有胆喝下去,我就跟他。他接过去就喝。我说里头有毒药,他说有毒他也喝。然后他真喝了,一脖子灌干。他以为我是吓唬他,而我,我没想到他真喝。他发现他要死了,跑街上求救,说他爱上一个女孩,追不到,犯傻寻短见,让人家送他去医院。没到医院,他就死了。她望着我,眼神变得很忧郁。所以我不愿听你叫我钥匙,就像一根刺你知道吗? 叫一声,就在我心里扎一下。

对不起! 我歉疚地说。你为什么不阻止我?

既然你喜欢,我就由你,扎心就扎心吧,只要你高兴。刘佩瑶说着,一连打了几个哈欠,眼泪和鼻涕亦流出来。我抽纸巾给她擦拭,问她是不是感冒了。她摇摇头,猛然翻身压到我身上。咱们做爱吧。她说。我说:好。我已经忘了刚才说过的话。于是我们就做了。她很疯狂,也很有技巧,我感受到从未有过的快乐。大概做了半个小时吧,我发觉刘佩瑶的精神不太对,她显得很烦躁,似乎不是在享受性爱,而是借性爱发泄。这时手机响了。她把我推开。去接吧。

电话是一个病人家属打来的。病人出现新情况，他们信不过现在的值班医生，非要我过去看看。急诊科的病人多属危重，情况瞬息万变，我不敢怠慢。刘佩瑶听了我的解释，不高兴地说：去吧去吧！我立即穿好衣服，在她唇上吻了一下。她忽然问：他怎么样？

我知她说的是她丈夫。她神色里的烦躁越发明显，大概是丈夫的病情令她焦灼不安。我说：你很关心他啊。刘佩瑶重重地冷笑。我才不关心他呢，死了倒好。

风雨已经停歇了，只有些散散淡淡的雨丝，夹在清凉的夜色里轻拂人面。我拦了一辆出租车。大街上空荡荡的，司机驱车如飞，疾驶过一片片黑魆魆的废墟。我将头抵在车窗上，默默回想着与刘佩瑶有关的所有往事。然后想到刚才的纵情欢悦，以及她脖颈的瘀青和身上纵横交错的伤。然后我想到了我姐姐。我姐姐已经死去。当年我考上研究生，在起程入学之前，她偷卖了一千斤粮食，把钱给我当生活费。她觉得当初劝我娶蓝虹害苦了我，想给我一点补偿。结果被她丈夫发现了，那人用擀面杖粗的桑树枝往死里抽她。姐姐疼不过，跑出家去。她丈夫在后穷追不舍，一直追到三里之外的水库上。姐姐逃无可逃，一头扎进水库里，从此永远解脱。这事发生在晚上，此时的我正坐在奔向学校的列车上，用姐姐给的钱买了一份米饭，填充已饿了半日的辘辘饥肠。

热衷家暴的人都不值得活着！这是我接到姐姐死讯的第一反应。此时此刻，我想着佩瑶身上的伤，脑袋里异常冷静。这时我收到一条微信，是佩瑶发来的。

息逐眉病如是说：你所恶的，终日与你纠缠，你心爱的，皆与你无关。你所有的，将一一夺去，你想要的，都不能实现。

我回复：息逐眉病是谁？

一个王八蛋。

七

病人其实没什么大问题，不过是卧床时间过久，左腿有些麻痹，等到我赶到时，已经缓解得差不多了。就这大半夜的非要把我叫来，还怕我不来，故意夸大其词。不过可以理解，病人不懂医学，命在旦夕，心无所恃，有一点点风吹草动，就会恐惧得如同末日。

安抚过病人及家属后，我想去 ICU 看看。值班护士叫住我，说某某没费了，已经催交，但是他妈拿不出来，他老婆又联系不上，问我怎么办。某某就是刘佩瑶的丈夫。我说：该怎么办就怎么办吧。我来到 ICU 外，见那位老太正坐在走廊椅子上打瞌睡。我没有打扰她，先进去观察她儿子的情况。依旧很不乐观，持续昏迷，心衰严重。我不知道今天值班的老兄怎么弄的，不但没有任何缓解，反而进一步加重。当然了，我不可能去质问他，质疑同事的治疗方法是不合适的，这个家暴君也不值得我去得罪人。

我走出 ICU，看到值班护士唤醒老太太，让她赶紧想办法送钱，否则只好停药。老太太急得快要哭。我能理解一个母亲此时的心情，也不愿让她为难，但医院制度如此，我也爱莫能助。而且我觉得有必要让她有个最坏的心理准备。我对她说：你儿子喝的什么酒啊？究竟喝了多少？老太太说不知道，问我情况好不好。我说很不好,已经多脏器衰竭,随时有生命危险。老太太顿时大放悲声,边哭边咒骂儿子不长记性,自作自受。我无心安抚,径直来到办公室。值班的同事去休息了,办公室空无一人。我翻出家暴君的病历,发现最后一页被替换了,我原来的部分被照抄下来,下半部分则是值班医生的处理情况。大概是同事有笔误,或者没写好,涂改影响整洁,就重写了一页吧。这种事是不允许的,但也不是没发生过。我仔细查看病历,发现处置得当,用药合理,看不出任何破绽,遂丢下病历,准备回家休息。走之前我犹豫了一下,要不要提醒同事多留心,但是想到还须把他叫醒,惹他睡不痛快,就作罢了。

回家的路上,我一直在想家暴君的病。医生是个操蛋的职业,平白要比其他人遭受更多伦理考验。来了一般病人,自然要全力以赴救治,来了仇人呢? 来了坏人呢? 来了万死不足以赎其罪的恶人呢? 假如逼死我姐的那个人误食蘸了农药的糕点,或者小区里被下毒的不是比特狗而是它的主人,然后他们被送到我面前,我治不治?

也许我们不必为此纠结,教科书里早已明确给出了标准答案。有些事情,别人做是替天行道,快意恩仇,医生做,就是道德败坏,草菅人命。一个合格的医生,要视自己为特殊材料,把所有病人都当成自己的亲人,救之如火,爱之如伤,纵使他操了自己的女人,然后阴茎被狗咬断,也必须一针一线帮他接上去。到家已是深夜两点,我郁闷地睡了一觉。次日按时上班,到医院后,值班护士告诉我,家暴君死了。

现在医患关系紧张,每死一个病人,医院都如临大敌。主任在晨会上详细询问了死者诊疗全过程,确定我们没有做错什么,尤其是在对方已经欠费的情况下,我们也并没有停药,这才松了口气。

护士长没好气地嘟囔,欠的钱别想再要了。主任抚摸着光溜溜的脑门嘿嘿笑起来。别说钱了,家属只要不闹事,就阿弥陀佛感谢主了。

晨会结束后,我给刘佩瑶打电话,关机。查房之后,再给她打,这次开机了,但在通话中。尸体早已移放太平间,我溜达过去瞅了瞅,并不见死者家属。这时刘佩瑶回过来电话。我说你丈夫已经死了,你知道吧?她说知道。我问她在哪儿,她说在家,跟朋友商量怎么办,心里很乱。我说:死者已死,活者要活,节哀顺变吧。她没有作声。我能感受到她情绪低落,便在电话里默然作陪。过了一会儿,她说:下午有空吗?我想见见你。

见面地点是刘佩瑶家。她让我去她家里。我对去她家有点排斥,毕竟那个家属于她和家暴君共有,家暴君方死,我就去那个尚且充斥着他气息的地方,心理上有些不适应。但刘佩瑶坚持,我也只好从命。刘佩瑶家在北环附近,小区毗邻某个庞大的城中村,如今城中村已成废墟,他们小区矗立在旁,显得格外醒目。刘佩瑶一人在家。她精神略见萎靡,眼窝发青,神色没有太多悲戚,却很烦躁。我扫了一眼房间。很明显刚收拾过,但还是乱。沙发前的几案上已经沏好一壶茶。她让我坐,给我倒茶,然后目不转睛地盯着我。

是不是你把他弄死的?

我心脏陡然一跳,将已端起的茶杯轻轻放回几案,抬起头与她对视。为什么不说是你?我说。

我怎么可能会让他死?他毕竟是我孩子的爸爸。

我又为什么要他死?我跟他萍水相逢,无冤无仇。

为了我。刘佩瑶说:我昨天晚上说恨不得他死,但那是气话。她倾身靠近我,捉住我一只手,用她的两只手紧紧握住。她的手洁白如雪,青色的静脉血管在手背上若隐若现。你是不是因为这句话弄死了他?

我笑了笑。你想多了。我说:我首先是医生,其次是守法公民,然后才是你的同学。

刘佩瑶两只眼睛死死盯着我,似乎在判断我这话是否诚实。她足足盯了半分钟,才叹了口气。我还以为是你要替我报仇。她自嘲地笑了一下。你看,我就喜欢自作多情。她将我的手推开,坐回到原来的地方,端起自己的茶杯徐徐而饮。

我心情复杂地望着她。我当然不会坐视你被虐待。我说:但我不会以这种方式解决。我毕竟是医生,不可能在我的病房里下手杀人。

那你能怎么做? 刘佩瑶冷笑:世上安得双全法,不负如来不负卿。你有什么双全法?

我没有回答她,端起我的杯子,吹了吹袅袅热气小啜一口。你想必知道什么叫双硫仑样反应。

不知道,学校学的东西都忘完了。

如果一个人口服或者注射了头孢类抗生素,然后喝酒,或者先喝酒,然后使用头孢类抗生素,就可能产生严重反应,甚至可能致死。前天晚上我问过你,他最近有没有使用过头孢类药,你说不清楚。

我的确不清楚。

接诊时他的症状基本上是单纯的急性酒精中毒,第二天早上,却出现了非常明显的双硫仑样反应。送进 ICU 后,一度稍微缓解,到了昨天晚上,我去查看,发现又变得非常严重。我捧着茶杯,平静地盯着刘佩瑶。听值班护士讲,昨天傍晚你曾经进去探视过,对吧?

刘佩瑶神色变得非常警惕。你什么意思?

没什么意思。我说:我是告诉你,没有凶手。如果一定要找凶手,凶手是他自己,怪他自己喝那么多酒。也有可能在喝酒之前,他曾用过头孢类药,那就更怨不得别人了。你知道,双硫仑样反应并不都是立即发作的,在有些人身上会延迟很久。

我不知道!我说了我不知道!刘佩瑶愤怒地叫起来:你什么意思崔南?你想说是我偷偷用药把他弄死的,是不是?

我没有说。

你已经说了!刘佩瑶尖叫:你有病啊崔南?你脑子是不是被猪啃了?你怎么能怀疑我?她一把夺过我手中杯,端起茶壶续满,因动作急促,滚热的茶水溅淌出来,弄了她一手。我这茶里也下毒了,你喝,你给我喝!她一边说,一边按住我强灌。我要毒死你个王八蛋!

我一把将她推开,茶杯跌落到地板上,茶水洒我一身,在衣服上热腾腾地冒着蒸汽。冷静点好不好?我说:你也怀疑是我干的,我也泼你一身水?刘佩瑶胸口剧烈起伏,凶狠地盯着我。我抽纸巾擦拭水渍,浮水擦掉了,白衬衣上已然染上一片茶黄。然后我拾起茶杯,找拖把将地上的水拖干。做完这些时,刘佩瑶的神情已经松软下来。

你们医院的人是不是也那样想的?她问。

我摇摇头。没有。我说:只要你不去闹,就万事大吉,谁有工夫去钻研这个?

你们还怕闹?

当然怕。遇到不讲理的家属,把灵堂摆到医院大门口,医院还怎么开展业务?所以碰到这种事,大多会息事宁人,赔点钱了事。

刘佩瑶冷笑。反正你们医院赚那么多钱,就当是做善事了。哎,崔南,我对你说,我真的不可能害他。最简单一个例子,我们不是把钱放贷了吗?他还借了别人很多,一并放进去,现在人家天天追着要账。他刚死,那些债主可都得信儿了,上午纷纷给我打电话,教我把账顶起来。你说,他死了对我有什么好处?她苦恼地说:我都愁死了,我宁愿死的人是我。

这些话听得我很郁卒。我想安慰她一下,但我所能说的还是那句:会好起来的。这句万金油式的安慰无异太虚无,刘佩瑶笑了笑,神色里带着讥诮。怎样才能好起来?你给我出个主意。把你的钱借给我用用?

钱真不是好东西,一提就伤感情。我不能假惺惺地说我没有钱,但我的钱都有用途。不是买房还贷,房子是我妻子的,结婚后我直接住了进去,一分钱没有花过。而是要养活我那两个年事已高的父母,他们的身体都不太好,动辄需要花钱,我又雇了个小保姆在家伺候他们。另外还有我姐姐的两个孩子。他们失去双亲,爷爷也得了偏瘫,我父母就把他们接到自己家,所有花销毫无疑问也在我身上。如今外甥在读大一,外甥女年中就要出嫁,婚事所需钱物自当由我安置。所以,我的收入虽然不算太差,但实亦没有多余的钱来帮刘佩瑶渡难关。我尴尬地坐在那里,唯有装聋卖傻。气氛变得有点难堪。

别担心崔南,我开玩笑的,不会用你钱。刘佩瑶嘻嘻一笑,然后正襟危坐,严肃地说:你给我听好,崔南,我绝不会要他死,你得相信我!

我相信你。我说。

你必须相信!刘佩瑶斩钉截铁地说。你必须相信我,知道为什么吗?因为我爱你,我不会对你撒谎。刘佩瑶说着,像只山猫一样闪过来,骑到我腿上,双臂圈住我脖子。你也爱我,对不对?她说:告诉我,你也爱我!

她变得很妩媚,声音也娇柔如酥,但是语气坚决,不容置疑。我在她妩媚的逼视下心头悸动。嗯,我也爱你。我说。我的话刚说出口,刘佩瑶就吻上来,将我的嘴死死堵住。我们在宽大的沙发上翻滚了一阵,她的嘴巴离开我的嘴巴。操我!她说:我要你操我!

我从刘佩瑶的眼睛里看到一种难以言喻的躁动,而她黑亮的瞳孔,亦如迷离莫测的万丈深渊,使我不由自主心头一颤。我突然很羡慕影视剧和小说里的人物,一到开始做爱的关键时刻,总会有各种意外打断好事。我躲避着刘佩瑶的眼睛。不行,不能在这儿。我说:这里到处都是他的味道。

我不管!

但我不行,我会阳痿。

刘佩瑶扫兴地从我身上滚下去。那你走吧。她冷冷地说。

我知道她只是气话,但我故意当真,站起来整整衣服就要离开。刘佩瑶扭着身子趴在沙发上,面无表情地看着我,不道别也不起来送。走出小区,我一阵阵心慌,不知是因中午没吃饭饿的,还是别的什么原因。也许是因为刘佩瑶吧。她变了,变得太多,就像这个城市,不仅外表不复当年,很多内在的东西也已全然陌生。而她之所以时有偏执,还容易烦躁激动,大概跟家庭生活和经济压力有关吧。

我所知道的信息,仅仅是她想让我知道的,究竟还有什么其他故事,不是我所能够猜想的。我信步行走在废墟之间的小街上,目睹残垣断壁心生唏嘘。城市里隐藏着无数秘密,每一扇窗子后面,都装满了不为人知的悲喜,而现在,多少欢情愁绪,都已埋葬在了废墟之下,从此归于虚空。所谓人生啊,其实何等无趣!

八

按照正常程序,凡病人不治身亡,家属无异议的,很快就会开具死亡证明。家暴君自转入太平间,转眼已三天了,刘佩瑶她们却没来办理后事。护士长本来还嚷嚷,认为欠费不还的歪风不能长,家属不把钱交上,就不给他们开死亡证明。三天之后,家属竟还没有动静。护士长开始担心了,再不敢说不交钱不开证明的大话。主任更是忧心忡忡,在晨会上问我:崔南,你有没有跟家属联系?

在这几天内,除了那次在刘佩瑶家见面,我与她还联系过三次,但都是在电话里。第一次联系是离开她家那天晚上。我正陪妻子和孩子看电视,她的电话打过来。她先问我方便不方便,我妻子会不会不高兴。我说没事,我妻子是通情达理的人。我这样说不是草率应付,而是事实。我妻子对我的私生活的确比较宽容。她比我大两岁,而且还带着个孩子。最主要的是,她因上环副作用太大,生过孩子后,直接做了结扎,我们结婚后,虽然做了输卵管复通手术,却一直不能怀孕。这意味着我们崔家将有可能绝后。因此她一直对我心存愧疚,也不反对我跟别的女士交往。当然,她也知道我这个守财奴不可能搞出什么花花事件。

不料"通情达理"这个词刺激了刘佩瑶,她直接把电话挂了。我只好给她打过去,她还不接。不接就算了。过了半个小时,她又打过来。我妻子在旁边笑起来。这是哪个呀,跟爱赌气的小丫头似的。我说,可不就是个爱赌气的小丫头嘛。接通电话后,我若无其事地踱进书房。刘佩瑶先兴师问罪,质问我是不是嫌她不通情达理。我说:没有的事,是你多想了。但是刘佩瑶揪住不放。

就算我不通情达理,我为什么要对你通情达理?我是你老婆吗?我如果是你老婆,我也会通情达理,你想跟哪个女人混都由你去。

我说:你打电话有什么事吗?

没事就不能跟你打电话吗?是不是嫌我打扰你了?我要通情达理的话,是不是不应该给你打电话?

我不再出声。她应能感受到我的不悦,也不再说话。我们隔着电话沉默了七八分钟之久。然后她说:我想告那天跟他一起喝酒的人,让他们赔钱。你觉得行不行?

这事不是没有先例,我们小区就有个人喝酒喝死了,家属状告同桌人等,结果每人判赔十万。所以我表示支持。酒场上的竞酒之风的确令人深恶痛绝,他们让同伴喝死,理应受到惩罚。我告诉她,如果决定告状,我可以帮她找律师。刘佩瑶嗯了一声,然后说:我想你!

我愣了一下。我也想你。

那你出来,我等你。

今晚不行。

为什么不行？她不是通情达理吗？

真不行，明天再跟你联系。我把这句话说完，就将电话挂了。妻子的脚步声已经响到书房门口。楼下打电话约她打牌，她来跟我说一声。妻子刚走开，刘佩瑶的短信即已杀到。

你竟敢挂我的电话！

我皱了皱眉，心头掠过一丝厌恶，随手将手机关了机。次日上午我正忙碌，收到一条短信，显示是刘佩瑶发的。我急用钱，先借你几千，转到这个卡号上，火急！火急！我以为是遇到诈骗短信，就没搭理，继续忙自己的事。忙完之后已接近下班，我给刘佩瑶打了个电话，提到那条诈骗短信，没想到她说：就是我发的。我大吃一惊，忙问发生了什么事。她在电话里纵声大笑。

没事，故意发那条短信试探你，看你对我是什么态度。她说：就算是诈骗短信，你也该打电话问我一声啊。真可悲，对你来说，我还不值一个电话钱。

她虽这样说，对话的态度却还不错，语气和用词都正常。我为我的失误向她致歉，然后询问状告酒友之事。很意外，她说她丈夫的那几个狐朋狗友自知犯错，已经凑了二十万给她送去，就在她给我发短信之后不久。她问我二十万是不是太少，要不要继续告。我说：差不多了，何况人家有这个心意，已经很难得，做人不为已甚，算了吧。她说：好吧，我听你的，但是我想见你，你必须来。

行。对了，你们怎么还不来处理后事？

他妈还没准备好，准备好就去了。

这有什么好准备的？

刘佩瑶在那头笑了笑。谁知道她怎么想的。别管她了,下班后记住过来,我在家等你。

我答应了。但我又爽约了。有个来自颍川的病人,在心内一科病房住了半个多月,病情未见好转,钱已花完,听人说医院有个医生是颍川的,就辗转打听找到我,求我帮帮忙。我约了心内二科一位医术高明的老兄,中午下班后带老乡去拜见,一道吃了个饭,之后先帮老乡办个出院,然后再入到心内二科,由这位老兄接收。这期间刘佩瑶没有给我打电话,我也忘了给她说一声。办完之后已经很晚,我连忙打电话向她解释,请她原谅。她在那边不停地冷笑。

在你心里,我还不如一个陌生人。她说:谢谢你崔南,让我看清了自己的位置。

不要这么说,你明知道不是这样。

我不知道!

你知道。

就算我知道吧,但我不确定,需要你用行动做证明。

怎么证明?

今晚上陪我。

我为难了。妻子今晚要出席一个好姐妹的生日宴会,已经说好让我陪同。我把这个情况告诉刘佩瑶,建议改天再约。刘佩瑶说:真是妇唱夫随一对儿好夫妻。你去吧,不用管我。她的声音冷若冰霜,手机都要冻住了。我想再解释,她已经把电话挂断。

这件事严重影响了我的心情。生日宴会上,大家开心愉快,闹作一团,唯独我强颜欢笑,一不跟人说话,就独坐一隅发呆。妻子发现了我的异常,问我是不是不开心。我笑了笑。她说:跟那个爱赌气的小丫头闹别扭了？我没有说话，将头歪到她的肩上。妻子拍拍我的脸。有些人是不能碰的，尤其是爱赌气的人。太幼稚，会让你疲于应付，既不开心，也很累。我嗯了一声，搂住了她已略显发福的腰。

第三天刘佩瑶没联系我，我也没主动联系她。一整天时间，我都在隐约不安的气氛中度过。第四天开晨会，主任和护士长俱为家暴君的事而忧虑，责成我赶紧联系家属解决。会后，我衔命给刘佩瑶打电话，但无人接听。反复打，反复无人接。我预感要有我们不愿见到的事情发生。

半个小时之后，我的预感成真。一伙人闯进太平间，夺走家暴君的尸体，然后又在医院大门口设立灵棚，将尸体置于玻璃棺内，一时哭闹起来。据说灵棚搭得很快，区区十来分钟的工夫，连棚带幔加音响已全部架设完毕，可见这伙人有多专业。他们人很多，后来听保安说至少有四五十个，带头的是三个中青年男人。护士长本来已经下班要走，突然踩着高跟鞋一路小跑赶回来，叫我赶紧躲躲，因为她看到那些人在医院大门口悬挂的白条幅，其中一条上写着："严惩草菅人命的急诊科庸医崔南。"我赶紧脱掉白大褂逃出科室，刚绕到病房大楼拐角，已看到三名男子带着一群人攘臂而来。我认识他们，那天晚上就是他们把家暴君送来的。我从另外一个小门仓皇逃出医院，给刘佩瑶打电话，光天化日的她居然关机了。我猜她这个号码我可能永远也拨不通了。无风无云，天气燠热无比，城市犹如一个硕大的蒸笼，蒸得我瑟瑟颤抖。我捏着手机，躲在一个远离医院的街角，不知怎么办好，就笑起来，不可抑制地笑，笑啊笑，就像一个傻逼。

之后的几天我一直躲在家里,通过电话和地方网络新闻了解事件发展。新闻配发照片上白幅招展,"庸医崔南"几个字清晰无比。新闻稿还算客观,网友们的回复却一面倒,一页页都是咒骂医院和我这个王八蛋医生的。我一下子获得了原本几辈子都不可能获得的知名度,只可惜是骂名。

骂名也是名,不是吗?一个同事在电话里调侃。我们准备向市委、市政府和新闻媒体写联名信,替你申冤。

联名申诉是主任策划的。对方闹得太专业,医院疲于应对,决定息事宁人,先暂停我的工作,再协商赔偿金额。主任坚决反对这个决定。他在院长工作会上情绪激愤,力陈我的工作没有任何疏误。自己的同志被冤枉,要做的是保护同志,而不是落井下石,向邪恶势力屈服,徒令亲者痛而仇者快。多数领导同志表示认同,但院长不认可。院长是政治家,考虑问题自有他的一套政治逻辑。主任愤然而归,跟护士长一商议,便决定联名申诉。

这个消息令我鼻尖发酸。我跟主任说起来有些渊源。他是我博导的师弟,算起来也是我师叔。我读博时,跟着导师做牛做马,任劳任怨,甚至为了他的一个重要项目,在他要求下延迟了半年才毕业。我的勤恳和忠诚换取了导师的赞赏,听说主任这儿需要人时,他就把我推荐了过来。主任是没个性的老头儿,虽是我师叔,但视我无异他人,唯一的关心,就是把他离异的侄女介绍给我当老婆。此时他能临危不惧,为我出头,委实出乎意料。

事情在院长工作会次日有了戏剧性变化。那三个带头的人为了扩大事端,簇拥着死者母亲冲进急诊科,把医生办公室和护士工作站砸了个稀巴烂,病历也丢得满天乱飞。主任和护士长率众反抗,俱被打伤,双双抬进二楼内科病房住起了院。护士长的弟弟恰好是本辖区派出所所长,听到姐姐哭诉勃然大怒,带人持械赶来,将三名带头者铐回所去。经过一番充满技术性的审问,最挑头的那个大胖子青年招供了,他说死者的老婆找到他,让他去医院闹事,讹医院一笔钱。他本来不想干,但是死者老婆勾引他,跟他上了床,加上他跟死者是好朋友,对死者之死也感到愧疚,想报答死者家属,于是就找了一批医闹搞开了。

所长把详情电话告知他姐时,我妻子就在旁边坐着。她代表我去看望她叔和护士长,向二位尊长表示慰问,恰好第一时间得知了事情真相。回到家后,她将此事讲给我听。听她讲完,我披上外套准备出门。妻子问我干吗去,我说:去看看主任,有话对他说。

九

我曾将此次医闹事件视为一己之怨,一时之辱。不消说,背后操控的人是刘佩瑶,虽然她是直接相关人,本该以主角的身份登场反而在事件过程中隐身不见。我曾经认为她这么做是为了报复我,仅仅是报复我,医院是因我而不幸受累。而且我认为这件事早晚会过去,虽然在信息猖乱的年代,清者未必能够自清,但我相信闹剧终归是闹剧,譬如一阵风,而我的医术和品质,足以使我恃以立世而不惧。

我甚至不恨刘佩瑶。我固执地认为,她是爱得发狂,所以闹得发疯。大概是我闲时犯贱,看多了文艺作品,以至误认为爱情对于人生真会产生难以想象的意义和价值,并因此具有创造世界、颠覆世界的气魄与力量,而所有以爱为名的行为,哪怕是发动战争,毁灭宇宙,都应该被原谅,乃至于被讴歌。所以,对于她一手导演的这场闹剧,我只是恼火,极端恼火,但却真实恨不起来。我甚至这样想过:等事件消解,风波平息,如果她向我道歉,求我原谅,我很可能会尽捐前嫌,与她重修旧好。

原来我错了。挑头胖子的供词,犹如一记耳光,清脆地抽醒了矫情沉迷的我。刘佩瑶的主要目的,原来是敲诈医院,而我不过是敲诈的借口,并被她顺道摧毁。至于想象中的爱情,你跟一个为了达到目的不惜跟人上床的女人谈爱情!你跟一个丈夫尸骨未寒即在家中向别的男人求欢的女人谈爱情!

我选择从医院正门进入。12路公交在梗塞的街道里蠕动了一个多小时,终于到达中医院这一站。大门内第一座主体建筑,是十五层的门诊大楼,楼顶上硕大的院名已经闪烁起红色的光芒。门口的灵棚正在拆除,茂密的医闹已不见,披白哭亲的老太太和小孩子亦不知去向。几名警察散立一旁,似是监督拆棚。我从他们旁边走过,朝半倾的灵棚内扫了几眼,连玻璃棺也失踪了,想必家暴君的尸体已被移送回太平间。我顺着主道走向病房大楼。花圃内大骨朵的白玉兰已经萎败,长藤如堆的连翘则当令盛开,在蒙蒙欲起的暮色下明黄一片。我昂然而行,沿途接受相识同事的致意和问候,来到内二住院部。

我在警戒解除的第一时间赶来探望,令主任和护士长感到欣慰。护士长迫不及待地把她弟弟审出来的真相又讲了一遍,脸上洋溢着其功厥伟的得意和自豪。主任亦安慰我,让我莫因此事影响工作激情,明天就回来上班。我坐在两床之间,听着他们说话,给护士长剥了根香蕉,给主任削了只梨。

事情没有这么简单。我对他们说:病人之死很可能是一起谋杀。

两位老同志吃惊地盯着我。病房里没有其他人,我起身将房门反锁,将我这些天的所历所见和盘托出。我没有回避我的责任,我的责任是:当我意识到了问题,却在私情作用下消极应对,而没有主动阻止悲剧的发生。护士长目瞪口呆,主任则陷入深思。

这只是一种理论上的可能。主任思考了一会儿,谨慎地说:但是没有证据,也不能随意指控。要知道医学上有很多未知,现有的知识并不能解释所有问题,一定要给事情找个自以为是的理由,就容易走进先入为主的误区。

有证据的,我曾看到她包里有一支用过的注射器。我说:而且她也是学医出身,肯定知道这么做能置她丈夫于死地。

主任点头。关键是找到那支注射器,但是恐怕早销毁了。

护士长迫不及待地嚷叫:报警,赶紧报警! 我给我弟弟打电话,抓住一审问,不信她不招。

注意一下用词。主任叮嘱:尽量替崔南开脱。唉,崔南啊,你真是犯糊涂。

护士长已经拨通了弟弟的电话,把案情汤汤水水地讲了一遍。快去抓她,别让她跑了,先控制住她再说嘛,这可是个好案子,会很轰动的,办成了你肯定升职。等等,我告诉你她家在哪儿。崔南,她家在哪儿? 哎,你听好,她家在——

护士长亢奋得脸色通红,双眼放光,仿佛已经看到弟弟的光辉前程。主任眉头微皱,似是因她只顾为弟弟着想而忘了替我开脱不满。护士长顾不上照顾他的情绪,喋喋不休地跟我讨论所有可以坐实猜想的可能。主任终于听不下去,抚摸着脑门打断她。够了,别再扯了! 不管是不是谋杀,事情发生在咱们科室,是什么光荣事?

一个小时后,派出所所长带着两名警察驾到。护士长激动得挺直身子,跪立在床上,连声询问逮到没有。所长平头大身,神色沉静,一副见惯风浪的模样,与他姐姐沉不住气的轻躁恰成两极。他将手里的烟头拧灭丢到地上,轻淡地说:她死了。

我一愣,突然觉得耳朵要聋了,耳道内轰轰如堵,饱胀欲裂而又一无所闻。我茫然站在那里,看到护士长的嘴在不停翻动,鼻唇间细密的须毛茸茸如草。然后我看到一名警察在所长的吩咐下,从包里取出一只塑料袋,两根指头夹着走到我面前。我的耳朵这才透开一道缝隙,所长咳嗽清喉的声音迟钝地传进来。我说:她怎么死的?

所长有点不耐烦。不是说了? 吸毒过量,到她家的时候,已经死在卧室里,旁边丢着剩余的海洛因,还有这支注射器。他招招手,示意那名警察把塑料袋拿近一点。你认一下,那天在她包里看到的注射器,是不是这个样子?

是的,是这个样子,白色塑胶体。只是这个是 5 毫升的,而我那天看到的好像是 10 毫升。也可能是我看错了吧,毕竟当时只是转瞬之间的冷眼一瞥,不像此时这样,放在我面前由我反复打量。我盯着注射器怔在那里。原来刘佩瑶吸毒! 我想起我看到过的一些细节,比如她不由自主的打哈欠和涕泪交流,那分明就是毒瘾发作的前兆啊,我居然误以为是她感冒了。而以这个结论反推,一切我之前疑惑不解的事情,全都有了合理的解释。她的消瘦,她的烦躁,她的变化无常乃至不近人情,亦不过是毒品造就的假象,譬如感染病毒之后人性泯灭的行尸,真正的刘佩瑶,原来早已经不存在了。

所长严肃地瞪着我。不会是她找你麻烦,你想报复她,就编造这样一个谋杀故事吧?

主任和护士长连忙替我辩护,担保我绝对是个好同志,我的猜测仅仅是出于医务工作者的严谨态度和责任心。所长不以为然地哂笑一声,不再为难我,转而跟他姐姐谈起了刘佩瑶。

她涉毒时间不短了,前些天还抓过她。她丈夫往死里揍她,都不管用。但以前只是吸,吸大麻,吸粉,没玩过针,现在玩起针了,大概经验不足,用量过大,就嗝屁了。

这种人活着也是渣子。护士长说:死了也好,省得祸害社会。

毒品的确很毁人。所长附和他姐姐。凡是吸毒的人,性格没有不扭曲的,只要染上,就算废了。

护士长和主任纷纷叹息。我问所长:你们拍的有现场照片吗?

有。

能不能给我一张?

那不行。

就给一张,谢谢你!

说了不行。你要那干吗?

我想做个留念。

所长惊讶地睐着我。你有病啊?

护士长在旁说:给他一张吧。你不知道,他们以前是同学,还谈过恋爱。给一张吧。

所长搔着脑壳。这俩人都有病! 吩咐扛相机的警察:给他一张。复又回视我:怎么传给你? 没法传。旁边那名警察说:我用手机拍了几张,手机上有,传给你一张吧。

我不停地向他鞠躬。谢谢你! 谢谢你!

我打开信箱,看到了那张照片。刘佩瑶身穿粉色睡衣,席地而坐,背靠着卧室的床。床罩是比较俗气那种,花团锦簇如春日里香艳的园圃。刘佩瑶安静地靠在床上,仿佛只是困了,仰身于百花中酣睡。而左袖尚且高高挽起,身旁橙色木地板上丢着一支注射器,想必就是我刚才看到的那个。我将图片放大,再放大,放到最大,然后在几乎马赛克化的脸上看清了刘佩瑶的遗容。这张脱胎换骨的脸,已经放空所有表情,无嗔无畏,无爱无忧。我怔怔地看着。是毒品毁灭了她呢? 还是她战胜了毒品? 她失去了生命,却永离毒口,从此再也不用被它控制了。

我对主任说:我出去走走。

我踩着楼梯逐阶而上,爬到病房大楼的天台。雾霾填塞夜空,不见明月与星辰,这座匍匐在大地上的城市,则覆盖着璀璨无边的灯火。而在那繁华灯火之下,谁知道有多少阴冷的角落和幽暗的街巷? 必须在这样的夜晚,才能看清这座城市,从喧嚣如霾的市声里,听到无穷无尽而又不为人知的秘密。在这样的夜晚,注定会有人哭泣,将二十年的欢喜悲伤化灰掩埋,就像满城废墟掩埋起终将被人遗忘的历史。

图书在版编目(CIP)数据

没有人死于心碎/李清源著. --郑州:河南文艺出版
社,2024.1

ISBN 978-7-5559-1583-6

Ⅰ.①没… Ⅱ.①李… Ⅲ.①中篇小说-小说集-中国
-当代 Ⅳ.①I247.5

中国国家版本馆 CIP 数据核字(2023)第 186916 号

选题策划	张 娟
责任编辑	张 娟
责任校对	梁 晓
书籍设计	吴 月

出版发行	河南文艺出版社	印 张	11.125
社 址	郑州市郑东新区祥盛街 27 号 C 座 5 楼	字 数	256 000
承印单位	河南瑞之光印刷股份有限公司	版 次	2024 年 1 月第 1 版
经销单位	新华书店	印 次	2024 年 1 月第 1 次印刷
开 本	889 毫米 × 1194 毫米 1/32	定 价	62.00 元

印厂地址 河南省武陟县产业集聚区东区(詹店镇)泰安路
邮政编码 454950 电话 0371-63956290